HEYNE
BÜCHER

JOHANNA LINDSEY

ZÄRTLICHE SÜNDERIN

Roman

Aus dem Amerikanischen
von Margarethe van Pée

WILHELM HEYNE VERLAG
MÜNCHEN

HEYNE ALLGEMEINE REIHE
Nr. 01/10627

Titel der Originalausgabe
SAY YOU LOVE ME

Umwelthinweis:
Das Buch wurde auf
chlor- und säurefreiem Papier gedruckt.

2. Auflage

Printed in Germany 1998
Umschlagillustration: Pino Daeni, Agentur Schlück
Umschlaggestaltung: Atelier Ingrid Schütz, München
Satz: Alinea GmbH, München
Druck und Bindung: Elsnerdruck, Berlin

ISBN 3-453-13699-3

1

So schlimm war dieses Haus gar nicht, in dem sie versteigert werden sollte. Zumindest war es sauber. Und es wirkte recht elegant. Der Salon, in den man sie zuerst geführt hatte, wäre auch im Haus eines der Freunde ihrer Familie am Platz gewesen. Es war ein teures Haus in einer der besseren Gegenden Londons. Man bezeichnete es höflich als Haus des Eros. Aber es war ein Ort der Sünde.

Kelsey Langton konnte immer noch nicht fassen, daß sie hier war. Seitdem sie das Haus betreten hatte, war ihr schlecht gewesen vor Angst und Entsetzen. Sie war jedoch freiwillig hierhergekommen. Niemand hatte sie schreiend und um sich tretend hereingeschleppt.

Das war das Unglaubliche daran: Man hatte sie nicht gezwungen, hierherzukommen, sondern sie hatte eingewilligt – zumindest hatte sie eingesehen, daß es die einzige Möglichkeit war. Ihre Familie brauchte Geld – viel Geld –, damit sie nicht auf der Straße saß.

Wenn sie nur mehr Zeit gehabt hätte. Selbst eine Ehe mit jemandem, den sie nicht kannte, wäre vorzuziehen gewesen. Aber ihr Onkel Elliott hatte wahrscheinlich recht. Er hatte sie darauf hingewiesen, daß kein Gentleman mit dem nötigen Vermögen eine Heirat innerhalb weniger Tage in Betracht ziehen würde, auch nicht, wenn er eine Sondererlaubnis bekäme. Eine Ehe war einfach zu dauerhaft, um sich ohne sorgfältige Überlegung hineinzustürzen.

Aber dies hier … nun ja, Gentlemen leisteten sich häufig neue Mätressen aus einer Laune heraus, wobei sie durchaus wußten, daß diese Mätressen sie genauso teuer zu stehen kamen wie eine Ehefrau, wenn nicht sogar teurer. Der große Unterschied dabei bestand darin, daß man eine Mätresse genauso leicht wieder loswurde, wie man mit ihr handelseinig geworden war, ohne die langwierigen Formalitäten und den daraus folgenden Skandal.

Sie würde die Mätresse eines Mannes werden. Nicht seine Ehefrau. Allerdings kannte Kelsey auch gar keine Herren, die sie hätte heiraten können, zumindest kannte sie niemanden, der es sich hätte leisten können, Onkel Elliotts Schulden zu begleichen. In Kettering, wo sie vor der *Tragödie* aufgewachsen war, hatten ihr einige junge Männer den Hof gemacht, aber der einzige Vermögende hatte eine entfernte Cousine geheiratet.

Alles war so überraschend gekommen. Letzte Nacht war sie, wie jede Nacht bevor sie zu Bett ging, in die Küche gegangen, um sich etwas Milch warm zu machen, damit sie einschlafen konnte. Sie litt unter Schlaflosigkeit, seit sie und ihre Schwester Jean in das Haus ihrer Tante Elizabeth gezogen waren.

Ihre Schlafprobleme hatten nichts mit dem Leben in einem neuen Haus und einer neuen Stadt, und auch nichts mit Tante Elizabeth zu tun. Ihre Tante war eine liebe Frau, die einzige Schwester ihrer Mutter, und sie liebte ihre beiden Nichten, als seien es ihre eigenen Töchter. Sie hatte beide mit offenen Armen aufgenommen und ihnen all die Zuneigung geschenkt, die sie nach der *Tragödie* so sehr gebraucht hatten. Nein, es waren Alpträume, die Kelseys Schlaf störten, die lebhaften Erinnerungen und der immer wiederkehrende Gedanke, daß sie die *Tragödie* hätte verhindern können.

Tante Elizabeth hatte die warme Milch vor Monaten vorgeschlagen, als ihr endlich die dunklen Schatten unter Kelseys grauen Augen aufgefallen waren und sie ihre Nichte vorsichtig nach dem Grund gefragt hatte.

Und die Milch half auch – in den meisten Nächten. Es war ein nächtliches Ritual geworden, und normalerweise störte sie niemanden, da die Küche um diese Uhrzeit immer leer war. Bis auf letzte Nacht …

Letzte Nacht war Onkel Elliott dagewesen. Er saß an einem der Tische und hatte keine späte Mahlzeit vor sich stehen, sondern eine ziemlich große Flasche Schnaps. Kelsey hatte ihn noch nie mehr trinken sehen als das eine Glas Wein, das Tante Elizabeth zum Abendessen gestattete.

Elizabeth war dem Trinken abgeneigt und hatte natürlich keinen Schnaps im Haus. Aber wo auch immer Onkel Elliott diese Flasche herhaben mochte, er hatte sie auf jeden Fall schon halb geleert. Und sie hatte eine erschreckende Wirkung auf ihn. Er weinte. Er schluchzte leise vor sich hin, den Kopf in die Hände gestützt, während die Tränen auf den Tisch tropften, und seine Schultern bebten mitleidserregend. Kelseys erster Gedanke war gewesen, daß sie verstand, warum Elizabeth keine starken Getränke im Haus haben wollte …

Sie mußte jedoch feststellen, daß nicht das Trinken Elliott so fertigmachte. Nein, er hatte sich mit dem Rücken zur Tür in die Küche gesetzt, weil er annahm, dort würde ihn niemand stören, wenn er sich umbrachte.

Im nachhinein hatte sich Kelsey gefragt, ob er wirklich den Mut gehabt hätte, es zu tun, wenn sie leise wieder hinausgegangen wäre. Er war ihr nie als übermäßig mutiger Mann erschienen, höchstens als gesellig und freundlich. Und schließlich hatte ihre Anwesenheit ihn auf die Lösung seiner Probleme gebracht, eine Lösung, die er sonst nie in Erwägung gezogen, und an die *sie* ganz bestimmt nie gedacht hätte.

Und dabei hatte sie ihn nur gefragt: »Onkel Elliott, was ist passiert?«

Er war herumgefahren, und sie hatte in ihrem hochgeschlossenen Nachthemd und ihrem Morgenmantel hinter ihm gestanden, in der Hand die Lampe, die sie immer mit hinunterbrachte. Einen Augenblick lang hatte er sie entsetzt angesehen. Aber dann hatte er den Kopf wieder in die Hände sinken lassen und etwas gemurmelt, das sie nicht verstehen konnte, so daß sie ihn bitten mußte, es noch einmal zu wiederholen.

Er hatte den Kopf wieder gehoben und gesagt: »Geh weg, Kelsey, du solltest mich nicht so sehen.«

»Ist schon in Ordnung, wirklich«, hatte sie freundlich geantwortet, »aber vielleicht sollte ich Tante Elizabeth holen?«

»Nein!« war es so heftig aus ihm herausgebrochen, daß sie zusammengezuckt war, und dann fügte er leiser, aber immer noch erregt, hinzu: »Sie schätzt es nicht, wenn ich trinke ... und ... und sie weiß es nicht.«

»Weiß sie nicht, daß du trinkst?«

Er antwortete nicht sofort, aber das mußte er wohl gemeint haben. Die Familie hatte immer schon gewußt, daß er bis zum Äußersten gehen würde, um unangenehme Dinge von Elizabeth fernzuhalten, auch solche, die er selbst verschuldet hatte.

Elliott war ein schwerer Mann mit groben Gesichtszügen; seine Haare wurden nun, da er auf die Fünzig zuging, fast überall schon grau. Er hatte nie besonders gut ausgesehen, auch nicht in jüngeren Jahren, aber Elizabeth, die hübschere der beiden Schwestern, die auch heute, mit zweiundvierzig, immer noch schön war, hatte ihn trotzdem geheiratet. Soweit Kelsey wußte, liebte sie ihn immer noch.

Sie hatten in den vierundzwanzig Jahren ihrer Ehe keine Kinder bekommen, und das war möglicherweise der Grund, warum Elizabeth ihre Nichten so zärtlich liebte. Mama hatte Vater gegenüber einmal erwähnt,

daß es nicht daran gelegen habe, daß sie es nicht versucht hätten, sondern daß es einfach nicht sein sollte.
Natürlich war das nicht für Kelseys Ohren bestimmt gewesen. Mama hatte damals nicht gemerkt, daß sie in der Nähe war. Und im Lauf der Jahre hatte Kelsey noch andere Gespräche belauscht, zum Beispiel, wie verwirrt Mama darüber war, daß Elizabeth gerade Elliott geheiratet hatte, der so hausbacken war und kein nennenswertes Vermögen besaß, wo sie doch so viele andere gutaussehende, reiche Verehrer gehabt hatte, unter denen sie ihre Wahl hätte treffen können. Und außerdem war Elliott Kaufmann.
Aber das war Elizabeths Sache, und vielleicht hatte bei ihrer Wahl auch eine Rolle gespielt, daß sie schon immer ihrer Schwäche für die vom Glück weniger Begünstigten nachgegeben hatte. Außerdem pflegte Mama zu sagen, daß Liebe und ihr seltsames Wirken nicht vorhersehbar wären, daß sie nicht Logik oder dem Willen unterworfen wären, und daß das auch nie so sein würde.
»Sie weiß nicht, daß wir ruiniert sind.«
Kelsey blinzelte verständnislos, es war schon so viel Zeit vergangen, seit sie ihre Frage gestellt hatte. Und diese Antwort kam ganz unerwartet. Sie konnte ihr kaum Glauben schenken. Sein Trinken konnte doch wohl kaum der Grund für den gesellschaftlichen Ruin sein, wo so viele Männer – und auch Frauen – bei Festen über jedes Maß hinaus tranken. Deshalb beschloß sie, die Antwort mit Humor zu nehmen.
»Du hast also einen kleinen Skandal verursacht, was?« neckte sie ihn.
»Einen Skandal?« Er hatte sie verwirrt angeblickt. »O ja, natürlich wird es einen Skandal geben. Und Elizabeth wird es mir nie verzeihen, wenn sie uns das Haus wegnehmen.«
Kelsey hatte aufgekeucht, aber ein weiteres Mal eine

falsche Schlußfolgerung gezogen. »Hast du alles verspielt?«
»Nein, warum sollte ich so etwas Dummes tun? Glaubst du, ich möchte so enden wie dein Vater? Aber vielleicht hätte ich wirklich spielen sollen. Dann gäbe es zumindest eine winzige Chance auf Rettung, während uns jetzt niemand helfen kann.«
Sie war mittlerweile vollkommen durcheinander und verlegen gewesen. Die vergangenen Sünden ihres Vaters und die Erinnerung daran, was diese Sünden angerichtet hatten, beschämten sie.
Deshalb hatte sie mit hochroten Wangen, die ihm wahrscheinlich gar nicht auffielen, gesagt: »Ich verstehe nicht, Onkel Elliott. Wer will uns denn das Haus wegnehmen? Und warum?«
Er ließ den Kopf wieder in die Hände sinken, weil er ihr vor lauter Scham nicht ins Gesicht sehen konnte, doch dann erzählte er leise und stockend die ganze Geschichte. Sie mußte sich zu ihm hinunterbeugen, um ihn zu verstehen, und dabei schlug ihr die ganze Zeit sein saurer Whiskyatem entgegen. Als er fertig war, hatte sie entsetzt und schweigend dagesessen.
Es war viel, viel schlimmer, als sie gedacht hatte, und es erinnerte sie in der Tat an die Tragödie ihrer Eltern, obwohl sie mit der Situation ganz anders umgegangen waren. Elliott allerdings besaß nicht die Charakterstärke, sein Versagen zu akzeptieren, dagegen aufzubegehren und von vorne anzufangen. Als Kelsey und Jean vor acht Monaten von Tante Elizabeth aufgenommen wurden, war Kelsey zu sehr in der Trauer um den Tod ihrer Eltern befangen gewesen, um irgend etwas anderes wahrzunehmen. Sie hatte keinen Gedanken daran verschwendet, warum Onkel Elliott so viel zu Hause war. Wahrscheinlich hatten sie es nicht für nötig gehalten, ihren Nichten mitzuteilen, daß Elliott seine Stelle, die er zweiundzwan-

zig Jahre lang innegehabt hatte, verloren hatte und seitdem so durcheinander war, daß er auf keiner anderen Position besonders lange blieb. Und doch hatten sie so weitergelebt, als habe sich nichts geändert. Sie hatten sogar noch zwei weitere Personen in ihren Haushalt aufgenommen, die durchgebracht werden mußten, wo sie doch kaum genug für sich selbst hatten.

Kelsey fragte sich, ob Tante Elizabeth überhaupt das wahre Ausmaß ihrer Schulden kannte. Elliott hatte auf Pump gelebt, was für den Adel ganz normal war, allerdings war es ebenso normal, die Gläubiger zu bezahlen, bevor sie mit ihren Forderungen vor Gericht gingen. Da jedoch kein Geld hereinkam, hatte Elliott schon alle seine Freunde angepumpt, um die Gläubiger in Schach zu halten. Und jetzt hatte er niemanden mehr, an den er sich wenden konnte. Die Situation war außer Kontrolle geraten.

Er würde Tante Elizabeths Haus verlieren, das Haus, das seit Generationen im Besitz von Kelseys Familie war. Tante Elizabeth hatte es geerbt, da sie die ältere Schwester war. Und die Gläubiger drohten es ihnen wegzunehmen. Sie hatten ihnen eine Frist von drei Tagen gesetzt.

Deshalb betrank sich Elliott bis zur Besinnungslosigkeit, in der Hoffnung, sich so viel Mut anzutrinken, daß er seinem Leben ein Ende setzen konnte; ihm fehlte die Energie, dem entgegenzutreten, was in den nächsten Tagen passieren würde. Es war seine Pflicht, für die Familie zu sorgen – zumindest für seine Frau –, und er hatte jämmerlich versagt.

Natürlich war auch Selbstmord keine Lösung. Kelsey wies ihn darauf hin, wieviel schlimmer es für Elizabeth wäre, wenn sie neben der Vertreibung von Haus und Hof auch noch eine Beerdigung überstehen müsse. Kelsey und Jean hatten bereits eine Vertreibung hinter sich gebracht. Aber sie konnten damals woandershin gehen. Dieses Mal jedoch … Kelsey durfte es einfach nicht zulassen. *Sie* war jetzt für ihre Schwester verantwortlich. Sie mußte dafür sorgen, daß Jean ordentlich aufwuchs, mit einem richtigen Dach über dem Kopf. Selbst wenn das bedeutete, daß sie …

Sie wußte nicht mehr genau, wer das Thema ihres Verkaufs eigentlich aufgebracht hatte. Elliott hatte als erster erwähnt, daß er schon einmal daran gedacht habe, sie an den aussichtsreichsten Bewerber zu verheiraten, aber er hatte schon so lange nicht mehr mit ihr über das Thema gesprochen, daß es nun zu spät war. Er hatte ihr auch erklärt, warum es zu spät war, da man etwas so Wichtiges ernsthaft bedenken müsse und nicht in ein paar Tagen erledigen könne.

Vielleicht hatte der Alkohol ihm die Zunge gelöst. Auf jeden Fall hatte er ihr erzählt, daß das gleiche vor vielen Jahren einem seiner Freunde passiert sei, daß er sein ganzes Vermögen verloren habe, seine Tochter jedoch die Familie gerettet hätte, indem sie sich an einen alten Wüstling verkaufte, der Jungfräulichkeit schätzte und bereit gewesen war, dafür außergewöhnlich viel Geld zu bezahlen.

Dann erzählte er ihr im gleichen Atemzug, daß er mit einem Gentleman, den er ziemlich gut kannte, gesprochen habe, um herauszufinden, ob dieser an einer jungen Frau interessiert wäre. Die Antwort war gewesen: »Ich könnte das Mädchen nicht heiraten, aber ich brauche eine neue Mätresse, und ich würde dir ein paar Pfund dafür zahlen, wenn sie geneigt wäre …«

So war es zu dem Gespräch über Mätressen statt Ehefrauen gekommen. Ein paar reiche Herren würden offensichtlich sehr gut für eine junge, frische Geliebte zahlen, die sie bei ihren Freunden vorzeigen könnten; vor allem für ein Mädchen, das noch nicht die Runde bei die-

sen Freunden gemacht hatte – und daß sie sogar noch mehr bezahlen würden, wenn sie unschuldig wäre.
Er hatte die Saat sorgfältig gelegt, hatte ihr die Lösung aufgezeigt, ohne sie direkt zu bitten, sich selbst zu opfern. Sie war völlig schockiert gewesen von dem Gerede über Geliebte, über die Situation und die Auswirkungen auf die Familie. Die Vorstellung machte sie ganz krank, aber alles wurde überdeckt von der verzweifelten Sorge um Jean und daß dies deren Chancen im Hinblick auf eine standesgemäße Heirat verderben konnte.
Kelsey wäre es vielleicht möglich gewesen, eine Stelle zu finden, allerdings kaum eine mit einem Verdienst, der sie weit über die Armutsgrenze hinausheben würde, vor allem, wenn die ganze Familie davon ernährt werden sollte. Sie konnte sich nicht vorstellen, daß Tante Elizabeth arbeitete, und Elliott, nun ja, er hatte bereits deutlich bewiesen, daß man sich nicht darauf verlassen konnte, daß er es lange in einer Stellung aushielt.
Die Vorstellung, daß ihre kleine Schwester auf der Straße betteln müßte, hatte Kelsey schließlich dazu bewogen, ihren Onkel, wenn auch in entsetztem Flüsterton, zu fragen: »Kennst du einen Mann, der bereit wäre … genug zu zahlen, wenn ich … wenn ich zustimmte, seine Mätresse zu werden?«
Elliott hatte sehr hoffnungsvoll und verdammt erleichtert dreingeblickt, obwohl er ihr antwortete: »Nein, ich kenne keinen. Aber ich kenne einen Ort in London, an dem die reichen Herren häufig verkehren, einen Ort, an dem du vorgestellt werden kannst, um ein hervorragendes Angebot zu bekommen.«
Sie hatte eine Zeitlang schweigend dagestanden und über diese schwerwiegende Entscheidung nachgedacht; ihr war übel geworden bei dem Gedanken, daß dies tatsächlich ihre einzige Möglichkeit sein sollte. Elliott

war der Schweiß ausgebrochen, bis sie endlich zustimmend genickt hatte.
Und dann hatte er versucht, sie zu trösten, als ob sie überhaupt zu trösten gewesen wäre. »Es wird nicht so schlimm werden, Kelsey, wirklich nicht. Eine Frau kann auf diese Weise ein Vermögen machen, wenn sie es klug anfängt, genug Geld verdienen, um unabhängig zu werden – oder sogar, um später noch zu heiraten, wenn sie es möchte.«
Das stimmte keineswegs, und sie beide wußten es. Ihre eigenen Chancen auf eine gute Heirat wären für immer vorbei. Das Stigma würde bis ans Ende ihrer Tage an ihr haften bleiben. In der eleganten Gesellschaft würde sie nie wieder willkommen sein. Aber dieses Kreuz mußte sie tragen. Zumindest ihre Schwester könnte dann auf die Zukunft hoffen, die sie verdiente.
Immer noch geschockt, weil sie zugestimmt hatte, schlug sie vor: »Ich überlasse es dir, Tante Elizabeth alles zu sagen.«
»Nein! Nein, sie darf das nicht wissen! Sie würde es niemals erlauben. Aber ich bin sicher, daß dir etwas Vernünftiges einfällt, um ihr deine Abwesenheit zu erklären.«
Das sollte sie auch noch machen? Wo sie doch kaum an etwas anderes als den entsetzlichen Handel denken konnte, in den sie eingewilligt hatte?
Als sie ihn verließ, war sie beinahe selbst so weit, daß sie die Flasche Schnaps hätte leeren können. Trotzdem war ihr schnell eine fadenscheinige Entschuldigung eingefallen. Sie hatte Tante Elizabeth erzählt, daß Anne, eine ihrer Freundinnen aus Kettering, ihr geschrieben habe, sie sei ernsthaft krank, und die Ärzte gäben ihr nicht mehr viel Hoffnung. Kelsey müsse sie natürlich sofort besuchen und sie, so gut es ging, trösten. Und Onkel Elliott habe ihr angeboten, sie zu begleiten.

Elizabeth hatte nichts gemerkt. Kelseys Blässe führte sie auf die Sorge um die Freundin zurück. Und Jean hatte sie Gott sei Dank nicht wie üblich mit unzähligen Fragen gequält, weil sie sich gerade an den Namen dieser speziellen Freundin nicht erinnern konnte. Außerdem war Jean im vergangenen Jahr sehr viel reifer geworden. Eine Tragödie in der Familie unterbrach oft genug die Kindheit, beendete sie manchmal sogar. Kelsey wäre es fast lieber gewesen, wenn ihre zwölfjährige Schwester sie mit Hunderten von Fragen bestürmt hätte, die sonst immer ihre Geduld auf eine harte Probe stellten. Aber Jean trauerte immer noch vergangenen Zeiten nach.

Und was wäre, wenn Kelsey von dem Besuch in Kettering gar nicht mehr zurückkehren könnte? Nun, darüber wollte sie sich später Gedanken machen.

Würde sie ihre Tante Elizabeth oder ihre Schwester jemals wiedersehen? Würde sie es überhaupt wagen, ihnen unter die Augen zu treten, wenn sie die Wahrheit entdecken sollten? Sie wußte ganz genau, daß nichts für sie jemals wieder so sein würde wie vorher.

2

»Kommen Sie, Schätzchen, es ist an der Zeit.«

Kelsey starrte den großen, dünnen Mann an, der in der Tür stand. Man hatte ihr gesagt, sie solle ihn Lonny nennen, der einzige Name, der ihr genannt wurde, als man sie ihm gestern übergeben hatte. Er war der Besitzer des Hauses – der Mann, der sie an den höchsten Bieter verkaufen würde.

Nichts an ihm wies darauf hin, daß er einen lasterhaften Handel trieb. Er zog sich wie jeder bessere Herr an. Er sah ansprechend aus. Er redete kultiviert –

zumindest, solange Onkel Elliott dagewesen war. Kaum war ihr Onkel gegangen, verfiel Lonny gelegentlich in eine nicht so kultivierte Sprechweise und verriet damit seine wahre Herkunft. Jedoch blieb er höflich und nett.

Er hatte ihr sehr sorgfältig erklärt, daß ihr, da eine so große Summe Geld für sie gezahlt würde, nicht die Möglichkeit offenstünde, die Vereinbarung aufzuheben, wie eine normale Mätresse das tun konnte. Der Gentleman, der sie kaufte, mußte die Garantie bekommen, daß er den Gegenwert seines Geldes so lange erhielt, wie er es wünschte.

Sie hatte einwilligen müssen, aber es kam ihr vor wie Sklaverei. Sie mußte bei dem Mann bleiben, ob sie ihn nun mochte oder nicht, ob er sie gut behandelte oder nicht – bis er sie nicht mehr wollte.

»Und wenn ich es nicht tue?« hatte sie gefragt.

»Nun, Schätzchen, du willst doch nicht wirklich herausfinden, was dann passiert«, hatte er zu ihr gesagt, und das in einem solchen Ton, daß sie sich regelrecht bedroht fühlte. Dann hatte er ihr mit tadelnder Stimme weitere Erklärungen gegeben, als ob sie das alles schon wissen müsse. »Ich garantiere persönlich für die Arrangements, die ich treffe, und ich kann es mir nicht leisten, daß mein Ruf durch die Launen eines Mädchens ruiniert wird, das später entscheidet, daß sie den Handel, den man mit ihr gemacht hat, nicht mag. Niemand würde an diesen Auktionen teilnehmen, wenn das der Fall wäre, oder?«

»Haben Sie viele solcher – Auktionen?«

»Das wird die vierte Versteigerung sein, die hier stattfindet, allerdings bist du die erste aus einer vornehmen Familie. Die meisten Adligen, die sich in deiner Lage befinden, schaffen es, ihre Töchter an reiche Ehemänner zu verheiraten, um ihre Schwierigkeiten beizulegen.

Eine Schande, daß dein Onkel nicht versucht hat, eine passende Partie für dich zu finden. Du siehst mir nicht so aus wie die typische Mätresse.«

Sie hatte nicht gewußt, ob sie das als Kompliment oder als Beleidigung auffassen sollte, und so erwiderte sie nur: »Es war nicht mehr genug Zeit, um eine Ehe zu arrangieren, wie mein Onkel Ihnen bereits gesagt hat.«

»Ja, aber es ist trotzdem eine Schande. Nun, sollen wir dich jetzt für die Nacht unterbringen? Du wirst erst morgen abend vorgestellt werden, damit ich Zeit habe, die Herren zu benachrichtigen, die an dir interessiert sein könnten. Hoffentlich hat eins meiner Mädchen etwas Passendes für dich zum Anziehen. Eine Mätresse muß auch aussehen wie eine Mätresse, wenn du verstehst, was ich meine, und nicht wie die Schwester von irgend jemand.« Er musterte sie kritisch. »Dein Kleid mag ja hübsch sein, Schätzchen, aber es ist eher was für eine Teegesellschaft im Garten. Oder hast du etwas Geeignetes mitgebracht ...?«

Sie hatte verneinen müssen, beschämt, daß sie so – damenhaft aussah.

Er seufzte. »Na ja, wir finden schon was«, hatte er gesagt und sie dann aus der Empfangshalle nach oben in ein Zimmer gebracht, in dem sie die Nacht verbringen konnte.

Wie der Rest des großen Hauses war auch dieses Zimmer geschmackvoll eingerichtet, und sie hatte eine höfliche Bemerkung darüber gemacht. »Sehr hübsch ...«

»Hattest du etwas Billiges erwartet?« Lächelnd hatte er ihren Blick erwidert. »Ich beliefere die oberen Zehntausend, Schätzchen, und ich habe herausgefunden, daß sie ihr Geld lieber ausgeben, wenn sie sich dabei wie zu Hause fühlen.« Und dann hatte er gelacht. »Die unteren Klassen können sich meine Preise nicht leisten, die kommen nicht mal bis zur Tür.«

»Ich verstehe«, hatte sie erwidert, obwohl sie es keineswegs verstand. Männer nahmen sich ihr Vergnügen wohl, wo sie es bekommen konnten, und Häuser mit schlechtem Ruf gab es überall in London. Das war nur zufällig eins der teureren.

Bevor er ging, hatte er noch einmal betont. »Du verstehst doch dieses Arrangement, in das du eingewilligt hast, und inwiefern es sich von einem normalen Arrangement dieser Art unterscheidet, oder?«

»Ja.«

»Auch daß du nichts für dich selbst bekommst, abgesehen von den Geschenken, die dein Gentleman dir während der Zeit gibt, die du mit ihm verbringst?« Sie hatte genickt, aber er wollte es ihr so eindringlich klarmachen, daß er weiterredete: »Eine Mindestsumme wird angesetzt, genau in der Höhe, wie sie dein Onkel braucht, und diese Summe wird an ihn gehen. Von allem, was darüber hinaus bezahlt wird, bekomme ich einen Anteil, weil ich den Verkauf arrangiert habe. Aber du erhältst überhaupt kein Geld.«

Sie wußte das und betete, daß möglichst viel Geld geboten würde, zumindest genug, um ihre Familie über Wasser zu halten, bis Onkel Elliott eine neue Stelle gefunden hatte, bei der er dann auch blieb. Sonst hätte dieses Opfer nur eine zeitweilige Verschiebung der Katastrophe bewirkt. Allerdings hatte ihr Onkel ihr auf dem Weg nach London geschworen, daß er eine Stelle finden und auch daran festhalten würde, ganz gleich, ob sie seinen Ansprüchen gerecht wurde oder nicht, und daß er alles daransetzen wollte, nie wieder in eine so mißliche Lage zu kommen.

Da sie jedoch wußte, wie hoch Elliotts Schulden waren, machte sie sich Sorgen, und so fragte sie Lonny schließlich: »Glauben Sie wirklich, daß jemand eine so hohe Summe zahlt?«

»Aber natürlich«, entgegnete er im Brustton der Überzeugung. »Diese reichen Nabobs wissen gar nicht, wie sie ihr Geld sonst ausgeben sollen. Pferde, Frauen und Spielen sind ihre Hauptvergnügen. Und von diesen drei Dingen kann ich ihnen glücklicherweise zwei bieten, und dazu noch jedes andere Laster, außer Mord.«
»Jedes Laster?«
Er hatte geschmunzelt. »Schätzchen, du wärst überrascht, was manche dieser Herren – und Damen – verlangen. Da ist zum Beispiel eine Gräfin, die mindestens zweimal im Monat hierherkommt und mich dafür bezahlt, daß ich ihr jedesmal einen anderen Herrn beschaffe, der sie auspeitscht – vorsichtig, natürlich – und sie wie die niedrigste Sklavin behandelt. Sie trägt eine Maske, damit sie niemand erkennt. Die Gentlemen, die ich ihr schicke, nehmen wahrscheinlich an, daß sie eins von meinen Mädchen ist. Ich würde ihr selbst gern meine Dienste anbieten, sie ist nämlich mindestens so hübsch wie du, aber das will sie nicht. Sie braucht den Kitzel, daß sie die meisten persönlich kennt, von ihnen aber nicht erkannt wird. Bei gesellschaftlichen Anlässen sieht sie die Männer dann wieder, tanzt mit ihnen, spielt mit ihnen Karten und kennt ihre schmutzigen kleinen Geheimnisse.«
Kelsey war über und über rot geworden. Was er sagte, verschlug ihr die Sprache. Diese Leute machten wirklich solche Sachen – und bezahlten dafür! Das hätte sie sich in ihren kühnsten Träumen nie vorstellen können!
Da sagte Lonny auch schon geringschätzig: »Komm, jetzt rot zu werden, mag ja ganz in Ordnung sein, aber du gewöhnst dich besser an solche Gespräche, Mädchen. Es wird von nun an deine Aufgabe sein, dem Mann, der dich kauft, Sex zu geben, wie er ihn haben will, verstehst du? Ein Mann tut Dinge mit seiner Mätresse, die er mit seiner Frau nie machen würde. Dazu ist eine Mätresse

da. Ich schicke dir eins meiner Mädchen, damit sie es dir genauer erklärt, denn dein Onkel hat sich ja anscheinend nicht darum gekümmert.«

Und zu Kelseys großer Bestürzung hielt Lonny Wort. Eine junge, hübsche Frau namens May war spät am Abend gekommen, hatte ihr das auffällige Kleid mitgebracht, das Kelsey jetzt trug, und hatte ihr stundenlang etwas über die Tatsachen des Geschlechtslebens erzählt. May hatte nichts ausgelassen, vom Verhindern ungewollter Schwangerschaften bis hin zu jeder nur vorstellbaren Methode, einem Mann Vergnügen zu bereiten, in ihm Lust zu erwecken; und sie schilderte sogar Methoden, wie eine Frau das von den Männern bekam, was *sie* wollte. Wahrscheinlich war es nicht Lonnys Absicht gewesen, daß Kelsey auch das lernte, aber May hatte anscheinend Mitleid mit ihr, und deshalb gab sie ihr diesen Hinweis aus freien Stücken.

Diese Informationen hatten überhaupt keine Ähnlichkeit mit dem kurzen Gespräch, das Kelsey vor mehr als einem Jahr mit ihrer Mutter kurz nach ihrem siebzehnten Geburtstag über Liebe und Ehe geführt hatte. Ihre Mutter hatte in ihrer geradlinigen Art Geschlechtsverkehr und Babys angesprochen, hatte dann aber gleich wieder das Thema gewechselt, da sie sich beide in Grund und Boden schämten.

Zum Abschluß hatte May ihr noch einen Rat gegeben. »Denk dran, wahrscheinlich wird dich ein verheirateter Mann kaufen, und er möchte vor allem deswegen eine Mätresse, weil seine Frau ihm keine Befriedigung schenkt. Manche von ihnen haben ihre Frau noch nie nackt gesehen, ob du es nun glaubst oder nicht. Jeder wird dir sagen – na ja, jeder von *meinen* Bekannten wird dir sagen –, daß ein Mann gerne eine nackte Frau ansieht. Gib ihm einfach, was er zu Hause nicht bekommt, und er wird dich anbeten.«

Und jetzt war es Zeit. Kelsey zitterte beinahe vor Entsetzen. Lonny hatte ihr einen zustimmenden Blick zugeworfen – eigentlich einen äußerst zustimmenden Blick –, als er die Tür geöffnet und sie in ihrem rubinroten Kleid mit dem tiefen Ausschnitt gesehen hatte. Daß sie seiner Meinung nach nun für die Gelegenheit passend angezogen war, hob ihren Mut jedoch nicht. Heute nacht würde ihre Zukunft, ob nun zum Besseren oder zum Schlechteren, von dem Mann entschieden werden, der für sie das meiste bezahlte. Es spielte überhaupt keine Rolle, ob sie ihn mochte, das wußte sie. May hatte ihr klargemacht, daß sie ihn möglicherweise sogar von vornherein verabscheuen würde, falls er alt oder grausam wäre. Sie konnte nur hoffen, das dies nicht der Fall war.

Lonny geleitete sie die Treppe hinunter. Er mußte sie ein bißchen hinter sich herziehen, als sie am Lärm hörte, wie voll es unten war, und was noch schlimmer war, er führte sie nicht in den Salon, wo sie die Herren hätte kennenlernen und sich mit ihnen hätte unterhalten können.

Statt dessen brachte er sie in den großen Spielsaal und flüsterte ihr zu, als sie stocksteif stehenblieb: »Die meisten Herren hier werden nicht auf dich bieten. Sie wollen hier nur spielen oder anderen Vergnügungen nachgehen. Aber ich habe festgestellt, daß die Angebote von den ernsthaft Interessierten um so höher klettern, je mehr Männer anwesend sind. Die anderen, nun ja, die genießen eben eine gute Show, und das ist nicht schlecht fürs Geschäft.«

Und bevor sie merkte, was er vorhatte, hatte er sie auf einen der Tische gehoben und ihr warnend zugezischt: »Bleib da stehen, und tu dein Bestes, um verführerisch auszusehen.«

Verführerisch, wo sie vor Angst und Scham wie gelähmt war? Da die meisten Männer im Saal sich nicht deswegen hier aufhielten, um auf sie zu bieten, wie Lonny gesagt hatte, und deshalb keine Ahnung hatten, warum sie auf einem Tisch stand, hielt er eine kleine Ansprache, um es ihnen klarzumachen.

»Ich bitte um Ihre Aufmerksamkeit, Gentlemen, für eine äußerst ungewöhnliche Auktion.«

Das Wort *Auktion* erregte augenblicklich Aufmerksamkeit, und Lonny mußte nur ein paar Sekunden warten, bis es im Raum vollkommen still wurde.

»Diejenigen unter Ihnen, die mit ihrer derzeitigen Dame glücklich sind, können weiterspielen, die Auktion ist nicht für sie bestimmt. Aber denjenigen, die auf der Suche nach etwas Neuem sind, biete ich den Anblick dieser – errötenden Schönheit.« Im Saal wurde gekichert, weil Kelseys Gesicht tatsächlich beinahe die Farbe ihres Kleides angenommen hatte. »Nicht zum Ausprobieren, meine Herren, sondern um sie Ihr eigen zu nennen, solange Sie belieben. Und wegen dieses Privilegs wird das Angebot bei zehntausend Pfund beginnen.«

Diese Summe verursachte natürlich sofort einen Aufruhr, und der Lärmpegel im Saal wurde noch höher als vor Lonnys erstaunlicher Ankündigung.

»Soviel ist keine Frau wert, nicht mal meine eigene!« rief ein Mann und löste damit allgemeines Gelächter aus.

»Kannst du mir zehntausend leihen, Peters?«

»Die ist aus Gold, was?« schnarrte jemand.

»Fünfhundert, und nicht ein Pfund mehr«, rief eine betrunkene Stimme.

Dies waren nur einige der Kommentare, die Lonny klugerweise erst einmal vorbeigehen ließ, bevor er mit seiner Rede fortfuhr. »Da dieses kleine Schmuckstück an den höchsten Bieter geht, hat ihr neuer Beschützer die Möglichkeit, sie so lange zu behalten, wie er es möchte. Einen Monat, ein Jahr, für immer ... das entscheidet er, nicht sie. Es wird im Kaufvertrag festgeschrieben. Also, kommen Sie, meine Herren, wer will der Glückliche sein, der als erster – *allererster* – dieses süße junge Dämchen ausprobiert?«

Kelsey war zu geschockt, um noch viel von dem zu hören, was er danach noch vorbrachte. Man hatte ihr gesagt, sie würde den Gentlemen »vorgestellt« werden, und das hatte sie zu der irrigen Annahme verleitet, sie könne sie kennenlernen und sich mit jedem von ihnen unterhalten, und dann würden sie, wenn sie die Absicht hätten zu bieten, ihre Angebote leise an Lonny abgeben.

Niemals hätte sie sich träumen lassen, daß das Ganze so öffentlich vonstatten gehen würde. Du lieber Himmel, wenn sie gewußt hätte, daß man sie in einem Saal voll halbbetrunkener Männer versteigern würde – *versteigern*! –, hätte sie dann dem Ganzen noch zugestimmt?

Eine Stimme durchdrang ihre entsetzten Gedanken.

»Ich halte das Eröffnungsangebot.«

Kelsey wandte ihren Blick dorthin, wo die müde Stimme herkam, und sah ein genauso müdes, uraltes Gesicht. Sie war einer Ohnmacht nahe.

3

»Ich weiß immer noch nicht, was wir hier sollen«, murmelte Lord Percival Alden. »Bei Angela ist es mindestens genauso nett, es wäre nach dem Dinner bei White's genauso nah gewesen, und ihre Mädchen sind an *normale* Ausschweifungen durchaus gewöhnt.«

Derek Malory schmunzelte und zwinkerte seinem Cousin Jeremy zu, während sie ihrem Freund ins Foyer

folgten. »Gibt es so was wie normale Ausschweifungen? Klingt wie ein Widerspruch in sich, was?«
Percy gab manchmal die ungewöhnlichsten Dinge von sich, aber er war, wie Nicholas Eden, einer von Dereks engsten Freunden seit der Schulzeit, und deshalb konnte man ihm seine gelegentlichen sprachlichen Fehltritte verzeihen. Nick war jetzt nur noch selten mit ihnen zusammen, und seit er mit Dereks Cousine Regina verbandelt war, hielt er sich ganz bestimmt nicht mehr an Orten wie diesem auf. Derek war zwar entzückt davon, daß Nick jetzt zu seiner Familie gehörte, aber es war seine feste Überzeugung, daß man mit dem Heiraten warten sollte, bis man dreißig war, und das war bei ihm noch fünf lange Jahre weit entfernt.
Seine beiden jüngsten Onkel, Tony und James, waren perfekte Beispiele für die Klugheit dieser Überzeugung. Sie waren zu ihrer Zeit Londons bekannteste Herzensbrecher gewesen, hatten sich lange und gründlich ausgetobt und sich beide erst mit Mitte dreißig niedergelassen und Familien gegründet. Daß es Jeremy gab, James' unehelichen achtzehnjährigen Sohn, wurde nicht als frühe Familiengründung betrachtet, da er ohne das Sakrament der Ehe gezeugt worden war – genau wie Derek. Außerdem hatte Onkel James in Jeremys Fall erst vor ein paar Jahren von dessen Existenz erfahren.
»Oh, ich weiß nicht«, bemerkte Jeremy ernsthaft, »ich bin so ausschweifend wie jedermann, und ich bleibe dabei ganz normal.«
»Du weißt, was ich meine«, erwiderte Percy und blickte sich aufmerksam im Foyer um, als ob er erwartete, der Teufel persönlich könne erscheinen. »Hier verkehren ein paar reichlich seltsame Typen.«
Derek zog die Augenbrauen hoch und erwiderte: »Ich bin jetzt ein paarmal hiergewesen, Percy, um zu spielen und mich in einem der oberen Zimmer zu zerstreuen –

mit der Bewohnerin des Zimmers. Mir ist nichts Ungewöhnliches aufgefallen. Und ich kenne die meisten Männer hier.«

»Ich habe ja nicht gesagt, daß *alle* hier seltsam sind, alter Junge. Natürlich nicht. Schließlich sind wir auch hier, oder?«

Jeremy konnte nicht widerstehen. »Du meinst, wir sind nicht seltsam? Zum Teufel, ich hätte schwören können ...«

»Sei still, Kumpel«, warf Derek ein, dem es kaum gelang, sein Lachen zu unterdrücken. »Unser Freund hier scheint es ernst zu meinen.«

Percy nickte nachdrücklich. »Natürlich meine ich es ernst. Es heißt, hier kann man jede Art von Fetisch finden und jede Phantasievorstellung realisieren, ganz gleich, was für einen bizarren Geschmack man hat. Und jetzt, wo ich Lord Ashfords Kutscher draußen gesehen habe, glaube ich das auch. Ich hätte Angst, daß mir ein Mädchen hier Ketten anlegt, wenn ich ihr Zimmer betrete.« Er schauderte.

Der Name Ashford ließ Dereks und Jeremys Witzeleien augenblicklich verstummen. Sie waren alle drei vor ein paar Monaten in einem der Gasthäuser unten am Fluß mit ihm zusammengetroffen, als die entsetzten Schreie einer Frau sie in eines der Schlafzimmer im Obergeschoß gelockt hatten.

»Ist das nicht der Kerl, den ich vor gar nicht so langer Zeit bewußtlos geschlagen habe?« fragte Jeremy.

»Kleine Korrektur, mein Lieber«, erwiderte Percy. »Derek hat den Schurken zusammengeschlagen. Er hat keinem von uns eine besonders große Chance gegeben, so wütend wie er war. Soweit ich mich erinnere, hast du ihm jedoch noch einen oder zwei Schläge versetzt, als er schon am Boden lag. Ich wohl auch, wenn ich so darüber nachdenke.«

»Es freut mich, das zu hören«, nickte Jeremy. »Ich muß betrunken gewesen sein, daß ich mich daran nicht mehr erinnere.«
»Das warst du in der Tat. Wir waren alle betrunken. Und das war auch gut so, denn sonst hätten wir den miesen Kerl wahrscheinlich umgebracht.«
»Das hätte er auch verdient«, murmelte Derek. »Der Mann ist durch und durch verdorben. Für diese Art von Grausamkeit gibt es keine Entschuldigung.«
»Da bin ich absolut deiner Meinung«, sagte Percy und flüsterte dann: »Ich habe sogar gehört, daß er ohne Blut nicht kann ... nun ja, du weißt schon ...«
Percy schaffte es doch immer wieder, die Stimmung zu heben. Derek brach in lautes Lachen aus. »Du lieber Himmel, Mann, wir sind hier im bekanntesten Bordell der Stadt. Du brauchst hier nicht nach Worten zu suchen.«
Percy errötete und murrte: »Na ja, ich möchte immer noch wissen, was wir hier eigentlich tun. Was hier in diesem Haus vor sich geht, ist einfach nicht mein Ding.«
»Meins auch nicht«, stimmte Derek zu. »Aber wie ich eben schon sagte, es gibt auch noch was anderes hier. Es mag schon sein, daß man hier die Perversen bedient, aber die Mädchen hier schätzen auch immer noch eine nette, *normale* Nummer, wenn nichts anderes von ihnen erwartet wird. Außerdem sind wir hier, weil Jeremy herausgefunden hat, daß seine kleine blonde Florence aus Angelas Etablissement hierhergewechselt hat, und ich habe ihm ein oder zwei Stunden mit ihr versprochen, bevor wir bei dem Ball auftauchen, bei dem wir uns später noch zeigen müssen. Ich könnte schwören, daß ich das schon erwähnt habe, Percy.«
»Kann mich nicht erinnern«, meinte Percy. »Ich behaupte ja gar nicht, daß du es nicht gesagt hast, ich kann mich nur nicht erinnern.«

Aber jetzt war es an Jeremy, Bedenken anzumelden. »Wenn dieser Ort hier so schlimm ist, wie du sagst, dann möchte ich, glaube ich, nicht, daß meine Florence hier arbeitet.«
»Dann schaff sie zurück zu Angela«, schlug Derek ganz vernünftig vor. »Das Mädchen wird es dir danken. Sie hat wahrscheinlich gar nicht gewußt, was sie erwartet, und man hat ihr nur versprochen, daß sie hier mehr Geld verdient.«
Percy nickte zustimmend. »Und mach schnell, alter Junge. Ich kann noch nicht mal behaupten, daß ich so wild aufs Kartenspielen bin, während du die Braut suchst. Nicht wenn Ashford im selben Raum ist.« Während dieser Worte ging er jedoch weiter, um in den Spielsaal zu blicken, und rief erregt aus: »Oh, da ist ein Vögelchen, mit dem ich sogar hier ein oder zwei Stunden verbringen würde! Es sieht allerdings so aus, als stünde sie nicht zur Verfügung ... Wie schade – oder ist sie vielleicht doch zu haben? Nein, ist sie nicht! Viel zu teuer für meinen Geschmack.«
»Percy, wovon redest du?«
»Es hört sich so an, als ob da gerade eine Auktion stattfindet«, gab Percy über die Schulter zurück. »In meinem Alter brauche ich allerdings noch keine Mätresse, es reicht mir, wenn ich hier und da ein bißchen Geld ausgeben kann.«
Derek seufzte. Offenbar bekamen sie aus Percy keine sinnvolle Antwort heraus, aber das war schließlich nichts Neues. Die Hälfte der Zeit gaben Percys Bemerkungen größere Rätsel auf. Er hatte jetzt allerdings keine Lust, das hier zu entschlüsseln, wo er nur selbst ein paar Schritte vortreten mußte, um mit eigenen Augen zu sehen, was Percy dieses Mal sprachlos gemacht hatte.
Deshalb trat er mit Jeremy neben seinen Freund an die

offene Tür. Und dann sahen sie beide das Mädchen. Sie konnten es gar nicht übersehen, wie es da auf dem Tisch stand. Ein hübsches junges Ding – es sah zumindest so aus. Schwer zu sagen, so rot im Gesicht, wie es im Moment war. Hübsche Figur. Sehr hübsch.

Und jetzt ergaben auch Percys Bemerkungen einen Sinn. Sie hörten, daß jemand sagte: »Noch einmal, meine Herren, dieses kleine Schmuckstück wird eine großartige Mätresse abgeben. Sie können sie ganz nach Ihrem Geschmack erziehen, unberührt, wie sie ist. Höre ich zweiundzwanzigtausend?«

Derek schnaubte leise. Unberührt? Hier? Verdammt unwahrscheinlich. Aber diesen betrunkenen Idioten konnte man sicher alles weismachen. Die Gebote waren allerdings wohl schon aus dem Ruder gelaufen, der jetzige Preis war absurd.

»Es sieht nicht so aus, als ob wir hier eine friedliche Partie Whist spielen könnten, Percy, bei diesem Unsinn, der hier abläuft«, sagte Derek. »Sieh doch nur, keiner achtet aufs Spiel.«

»Kann ich ihnen nicht verdenken«, erwiderte Percy grinsend. »Ich guck' ja selbst auf das Mädchen.«

Derek seufzte. »Jeremy, würdest du bitte deine Geschäfte hier so schnell wie möglich erledigen? Anschließend möchte ich lieber früher auf diesen Ball gehen. Hol das Mädchen, und wir liefern sie auf dem Rückweg bei Angela ab.«

»Ich möchte lieber diese da.«

Da Jeremy seine Augen von dem Mädchen auf dem Tisch immer noch nicht abgewendet hatte, brauchte Derek erst gar nicht zu fragen, wen er meinte. Er sagte deshalb nur: »Die kannst du dir nicht leisten.«

»Könnte ich doch, wenn du mir das Geld leihst.«

Percy begann zu kichern. Derek fand das Ganze gar nicht komisch, er runzelte die Stirn, und sein »Nein«

klang so entschieden, daß man ihm besser nicht widersprach. Jeremy ließ sich jedoch damit nicht abspeisen.
»Na komm schon, Derek«, witzelte er. »Dir macht doch eine solche Summe nichts aus. Ich habe von der großzügigen Regelung gehört, die Onkel Jason sich nach der Universität für dich ausgedacht hat. Da war auch von etlichen Ländereien die Rede, die einiges abwerfen. Und da Onkel Edward das meiste für dich anlegt, du liebe Güte, da ist es wahrscheinlich mittlerweile dreimal soviel ...«
»Mehr als sechsmal soviel, aber das heißt noch lange nicht, daß ich vorhabe, es für sexuelle Eskapaden hinauszuwerfen, die noch nicht mal meine eigenen sind. Ich gedenke nicht, dir soviel Geld zu leihen. Außerdem müßte eine so hübsche Frau wie diese da in großem Stil ausgehalten werden. Und das, lieber Vetter, kannst du dir nicht leisten.«
Jeremy grinste ungerührt. »Ach was, aber ich würde sie *glücklich* machen.«
»Eine Mätresse hat mehr Interesse an dem, was in deinen Taschen ist, als an dem, was sich dazwischen befindet«, warf Percy hilfreich ein, errötete jedoch sofort wegen seiner Äußerung.
»So gewinnsüchtig sind sie ja nun auch wieder nicht«, protestierte Jeremy.
»Da bin ich anderer Meinung ...«
»Woher willst du das denn wissen? Du hast ja noch nie eine gehabt.«
Derek verdrehte die Augen und warf ein: »Es gibt keinen Grund, sich hier zu streiten. Die Antwort ist und bleibt nein, also hör auf, Jeremy. Dein Vater würde mich umbringen, wenn ich dich so tief in Schulden stürzen würde.«
»Mein Vater würde das besser als deiner verstehen.«

Damit hatte Jeremy nicht unrecht. Den Gerüchten zufolge hatte James Malory in seiner Jugend ähnlich extravagante Dinge getan, während Dereks Vater als Marquis of Haverston und ältester der vier Malory-Brüder schon früh Verantwortung hatte übernehmen müssen. Das bedeutete allerdings nicht, daß sein Zorn über sie alle hereinbrechen würde, falls Derek dem Ansinnen seines Vetters nachgeben sollte.

Deshalb antwortete er: »Vielleicht würde er es verstehen, wenn du auch zugeben mußt, daß Onkel James sehr viel konservativer geworden ist, seitdem er geheiratet hat. Und außerdem müßte ich das vor meinem Vater rechtfertigen. Und dann, wo zum Teufel willst du dir eine Mätresse halten? Du bist schließlich noch in der Schule und wohnst bei deinem Vater, wenn du zu Hause bist.«Jeremy warf ihm einen verdrossenen Blick zu. »Verdammt, daran hab' ich gar nicht gedacht.«

»Außerdem kann eine Mätresse genauso fordernd sein wie eine Ehefrau«, erklärte ihm Derek. »Ich habe das selbst schon mal versucht, und mir hat es gar nicht gefallen. Du willst dich doch in deinem Alter nicht schon so binden?«

Jeremy blickte ihn entsetzt an. »Nein, um Himmelswillen nicht!«

»Dann sei froh, daß ich es nicht zulasse, daß du *mein* Geld an eine alberne Laune verschwendest.«

»O ja, natürlich. Ich kann dir gar nicht genug danken, Vetter. Was hab' ich mir bloß dabei gedacht!«

»Dreiundzwanzigtausend«, erscholl es von drinnen, und ihre Aufmerksamkeit richtete sich wieder auf den Spielsaal.

»Noch ein Grund, froh zu sein, daß du wieder zu Verstand gekommen bist, Jeremy«, schmunzelte Percy. »Das hört sich so an, als käme die Bieterei überhaupt nicht zu einem Ende.«

Derek hingegen war überhaupt nicht erheitert. Er war bei dem Gebot zusammengezuckt, und zwar nicht weil der lächerliche Preis sich immer mehr in die Höhe schraubte. Zum Teufel noch mal, er wünschte *wirklich*, er hätte die Stimme, die das letzte Gebot abgegeben hatte, nicht erkannt.

4

»Dreiundzwanzigtausend.«

Kelsey hätte nie geglaubt, daß die Summe so hoch werden könnte. Es schmeichelte ihr allerdings gar nicht, daß sie einen solchen Preis erzielte. Sie konnte sich noch nicht einmal darüber freuen, daß sie damit die Probleme ihrer Tante und ihres Onkels für *sehr* lange Zeit lösen würde. Nein, sie war zu verängstigt, um erfreut zu sein.

Er sah ... grausam aus. Das war das einzige Wort, das ihr in den Sinn kam. Sie wußte nicht genau, warum. Vielleicht wegen des Schwunges seiner dünnen Lippen? Wegen des kalten Glanzes in seinen hellblauen Augen, mit denen er beobachtete, wie sie sich unter seinen Blicken wand? Wegen des Schauers, der ihr über den Rücken geronnen war, als sie zum ersten Mal seinen Blick auf sich ruhen fühlte?

Sie schätzte ihn auf Anfang dreißig, mit pechschwarzen Haaren und den scharfgeschnittenen Zügen, die vielen Lords eigen waren. Er war nicht häßlich, im Gegenteil. Aber die Grausamkeit in seinem Blick überwog das gute Aussehen. Und Kelsey hoffte inständig, daß der alte Mann, der das erste Gebot abgegeben hatte, trotz seiner abscheulichen lüsternen Blicke weiterbieten würde.

Leider waren nämlich nur noch, der Himmel möge ihr helfen, die beiden Männer im Spiel. Ein paar andere, die zu Anfang mitgeboten hatten, waren ausgestiegen, als sie die eisigen Blicke des einen Mannes bemerkt hatten, Blicke, die selbst den abgebrühtesten Männern Furcht einjagen konnten. Der alte Mann bot nur noch mit, weil ihm diese Blicke nicht aufgefallen waren. Vielleicht war er kurzsichtig, vielleicht aber auch nur unaufmerksam; er wirkte betrunken.
Und dann hörte sie, wie eine weitere Stimme das Angebot auf fünfundzwanzigtausend erhöhte, gefolgt von der lauten Frage eines Mannes, der in der Nähe des Bieters stand: »Wozu brauchen *Sie* denn eine Mätresse, Malory? Bei Ihnen stehen die Damen doch Schlange, um in Ihr Bett zu kommen.«
Diese Bemerkung rief lautes Gelächter hervor, das noch heftiger wurde, als der neue Bieter erwiderte: »Ja, aber das sind *Damen*, mein Herr. Vielleicht habe ich Lust auf etwas – anderes.«
Das war eine Beleidigung Kelsey gegenüber, aber vielleicht war es auch nicht so gemeint. Er wußte ja schließlich nicht, daß sie genauso eine Dame gewesen war, bis sie dieses Haus betreten hatte. Im Moment gab es wirklich kein Anzeichen dafür, daß sie etwas anderes war, als alle Anwesenden von ihr dachten – und bestimmt hielt sie keiner für eine Dame.
Sie hatte nicht sehen können, wer das neue Gebot machte. Die Stimme kam anscheinend von der Tür, aber die genaue Position des Sprechers war schwer zu bestimmen, weil es im Raum so laut war. Und in diesem Bereich standen mehr als ein Dutzend Männer. Unmöglich, etwas Genaueres zu sagen. Doch der Mann, von dem sie absolut nicht wollte, daß er sie kaufte, wußte anscheinend, wer das neue Gebot abgegeben hatte, denn er blickte in diese Richtung. Wieder jedoch

konnte Kelsey nicht mit Bestimmtheit sagen, wem sein mörderischer Blick galt.
Sie hielt den Atem an und wartete darauf, was weiter geschah. Ein Blick zu dem alten Mann zeigte ihr, daß er wahrscheinlich nicht mehr weiterbieten würde. Er war eingenickt, und niemand zeigte Neigung, ihn aufzuwecken. Nun ja, er hatte bereits ziemlich betrunken gewirkt, als er geboten hatte; offenbar hatte er nur deshalb an der Auktion teilgenommen. Aber würde ihr Retter, wer immer er auch war, weiter gegen diesen anderen Mann bieten? Oder ließ er sich genauso einschüchtern wie die anderen?
»Höre ich fünfundzwanzigtausendfünfhundert?« rief Lonny.
Schweigen. Und Kelsey bemerkte auf einmal, daß die anderen Gebote immer nur um fünfhundert gestiegen waren – außer dem letzten. Der Mann, den sie Malory nannten, hatte als erster die Summe um zweitausend angehoben. War das ein Zeichen dafür, daß er es ernst meinte? Oder war er nur zu reich, um sich Gedanken darüber zu machen? Oder aber er war zu betrunken, als daß er es überhaupt gemerkt hatte.
»Höre ich fünfundzwanzigtausendfünfhundert?« wiederholte Lonny, ein bißchen lauter, um auch in den hinteren Winkeln des Saales gehört zu werden.
Sie blickte den blauäugigen Mann an, wartete und betete, daß er sich hinsetzen und nicht mehr weiterbieten möge. Er war so wütend, daß ihm die Adern am Hals hervortraten. Und dann stolzierte er ganz überraschend aus dem Saal, stieß dabei einen leeren Stuhl um und schob die Männer, die ihm nicht schnell genug aus dem Weg traten, beiseite.
Kelsey sah zu Lonny hinüber, um zu sehen, wie er reagierte, und seine Enttäuschung war ihre Bestätigung. Der Mann bot nicht mehr mit.

»Fünfundzwanzigtausend, zum ersten ...« Lonny hielt nur kurz inne und fuhr dann fort: »Zum zweiten ...« Eine weitere Pause, dieses Mal eine Spur länger. »Nun gut, verkauft an Lord Malory. Wenn Sie in mein Büro am Ende der Halle kommen wollen, Mylord, dann können wir den Vertrag aufsetzen.«

Wieder versuchte Kelsey festzustellen, mit wem Lonny sprach. Aber er hob sie vom Tisch, und da sie nur einen Meter sechzig groß war, konnte sie nicht über die Köpfe der Männer vor ihr hinwegsehen.

Sie war dankbar, daß die Quälerei endlich vorbei war. Aber die Erleichterung, die sie eigentlich verspüren sollte, wollte sich nicht einstellen, weil sie immer noch nicht wußte, wer sie gekauft hatte. Und es blieb die Angst, daß er ja vielleicht genauso scheußlich war wie die beiden anderen. Schließlich konnte die Bemerkung, daß die Frauen Schlange vor seinem Bett stünden, weil sie sich nach seiner Gesellschaft sehnten, auch sarkastisch gewesen sein und das genaue Gegenteil bedeutet haben. So eine Anspielung hätte die Anwesenden genauso zum Lachen gebracht.

»Das hast du gut gemacht, Schätzchen«, flüsterte Lonny ihr zu, während er sie in die Halle begleitete. »Hat mich wirklich überrascht, daß der Preis so in die Höhe gegangen ist.« Er schmunzelte in sich hinein. »Aber diese Nabobs können es sich leisten. Also, lauf jetzt und hol deine Sachen, und trödel nicht. Komm in mein Büro, da hinten« – er deutete mit dem Kopf auf eine offene Tür am Ende der Halle – »wenn du fertig bist.« Dann schob er sie mit einem Klaps auf den Po zur Treppe.

Trödeln? Wo es doch ihre größte Sorge war, endlich den Mann kennenzulernen, der sie gekauft hatte? Sie flog praktisch die Treppe hinauf. Es würde auch nicht lange dauern, ihre Sachen zu packen, da sie am Tag zuvor kaum etwas aus ihrem kleinen Koffer herausgeholt hatte. In weniger als zehn Minuten war sie wieder unten. Einen Schritt vor der offenen Tür blieb sie jedoch abrupt stehen. Plötzlich überwog ihre Angst den Wunsch zu sehen, wer eine so ungeheuer hohe Summe für sie bezahlt hatte. Doch das Geschäft war abgeschlossen. Sie mußte sich dieser Tatsache unterwerfen oder sich Lonnys unterschwelliger Drohung aussetzen, die ganz zweifellos lebensgefährlich geklungen hatte. Trotzdem lähmte sie das Unbekannte. Und wenn dieser Mann, der sie gekauft hatte, nun nicht anständig war, sondern genauso grausam und lasterhaft, wie der andere Mann gewirkt hatte? Oder wenn er grotesk häßlich war und Frauen nur bekam, wenn er sie auf diese Art kaufte?

Was sollte sie tun? Entsetzlicherweise konnte sie *gar nichts* tun. Gleichgültig, ob sie ihn haßte, ob sie ihn mochte – oder überhaupt nichts empfand. Eigentlich hoffte sie darauf, gar nichts zu empfinden. Sie wollte ganz bestimmt keine Gefühle für einen Mann entwickeln, der sie niemals heiraten würde, auch wenn sie intim mit ihm werden mußte.

»Ich bin sicher, daß Sie mit der Dame sehr zufrieden sein werden, Mylord«, sagte Lonny gerade, während er aus der Tür seines Büros trat. Dann sah er Kelsey dort stehen, zog sie mit sich und fügte hinzu: »Ah, und hier ist sie. Ich wünsche Ihnen einen schönen Abend.«

Kelsey schloß die Augen. Sie war immer noch nicht bereit, ihrer Zukunft ins Gesicht zu sehen. Die andere, mutige Seite in ihr weigerte sich jedoch, dies auch nur noch eine Sekunde aufzuschieben. Sie blickte die Männer im Zimmer an. Und empfand sofort Erleichterung. Große Erleichterung. Zwar wußte sie nicht, wer sie gekauft hatte, denn statt einem standen drei Männer in Lonnys Büro. Aber von diesen dreien sah einer gut aus, einer sehr gut und einer unglaublich gut.

Womit hatte sie dieses Glück verdient? Sie konnte es kaum fassen. Irgend etwas stimmte wohl nicht, sie konnte jedoch beim besten Willen nicht sagen, was es war. Selbst bei dem am wenigsten Gutaussehenden der drei, der anscheinend auch der älteste war, hatte sie das Gefühl, sie könnte mit ihm auskommen. Er war groß und schlaksig, mit freundlichen braunen Augen und einem bewundernden Lächeln. Das Wort *harmlos* kam ihr in den Sinn, während sie ihn ansah.

Der größte der drei schien zugleich auch der jüngste zu sein. Er war höchstens in Kelseys Alter, obwohl er so breite Schultern und einen so ernsten Gesichtsausdruck hatte, daß er viel älter wirkte. Er sah überaus gut aus, mit rabenschwarzen Haaren und wunderschönen kobaltblauen Augen, die ein ganz klein wenig schräg standen, was ihm ein exotisches Aussehen verlieh. Sie hatte das Gefühl, daß sie mit ihm sehr gut auskommen würde und hoffte und betete, daß er sie gekauft haben möge. Du lieber Himmel, sie konnte kaum die Augen von ihm abwenden, so gut gefiel er ihr.

Trotzdem zwang sie sich, auch den dritten Mann, der vor ihr stand, prüfend zu mustern. Wenn sie den blauäugigen Mann nicht zuerst angesehen hätte, dann hätte sie mit aller Aufrichtigkeit sagen können, daß ihr noch nie in ihrem Leben ein so gutaussehender Mann begegnet war. Er hatte dichtes blondes, zerzaustes Haar. Seine Augen waren braun – nein, grün, richtig grün –, und sein Blick hatte etwas Verwirrendes, wenn sie auch nicht genau sagen konnte, warum. Er war nicht so groß wie die anderen beiden, allerdings auch nicht viel kleiner, und ganz sicher etwa zwanzig Zentimeter größer als sie.

Und dann lächelte er, und Kelseys Herz begann zu flattern – zum ersten Mal in ihrem Leben. Was für ein seltsames Gefühl. Auf einmal wurde es auch im Zimmer so warm. Sie wünschte, sie hätte einen Fächer, aber sie hatte nicht daran gedacht, einen einzupacken, hatte nicht geglaubt, daß sie mitten im Winter einen brauchen würde.

»Möchten Sie das nicht absetzen, Miss ... Wie war Ihr Name?« sagte er zu ihr und deutete auf ihren Koffer. »Und du, Jeremy, beeil dich und hol endlich, was du haben willst.«

»O Gott, ich habe das Mädchen, wegen dem er hergekommen ist, ganz vergessen«, sagte der älteste der drei zu Jeremy. »Ja, beeil dich endlich, Malory. So interessant dieser Abend bis jetzt gewesen ist, er ist noch nicht vorbei.«

»Verdammt, ich habe selbst nicht mehr an Flo gedacht«, gab Jeremy mit einfältigem Grinsen zu. »Ich brauche aber nicht lange, um sie zu holen – wenn ich sie finde.«

Kelsey sah zu, wie der jüngste der drei aus dem Raum schlenderte. Ihr Wunsch war in Erfüllung gegangen. Sie hatten ihn Malory genannt, und der Mann, der einen so gewaltigen Preis für das Privileg gezahlt hatte, sie zu seiner Mätresse zu machen, war ein Lord Malory gewesen. Wo blieb also die Erleichterung, die sie empfinden sollte?

»Ich heiße Kelsey Langton«, sagte sie, als ihr klar wurde, daß der blonde Mann sie bereits nach ihrem Namen gefragt hatte, als er ihr vorgeschlagen hatte, den Koffer abzusetzen.

Als sie es nun so hervorsprudelte, errötete sie jedoch. Und den Koffer hatte sie immer noch nicht abgesetzt, sie hatte noch nicht einmal gemerkt, daß sie ihn immer noch in der Hand hielt, bis der blonde Mann auf sie zutrat und ihn ihr abnahm.

»Mein Name ist Derek, und das Vergnügen ist auf meiner Seite, Kelsey«, sagte er zu ihr. »Wir müssen allerdings noch ein bißchen warten, bis der junge Mann die Geschäfte erledigt hat, deretwegen wir hierhergekommen sind. Möchten Sie sich vielleicht so lange setzen?« Damit wies er auf einen der Stühle vor Lonnys Schreibtisch.

Er sah nicht nur gut aus, sondern war auch noch nett. Man stelle sich das vor. Und doch war es irgendwie beunruhigend. Ihr Herz hatte schneller geschlagen, als er ihr nahe gekommen war und seine Finger die ihren berührt hatten, als er ihr den Koffer abnahm, um ihn beiseite zu stellen. Sie hatte keine Ahnung, warum er in ihr so seltsame Gefühle auslöste, aber plötzlich war sie *sehr* froh, daß sie nicht mit ihm nach Hause gehen mußte, sondern mit Jeremy.

Sie hatte schon genug mit dem Gedanken zu kämpfen, daß sie noch heute abend eine Mätresse werden würde, ein Gedanke, den sie bis jetzt verdrängt hatte, sonst hätte sie das Ganze nicht überstanden. Zusätzliche Sorgen konnte sie im Augenblick nicht brauchen. Und das größte Problem, das sie mit dem jungen Jeremy haben würde, dachte sie, wäre sicher, daß sie sich zusammennehmen mußte, um ihn nicht dauernd einfältig anzustarren. Allerdings war der junge Mann mit seinem faszinierenden Aussehen daran bestimmt schon gewöhnt.

»Ich kannte mal einen Earl auf Kettering, der Langton hieß«, sagte der andere Mann plötzlich. »Netter Kerl, hat aber wohl ein schlimmes Ende genommen, wie ich hörte. Natürlich sind Sie nicht mit ihm verwandt.«

Gott sei Dank hatte er den Satz nicht als Frage, sondern als Feststellung formuliert, also mußte sie nicht lügen. Aber es war doch ein schrecklicher Moment, als er ihren Vater erwähnte. Was hatte sie sich bloß dabei gedacht, ihren richtigen Namen zu nennen? Anscheinend hatte sie überhaupt nicht nachgedacht, und jetzt war es zu spät.

»Wenn sie nicht mit ihm verwandt ist, Percy, warum erwähnst du es dann?« fragte Derek trocken.

Percy zuckte mit den Schultern. »Das war damals eine interessante Geschichte, und ihr Name hat mich daran erinnert. Übrigens, ist dir der Ausdruck auf Ashfords Gesicht aufgefallen, als er an uns vorbeikam?«
»Das war kaum zu übersehen, alter Junge.«
»Glaubst du, wir bekommen noch Ärger deswegen?«
»Der Kerl ist ein Widerling und ein Feigling. Ich wünsche mir wirklich, daß wir Ärger mit ihm bekommen. Ich brauche bloß einen Grund, um noch mal den Boden mit ihm aufzuwischen. Aber solche Kerle quälen nur die, die sich nicht wehren können.«
Kelsey erschauerte, als sie die Wut in Dereks Tonfall spürte. Sie war sich nicht sicher, hatte aber das Gefühl, daß sie über den blauäugigen Mann sprachen, der auf sie geboten hatte und dann so wütend verschwunden war. Und wenn das so war, dann waren ihm diese Herren offenbar schon vorher begegnet.
Sie wollte jedoch nicht fragen, ging statt dessen zum Schreibtisch und setzte sich auf den Stuhl, der ihr angeboten worden war, in der Hoffnung, dort unbemerkt zu bleiben. Das war jedoch ein Fehler, denn sofort richteten sich beider Blicke wieder auf sie. Sie rutschte unruhig hin und her, fühlte sich jedoch zu müde und erschöpft von dem nervösen, angstvollen Zustand, in dem sie den ganzen Tag gewesen war.
Gleichzeitig verspürte sie leichten Zorn und sagte deshalb: »Achten Sie gar nicht auf mich, meine Herren. Fahren Sie nur mit Ihrer Unterhaltung fort.«
Percy blinzelte sie verwirrt an. Dereks Augen verengten sich. Und sofort bemerkte sie, was sie falsch gemacht hatte – schon wieder. Sie mochte zwar in dem grellroten Kleid, das sie trug, nicht wie eine Dame aussehen, aber jetzt gerade hatte sie sicher genau wie eine geklungen. Aber daran konnte sie nun auch nichts mehr ändern. Sie konnte sich nicht anders geben,

als sie war. Selbst wenn sie versuchte, sich weniger kultiviert auszudrücken, und selbst wenn ihr das auch eine gewisse Zeitlang gelänge, würde sie sich doch irgendwann verraten, und dann hätte sie um so mehr zu erklären.

Deshalb beschloß sie, einfach zu lügen. Die Wahrheit konnte sie ihnen natürlich nicht sagen.

Sie schenkte den beiden Männern einen unschuldigen Blick und fragte: »Habe ich etwas Unschickliches gesagt?«

»Es geht nicht um das, *was* Sie gesagt haben, meine Liebe, sondern darum, *wie* Sie es gesagt haben«, erwiderte Derek.

»Wie ich es gesagt habe? Oh, meinen Sie meine Ausdrucksweise? Ja, ich überrasche Menschen gelegentlich. Aber wissen Sie, meine Mutter war Gouvernante, und ich habe die gleichen Lehrer gehabt wie ihre Schützlinge. Eine sehr erhebende Erfahrung, wenn ich so sagen darf.«

Sie mußte über den Seitenhieb lächeln, ob die beiden ihn nun verstanden oder nicht. Percy entspannte sich, weil er ihr sofort glaubte. Derek jedoch runzelte noch immer die Stirn.

Nach einer Weile sagte er ihr auch den Grund. »Ich kann mir nur schwer vorstellen, daß Ihnen dies ermöglicht wurde, wo doch die meisten Lords so den Traditionen verhaftet sind, daß sie der Überzeugung sind, die niedrigeren Schichten sollten bei ihresgleichen bleiben und in Unwissenheit gehalten werden.«

»Ach, es gab gar keinen Lord, der ja oder nein sagen konnte, nur die Witwe eines Lords, für die meine Mama arbeitete, und die hat sich wirklich überhaupt nicht darum gekümmert, was mit den Kindern ihrer lebenslänglichen Bediensteten passierte. Ja, sie hat es meiner Mutter sogar erlaubt. Meine Mama hat sich diese Frei-

heiten nicht selbst herausgenommen. Und ich werde der Lady ewig dankbar sein – weil sie sich wirklich überhaupt nicht um uns gekümmert hat.«
Percy hustete und kicherte leise.
»Gib Ruhe, alter Knabe. Was du gedacht hast, ist nicht möglich, und das weißt du auch.«
Derek schnaubte: »Als wenn du nicht das gleiche angenommen hättest.«
»Nur eine winzige Sekunde lang.«
»Und was, wenn ich fragen darf, haben Sie beide gedacht?« erkundigte sich Kelsey, die Unschuldige heuchelnd.
»Nichts Besonderes«, erwiderte Derek brummig. Er schob die Hände in die Taschen und trat auf die Türschwelle. Dort lehnte er sich gegen den Rahmen und kehrte dem Raum den Rücken zu.
Kelsey blickte fragend zu Percy, aber dieser lächelte nur einfältig, zuckte mit den Schultern, schob seine Hände ebenfalls in die Hosentaschen und wippte auf den Absätzen. Natürlich würden sie nicht zugeben, daß sie für kurze Zeit geglaubt hatten, sie könne eine Dame sein. Allein der Gedanke daran mußte Männern ihrer Herkunft absurd erscheinen. Und das war ihr wirklicher Schutz. Ihre Familie hatte bereits einen Skandal durchlitten. Sie würde nicht zu einem weiteren beitragen, wenn sie es verhindern konnte.

5

»Und du bist sicher, daß du mich nicht als lebenslangen Schuldner haben möchtest, Derek?«
»Du kannst keine Ruhe geben, was? Ich hätte geschworen, daß wir das Thema abgehakt haben.«

«Nun ja, das war, bevor du diese Summe bezahlt hast«, erwiderte Jeremy mit einnehmendem Grinsen.
Kelsey hatte keine Ahnung, wovon die beiden sprachen, und es kümmerte sie auch nicht. Es machte sie nervös, daß sie nun auf dem Weg in ihr, wie sie annahm, neues Heim waren. Bald würde ihr Dasein als Mätresse beginnen und ... Sie schauderte und konnte den Gedanken nicht zu Ende bringen.
Sie saßen in einer bequemen, luxuriösen Kutsche, die offensichtlich Derek gehörte, und fuhren sehr rasch irgendwohin. Mittlerweile waren sie zu fünft. Jeremy war mit einem jungen blonden Mädchen am Arm, das genauso auffällig angezogen war wie Kelsey, in Lonnys Büro zurückgekehrt. Sie war als Florence vorgestellt worden, und in Sekundenschnelle wurde offenbar, daß sie Jeremy Malory wohl zutiefst verehrte. Sie konnte die Hände und die Augen nicht von ihm lassen, und jetzt in der Kutsche saß sie praktisch auf seinem Schoß.
Kelsey kümmerte sich nicht darum. Zwar hatten Jeremy und sie ihre Beziehung noch nicht aufgenommen, aber selbst wenn es so wäre, hatte sie nicht das Recht, Treue von ihm zu verlangen. Er würde ihren Lebensunterhalt bezahlen, und schon deswegen konnte er von ihr völlige Treue erwarten, auch wenn er sie nicht auf so ungewöhnliche Weise gekauft hätte. Ein Mann mußte sich jedoch bei solchen Arrangements nicht genauso verhalten. Im Gegenteil, die meisten von ihnen hatten ja sogar Ehefrauen.
Während die Männer sich wegen des Preises und lebenslanger Schulden neckten, tat Kelsey ihr Möglichstes, sie zu ignorieren. Allerdings konnte sie nicht umhin, sich zu fragen, nachdem Jeremy von Schulden gesprochen hatte, wie ein junger Mann in seinem Alter es sich hatte leisten können, diesen hohen Preis für sie

zu bezahlen, wo doch die meisten jungen Leute höchstens über vierteljährliche Wechsel von ihren Eltern oder über Einkünfte aus Ländereien, die sie später einmal erben würden, verfügten.
Er war offensichtlich ungeheuer reich, wofür sie nur dankbar sein konnte. Wenn es nicht so wäre, säße sie jetzt mit dem anderen Mann hier statt mit diesen Herren, und der würde mit ihr ... sie mochte sich nicht vorstellen, was sie dann erwartet hätte.
Als die Kutsche kurz darauf anhielt, stiegen nur Jeremy und Florence aus. Es gab keine Erklärung, und Kelsey wurde auch nicht aufgefordert, sich ihnen anzuschließen. Aber Jeremy kam nach ein paar Minuten zurück, ohne daß Florence an seinem Arm klebte, und da keiner der beiden anderen Männer ihn fragte, was er mit dem Mädchen gemacht habe, nahm Kelsey an, daß sie es bereits wußten.
Die Kutsche fuhr an und hielt erst nach einer guten Viertelstunde wieder. Kelsey kannte London überhaupt nicht. Bis gestern, als Elliott sie in dieses Haus gebracht hatte, war sie noch nie hier gewesen, aber ein Blick aus dem Fenster zeigte ihr eine elegante Gegend mit stattlichen Villen und Kutscherhäusern davor, typisch für die Stadthäuser der Oberschicht.
Bei der gewaltigen Geldsumme, die über den Tisch gegangen war, hätte sie das eigentlich nicht überraschen dürfen. Sie irrte sich allerdings wieder, als sie annahm, daß dies ihre zukünftige Bleibe sein sollte, da nur Derek die Kutsche verließ, nicht Jeremy. Also wohnte Derek hier, und sie konnte nur vermuten, daß Derek und Percy zuerst an ihrem jeweiligen Heim abgesetzt werden sollten, bevor sie und Jeremy ihren endgültigen Bestimmungsort erreichten.
Sie irrte sich jedoch schon wieder, denn Derek kam zur Kutsche zurück und streckte die Hand hinein, um ihr

herauszuhelfen. Kelsey war so überrascht, daß sie seine Hand ergriff, ohne nachzudenken, und erst als er sie schon halb bis zur imposanten Flügeltür geleitet hatte, fiel ihr ein zu fragen: »Warum begleiten Sie mich und nicht Jeremy?«

Verwirrt über diese Frage blickte er auf sie hinunter. »Sie werden nicht lange hierbleiben. Nur für diese Nacht. Die anderen Arrangements werden morgen getroffen.«

Sie nickte und errötete, weil sie erst jetzt begriff. So jung wie Jeremy war, lebte er sicher noch bei seinen Eltern, und deshalb konnte er sie natürlich nicht mit nach Hause nehmen. Derek hatte ihm bestimmt angeboten, sie für die eine Nacht unterzubringen. Das war nett von ihm. Hoffentlich gab es hier niemanden, dem er das würde erklären müssen.

»Sie wohnen also hier?«

»Wenn ich in London bin, ja«, erwiderte er. »Es ist das Stadthaus meines Vaters, aber er ist selten hier. Er zieht das Land und Haverston vor.«

Noch bevor er den Satz zu Ende gebracht hatte, ging die Tür auf. Ein würdevoller Butler veneigte sich leicht vor ihnen und murmelte: »Willkommen zu Hause, Mylord.« Er achtete sorgfältig darauf, Kelsey nicht anzusehen.

»Ich bleibe nicht, Hanly«, informierte Derek den Diener. »Ich bringe nur einen Gast vorbei, der für die Nacht untergebracht werden muß. Es wäre sehr freundlich von Ihnen, wenn Sie Mrs. Hershal holen könnten, damit sie sich um das Mädchen kümmert.«

»Einen Gast für oben – oder unten?«

Kelsey sah mit Staunen, daß Derek bei dieser zwar notwendigen, aber unverschämten Frage errötete. Sie hatte ihren Mantel übergeworfen, um das entsetzliche Kleid, das sie trug, zu verdecken, aber es war noch genug da-

von zu sehen, um erkennen zu lassen, welchem Gewerbe sie nachging.
»Unten wird reichen«, antwortete Derek knapp. »Ich sagte bereits, ich bleibe *nicht.*«
Jetzt war es wieder an Kelsey zu erröten. Der Butler jedoch nickte nur und ging, um die Haushälterin zu holen.
Derek murmelte vor sich hin: »Das kommt davon, wenn Dienstboten so lange im Haus sind, daß sie einen noch in kurzen Hosen kennen. Natürlich werden sie dann frech.«
Wenn Kelsey nicht so verlegen gewesen wäre, hätte sie am liebsten gelacht. Der gutaussehende Derek wirkte ziemlich komisch in seiner Verärgerung. Allerdings würde er ihren Humor jetzt bestimmt nicht schätzen, selbst wenn sie ihn wiederfände. Deshalb starrte sie nur zu Boden und wartete darauf, daß er ging.
Da sagte er auch schon: »Nun ja, dann gute Nacht. Wir werden morgen fast den ganzen Tag unterwegs sein, und das kann anstrengend sein, wenn man nicht ausgeruht ist.«
Bevor sie ihn fragen konnte, wohin sie fahren würden, hatte er die Tür schon hinter sich geschlossen und war gegangen.
Kelsey seufzte. Dann überschwemmte sie eine neuerliche Woge der Erleichterung. Sie würde tatsächlich die Nacht alleine verbringen; das, woran zu denken sie vermieden hatte, war aufgeschoben – zumindest um einen weiteren Tag. Seltsamerweise allerdings konnte sie den Gedanken daran jetzt nicht mehr verdrängen.
Für sie war der Beginn ihres Mätressendaseins wie eine Hochzeitsnacht, obwohl es keine Heiratsurkunde und keine zärtlichen Gefühle zwischen den beiden Teilnehmern gab. Sie wußte, daß früher Ehen zwischen Fremden an der Tagesordnung gewesen waren. Die Ehen

wurden von den Eltern arrangiert oder bei Königsfamilien aufgrund machtpolitischer Erwägungen geschlossen, und den Paaren blieben oft nur ein paar Tage, um sich kennenzulernen – oder sogar noch weniger Zeit, je nach den Umständen. Heutzutage jedoch waren solche Ehen sehr, sehr selten geworden. Wenn die Ehepartner heute nicht selbst ihre Wahl trafen, dann hatten sie zumindest reichlich Zeit, sich vor der Hochzeit kennenzulernen.

Wieviel Zeit würde Kelsey haben? Diese Gnadenfrist war unerwartet. Sie hatte angenommen, daß sie die Nacht *nicht* alleine verbringen würde. Und morgen würden sie unterwegs sein. Ob das vielleicht einen weiteren Aufschub bedeutete?

Sie hoffte darauf. Andererseits waren diese Aufschübe nicht gut für sie, wenn sie keine Gelegenheit bekam, Jeremy besser kennenzulernen. Bis jetzt hatte sie noch kein Wort mit dem jungen Mann gewechselt, und er auch nicht mit ihr. Wie sollte sich eine Beziehung zu ihm entwickeln, wenn sie nicht miteinander redeten?

Wahrscheinlich würde sie das morgen herausfinden. Jetzt mußte sie erst einmal ihre Gedanken darauf richten, wie sie mit der Haushälterin umgehen sollte. Wie sie es gewohnt war? Oder eher passend zu ihrem neuen Status?

Diese Entscheidung wurde ihr jedoch abgenommen. Genau in diesem Augenblick erschien Mrs. Hershal, warf einen langen Blick auf Kelsey, schnaubte und eilte zurück in die Tiefen des Hauses, wobei sie es Kelsey überließ, ob sie ihr folgen wollte oder nicht. Na gut. Sie würde sich an ein solches Benehmen gewöhnen müssen und hoffte nur, daß die brennende Verlegenheit, die sie dabei empfand, mit der Zeit leichter zu ertragen wäre.

6

Derek hätte wissen müssen, daß seine Busenfreunde das nicht so einfach auf sich beruhen lassen würden. Er saß kaum wieder in der Kutsche, als Jeremy begann: »Ich glaube es einfach nicht. Willst du etwa immer noch auf diesen Ball gehen? Verdammt noch mal, das täte ich nicht.«

»Und warum sollte ich es nicht tun?« fragte Derek und zog eine Augenbraue hoch. »Das Mädchen läuft mir nicht weg, und unsere Cousine Diana hat uns persönlich heute abend bei dem Debut ihrer Freundin um unsere Anwesenheit gebeten. Und da wir beide zugesagt haben, was ist dann deiner Ansicht nach wichtiger, Jeremy?«

»Genau«, schnaubte Jeremy. »Zumindest *ich* weiß, was wichtiger ist, und meiner Ansicht nach fällt es auf *dem* Ball der Saison gar nicht auf, wenn wir fehlen. Diana wird uns in der Menge wahrscheinlich nicht mal bemerken.«

»Ob sie uns bemerkt oder nicht – wir haben zugesagt, also müssen wir auch hingehen. Percy, würdest du bitte diesem verantwortungslosen jungen Spund erklären, was Verpflichtung bedeutet?«

»Ich?« schmunzelte Percy. »Tut mir leid, aber ich vertrete eher seinen Standpunkt, alter Knabe. Ich wäre nicht so charakterstark, eine neue Geliebte wegen eines Balls zu verlassen, der sich wahrscheinlich von den anderen Festlichkeiten, an denen wir teilgenommen haben, nicht so besonders unterscheidet. Wenn einer deiner Onkels da wäre, oder deine reizende Cousine Amy, dann wäre es etwas anderes. Deine Onkels verstehen es, ein bißchen Leben in diese trübsinnigen Veranstaltungen zu bringen, und da Amy ihren Yankee nicht heiraten wird, heißt das für mich, daß sie immer noch zu haben ist.«

Diese langatmigen Ausführungen ihres sonst eher wortkargen Freundes verschlugen Derek und Jeremy die Sprache. Derek fand sie als erster wieder: »Amy ist vielleicht jetzt noch nicht verheiratet, aber die Hochzeit findet nächste Woche statt, also streich sie bitte von deiner Liste, Percy.«

Jeremy fügte hinzu: »Du solltest meinen Vater nicht als gar so unterhaltsam darstellen. Er ist mittlerweile zu häuslich geworden, um noch zu der Gerüchteküche beizutragen. Onkel Tony im übrigen auch.«

»Da muß ich dir leider widersprechen, mein Junge. Diese beiden Malorys werden nie so häuslich werden, daß sie nicht noch Aufsehen erregen. Mein Gott, ich war selbst dabei, wie dein Vater und dein Onkel nicht lange nach der Geburt deiner Schwester Jack den Amerikaner in einen Billardsaal gezogen haben, und der Yankee ist auf allen vieren wieder rausgekrochen.«

»Das war, als sie gerade herausgefunden hatten, daß Anderson an Amy interessiert ist. Mit dieser Reaktion hatten wir alle rechnen können. Aber wir haben dir das doch schon erklärt, Percy, als du selbst daran gedacht hast, um sie anzuhalten. Das kommt davon, weil sie beide sozusagen unsere Cousine Regan großgezogen haben, nachdem ihre Schwester gestorben ist, und die Tatsache, daß Amy Regan so ähnlich sieht ...«

»Reggie«, unterbrach Derek, so wie es sein Vater getan hätte, wenn er dagewesen wäre, wenn auch viel weniger hitzig, »Ich kann ja verstehen, warum dein Vater darauf besteht, sie anders zu nennen, um seine Brüder zu irritieren, aber du brauchst dir kein Beispiel daran zu nehmen.«

»Ich mag das aber«, grinste Jeremy verstockt. »Und er macht es nicht, um sie zu irritieren – na ja, ein bißchen vielleicht, aber das ist nicht der eigentliche Grund, warum er angefangen hat, sie Regan zu nennen. Der

Grund liegt viel weiter zurück, noch bevor ich auf der Welt war. Bei drei Brüdern, von denen zwei älter waren als er, hatte er einfach das Bedürfnis, sich in allem von ihnen zu unterscheiden.«

»Nun ja, das ist ihm sicherlich gelungen«, erwiderte Derek mit einem wissenden Augenzwinkern.

»Allerdings.«

Die Vettern bezogen sich auf James Malorys Freibeutertage. Er war damals als der Falke bekannt gewesen, und die Familie hatte ihn enterbt. Während seiner zweifelhaften Laufbahn als Falke hatte James entdeckt, daß er einen fast erwachsenen Sohn hatte, und er hatte Jeremy nicht nur anerkannt, sondern ihn auch auf seine Streifzüge mitgenommen. Deshalb hatte der Junge eine so unorthodoxe Erziehung genossen und von James' wilder Piratenmannschaft viel zu viel über Frauen, Kämpfen und Trinken gelernt.

Percy jedoch wußte das nicht, und er würde es auch nie erfahren. Er war zwar ein lieber Freund, konnte jedoch überhaupt kein Geheimnis für sich behalten; und James Malorys ruchlose Vergangenheit war ein gut gehütetes Geheimnis, von dem nur die Familie wußte.

»Außerdem, Percy«, sagte Jeremy und kam wieder zum Thema zurück, »haßt mein Vater Bälle und läßt sich nur widerstrebend von seiner Frau dorthin schleppen. Das gleiche gilt für Onkel Tony. Ich kann es den beiden nachfühlen. Ich komme mir heute abend auch so vor, als würde ich zu dem Ball geschleppt, verdammt noch mal.«

Derek runzelte die Stirn. »Ich schleppe dich nicht, mein lieber Junge, ich weise dich nur auf deine Verpflichtungen hin. Du hättest Diana ja nicht zusagen müssen.«

»Hätte ich nicht?« protestierte Jeremy. »Wo ich absolut keiner Frau etwas abschlagen kann? Absolut gar keiner Frau. Ich kann es einfach nicht ertragen, sie zu enttäu-

schen. Und die, die du gerade weggebracht hast, hätte ich auf keinen Fall enttäuscht.«
»Da sie einfach nur in Ruhe gelassen werden wollte, kann hier wohl von Enttäuschung keine Rede sein, Jeremy.«
»In Ruhe gelassen?«
»Kannst du dir das so schwer vorstellen?«
»Frauen verstellen sich und kämpfen darum, in dein Bett zu kommen, und nicht, es zu verlassen. Das habe ich selbst schon erlebt ...«
Derek unterbrach ihn. »Und manchmal wollen Frauen aus dem einen oder anderen Grund einfach nicht belästigt werden, und genau diesen Eindruck hat das Mädchen auf mich gemacht. Sie sah erschöpft aus. Normalerweise wäre mir das egal gewesen, aber da ich sowieso schon andere Pläne hatte ... Außerdem, Jeremy, habe ich diesen ganzen Quatsch nicht veranstaltet, um das Mädchen ins Bett zu bekommen, deshalb bin ich auch nicht so ungeduldig. Eigentlich wollte ich gar keine Mätresse, aber da ich jetzt eine habe, werde ich mich nach meinen Vorstellungen um sie kümmern, wenn es dir nichts ausmacht.«
»Unanständig viel Geld für etwas, das du gar nicht haben wolltest«, warf Percy ein.
Jeremy kicherte. »Allerdings.«
Derek lehnte sich in seinen Sitz zurück und murrte: »Ihr wißt ja schließlich, warum ich es getan habe.«
»Natürlich wissen wir es, alter Knabe«, erwiderte Percy. »Und das rechnen wir dir auch hoch an. Ich hätte nicht den Schneid gehabt, so nobel zu reagieren, aber wenigstens einer von uns hat's getan.«
»Genau«, stimmte Jeremy zu. »Er hat Ashfords Pläne durchkreuzt und eine hübsche Belohnung dafür bekommen. Gute Arbeit, würde ich sagen.«
Derek errötete vor Freude über das unerwartete Lob

und sagte: »Würdet ihr beide dann bitte damit aufhören, mich damit aufzuziehen, daß ich das Mädchen weggebracht habe?«

Jeremy grinste. »Sollen wir?«

Ein Aufheulen Dereks veranlaßte ihn, aus dem Fenster zu schauen und fröhlich vor sich hin zu pfeifen. Unverbesserlicher Spitzbube, dieser Jeremy! Onkel James hatte wirklich alle Hände voll zu tun, diesen Kerl zu einem verantwortungsbewußten Mann zu erziehen. Natürlich hatte seinerzeit Dereks Vater genau die gleichen Klagen geäußert. Aber Derek mußte sich als einziger mit dem Oberhaupt der Familie auseinandersetzen, und Jason Malory, Marquis of Haverston, war der strengste von den vier Brüdern, und es war am schwierigsten, es ihm recht zu machen.

7

Für gewöhnlich ging Derek gern auf Bälle, allerdings nicht auf solche, bei denen über dreihundert Personen geladen waren, wie bei dem Ball heute abend. Aber er tanzte gerne, fand für gewöhnlich immer jemanden, mit dem er eine nette Partie Whist oder Billard spielen konnte, und meistens gab es auch ein oder zwei hübsche neue Gesichter, die ihm gefielen.

Das Gefallen dauerte jedoch nie allzu lange, da die meisten jungen Damen, die sich für diese Gelegenheiten so prächtig herausputzten und so scheu flirteten, nur auf eins aus waren: die Ehe. Und in dem Moment, in dem sie ihr Motiv zu erkennen gaben, verabschiedete Derek sich von ihnen, da Ehe das letzte war, für das er sich interessierte.

Es gab einige wenige Ausnahmen von dieser Regel, das

kam jedoch nicht allzu häufig vor. Selbst wenn ein Mädchen nicht auf der Stelle heiraten wollte, wurde sie doch von ihren Verwandten dazu gedrängt, sich mit dem Thema näher zu befassen. Nur äußerst selten konnte eine junge Dame diesem Druck widerstehen und sich einfach nur einige Zeit unbeschwert amüsieren.

Derek mochte diese unabhängigen jungen Frauen am meisten, und kannte ein paar von ihnen mittlerweile recht gut. Sie waren alle noch unschuldig, deshalb waren die Beziehungen zu ihnen auch nicht sexueller Natur. Ganz im Gegenteil. Derek respektierte die Regeln der Gesellschaft und fand es sogar erfrischend, mit ihnen auf einer harmlosen Ebene zu verkehren, gute Gespräche zu führen, Hobbies zu teilen und sich in ihrer Gesellschaft zu entspannen.

Das bedeutete jedoch nicht, daß er daneben nicht auch ständig Ausschau nach neuen Bettgefährtinnen hielt. Er suchte sie allerdings nicht unter den Debütantinnen, die in jeder neuen Saison in London auftauchten. Im allgemeinen waren es eher junge Ehefrauen, die unglücklich in ihrer Ehe waren, oder junge Witwen, die tun konnten, was ihnen beliebte – diskret natürlich. Und so verließ er selten einen der großen Londoner Bälle, ohne eine Zusammenkunft in der darauffolgenden Woche oder sogar für den gleichen Abend verabredet zu haben.

Auf dem heutigen Ball jedoch schien ihn gar nichts zu interessieren. Er absolvierte seine Pflichttänze, um die Gastgeberin zufriedenzustellen, und hatte Mühe, nicht zu gähnen, bevor er seine jeweilige Tanzpartnerin an den nächsten Herrn auf ihrer Tanzkarte weiterreichen konnte. Er spielte ein wenig Whist, aber auch hier konnte er sich nicht auf das Spiel konzentrieren, obwohl die Einsätze ziemlich hoch wurden.

Zwei seiner früheren Geliebten hatten versucht, ihn zu einem weiteren Rendezvous zu überreden. Früher hätte er sie normalerweise mit dem Versprechen auf einen anderen Zeitpunkt vertröstet, aber heute abend hatte er ihnen einfach gesagt, er wäre zur Zeit in eine andere verliebt. Aber das war er gar nicht. Das Mädchen, das er zu Hause abgesetzt hatte, konnte er nicht als Affäre betrachten – noch nicht. Außerdem war man in eine Mätresse nicht verliebt, auf jeden Fall nicht wirklich. Eine Mätresse war einfach nur ein angenehmes – und teures – Vergnügen.

Und er konnte es immer noch nicht fassen, daß er jetzt eine hatte. Das einzige Mal in seinem Leben, als er eine Frau zum Dank für ihre Gunst finanziell unterstützt hatte, hatte zu einem regelrechten Desaster geführt.

Ihr Name war Marjorie Eddings gewesen. Sie war eine junge Witwe guter Herkunft, die es nicht aufgeben konnte, weiter in den Verhältnissen zu leben, in denen sie aufgewachsen war. Er hatte ihre Schulden bezahlt – wovon die meisten eigentlich die Schulden ihres verstorbenen Ehemanns gewesen waren –, hatte das Haus, das sie geerbt hatte, renoviert und ihrem Wunsch nach teuren kleinen Schmuckstücken nachgegeben.

Er hatte sie sogar zu den vielen gesellschaftlichen Anlässen, zu denen sie immer noch eingeladen war, begleitet, obwohl er diese Rolle eigentlich nicht übernehmen wollte. Alles natürlich vollkommen achtbar und in Ehren, so daß er sie hinterher immer wieder nach Hause brachte, wie es sich gehörte, und dann Stunden warten mußte, bis er sich hineinschleichen konnte, um zu seinem Recht zu kommen – wobei sie die Hälfte der Zeit behauptete, zu müde zu sein. Und obwohl sie während der ganzen sechs Monate ihrer Beziehung genau wußte, daß er an einer Heirat nicht interessiert war, hatte sie die ganze Zeit geplant, ihn vor den Altar zu locken.

Selbst wenn er sie so geliebt hätte, daß eine dauerhafte

Beziehung in Frage gekommen wäre, was nicht der Fall war, konnte er es nicht ausstehen, wenn jemand mit Tricks arbeitete und ihn anlog, wie sie es tat. Sie behauptete, ein Kind zu erwarten, was nicht stimmte. Dann sorgte sie dafür, daß über ihre Verbindung geklatscht wurde, und behauptete, er habe ihr die Ehe versprochen. Das war ihr letzter Strohhalm. Und damit ging sie zu seinem Vater.

Natürlich hatte Marjorie die Familie Malory unterschätzt. Es war unmöglich, sich bei ihnen mit Lügen einschleichen zu wollen. Dereks Vater wußte nur zu gut, daß sein Sohn nie ein solches Versprechen gegeben hatte; Jason Malory wäre nämlich nur zu glücklich gewesen, hätte es sich so verhalten.

Aber Jason wußte, daß sein einziger Sohn noch nicht dazu bereit war, eine Familie zu gründen, und Gott sei Dank veruchte er nie, Derek zu zwingen, seine Meinung zu ändern. Derek hingegen war sich im klaren darüber, daß das eines Tages anders werden würde. Die Verantwortung, die Linie fortzuführen und, in Dereks Fall, der Titel, den er eines Tages erben würde, waren eine große Verpflichtung.

Was Marjorie anging, nun, auch Jason liebte Lügnerinnen nicht. Er war ein Mann mit strengen Prinzipien. Und da er seit seinem sechzehnten Lebensjahr das Oberhaupt der Familie gewesen war und seine jüngeren Brüder so oft wegen ihrer Unbotmäßigkeiten zur Rechenschaft hatte ziehen müssen, genau wie Derek und Reggie, die von ihm erzogen worden waren, hatte er im Umgang mit solchen Problemen eine gewisse Geschicklichkeit entwickelt.

Außerdem verfügte er über ein hitziges Temperament. Nur der wirklich Unschuldige war in der Lage, Jasons wütenden Predigten standzuhalten. Der Schuldige verging rasch vor Scham; Frauen brachen in Tränen aus, da es äußerst unangenehm war, wenn der Himmel über einem einstürzte, wie Onkel Tony es so gern formulierte. Marjorie war in Tränen aufgelöst und entlarvt gegangen; nie mehr hatte sie Derek belästigt. Sie hatte ihm während ihrer kurzen Beziehung reichlich Geld aus der Tasche gezogen, deshalb empfand er wegen des schlimmen Endes keine Schuld. Und er hatte seine Lektion gelernt – zumindest hatte er das geglaubt.

Die Frau, die er heute abend gekauft hatte, würde sich allerdings nicht – oder sollte es zumindest nicht – so wie Marjorie verhalten. Kelsey Langton war nicht von Adel, auch wenn sie sich so *anhörte*, sie war nicht privilegiert aufgewachsen, deshalb würde sie einfach nur dankbar sein für alles, was er ihr bot, während Marjorie das als selbstverständlich betrachtet hatte.

Außerdem hatte er sie schließlich gekauft. Die Rechnung steckte als Beweis in seiner Tasche. Und er wußte immer noch nicht, was er davon halten sollte. Aber schließlich hatte sie sich selbst zum Kauf angeboten. Sie war ja nicht ohne ihre Einwilligung verkauft worden und ... nun, er dachte besser über diesen Teil gar nicht nach. Er hatte eine Mätresse erworben, ohne es eigentlich zu wollen, einfach nur deswegen, um diesen Schurken Ashford daran zu hindern, eine weitere Frau zu quälen, und diese Frau hätte keine Möglichkeit gehabt, seinen Grausamkeiten zu entkommen.

Derek hatte gehofft, Ashfords Perversionen ein Ende zu setzen, indem er ihn zusammenschlug. Auch jetzt versuchte er, sich ihm in den Weg zu stellen, wenn auch auf legalere Weise, wie bei dieser absurden Auktion, und indem er Häuser aufsuchte wie das von Lonny, der Frauen für solche Zwecke zur Verfügung stellte.

Früher hatte Ashford billige Huren für eine Nacht gekauft. Solche Frauen konnten seinen grausamen Spielchen nichts entgegensetzen, und was noch schlimmer war, sie glaubten wahrscheinlich auch noch, daß die paar Pfund, die er ihnen hinwarf, eine großzügige Entschädigung für die Narben waren, die er hinterließ. Traurig, aber wahr. Doch selbst wenn sich Derek entschlossen hätte, Ashford anzuzeigen, da er die Perversionen des Mannes ja miterlebt hatte, so kannte er doch keine Opfer, die gegen ihn hätten aussagen können. Sie wären gekauft worden, bevor es jemals zu einer Verhandlung käme.

Derek hatte jedoch das sichere Gefühl, daß er bald etwas unternehmen müsse, wo er so genau wußte, daß Ashford immer noch sein Unwesen trieb. Aber er konnte nicht herumlaufen, und jede Frau, auf die es Ashford abgesehen hatte, ihm vor der Nase wegkaufen, selbst wenn er Wind davon bekäme. Schließlich verfügte er nicht über unendlich viel Geld. Heute abend hatte er aus einem Impuls heraus gehandelt.

Vielleicht sollte er mit seinem Onkel James einmal darüber sprechen. James hatte während seiner Freibeuterzeit viel mit der dunklen Seite des Lebens zu tun gehabt. Wenn jemand wußte, wie man mit einem solchen Mistkerl wie Ashford umgehen mußte, dann er.

Aber das hatte Zeit bis morgen. Heute abend fiel es ihm entsetzlich schwer, sich zu vergnügen. Und als er schließlich ständig ein paar sanfte graue Augen statt der blauen Augen seiner jeweiligen Partnerin auf sich gerichtet sah, begann er sich zu fragen, ob Jeremy und Percy nicht recht gehabt hatten. Was zum Teufel tat er eigentlich noch auf diesem Ball, wo es doch eine reizende junge Frau gab – und dazu noch unter seinem Dach –, die wahrscheinlich zu Bett gegangen war und sich wunderte, warum er nicht bei ihr lag?

Natürlich versetzte ihm das »unter seinem Dach« einen Dämpfer. Er kam mit seinem Vater vor allem deshalb so gut aus und wurde selten für irgend etwas zur Rechen-

schaft gezogen, weil er ganz genau wußte, daß sein Vater seine Vergnügungen nicht einschränken würde, solange er sie mit der nötigen Diskretion betrieb. Und daran hatte Derek sich immer gehalten.
Nie hatte er seine Verhältnisse in das Londoner Stadthaus mitgenommen oder auf die beiden Landgüter, die ihm überschrieben worden waren. Dienstbotenklatsch konnte schlimmer sein als alles andere, es gab keine schnellere Verbindung zwischen den Häusern in einer Straße als die durch die Butler, die Kutscher, die Zofen oder die Lakaien. Und das bedeutete, daß er heute abend seine neue Mätresse auf keinen Fall näher kennenlernen würde.
Schließlich gab er es auf, so zu tun, als amüsiere er sich, und suchte nach Percy und Jeremy, um ihnen mitzuteilen, daß er jetzt ginge und ihnen die Kutsche später zurückschicken würde. Sie grinsten ihn anzüglich an und zwinkerten ihm zu, weil sie natürlich dachten, er führe nach Hause, um endlich zu seinem Vergnügen zu kommen. Aber ihre Väter waren ja auch nicht so streng wie Jason Malory.
Auf der Heimfahrt dachte er über das Mädchen nach. Kelsey Langton gehörte schließlich nicht zu den Dienstboten. Und sie würde auch nicht lange genug im Haus bleiben, um mit dem Personal zu tratschen. Eigentlich konnte er sie doch besuchen, er mußte nur am nächsten Morgen wieder in seinem Bett liegen. Sein Kammerdiener würde nichts davon merken, da er von dem Mann nie verlangte, seinetwegen aufzubleiben.
Er mußte sich gar nicht lange überreden, Kelsey einen kurzen Besuch abzustatten. Deshalb war es für ihn eine ziemliche Enttäuschung, als Hanly ihm die Tür öffnete, obwohl es doch schon so spät war, und damit seine Pläne vereitelte.
Lästiger alter Kerl. Wenn Hanly nicht in der Halle ge-

standen und ihm nachgesehen hätte, wie er die Treppe hinaufging, hätte Derek immer noch zu den Dienstbotenräumen schleichen und nach Kelsey suchen können. Aber er bezweifelte nicht einen Augenblick lang, daß Hanly weiter dort unten herumlungern und ihn beobachten würde.
Und dann würde Dereks Vater es innerhalb einer Woche erfahren, und es gäbe eine große Diskussion über Besitz, Diskretion und darüber, daß man dafür sorgen müsse, daß es bei dem Dienstbotenklatsch immer nur um andere und nie um das eigene Haus ging. Und das alles nur für ein bißchen Vergnügen mit einem Mädchen, das er jederzeit haben konnte – außer heute nacht! Nun, besser nicht. Aber es war schon verdammt hart, alleine einzuschlafen.

8

»Das ist meine eigene Schuld«, murmelte Mrs. Hershal. »Ich hätt's gleich sehen müssen, aber meine Augen sind auch nicht mehr das, was sie mal waren, vor allem im Dunkeln.«
Kelsey rieb sich den Schlaf aus den Augen, während sie mit halbem Ohr auf das Gemurmel der Haushälterin lauschte. Sie sagte nichts, weil sie nicht wußte, wovon die Frau redete. Offenbar hatte sie diesen Teil verpaßt, denn sie war erst aufgewacht, als Mrs. Hershal bereits eins ihrer Kleider aus dem Koffer genommen hatte, damit es keine Falten bekam.
Das Zimmer war schon aufgeräumt, obwohl sie gestern abend nicht mehr lange genug wach gewesen war, um Unordnung zu machen. Frisches Wasser erwartete sie, flauschige Handtücher und eine Kanne Tee.

Sie gähnte und war froh darüber, daß sie beim Aufwachen gleich gewußt hatte, wo sie war und sich nicht fragen mußte, wer wohl diese Frau sein mochte, die im Zimmer rumorte. Braunes Haar, das zu einem strengen Knoten geschlungen war, breite Schultern und ein ausladender Busen, der sie ein wenig übergewichtig wirken ließ, dazu starke Augenbrauen, die zu einem ständigen Runzeln zusammengezogen schienen.

O ja, sie erinnerte sich durchaus an die Haushälterin – nur zu gut hatte sie noch ihr mißbilligendes Schnalzen im Ohr und den abschätzigen Blick, unter dem Kelsey sich vorgekommen war wie die elendeste Kanalratte. Und die letzte Bemerkung, die sie fallenließ, bevor sie das Zimmer verlassen hatte, würde Kelsey nie vergessen.

»Und laufen Sie bloß nicht hier herum und stehlen etwas, weil wir auf jeden Fall wissen werden, wer es war.«

Eine solche Herabsetzung war besonders schwer zu verdauen, weil sie so etwas noch nie in ihrem Leben erfahren hatte, aber sie hatte rasch begriffen, daß sie sich an ein solches Verhalten würde gewöhnen müssen. Sie mußte ihre Gefühle in Zukunft einfach hinter einem Schutzschild verbergen, damit solche Bemerkungen sie nicht mehr so verletzen oder beschämen konnten.

Kelsey wünschte, die Haushälterin würde sich beeilen und endlich gehen. Aber sie murmelte immer noch vor sich hin und hatte offensichtlich immer noch nicht gemerkt, daß Kelsey bereits aufgewacht war. Doch als Kelsey aufmerksamer zuhörte, was die Frau sagte, änderte sie ihre Meinung.

»Das kommt davon, wenn man auf Hanly hört. Na, was weiß der schon? Sagt mir, sie wär' eine Dirne, die Seine Lordschaft nach Hause mitgebracht hat, und ich gehe hin und glaube ihm auch noch. Ich bin selbst schuld. Ich geb's ja zu. Ich hätte besser genauer hingesehen. Man sieht's an den Knochen. Die Knochen können einen nicht täuschen, und sie hat die richtigen.«

»Verzeihen Sie bitte ...«

»Was? Was habe ich zu Ihnen gesagt? Ich hätte sie gestern abend um Verzeihung bitten müssen, Mylady, und ich habe von Anfang an gewußt, daß Sie nicht hier unten hingehören. Es lag an dem Kleid, verstehen Sie. Und außerdem sind meine Augen nicht mehr so gut, wie ich bereits sagte.«

Kelsey zuckte zusammen, als sie sich in dem harten Bett aufsetzte. Gestern abend hatte sie gar nicht bemerkt, daß es so unbequem war. Du lieber Himmel, die Frau *entschuldigte* sich. Deshalb hatte sie die ganze Zeit vor sich hingemurmelt. Aus irgendeinem unbekannten Grund hatte sie beschlossen, sich geirrt zu haben, als sie Kelsey mit einer Kanalratte gleichsetzte. Und wie sollte Kelsey jetzt damit umgehen? Sie *wollte* gar nicht, daß jemand sie für eine Dame hielt.

Vielleicht sagte sie besser gar nichts. Sollte doch die Frau denken, was sie wollte. Schließlich würde sie in diesem Haus nicht lange bleiben und nicht jeden Tag mit ihr zu tun haben. Es gab allerdings die Möglichkeit, daß Mrs. Hershal schuldbewußt direkt zu Lord Derek ging, um sich weiter zu entschuldigen, und das wäre auch nicht so gut.

Deshalb lächelte sie die Frau schwach an und sagte: »Es ist nicht so, wie Sie denken, Mrs. Hershal. Es stimmt zwar, daß das vulgäre Kleid nicht mir gehört, und ich wäre nur zu glücklich, wenn ich es nie wiedersähe, aber ich bin nicht von Adel, ganz bestimmt nicht.«

»Wie erklären Sie mir dann ...«

Kelsey unterbrach sie rasch: »Meine Mama war Gouvernante, wissen Sie, und es ging uns nicht so schlecht. Sie war fast mein ganzes Leben lang bei der gleichen Fa-

milie angestellt, und wir wohnten in einem ähnlich schönen Haus wie diesem hier. Ich hatte sogar das Privileg, von dem gleichen Lehrer unterrichtet zu werden wie die jungen Ladies, um die sich meine Mutter kümmerte – deshalb denken Sie wahrscheinlich, daß ich etwas Besseres bin. Glauben Sie mir, Sie sind nicht die einzige, die sich in mir irrt, weil ich mich so ausdrücke.«
In der Wiederholung ging ihr die Lüge noch leichter über die Lippen, aber Mrs. Hershal runzelte trotzdem zweifelnd die Stirn und musterte Kelseys Gesicht, als ob sie dort die Wahrheit entdecken könnte. Und genau das wollte sie tatsächlich. »Das erklärt aber nicht ihre Knochen, Mylady. Sie haben die zarten Knochen der Oberschicht.«
Kelsey dachte fieberhaft nach und sagte dann das einzige, was ihr einfiel. »Nun ..., ich weiß nicht, wer mein Vater war.« Das tiefe Erröten, das mit dieser Lüge einherging, brauchte sie nicht vorzutäuschen.
»Also ein Fehltritt?« erwiderte Mrs. Hershal nachdenklich und nickte dann. Diese logische, offene Antwort schien ihr zu gefallen. Dann meinte sie mitfühlend: »Nun ja, davon gibt es genug. Sogar Lord Derek, Gott segne ihn, kam auf der falschen Seite zur Welt. Natürlich hat ihn sein Papa, der Marquis, anerkannt und ihn zu seinem Erben gemacht, deshalb hat ihn die Gesellshaft auch akzeptiert, aber das war nicht immer so. Er mußte ziemlich kämpfen – die jungen Leute können so grausam sein, bis sich Lord Eden auf dem College mit ihm anfreundete.«
Kelsey hatte sicher keine Geschichte über Jeremys Freund Derek erwartet und wußte nicht so recht, was sie darauf sagen sollte. Es ging sie natürlich nichts an, daß er illegitim war, aber da sie gerade behauptet hatte, es auch zu sein, hielt sie es für angebracht, Verständnis zu äußern.

»Ja, ich weiß, wie das ist.«
»Da bin ich ganz sicher, Miss, ganz sicher.«
Als Kelsey hörte, daß Mrs. Hershal sie jetzt mit ›Miss‹ statt mit ›Mylady‹ anredete, entspannte sie sich. Mrs. Hershal wirkte jetzt auch nicht mehr so gereizt, offensichtlich stellte es sie zufrieden, daß ihr Irrtum nicht *zu* schwerwiegend gewesen war, so daß sie keinerlei Probleme deswegen zu erwarten hatte.
Und rasch zog die Haushälterin ihre eigenen Schlüsse.
»Dann hatten Sie also ein bißchen Ärger, und Lord Derek hat Ihnen geholfen?«
Einfach ›Ja‹ zu sagen und es dabei bewenden zu lassen, wäre das einfachste gewesen, aber die Haushälterin war zu neugierig, um ihr Schweigen zu akzeptieren.
»Oder kennen Sie Seine Lordschaft schon lange?«
»Nein, keineswegs. Ich war ... ohne Unterkunft. Ich kenne diese Stadt nicht, wissen Sie, ich war gerade erst angekommen und hatte zwar das Glück, gleich eine Unterkunft zu finden, aber leider geriet das Haus in Brand. Deshalb trug ich auch dieses entsetzliche Kleid. Jemand hatte es mir geliehen, bevor man meinen Koffer wiedergefunden hat, und ... Lord Derek war zufällig vorbeigefahren, sah den Rauch und hielt an, um zu helfen.«
Kelsey war ziemlich stolz auf ihren Einfall, ein Feuer zu erfinden, um sowohl das Kleid als auch ihre Anwesenheit hier zu erklären. Die Haushälterin nickte zustimmend.
»Ja, unser Lord Derek hat ein gutes Herz. Ich weiß noch, wie er einmal ...«
In diesem Augenblick unterbrach ein Klopfen an der Tür ihren Redefluß. Eine junge Zofe steckte den Kopf herein und sagte: »Die Kutsche ist vorgefahren, und Seine Lordschaft wartet.«
»Du meine Güte, so früh?« Mrs. Hershal winkte dem

Mädchen zu gehen und blickte dann Kelsey an. »Nun ja, dann habe ich also keine Zeit mehr, das Kleid zu bügeln. Aber ich glaube, ich habe die Falten auch so gut herausbekommen und verlasse Sie jetzt, damit Sie sich fertigmachen können. Leider ist auch keine Zeit mehr zum Frühstücken, aber ich werde Cook sagen, er soll Ihnen etwas zum Mitnehmen in einen Korb packen.«

»Das ist nicht nö ...«, begann Kelsey rasch, aber die Haushälterin war bereits aus der Tür.

Kelsey seufzte und hoffte, die ungeheure Lüge, die sie gerade erzählt hatte, bliebe ohne Folgen. Aber eigentlich spielte es auch keine Rolle, sie würde schließlich ja nicht hier wohnen.

Allerdings behagte ihr die ganze Lügerei überhaupt nicht. Sie war auch nicht besonders gut darin, da sie einfach keine Übung hatte. Sie und Jean waren zu absoluter Aufrichtigkeit erzogen worden, und keine von ihnen hatte je Grund gehabt, von diesem Weg abzuweichen – zumindest Kelsey nicht, bis jetzt.

Der Tee war nicht mehr besonders heiß, aber sie trank rasch einen Schluck, während sie sich eilig wusch und anzog. Einen Augenblick lang überlegte sie, ob sie das rote Kleid einfach dalassen sollte, aber dann fiel ihr ein, daß May ihr bei Lonny den Rat gegeben hatte, für ihren Liebhaber immer besonders gut und reizvoll auszusehen, und sie besaß kein anderes Kleid, das in letztere Kategorie fiel. *Sie* mochte ja das Kleid entsetzlich finden, aber Männer taten das offenbar nicht, denn sonst wären die Gebote bestimmt nicht so hoch gegangen.

Aber sollte sie es je noch einmal tragen, dann nur spät am Abend und hinter geschlossenen Türen. Für heute zog sie das Kleid an, das Mrs. Hershal ausgepackt hatte, ein beigefarbenes, dickes Wollkleid, das zu ihrer kurzen

Jacke paßte. O Gott, es tat richtig gut, sich endlich wieder anständig anzuziehen, auch wenn ›anständig‹ zu sein nicht zu ihren zukünftigen Aufgaben gehören würde.
Als sie die Treppe herunterkam, stand Lord Derek bereits wartend in der Halle und schlug ungeduldig mit seinen Handschuhen gegen die Hüfte. Jeremy war nicht da. Im hellen Tageslicht sah der Lord anders aus, allerdings nicht weniger gut.
Eigentlich konnte man in der lichtdurchfluteten Halle sogar noch besser registrieren, wie gut er aussah, mit seiner hohen, schlanken Gestalt, dem feingezeichneten Gesicht und ... seine Augen waren eigentlich haselnußbraun. Anscheinend hatten sie nur in der Beleuchtung gestern abend grün gewirkt.
Diese Augen musterten sie nun kritisch und gaben ihr das Gefühl, daß er ihren züchtigen Aufzug keineswegs schätzte. Damit hatte sie gerechnet. Natürlich sah sie jetzt wie eine Dame aus, und das hatte er bestimmt nicht erwartet. Aber schließlich mußte sie ja auch nicht ihm gefallen, deshalb machte sie sich darüber keine Gedanken.
Sie hatte angenommen, daß »Seine Lordschaft wartet« bedeuten würde, daß Jeremy gekommen wäre, um sie abzuholen, aber der jüngere Lord war nirgendwo zu sehen. Vielleicht saß er ja in der Kutsche.
»Ich vermute, Sie haben gut geschlafen?« fragte Derek, als sie auf ihn zutrat. Sein Ton klang so, als ob er das eigentlich nicht für möglich hielte.
»Ja, sehr gut.«
Sie staunte selbst, daß das stimmte, aber wenn sie darüber nachdachte, so mußte sie in dem Moment eingeschlafen sein, wo ihr Kopf das Kissen berührte. Allerdings hatten die Angst und die Sorge des vorangegangenen Tages sie auch ernstlich erschöpft.

»Ich glaube, das ist für Sie.«
Sie hatte gar nicht bemerkt, daß er, halb hinter seinem Rücken verborgen, einen Korb hielt. Sie nickte und hoffte, daß Mrs. Hershal ihn nicht selbst übergeben oder zumindest nichts gesagt hatte. Aber dieses Glück war ihr nicht vergönnt.
»Ich habe also eine gute Tat vollbracht, an die ich mich gar nicht erinnern kann?«
Kelsey errötete vor Zorn darüber, bei einer Lüge ertappt worden zu sein. »Es tut mir leid, aber Ihre Haushälterin hat mich heute früh mit Fragen überschüttet, und ich nahm an, daß es Ihnen nicht recht sei, wenn sie die Wahrheit erführe.«
»Das stimmt allerdings, es geht sie überhaupt nichts an. Haben Sie wirklich gut geschlafen?«
Sie war überrascht, daß er sie noch einmal danach fragte, und wieder in einem Tonfall, der zu erkennen gab, daß er dies für unwahrscheinlich hielt.
»Ja, ich war anscheinend ganz erschöpft. Es war ein ... anstrengender Tag.«
»Ja?« Wieder dieser zweifelnde Tonfall, aber dann lächelte er. »Nun, heute wird es hoffentlich besser werden. Sollen wir?« Er wies zur Tür.
Sie nickte seufzend. Der Mann benahm sich äußerst seltsam, aber eigentlich konnte es ihr gleichgültig sein. Vielleicht war es ja auch nicht seltsam, und er war von Natur aus wegen allem und jedem skeptisch. Es spielte auch gar keine Rolle, sie bezweifelte, daß sie ihn nach dem heutigen Tag jemals wiedersehen würde.
Er geleitete sie in die wartende Kutsche, und als seine Hand die ihre berührte, verspürte sie wieder dieses verwirrende Gefühl. Aber nicht aus diesem Grund runzelte sie die Stirn, als er sich ihr gegenüber niederließ. Die Kutsche war leer.

Sie konnte sich nicht enthalten zu fragen: »Werden wir Ihren Freund Jeremy abholen?«
»Jeremy?«
Seine Verwirrung verärgerte sie, da sie zu ihrer noch beitrug, doch wiederholte sie ruhig: »Ja, Jeremy. Holen wir ihn heute morgen ab?«
»Wozu?« fragte er. »Wir brauchen seine Gesellschaft auf dem Weg nach Bridgewater wohl kaum.« Dann lächelte er, und sie hätte schwören können, daß seine Augen wieder grün wirkten. »Außerdem ist dies eine hervorragende Gelegenheit für uns, einander besser kennenzulernen. Tatsächlich kann ich es keinen Augenblick länger aushalten, herauszufinden, wie Ihre Lippen schmecken.«
Bevor sie merkte, was überhaupt vor sich ging, war er schon dabei, sie auf seinen Schoß zu ziehen. Doch sie reagierte blitzschnell. Kaum hatte er den Versuch gemacht, seine Lippen auf ihre zu drücken, da versetzte sie ihm eine Ohrfeige. Er sah sie an, als wäre sie verrückt geworden. Sie blickte ihn genauso an.
Rasch schob er sie wieder auf ihren Sitz zurück und sagte steif: »Ich weiß nicht, ob ich Sie um Verzeihung bitten soll oder nicht, Miss Langton. Wenn ich bedenke, welches Loch Sie gestern für die exklusive Nutzung ihres lieblichen Körpers in meine Börse gerissen haben, halte ich eine Erklärung für angebracht. Oder unterliegen Sie der irrigen Annahme, ich gehörte zu den wenigen Auserwählten, die Lonnys Haus besuchen, weil sie den Sex ein wenig rauh mögen? Ich kann Ihnen versichern, daß dies nicht der Fall ist.«
Ihr blieb der Mund offenstehen, und ihre Wangen begannen vor Scham zu brennen. *Er* hatte sie gekauft. Nicht Jeremy. Und sie hatte ihre Beziehung gerade damit begonnen, daß sie ihn ohrfeigte.

»Ich ... ich kann es erklären«, sagte sie. Leichte Übelkeit begann in ihr aufzusteigen.
»Das hoffe ich, meine Liebe, denn im Augenblick habe ich großes Verlangen, mein Geld zurückzufordern.«

9

Kelsey wurde es wirklich übel. Sie wußte nicht, wie sie erklären solle, was sie gerade getan hatte. Außerdem konnte sie nicht klar denken, wenn Derek sie so finster ansah. Klar war ihr lediglich, daß er sie gekauft hatte. Er. Der einzige, der sie verwirrte. Der einzige von den dreien, von dem sie gehofft hatte, daß er es nicht sein würde.
Und jetzt wußte sie auch, warum sie das gehofft hatte. Er brachte sie so sehr durcheinander, daß sie nicht klar denken konnte.
»Ich warte, Miss Langton.«
Auf was? Auf was? Ach ja, warum sie ihn geschlagen hatte. *Denk nach, Dummkopf.*
»Sie haben mich überrascht«, sagte sie.
»Überrascht?«
»Ja, überrascht. Ich habe nicht erwartet, daß sie mich so angreifen.«
»Sie *angreifen*?«
Sie zuckte zusammen bei der Lautstärke seiner Frage. Was für eine blödsinnige Erklärung. Wie sollte sie es ihm bloß verständlich machen, ohne sich als Idiotin hinzustellen? Warum hatte sie nicht sofort gefragt, wer von den dreien sie gekauft hatte? Sie hätte einfach fragen sollen. Eigentlich hätten sie es ihr sagen müssen. Auf jeden Fall hätte sie nicht einfach ihre Schlußfolgerungen ziehen dürfen.

»Das war unglücklich ausgedrückt«, gab sie zu. »Aber ich bin nicht daran gewöhnt, von Männern auf den Schoß gezogen zu werden, und ... nun ja, wie ich bereits sagte, es überraschte mich und ... und ich habe reagiert, ohne nachzudenken ...«
Sie brachte den Satz nicht zu Ende. Er blickte immer noch finster, und ihr fiel keine Entschuldigung mehr ein. Es blieb ihr wohl nichts anderes übrig, als die Wahrheit zu sagen.
»Na gut, wenn Sie es unbedingt wissen wollen – ich konnte nicht sehen, wer von Ihnen auf mich geboten hatte. Ich hörte nur, wie der Name Lord Malory fiel, und als Jeremy mit Lord Malory angeredet wurde ...«
»Du lieber Himmel!« rief er aus. »Sie haben gedacht, mein Cousin Jeremy hätte Sie gekauft?«
Seine Verblüffung war ihm deutlich anzusehen. Kelsey nickte errötend.
»Auch noch, als ich Sie in *mein* Haus brachte?« wollte er wissen.
Sie nickte wieder, fügte jedoch hinzu: »Sie sagten, es sei nur für eine Zeitlang. Ich nahm an, daß Jeremy, da er noch so jung ist, bei seinen Eltern wohnt, und daß er Sie deshalb gebeten hatte, mich für die Nacht unterzubringen. Warum, glauben Sie, habe ich sonst gefragt, ob wir ihn heute morgen abholen?«
Er verwirrte sie mit seinem Lächeln. »Mein liebes Kind, ich habe mir schon Sorgen gemacht, daß Sie sich in den Burschen verguckt hätten. Das wäre nichts so Besonderes. Trotz seines zarten Alters hat er diese Wirkung auf das schwache Geschlecht.«
»Ja, er sieht ungewöhnlich gut aus«, gab sie zu, wünschte jedoch sofort, sie hätte es nicht gesagt. Sein Lächeln erlosch.
»Vermutlich sind Sie jetzt enttäuscht, daß Sie statt dessen bei mir sind.«

Es war wirklich unglücklich, daß er diese Frage stellte. Die Wahrheit stand ihr im Gesicht geschrieben, obwohl sie zu einer Lüge griff, um ihn zu beruhigen. »Nein, natürlich nicht.«
Sie sah sofort an seinem skeptischen Gesichtsausdruck, daß er ihr nicht glaubte, aber sie wollte die Dinge nicht noch schlimmer machen, indem sie versuchte, es ihm zu erklären. Sie war einfach von Jeremys gutem Aussehen überwältigt gewesen, aber dieser Malory wühlte etwas in ihr auf, das sie nicht verstehen konnte. Sie hatte angenommen, daß es mit Jeremy ganz einfach sein könnte, aber mit diesem Mann würde es ganz und gar nicht einfach sein. Jeremy hätte sie bei weitem vorgezogen, denn mit ihm wäre bestimmt eine vollkommen unkomplizierte Beziehung möglich gewesen.
Als er schwieg und sie einfach nur weiterhin zweifelnd ansah, sagte sie steif: »Ich kann Ihnen versichern, Lord Malory, daß ich Sie den beiden anderen Herren, die Sie überboten haben, in jeder Hinsicht vorziehe. Es war mir jedoch keineswegs bewußt, daß meine Vorlieben in Ihrer Transaktion überhaupt eine Rolle spielen. Ich wurde nicht gefragt, ob Sie mir recht sind. Das war nicht Bestandteil des Handels, auf den ich mich eingelassen habe. Oder wäre Ihnen das lieber gewesen?«
Ihre Aufrichtigkeit brachte ihn wieder zum Lächeln, wenn es auch nicht seine Augen erreichte. Auch sein Tonfall war eher nüchtern, als er entgegnete: »Gut pariert, meine Liebe. Vielleicht sollten wir noch einmal von vorne anfangen. Kommen Sie her, und ich werde mich bemühen, Sie vergessen zu lassen, daß nicht Jeremy hier sitzt. Und Sie können sich bemühen, mich glauben zu lassen, daß Sie es vergessen haben.«
Sie starrte auf seine Hand, die er ihr entgegenstreckte

und die sie nicht gut ablehnen konnte. In ihrem Magen jedoch regten sich bereits wieder diese seltsamen Gefühle, und als sie schließlich ihre Hand in seine legte, keuchte sie beinahe auf, so stark wurde das Gefühl.
»Viel besser«, sagte Derek und zog sie wieder auf seinen Schoß.
Kelsey hatte das Gefühl, daß ihre Wange in Erwartung seines Kusses brannte. Doch er küßte sie nicht. Er schaukelte sie nur sachte hin und her, legte dann die Arme um sie, und sie hörte ihn seufzen.
»Sie können sich entspannen, meine Liebe«, meinte er leicht amüsiert. »Wenden Sie Ihren Kopf hin, wo immer Sie wollen. Ich glaube, ich gewöhne mich gerade daran, Sie einfach nur eine Zeitlang festzuhalten.«
Das hatte sie nicht erwartet, aber bei seinen Worten entspannte sie sich tatsächlich ein wenig. »Bin ich nicht zu schwer?«
Er schmunzelte. »Überhaupt nicht.«
Die Kutsche rumpelte durch die Straßen der Stadt, auf denen zu dieser Morgenstunde reger Betrieb herrschte mit Lieferwagen, Pferdegespannen aller Art und zahlreichen Menschen, die auf dem Weg zur Arbeit waren. Als sie die Außenbezirke erreichten, hatte sich Kelsey so weit beruhigt, daß sie endlich ihren Kopf auf seine Schulter legte. Er streichelte mit dem Daumen ihre Wange, was sie überhaupt nicht schlimm fand, da er so angenehm und sauber roch.
»Wie weit ist es nach Bridgewater?« fiel es ihr nach einer Weile ein.
»Da wir irgendwo auf der Strecke eine Mittagsrast machen, werden wir wahrscheinlich den ganzen Tag brauchen.«
»Und warum fahren wir nach Bridgewater?«
»Ich habe dort ein Landhaus, das ich sowieso hätte aufsuchen müssen. Ganz in der Nähe ist ein Cottage, das

wahrscheinlich leer steht. Dort können Sie ganz bequem ein oder zwei Wochen wohnen, bis ich etwas für Sie in London gefunden habe.«
»Es wird mir ganz bestimmt gefallen.«
Die nächste Stunde schwiegen sie wieder. Kelsey fühlte sich warm und behaglich, und war beinahe eingeschlafen, als er auf einmal sagte …
»Kelsey?«
»Hm?«
»Warum haben Sie sich zum Verkauf angeboten?«
»Es war die einzige …«, begann sie, brach dann aber abrupt ab, als sie merkte, daß sie so entspannt und unvorsichtig war, daß sie beinahe die Wahrheit hervorgesprudelt hätte. Sie korrigierte sich sofort und erwiderte: »Ich meine, ich würde lieber nicht darüber sprechen, wenn es Ihnen nichts ausmacht.«
Er hob ihr Kinn, um ihr in die Augen sehen zu können. Seine Augen waren tatsächlich grün, und es lag noch etwas in seinem neugierigen Blick, das sie nicht definieren konnte.
»Für dieses Mal akzeptiere ich Ihre Antwort, meine Liebe, aber beim nächstenmal kann ich dafür nicht garantieren«, sagte er sanft.
Und dann beugte er den Kopf, und streifte leicht mit seinen Lippen ihren Mund, nichts Bedrohliches, nichts Beunruhigendes, nur eine leichte Berührung. Sie seufzte erleichtert. So schlimm war es gar nicht, auf jeden Fall nichts, wovor sie Angst haben mußte.
In Kettering hatten ihr einige junge Männer den Hof gemacht, aber nie hatte jemand versucht, sie zu küssen. Ihre Mutter hatte mit Argusaugen über sie gewacht, wie es sich gehörte. Und für einen ersten Kuß war das hier wirklich nett. Sie konnte überhaupt nichts Schlimmes daran finden. Warum mißbilligten Eltern nur, wenn ihre Töchter so etwas taten?

Sein Daumen rieb immer noch sanft über ihre Wange. Nach einer Weile jedoch bewegte er sich in Richtung ihres Mundwinkels und schob dort ihre Lippen ganz leicht auseinander. Dann fühlte sie, wie seine Zunge über ihre Lippen glitt, sie noch weiter öffnete, dann über ihre Zähne strich und sich dahinterschob.

Das war nicht mehr entspannend. Ihr Innerstes geriet in Aufruhr, aber als er weitermachte, merkte sie, daß es keine unangenehmen Empfindungen waren, ganz im Gegenteil. Sie hatte so etwas nur noch nie vorher empfunden.

Panisch versuchte sie, sich einen von Mays Ratschlägen ins Gedächtnis zu rufen. *Lieg nie da wie ein nasses Handtuch. Streichle ihn bei jeder Gelegenheit, wenn ihr alleine seid. Gib ihm das Gefühl, du wolltest ihn ständig, ob das nun der Fall ist oder nicht.*

Kelsey hatte keine Ahnung, wie sie Derek das Gefühl vermitteln sollte, sie begehre ihn. Streicheln jedoch war ganz einfach – wenn sie es schaffte, ihre Empfindungen abzuschalten und sich auf das zu konzentrieren, was sie jetzt tun sollte.

Sie fuhr mit der Hand über seine Wange und strich mit gespreizten Fingern leicht durch seine Haare. Verglichen mit der Hitze seiner Lippen waren sie weich und kühl.

Sein Mund ... Er verzauberte sie, und sie wußte nicht mehr, was sie tat. Ohne es zu merken, griff sie fest in seine Haare. Die andere Hand preßte sie auf seinen Rücken und zog ihn an sich, als ob sie sich noch näher an ihn drücken wollte. Ihr wurde so heiß, daß sie fast verging.

Und dann löste er plötzlich seine Lippen von ihren. Kelsey meinte, ein Stöhnen zu hören, wußte jedoch nicht, ob es von ihr oder von ihm kam.

Noch bevor sie aus ihrer Betäubung erwachte und die

Augen aufmachte, sagte er mit gepreßter Stimme: »Nun, ich glaube, das war doch keine so gute Idee.«
Sie hatte die Bedeutung seiner Worte noch gar nicht richtig erfaßt, da hatte er sie bereits wieder auf ihren Platz gesetzt und seine Hände von ihr gelöst, so daß sie annahm, es hätte etwas damit zu tun, daß sie auf seinem Schoß gesessen hatte. Sie traute sich nicht, ihn anzusehen, sondern versuchte, wieder Haltung zu gewinnen und gegen das tiefe Rot anzukämpfen, das auf ihren Wangen glühte.
Als sie schließlich aufblickte, sah er selbst nicht viel besser aus. Er löste gerade sein Halstuch und rutschte auf den Polstern hin und her, als ob er auf Nadeln säße.
Er sah die Verwirrung in ihren grauen Augen und versuchte zu erklären: »Wenn ich dich lieben will, Kelsey, dann in einem anständigen Bett, und nicht in einer unbequemen Kutsche, in der wir durchgeschüttelt werden.«
»Waren wir gerade dabei, uns zu lieben?«
»Ja, absolut.«
»Ich verstehe.«
Aber sie verstand keineswegs. Sie waren beide noch vollständig angezogen, und May hatte ihr doch ganz spöttisch erzählt, daß manche Männer ihre Frauen immer nur im Dunkeln und ohne sich das Nachtgewand auszuziehen liebten, die meisten jedoch ihre Mätressen auf jeden Fall nackt sehen wollten.
Kelsey beschloß, daß es wohl stimmen müsse, was Derek gesagt hatte – sie waren gerade kurz davor gewesen, sich zu lieben, was immer man darunter verstand. Sie hoffte allerdings, eines Tages, wenn sie sich *wirklich* liebten, alle Ratschläge und Warnungen, die May ihr mitgegeben hatte, zu verstehen. Im Moment jedoch fand sie alles nur verwirrend.

10

Sie hielten vor einem Landgasthof in Newbury, um zu Mittag zu essen. Derek war schon oft hier gewesen, seit er den Besitz in Bridgewater übernommen hatte. Er wußte, daß das Haus sauberer war als die meisten anderen und daß vor allem das Essen ausgezeichnet war. Und vor allem verfügte der Gasthof über ein privates Speisezimmer für die Gäste, die es vorzogen, sich nicht unter die Einheimischen zu mischen; der Raum war so teuer, daß sich nur der Adel leisten konnte, ihn zu mieten. Außerdem wollte Derek, da er Kelseys Manieren noch nicht kannte, lieber nicht in Gesellschaft anderer feststellen, ob sie wie ein Schwein aß.

Ihre Tischmanieren erwiesen sich jedoch als untadelig. In diesem Punkt würde er sich nie Gedanken machen müssen, wenn sie mit seinen Bekannten zu Abend essen sollten. Und er sah keinen Grund, sie völlig im verborgenen zu halten, wenn er ihr in London eine Wohnung eingerichtet hatte. Es gab viele Orte, an die man eine Mätresse mitnehmen konnte, ohne Angst davor haben zu müssen, Damen aus den eigenen Kreisen zu begegnen, die sich durch eine Frau aus Kelseys Schicht und von ihrem Gewerbe beleidigt fühlen würden.

In der Kutsche hatte er sie eine Zeitlang gemustert, während sie so tat, als merke sie es nicht. Sie hätte die Tochter eines Herzogs sein können, so aufrecht, wie sie dasaß. Ihre Kleider waren zwar nicht teuer, wären aber für die Reise bei jeder Dame passend gewesen.

Ihre Kleidung hatte ihn überrascht, als sie die Treppe heruntergekommen war. Er hatte nicht erwartet, daß sie so wenig Ähnlichkeit mit einer Mätresse haben würde, noch dazu so früh am Morgen. Er würde ihr geeignetere Kleider kaufen müssen, wenn sie sonst nichts im Koffer hatte.

Auch ihre tadellose Ausdrucksweise machte ihn fassungslos. Sie redete gewählter als die meisten Mitglieder der Gesellschaft, die häufig, wie auch er, halbe Sätze verschluckten.

Dazu kam noch, daß Kelsey im Tageslicht eine Offenbarung war. Sie kam ihm viel hübscher vor als am Abend zuvor, wo sie vor lauter Nervosität so steif und verschreckt gewirkt hatte. Ihre Haut war makellos milchweiß, wodurch ihr Erröten nur noch deutlicher auffiel. Sie hatte schmale, geschwungene Augenbrauen über leicht mandelförmigen Augen, die durch dichte, schwarze Wimpern noch ausdrucksstärker wurden. Hohe Wangenknochen betonten eine schmale Nase und ein zartes Kinn.

Ihre schwarzen Haare waren von Natur aus gelockt, so daß sie nur wenig Mühe hatte, sie elegant zu frisieren. Heute trug sie sie hochgesteckt um den Kopf, der von schmeichelnden Strähnen und kleinen Löckchen umgeben war. Und diese sanften grauen Augen, die so sprechend dreinschauen konnten – voller Unschuld, zornig oder verwirrt. Er fragte sich unwillkürlich, wieviel von dem, was er in ihnen sah, wohl wahren Empfindungen entsprach, und was kunstvolle Verstellung war.

Tatsächlich, er fand sie faszinierend, daran bestand kein Zweifel. Es war ihm schrecklich schwergefallen, in der vergangenen Nacht einzuschlafen, während er daran dachte, daß sie unter dem gleichen Dach wie er lag und schlief wie ein Baby. Das hatte ihn auch geärgert. Dabei hatte sie nicht einmal wach gelegen und auf seinen Besuch gewartet, weil sie nicht gewußt hatte, daß sie in dem Haus des Mannes war, der sie gekauft hatte. Sie hatte gedacht, es sei Jeremy gewesen.

Derek war sich noch nicht ganz im klaren darüber, was er mit seiner Reaktion auf diese Eröffnung anfangen sollte. Er kannte das Mädchen doch kaum. Daß sie ihm gehörte, war kein Grund, Eifersucht zu spüren – zumindest nicht jetzt schon. Und auch noch wegen Jeremy.

Sicher, sein Vetter hatte kein Hehl daraus gemacht, daß er sie gerne für sich gehabt hätte. Und sie hatte offen zugegeben, daß sie ihn äußerst gutaussehend fand. Natürlich hätte er sofort gewußt, daß sie log, wenn sie etwas anderes gesagt hätte. *Alle* Frauen fanden, daß Jeremy äußerst gut aussah. Und es hatte schon geschmerzt, als sie versuchte, ihn davon zu überzeugen, daß sie ihn vorziehen würde, weil er *wußte*, daß das eine Lüge war.

Nun, er würde schon damit fertigwerden. Schließlich wollte er gar nicht, daß sie sich in ihn verliebte und anfing, über einen Hausstand und Kinder nachzudenken. Das entsprach wohl kaum den Dingen, die ein Mann von seiner Geliebten wollte. Und er konnte nicht leugnen, daß er sie begehrte, nach dem, was in der Kutsche passiert war.

Ihr Mangel an Raffinesse, gerade in dieser seltsamen Mischung mit ihrer Leidenschaftlichkeit, hatte dazu geführt, daß sein Begehren fast außer Kontrolle geriet. Er konnte es immer noch kaum glauben, wie sehr er sie in der Kutsche begehrt hatte, und wie lange er gebraucht hatte, um das Verlangen, sie auf der Stelle zu nehmen, unter Kontrolle zu bringen.

Lust. Das richtige Gefühl einer Mätresse gegenüber, wie er zugeben mußte, und so war er auch nicht allzu mißvergnügt. Sie mochte Jeremy vorziehen und wünschen, er hätte sie gekauft, aber was Derek anging, so war ihre körperliche Reaktion mehr als zufriedenstellend gewesen.

Noch ganz mit diesen Gedanken beschäftigt, während sie ihr Mahl beendeten, bemerkte Derek mehr zu sich selbst: »Ich bin wirklich versucht, hier ein Zimmer zu mieten. Aber ich habe das Gefühl, wir brauchen beim erstenmal mehrere Stunden, um uns zu lieben, und dann kämen wir zu spät in Bridgewater an, um dich unterzubringen ... Warum wirst du rot?«

»Ich bin an solche Gespräche nicht gewöhnt.«

Er schmunzelte. Daß sie ständig Unschuld heuchelte, amüsierte ihn. Er war gespannt darauf, zu erfahren, wie sie es anstellen wollte, den Schein zu wahren, wenn sie das erste Mal miteinander schliefen. Aber das würde er ja heute Nacht herausfinden. Und das war ein äußerst angenehmer Gedanke.

»Mach dir darüber keine Gedanken, meine Liebe. Du wirst dich noch früh genug daran gewöhnen.«

»Hoffentlich«, erwiderte sie. »Sonst brauche ich nämlich leichtere Kleidung – bei dem ständigen Erröten wird mir ziemlich warm.«

Er brach in Lachen aus. »Und ich dachte, das läge an mir.«

»Hier, sehen Sie«, sagte sie, errötete schon wieder und fächelte sich mit der Hand Kühlung zu. »Es könnte fast Sommer sein, so warm ist mir.«

»Ich vermute, im Sommer wird es uns schwerfallen, dir noch ein Erröten abzuringen«, erwiderte er trocken, obwohl ihm klar war, daß das nicht der Fall sein würde, wenn sie, so wie jetzt, auf Befehl erröten konnte. Er verspürte jedoch kein Verlangen, ihre Verstellung zu entlarven, da sie ihn so erheiterte. »Sollen wir jetzt aufbrechen, bevor ich meine Meinung ändere und doch ein Zimmer miete?«

Sie schoß zwar nicht gerade ihrem Stuhl empor und rannte zur Tür, aber sie war nahe daran, und es war auch nur zu offensichtlich, daß sie genau das am liebsten getan hätte. Derek schüttelte den Kopf, während er ihr folgte. Seltsames Mädchen. Hätte er es ernstgenommen, wäre er wirklich verwirrt gewesen. Aber er war schon mit zu vielen raffinierten Frauen zusammengewesen, um zu wissen, daß dies alles zum Spiel gehörte, diese kleinen Kunstgriffe, die dazu dienten, die Männer zu amüsieren – ohne sie zu täuschen oder ihnen einen falschen Eindruck vermitteln zu wollen.

Kurz vor Sonnenuntergang erreichten sie endlich das kleine Pächterhaus, das auf Dereks Besitz lag. Es bestand aus einem großen Zimmer mit einer Küche daneben, einem Eßtisch in der Mitte und einem kleinen Bereich auf der anderen Seite, der als Salon gelten konnte, weil ein großer Sessel darin stand. Hinten gab es ein Schlafzimmer mit einem winzigen Badezimmer, in dem ein Bottich als Badewanne stand. Das Haus war nie modernisiert worden.

Das Cottage war spärlich möbliert und im Moment ziemlich schmutzig, da es lange leergestanden hatte. An der Wand über dem Ausguß hingen einige verrostete Kochtöpfe, es gab einen kleinen Tisch mit zwei Stühlen, über den großen Sessel war ein verstaubtes Laken gebreitet, und im Schlafzimmer stand lediglich ein unbezogenes Bett. Ein Schrank war nicht vorhanden. Aber das Haus war solide gebaut und in gutem Zustand. Es mußte nur einmal gründlich gereinigt werden und würde dann mit ein paar notwendigen Einrichtungsgegenständen ganz gemütlich wirken.

Derek seufzte wegen des unwohnlichen Zustands, und ging dann nach draußen, um Holz aus einem kleinen Schuppen zu holen. Er entzündete ein Feuer, klopfte sich den Staub von den Händen und wandte sich dann erwartungsvoll an Kelsey.

»Ich muß rasch ins Gutshaus hinüber«, sagte er zu ihr, »um Bescheid zu geben, daß ich da bin. Mir wäre es lieber, daß man nicht weiß, wer du bist und warum du hier bist, deshalb sollten dich so wenig Leute wie möglich sehen. Ich habe noch nie zuvor eine Frau hierhergebracht, weißt du, und wenn das Personal es erfährt, wird es hochgezogene Augenbrauen geben – auch mein Vater wird es erfahren, was ich lieber vermeiden möchte. Aber ich lasse dir Bettzeug und andere Sachen hinüberbringen und ich werde selbst auch so schnell wie möglich zurückkommen. Kannst du eine Weile alleine hierbleiben?«

»Natürlich«, erwiderte Kelsey.

Er lächelte sie strahlend an, offensichtlich erfreut darüber, daß sie sich nicht über die Umgebung beklagte. »Großartig. Vielleicht sollten wir im Ort zu Abend essen, wenn ich zurück bin? Es gibt einige hervorragende Restaurants hier, soweit ich mich erinnere, und er ist nur eine Meile entfernt.« Dann trat er zu ihr, während sie am Tisch saß, beugte sich über sie und gab ihr einen kurzen Kuß. »Ich freue mich auf heute abend, meine Liebe. Ich hoffe, du auch.«

Prompt errötete sie, aber er war schon weg. Kelsey seufzte, als sich die Tür hinter ihm schloß. Heute abend? Nein, sie freute sich nicht im mindesten darauf. Um sich abzulenken, erkundete sie den Schuppen und entdeckte zwei Körbe, den einen voll mit zerbrochenem Geschirr und den anderen voller Lumpen.

Sie nahm die Lumpen, entstaubte die wenigen Möbelstücke und wischte über die Fenster und die leeren Küchenschränke. Viel mehr allerdings konnte sie ohne Seife und Besen nicht machen. Bald schon war sie fertig und wartete auf Dereks Rückkehr und die Ankunft der Dinge, die sie brauchte, um das Cottage wohnlich zu machen.

Die Dämmerung brach jedoch rasch herein, und das letzte Tageslicht schwand. Kelsey hatte die kurze Zeit auf Dereks Schoß in der Kutsche wesentlich bequemer gesessen als den Rest des Tages auf dem Platz ihm gegenüber. Sie hatte gewußt, daß er sie beobachtete, und sich gefragt, was er wohl dachte. Das war ziemlich anstrengend gewesen. Deshalb schlief sie bei der Wärme des Feuers im Sessel ein, nur mit dem Laken zugedeckt. Niemand kam vorbei.

11

Als Kelsey am nächsten Morgen aufwachte und das Cottage noch in dem gleichen Zustand vorfand wie am Abend zuvor, wußte sie nicht, was sie denken sollte. Offensichtlich war Derek nicht zurückgekehrt, oder wenn er doch gekommen war, hatte er es nicht für nötig befunden, sie aufzuwecken. Offenbar war er auch nicht geblieben, denn er war nicht mehr da. Genausowenig wie die lebenswichtigen Dinge, die er ihr hatte besorgen wollen.

Sie grübelte stundenlang darüber nach und fragte sich, warum er wohl seine Pläne geändert haben mochte, aber es fiel ihr nichts ein. Sie konnte nur warten. Er hatte ihr gestern abend deutlich genug gesagt, daß er sie nicht in seinem Haus zu sehen wünschte, also konnte sie ihn noch nicht einmal suchen gehen, um herauszufinden, was passiert war.

Zumindest war der Korb, den Mrs. Hershal für sie hatte vorbereiten lassen und den sie gestern gar nicht gebraucht hatte, von irgend jemand ins Cottage gebracht worden. Sie hatte einen Bärenhunger. Als sie den Korb untersuchte, fand sie einen Teller mit Gebäck, eingeschlagen in ein Handtuch, ein Glas Marmelade und ein Messer, um sie zu verstreichen.

Die vier Gebäckstücke, die mittlerweile steinhart waren,

hätten gestern für das verpaßte Frühstück vollkommen ausgereicht. Da sie jedoch auch kein Abendessen zu sich genommen hatte, beruhigten sie heute ihren Magen nur für ein paar Stunden und ließen sie wünschen, sie hätte länger geschlafen, statt beim ersten Tageslicht, das durch die vorhanglosen Fenster fiel, aufzuwachen.

Gegen Nachmittag war sie so außer sich, daß sie sich um Dereks Warnung, nur ja nicht aufzutauchen, nicht mehr kümmerte. Ihr war egal, was er ihr alles hatte schicken wollen; was sie jetzt brauchte, war etwas zu essen, und sie hatte keine Möglichkeit, sich etwas zu kaufen. Er hatte ihr weder Geld noch ein Transportmittel dagelassen. Wenn er nicht bald kam, geriet sie in ernsthafte Schwierigkeiten – einer Art, die sie am wenigsten erwartet hätte.

Aber er würde natürlich kommen. Sie zweifelte keinen Augenblick daran. Die Frage war nur, wann. Er hatte zweifellos vergessen, daß im Cottage nichts zu essen vorhanden war, und da er jetzt am Nachmittag noch immer nicht erschienen war, zwang der Hunger sie, seine Warnung, das Haus nicht zu verlassen, zu ignorieren. Sie konnte nichts daran ändern. Sie mußte ihn einfach finden.

Als sie jedoch die Haustür öffnete, fand sie einen Brief. Er steckte in der Türspalte und flatterte zu Boden, als sie die Tür aufmachte. Sie brach das Siegel auf, las, und stellte fest, daß er von ihm war.

Liebe Kelsey,
ein Bote meines Vaters stürzte sich auf mich, als ich ins Haus kam. Ich muß mich eiligst nach Haverston begeben, was bedeutet, daß ich eigentlich schon gestern hätte dort sein müssen. Ich wage es nicht, auch nur noch einen Augenblick zu warten, deshalb schicke ich Dir diesen Brief.

Ich weiß nicht, worum es geht, aber wahrscheinlich bin ich in ein oder zwei Tagen wieder da. Wenn nicht, schicke ich Dir eine Nachricht. Aber es wird Dir an nichts fehlen, bis wir uns wiedersehen. Bis dann …

Hochachtungsvoll
Derek

Ein oder zwei Tage lang sollte sie warten? Wo er offenbar so schnell aufgebrochen war, daß er vergessen hatte, für die Dinge zu sorgen, die sie brauchte, um das Cottage bewohnbar zu machen? Und wie lange würde es dauern, bis er merkte, daß er nichts für sie in die Wege geleitet hatte? Schließlich machte er sich ja Gedanken darüber, warum sein Vater ihn sehen wollte, und er würde sich ganz bestimmt nicht mit ihren Bedürfnissen beschäftigen. Es konnte Tage dauern …

Das Ganze war so unglaublich! So gedankenlos! Und weil sie so hungrig war, verlor Kelsey vollends die Nerven und warf seinen Brief ins Feuer. Am liebsten hätte sie Derek Malory dort hineinbefördert.

Sie brauchte eine halbe Stunde, bis sie sein Haus gefunden hatte, das weit und breit das größte war. Es war nicht nur ein Landhaus, wie sie gedacht hatte, sondern ein ausgewachsener Landsitz, mit Ställen und Gutshöfen und zahlreichen Pächtern.

Sie fragte nach der Haushälterin und erklärte der Frau, Lord Malory habe ihr das Pächterhaus für die Ferien vermietet und habe versprochen, es würde eingerichtet und mit dem Nötigen ausgestattet werden; dem sei aber nicht so. Eine einfach zu regelnde Angelegenheit, so hoffe sie jedenfalls. Die Haushälterin jedoch fand es nicht so einfach.

»Ich habe nichts zu tun mit den Pächtern auf Lord Jasons … eh, Lord Dereks Land, Mylady. Ich habe genug um die Ohren mit diesem großen alten Haus und den faulen Dienstmädchen hier. Lord Dereks Verwalter kümmert sich um die Pächter und hält sie bei Laune, und ich werde ihn bei Ihnen vorbeischicken, wenn er Ende der Woche wiederkommt. Er wird sich sofort Ihrer Beschwerden annehmen, da bin ich sicher.«

»Sie verstehen mich nicht«, versuchte Kelsey zu erklären. »Ich habe bereits für das Haus bezahlt und kein Geld bei mir, nur die paar Kleidungsstücke, die ich brauche, weil mir versichert wurde, daß Essen, Bettzeug und alles Notwendige vorhanden wären.«

Die Haushälterin runzelte die Stirn. »Zeigen Sie mir bitte Ihren Mietvertrag. Ich muß über alles in diesem Haus hier Rechenschaft ablegen, einschließlich des Essens und kann nicht einfach Nahrungsmittel an die Pächter Seiner Lordschaft weitergeben, ohne daß er es mir aufträgt, und das hat er nicht getan, als er gestern abend hier war.«

Es gab natürlich keinen Mietvertrag. Und der einzige Beweis, den Kelsey dafür hatte, daß sie Derek überhaupt kannte, war der Brief, den sie ins Feuer geworfen hatte. So war sie gezwungen zu sagen: »Nun gut. Ich werde mir in Bridgewater Geld anweisen lassen, wenn Sie mir den Weg dorthin zeigen.«

»Sicher, Mylady«, erwiderte die Haushälterin nun wieder in einem umgänglichen Ton, da sie ja nichts mehr aus ihrer Speisekammer herausrücken mußte. »Sie brauchen nur die östliche Straße entlangzugehen.« Und sie wies ihr die Richtung.

Kelsey steckte in der Klemme. Wenn sie nicht gelogen und gesagt hätte, sie habe das Haus gemietet, dann hätte sie vielleicht die Hilfe bekommen, die sie brauchte. Sie hatte jedoch versucht, ihre Beziehung zu Derek geheimzuhalten, wie er es gewollt hatte, und das

war nun dabei herausgekommen: eine mißtrauische Haushälterin, die ihr noch nicht einmal Tee und Kekse angeboten hatte.
Noch niedergeschlagener und hungriger als vorher ging sie zu ihrem Cottage zurück. Natürlich hatte sie überhaupt keine Möglichkeit, an Geld zu kommen. Sie sah es geradezu vor sich, wie sie als Derek Malorys Mätresse um ein Darlehen bat. Der Bankier würde sie auslachen und hinauswerfen.
Allerdings hatte sie ein paar Dinge, die sie in der Stadt veräußern konnte, um sich wenigstens jetzt etwas zu essen zu kaufen. Sie besaß eine Taschenuhr, ein fein gearbeitetes Stück mit zwei eingelegten Diamanten, die ihre Eltern ihr zum vierzehnten Geburtstag geschenkt hatten. Und dann hatte sie auch noch das entsetzliche rote Kleid. Zwar haßte sie den Gedanken, die Uhr hergeben zu müssen, aber sie hatte wirklich keine andere Wahl.
Also stopfte sie das Kleid in Mrs. Hershals Korb, in dem sie das Essen, das sie kaufen wollte, zurücktragen konnte, und machte sich auf den langen Weg in die Stadt. Das Cottage war zwar mehr als mangelhaft ausgestattet, aber es gab genug frisches Wasser aus der Pumpe in der Küche, und im Schuppen lag genug Brennholz, so daß sie es wenigstens warm hatte. Und sie besaß sogar einen Teller, von dem sie essen konnte, und ein Glas Marmelade.
Während Kelsey am späten Nachmittag der Stadt zustrebte, begann sie sich etwas besser zu fühlen. Ein wenig besser. Die Spur von Optimismus, die in ihr aufkam, verflog jedoch wieder, als die Juweliere, die sie aufsuchte, kein Interesse am Ankauf der Uhr zeigten.
Es war schon fast dunkel, als sie schließlich den Versuch aufgab, die Uhr verkaufen zu wollen, und es statt dessen mit dem roten Kleid versuchte.

Die Schneiderin, eine Mrs. Lafleur, wollte gerade ihr Geschäft schließen, als Kelsey hereinkam, das rote Kleid aus dem Korb zog und ihr vorlegte. Als sie ihr jedoch erklärte, sie wolle es verkaufen, hätte man meinen können, sie habe die Frau beleidigt.

»In *meinem* Geschäft?« rief die Frau aus und beäugte das Kleid, als habe Kelsey ihr eine Schlange auf den Ladentisch gelegt. »Ich arbeite nicht für eine solche Kundschaft, und habe es auch nicht vor.«

»Verzeihen Sie«, erwiderte Kelsey gepreßt, »wissen Sie denn vielleicht jemanden, bei dem das der Fall ist?«

»Höchst unwahrscheinlich«, schnaubte Mrs. Lafleur. »Ich könnte Ihnen ein paar Pfennige für die Spitze geben – wenn Sie sie abtrennen, ohne sie zu beschädigen. Ich selbst habe nicht die Zeit dazu. Meine Aushilfe ist weg, und Lady Ellen hat bei mir eine neue Garderobe für ihre Tochter bestellt, die ich nächste Woche ausliefern muß. Sie ist meine beste Kundin, und wenn ich nicht rechtzeitig fertig werde, verliere ich sie.«

Kelsey hatte nicht vorgehabt, sich anzuhören, in welchen Schwierigkeiten die Frau steckte; sie hatte schließlich selbst genug Sorgen. Aber jetzt kam ihr eine Idee. Sie schlug vor: »Kaufen Sie mir das Kleid für fünf Pfund ab, und ich helfe Ihnen bei Lady Ellens Bestellung – gegen weitere Bezahlung natürlich.«

»*Fünf Pfund!* Und dabei kann ich nur die Spitze brauchen! Ein Pfund für die Spitze, und sie helfen mir bei drei Kleidern, die noch fertiggestellt werden müssen – ohne zusätzliche Bezahlung natürlich.«

»Ein Pfund für die Spitze, und weitere zehn Pfund für zwei Kleider«, entgegnete Kelsey.

»Zehn Pfund für zwei Kleider?« spuckte die Frau, wobei ihr bereits fleckiges Gesicht womöglich noch röter wurde. »Soviel bezahle ich ja noch nicht mal für die Arbeit eines ganzen Monats!«

Kelsey rieb den Ärmel ihrer Jacke. »Ich weiß zufällig, wie teuer Kleidung von guter Qualität ist, Mrs. Lafleur. Wenn Sie Ihren Aushilfen nicht soviel im Monat zahlen könnten, dann würden Sie sie ausbeuten.«
Unglücklicherweise knurrte in diesem Moment Kelseys Magen ziemlich laut. Als Mrs. Lafleur das hörte, warf sie Kelsey einen Blick zu, bei dem diese augenblicklich wußte, daß die Frau nun wieder die Oberhand hatte. Wieder mußte sie ihren Ton ändern und seufzte: »Nun gut, zehn Pfund für die Fertigstellung von drei Kleidern – und im übrigen sind meine Nähkünste exzellent.«
Als Kelsey endlich mit den Verhandlungen zu einem Ende gekommen war, dunkelte es draußen bereits. Aber sie hatte eine Pfundnote in der Hand, und das Versprechen, weitere vier zu erhalten, wenn sie die fünf Kleider fertiggestellt hatte, die sich jetzt mit Scheren, Nadeln und Garn in ihrem Korb befanden. Zumindest war Lady Ellens Tochter noch unter zehn Jahren, so daß wenigstens keine großen Stoffmassen zu bewältigen waren.
Leider hatte um diese Stunde kein einziger Lebensmittelladen mehr geöffnet, so daß sie gezwungen war, in einem Gasthaus zu essen, was sie dreimal soviel kostete, wie sie veranschlagt hatte. Ein paar Münzen waren ihr jedoch noch geblieben, so daß sie wenigstens am nächsten Tag noch einige Lebensmittel zum normalen Preis würde kaufen können. Sie mußte allerdings auch Kerzen besorgen, damit sie nachts an den Kleidern arbeiten konnte. Und wenigstens einen anständigen Kochtopf, und etwas Seife, und …
Es war in keiner Beziehung ein angenehmer Tag gewesen. Ironischerweise befand sie sich nun in der Lage, die sie durch ihren Entschluß hatte vermeiden wollen, aber wenigstens hatte sie erreicht, daß ihre Familie vor dem Ruin bewahrt worden war.

Als sie ins Cottage zurückkam, in dem es jetzt eiskalt war, hatte sie einen Schnupfen. Aber zumindest war ihr Magen gefüllt. Und sie hatte die Aussicht auf mehr Geld, wenn sie erst einmal mit der Arbeit fertig geworden war.
Sie würde überleben – und zumindest noch genug Kräfte haben, um Derek Malory umzubringen, wenn er zurückkam.

12

Derek war seit einigen Monaten nicht mehr in Haverston gewesen. Wie die meisten jungen Männer in seinem Alter zog er das aufregende und unterhaltsame Leben in London dem Leben auf dem Land vor. Aber er liebte Haverston. Die beiden Landsitze, die man ihm übertragen hatte, waren für ihn noch kein Zuhause, jedenfalls nicht so wie Haverston.
Er konnte sich vorstellen, daß seine Onkel – Edward, James und Anthony – das genauso empfanden, da sie alle drei in Haverston aufgewachsen waren. Auch seine Cousine Regina war dort aufgewachsen, da man sie nach dem Tod ihrer Eltern schon als Kind dorthin gebracht hatte. Die vier Jahre jüngere Reggie war für Derek eigentlich mehr so etwas wie eine Schwester, da die beiden zusammen in Haverston großgeworden waren.
Derek war mitten in der Nacht angekommen. Er hatte statt der Kutsche eines der Pferde aus seinem Stall genommen, um schneller zu Hause zu sein. Und beinahe wäre er versucht gewesen, seinen Vater zu wecken, um zu erfahren, warum er ihn herbestellt hatte. Aber der entsetzte Gesichtsausdruck des Lakaien, der ihn einge-

lassen hatte, als er sagte: »Ich nehme an, es macht Ihnen nichts aus, meinen Vater zu wecken«, hatte ihn bewogen, statt dessen sein früheres Zimmer zu beziehen und bis zum Morgen zu warten.

Und bei ruhigerer Betrachtung wurde ihm auch klar, daß dies das richtige Verhalten gewesen war. Wenn sein Vater ihn nach Hause gerufen hatte, um ihm eine Standpauke zu halten, wäre er nur um so mehr verärgert gewesen, wenn er ihn mitten in der Nacht geweckt hätte. Aber er konnte sich auch gar keinen Grund denken, weswegen sein Vater aufgebracht sein könnte. Eigentlich fiel ihm überhaupt nichts Schlimmes ein.

Natürlich brauchte Jason Malory keinen besonderen Anlaß, um ein Mitglied seiner Familie zu sich zu zitieren. Er war der älteste Malory und das Oberhaupt des Clans; und er war es gewöhnt, seine Familie zu sich kommen zu lassen, anstatt umgekehrt, ob er nun einfach ein wenig plaudern oder Informationen weitergeben – oder jemandem eine Standpauke halten wollte. Daß Derek mit anderem beschäftigt sein könnte, vor allem mit einer faszinierenden Frau, die gerade jetzt darauf wartete, von ihm geliebt zu werden, interessierte ihn wenig. Wenn Jason jemanden aufforderte, zu ihm zu kommen, mußte man hingehen. So einfach war das.

Also geduldete Derek sich bis zum Morgen. Bereits eine Stunde nach dem Morgengrauen war er jedoch schon unten und wartete auf seinen Vater. Als erste traf er allerdings auf Molly. Das war keine Überraschung. Molly schien immer zu wissen, wann er zu Besuch kam, und schaffte es immer, ihn als erste zu Hause zu begrüßen. Das war eine so feste Gewohnheit geworden, daß es ihm seltsam vorgekommen wäre, wenn er sie bei einem seiner Besuche nicht angetroffen hätte.

Molly Fletcher war eine außergewöhnlich hübsche Frau in mittleren Jahren mit aschblondem Haar und

großen braunen Augen, die sich von einer Dienstmagd bis an die Spitze der Dienstbotenhierarchie hochgearbeitet hatte und jetzt schon seit zwanzig Jahren Haushälterin auf Haverston war. Sie hatte sogar in all den Jahren hart daran gearbeitet, ihren Cockney-Akzent zu verlieren, der ihr, wie Derek sich erinnerte, noch angehaftet hatte, als er ein Kind war, und strahlte jetzt eine ruhige Würde aus, die einer Heiligen angestanden hätte.
Wie jede andere Frau im Haus, von der Köchin bis zur Wäscherin, hatte Molly Derek und Reggie immer sehr mütterlich behandelt, ihnen Ratschläge erteilt, sie in Schutz genommen, sie ausgescholten und sich um sie gesorgt.
Das lag natürlich hauptsächlich daran, daß nie eine wirkliche Mutter dagewesen war, als die beiden Kinder eine gebraucht hätten. Jason hatte zwar seine Pflicht getan und seine Frau Frances aus eben dem Grund, den beiden Rangen eine Mutter zu geben, geheiratet, aber leider wurde nicht das daraus, was er sich vorgestellt hatte.
Lady Frances erwies sich als kränklich und war weitaus häufiger zur Kur in Bath als zu Hause. Sie war wohl eine recht nette Frau, wenn auch ein bißchen nervös, aber eigentlich kannte niemand in der Familie sie besonders gut.
Derek hatte sich oft gefragt, ob wenigstens Jason gut mit ihr auskam, oder ob sie ihm gleichgültig war. Als Paar paßten sie nicht besonders gut zusammen, die dünne, bleiche, nervöse Frances und der große, robuste und imposante Jason. Derek konnte sich auch nicht daran erinnern, daß zwischen den beiden jemals ein zärtliches Wort gefallen wäre. Es ging ihn ja auch nichts an, aber es tat ihm wegen seines Vaters immer ein bißchen leid.
Molly war leise hinter Derek getreten, als dieser in das leere Arbeitszimmer seines Vaters blickte. Bei ihrem

»Willkommen zu Hause, Derek«, war er zusammengezuckt, hatte sich aber sofort umgedreht und ihr ein liebevolles Lächeln geschenkt.

»Morgen, Molly, meine Liebe. Du weißt wahrscheinlich nicht, wo mein Vater sich zu dieser frühen Stunde herumtreibt?«

»Aber sicher«, antwortete sie.

Wenn er so darüber nachdachte, so wußte sie immer und jederzeit, wo jeder im Haus war. Derek hatte keine Ahnung, wie sie das bewerkstelligte, so groß, wie das Haus war, und bei den vielen Bediensteten, aber irgendwie gelang es ihr trotzdem. Vielleicht lag es einfach nur daran, daß sie wußte, wo jeder sein *sollte*, und daß niemand es wagte, sich anderswo aufzuhalten, ohne es ihr zu sagen. Sie hatte eben den ganzen Haushalt ruhig und fest im Griff.

»Er ist im Gewächshaus«, teilte sie ihm mit. »Er hat Probleme mit seinen Winterrosen, weil sie nicht nach *seinem* Zeitplan blühen – das hat der Gärtner mir gesagt«, fügte sie lächelnd hinzu.

Derek schmunzelte. Gartenpflege war eins der Hobbys seines Vaters, und er nahm es sehr ernst. Er würde bis nach Italien fahren, wenn es um eine neue Pflanzensorte ginge, die er vielleicht für seinen Garten erwerben könnte.

»Weißt du vielleicht auch, warum er mich hierherbestellt hat?«

Molly schüttelte den Kopf. »Nein, wirklich, warum sollte er mich in seine persönlichen Angelegenheiten einweihen?« neckte sie ihn zärtlich. Dann zwinkerte sie und flüsterte ihm zu: »Aber ich kann dir zumindest sagen, daß er sich diese Woche über nichts Besonderes aufgeregt hat – abgesehen von seinen Rosen.«

Derek grinste erleichtert und widerstand dem Bedürfnis, sie zu umarmen – allerdings nur fünf Sekunden lang. Sie

stöhnte unter seinem festen Griff und sagte: »Laß das! Was sollen die anderen Dienstboten denken!«
Er lachte und gab ihr einen Klaps auf den Po. Aber als er durch die Halle schlenderte, rief er so laut, daß ihn das ganze Personal im Umkreis von fünfzig Metern hören mußte: »Und dabei habe ich gedacht, es sei eine altbekannte Tatsache, daß ich dich wie verrückt liebe, Molly! Aber wenn du darauf bestehst, mache ich natürlich ein Geheimnis daraus!«
Sie errötete vor Zorn, mußte dann aber doch über ihn lächeln. Ihre braunen Augen verrieten mehr Liebe zu dem charmanten Nichtsnutz, als angebracht war; rasch jedoch unterdrückte sie diese mütterlichen Gefühle wieder und machte sich an ihre morgendliche Arbeit.
Das Gewächshaus, seit langer Zeit viel zu klein für die Fülle der Pflanzen, war nun endlich vor ein paar Jahren vergrößert und vom Haus weg verlegt worden. Es lag jetzt hinter den Ställen, ein riesiges rechteckiges Gebäude mit Glasdach, beinahe so lang wie das Haupthaus. Die beiden Längsseiten waren fast ganz verglast, und vor allem im Winter waren sie von der feuchten Luft, die innen herrschte, ständig beschlagen. Dutzende von Kohleöfen standen überall verteilt und brannten Tag und Nacht.
Derek zog sofort seine Jacke aus, als er das Gebäude betrat. Der schwere Duft von Blumen, Erde und Dünger war überwältigend. In diesem riesigen Gebäude, indem mindestens sechs Gärtner arbeiteten, seinen Vater aufzuspüren, war eine schwierige Aufgabe.
Aber schließlich fand er die Rosenbeete – und Jason Malory, der sich gerade über einige kostbare weiße Rosen beugte, die er verpflanzt hatte. Ein Fremder hätte seine Schwierigkeiten gehabt, in ihm den Marquis of Haverston zu erkennen, mit seinen aufgerollten Hemdsärmeln, der Schmutzschicht bis zu den Ellenbo-

gen, Schmutzflecken auf seinem Hemd – schon wieder ein weißes Tennishemd endgültig ruiniert –, und einem Schmutzstreifen auf seiner feuchten Stirn, der wohl daher rührte, daß er sich geistesabwesend mit dem Handrücken den Schweiß von der Stirn gewischt hatte.

Er war groß, blond und hatte grüne Augen, wie die meisten Malorys. Nur wenige von ihnen hatten die schwarzen Haare und kobaltblauen Augen von Dereks Urgroßmutter geerbt. Es hieß, Zigeunerblut wäre durch ihre Adern geflossen, allerdings hatten weder Jason noch seine Brüder das jemals bestätigt.

Jason war so in seine Arbeit versunken, daß Derek sich erst ein paarmal räuspern mußte, um auf seine Anwesenheit aufmerksam zu machen. Als sich der große Mann endlich umdrehte, hellte sich sein gutgeschnittenes Gesicht zu einem Lächeln auf, und er machte Anstalten, seinen Sohn zur Begrüßung zu umarmen.

Derek sprang zurück und hob in gespieltem Entsetzen abwehrend eine Hand. »Wenn es dir nichts ausmacht – ich habe gerade gebadet.«

Jason blickte an sich hinunter und schmunzelte. »Gut pariert. Aber ich freue mich, dich zu sehen, mein Junge. Du kommst nicht mehr allzu häufig.«

»Und du kommst nicht mehr so oft nach London«, entgegnete Derek.

»Das stimmt.«

Jason zuckte mit den Schultern und trat zur Wasserpumpe, um seine Arme in der darunterstehenden Wanne abzuwaschen. Die nächststehenden Blumen bekamen eine zusätzliche Dusche, als er seine Arme über ihnen ausschüttelte.

»Mich bringen nur noch Geschäfte – und Hochzeiten – in diese überfüllte Stadt«, meinte Jason.

»Ich mag den Betrieb.«

Jason schnaubte. »Du redest wie jeder junge Kerl, dem

es nur ums Amüsieren geht. In dieser Hinsicht kommst du nach meinen Brüdern James und Tony.«
Ein leichter Tadel steckte in dieser Bemerkung, allerdings nicht deutlich genug, um Derek zu beunruhigen.
»Die sind doch *verheiratet*«, erwiderte er mit gespieltem Entsetzen. »Bei Gott, ich hoffe, ich bin nicht in *diese* Falle geraten, ohne es zu merken.«
»Du weißt ganz gut, was ich gemeint habe«, brummte Jason, und sein Gesichtsausdruck wurde strenger.
Das Gute daran, der Sohn des strengen, ernsthaften Oberhaupts der Familie zu sein, war, daß man ohne Umwege, ohne Neckereien und Herumalbern mit ihm reden konnte. Derek hatte schon früh gelernt, daß sein Vater zwar immer sehr streng tat, aber eher bellte, als daß er biß, zumindest verhielt er sich Derek gegenüber so.
Derek grinste unerschrocken. Schließlich wußte jeder, daß James und Anthony Malory die bekanntesten Lebemänner in London gewesen waren und daß beide erst mit Mitte dreißig Ruhe gegeben hatten.
»Natürlich weiß ich das«, erwiderte er also immer noch grinsend. »Und wenn ich so alt bin wie meine Onkel, habe ich dich schon zweimal zum Großvater gemacht. Aber bis dahin ist noch ein wenig Zeit, und inzwischen möchte ich lieber in ihre Fußstapfen treten – natürlich ohne die Skandale, für die sie bekannt waren.«
Jason seufzte. Er hatte das Thema angeschnitten, und Derek hatte es wie immer elegant umschifft. Deshalb wandte er sich dem eigentlichen Thema zu.
»Ich habe dich gestern schon erwartet.«
»Gestern war ich auf dem Weg nach Bridgewater. Dein Bote hat mich erst dort erreicht. Zufällig kamen wir beide zur gleichen Zeit an, so daß ich noch nicht einmal die Zeit hatte, einen Bissen zu essen, bevor ich hierher aufgebrochen bin.«

»Ach, Bridgewater? Dann kümmerst du dich also doch um deinen Besitz? Laut Bainsworth ist das nicht der Fall. Er war bei mir und sagte, daß er seit zwei Wochen vergeblich versucht, dich zu erreichen. Er behauptet, es sei dringend. Deshalb habe ich nach dir geschickt.«

Derek runzelte die Stirn. Es stimmte, daß er in der letzten Zeit seine Post nicht durchgesehen hatte, aber da die Saison in vollem Gange war und zahlreiche Einladungen eintrafen, hatte ihn der riesige Briefstapel zu sehr abgeschreckt. Er schätzte es jedoch gar nicht, daß Bainsworth immer noch mit jedem Problem zu Jason rannte. Die Besitztümer im Norden, die Bainsworth verwaltete, waren auf Derek überschrieben worden. Sein Vater hatte nichts mehr damit zu tun.

»Vielleicht sollte ich langsam mal meinen eigenen Sekretär einstellen. Wie du sicher weißt, kann sich Bainsworth über jede Kleinigkeit aufregen. Hat er vielleicht zufällig erwähnt, was so dringend ist?«

»Irgend etwas mit einem Kaufangebot für die Mühle, das zeitlich begrenzt war, deshalb wollte er dich unbedingt finden.«

Derek fluchte insgeheim. »Vielleicht sollte ich mich auch nach einem neuen Verwalter umsehen. Die Mühle steht nicht zum Verkauf, und Bainsworth weiß das auch.«

»Auch nicht bei einem *sehr* lukrativen Angebot?«

»Nicht mal für das Doppelte dessen, was sie wert ist. Unter gar keinen Umständen«, sagte Derek nachdrücklich. »Ich habe den Besitz nicht übernommen, um ihn Stück für Stück zu verkaufen.«

Jason lächelte und klopfte ihm auf die Schulter. »Freut mich, das zu hören, Junge. Um die Wahrheit zu sagen – als der Mann zu mir kam, dachte ich, du wüßtest von dem Angebot, deshalb wollte ich nicht warten, bis ich dich später in der Woche auf der Hochzeit sehe.

Aber wo wir jetzt darüber geredet haben, weiß ich es beim nächsten Mal besser – wenn es ein nächstes Mal gibt.«

»Wird es nicht«, versicherte ihm Derek, als sie zusammen zum Ausgang gingen.

»Da wir gerade von Hochzeiten sprechen …«

Derek schmunzelte. »Haben wir von Hochzeiten geredet?«

»Nun ja, wenn nicht«, grummelte Jason, »dann sollten wir es zumindest tun. Amys Hochzeit findet in vier Tagen statt.«

»Glaubst du, Frances wird kommen?«

Es war kein Zeichen mangelnden Respekts, daß Derek seine Stiefmutter beim Vornamen nannte. Es war ihm nur immer schrecklich peinlich gewesen, sie mit »Mutter« anzureden, da er sie kaum kannte.

Jason zuckte mit den Schultern. »Wer weiß schon, was meine Frau macht. Ich jedenfalls nicht«, sagte er betont gleichgültig. »Aber weißt du, mein Sohn, ich habe gestern noch darüber nachgedacht, daß mein Bruder Edward, der ja jünger ist als ich, diese Woche bereits sein drittes Kind verheiratet, während ich …«

»Er verheiratet seine dritte *Tochter*«, warf Derek rasch ein. Ihm war ganz klar, worauf sein Vater hinauswollte. »Seine Söhne haben sich auch noch nicht einfangen lassen. Es ist etwas ganz anderes, wenn man Mädchen direkt von der Schulbank weg verheiratet. Bei Jungen ist das eben nicht so.«

Jason seufzte wieder, da seine Pläne auch dieses Mal durchkreuzt wurden. »Es kam mir nur so … unausgewogen vor.«

»Vater, du hast nur einen Sohn. Wenn du mehr hättest, oder ein paar Töchter, dann wären mittlerweile bestimmt die meisten von ihnen verheiratet. Aber vergleiche doch nicht ein Kind mit Onkel Edwards fünfen.«

»Ich weiß, daß ich das nicht tun sollte.«
Schweigend legten sie den Weg zum Haus zurück. Und erst als sie das Frühstückszimmer erreichten, in dem zahlreiche warme Gerichte auf der Anrichte auf sie warteten, gewann Dereks Neugier die Oberhand.
»Möchtest du wirklich jetzt schon Großvater sein?«
Jason war verblüfft über die Frage, aber nachdem er einen Augenblick nachgedacht hatte, sagte er: »Ja, eigentlich schon.«
Derek grinste. »Gut, ich werde darüber nachdenken.«
»Ausgezeichnet, aber – tritt bitte in dieser Hinsicht nicht auch noch in James' Fußstapfen. Zuerst kommt die verdammte Hochzeit, dann die Babys.«
Derek lachte, nicht weil James Malorys Tochter in weniger als neun Monaten nach der Hochzeit zur Welt gekommen war, sondern weil es so selten vorkam, daß sein Vater rot wurde. Derek kannte den Grund. Kaum hatte Jason den Satz ausgesprochen, war ihm sein Fauxpas auch schon aufgefallen. Schließlich war Derek unehelich, und jeder, der die Malorys kannte, wußte das.
Jason blickte Derek finster an und schoß, wie es seine Art war, gleich zurück. »Übrigens, wer war denn das Mädchen, das du ins Londoner Haus gebracht hast?«
Derek verdrehte die Augen. Er fand es immer wieder erstaunlich, wie sein Vater von Dingen erfuhr, die er nicht wissen sollte, und vor allem, wie schnell er sie erfuhr.
»Nur jemand, der Hilfe brauchte.«
Jason schnaubte. »Ich habe widersprüchliche Informationen bekommen. Hanly bezeichnete sie als Hure, Hershal nannte sie eine Dame. Was stimmt denn nun?«
»Eigentlich keins von beidem. Sie hat eine gute Erziehung genossen, wahrscheinlich besser als die meisten Ladies, aber sie ist nicht von Adel.«

»Hat einfach nur dein Interesse geweckt?«
Von einfach konnte gar keine Rede sein, aber Derek wollte seinen Vater lieber nicht aufklären, deshalb sagte er so gleichgültig wie möglich: »Ja, so in der Art.«
»Du wirst sie bestimmt nicht mehr in unser Haus bringen?«
»Natürlich nicht. Ich gebe zu, daß das nicht sehr klug von mir war. Aber wirklich, Vater, du brauchst dir wegen ihr gar keine Gedanken zu machen. Du wirst nie wieder etwas von ihr hören.«
»Die Dienstboten sollten nie wieder etwas von ihr hören, weder in London noch hier. Unsere Familie hat genug Anlaß für Gerüchte gegeben, genug für mehrere Generationen. Wir brauchen keinen weiteren Klatsch.«
Derek nickte zustimmend. Schließlich hatte er, abgesehen von seiner unehelichen Geburt, seine Affären immer so diskret behandelt, daß er nie in irgendeinen Skandal verwickelt gewesen war. Darauf war er selbst ungeheuer stolz. Und er beabsichtigte, es auch in Zukunft dabei zu belassen.

13

Derek fuhr gar nicht mehr nach Bridgewater zurück. Er hatte den Rest des Tages in Haverston mit seinem Vater verbracht und war am nächsten Morgen nach London aufgebrochen. Dort hatte er seine Post durchgesehen und einen langen Brief an Bainsworth verfaßt. Und dann begann er nach einem Haus zu suchen, das er für Kelsey mieten konnte.
Es wäre viel einfacher gewesen, wenn er damit zu seinem Onkel Edward hätte gehen können. Edward besaß Mietshäuser in ganz London und hätte bestimmt etwas

Passendes für Derek gefunden. Aber Edward hätte ihn auch gefragt, wozu er es brauchte. und das wollte er nicht gerade dem Onkel auseinandersetzen, der seinem Vater am nächsten stand. Bei seinen anderen beiden Onkeln wäre das kein Problem gewesen. Sie hätten ihn sofort verstanden, schließlich hatten sie selbst zahllose Mätressen ausgehalten – zumindest, bis sie verheiratet waren. Edward jedoch war ein häuslicher Mann, war es immer gewesen.

Leider besaßen seine Onkel Tony und James keine Mietshäuser in der Stadt. Diejenigen, die ihnen gehörten, hatten sie Edward zur Verwaltung überlassen, weil er das gesamte Familienvermögen verwaltete. Also mußte Derek auf normalem Weg nach etwas Passendem suchen, mußte durch die Stadt laufen und sich Häuser ansehen, die entweder zu groß, zu teuer oder zu reparaturbedürftig waren. Als er endlich gefunden hatte, was er suchte, war es nur noch einen Tag bis zur Hochzeit seiner Kusine Amy. Deshalb konnte er auch jetzt nicht nach Bridgewater zurückfahren, sondern mußte weiter in der Stadt bleiben.

Andererseits gab es jedoch keinen Grund, Kelsey noch länger auf dem Land warten zu lassen, nachdem er einen Mietvertrag über sechs Monate unterzeichnet hatte und das Haus sofort bezogen werden konnte. Er brauchte lediglich noch ein paar Dienstboten, die sie sich jedoch sowieso selbst aussuchen sollte. Also schickte er seinem Kutscher eine Nachricht, er möge sie in die Stadt bringen.

Er brannte vor Ungeduld, sie wiederzusehen, und wollte daher nicht bis nach Amys Hochzeit warten, um sie selbst abzuholen. Auf diese Art wäre sie schon am nächsten Abend in der Londoner Wohnung, und sie könnten ihre intime Beziehung einen Tag früher aufnehmen.

Es kam nicht häufig vor, daß sich alle Malorys zur gleichen Zeit unter demselben Dach befanden. Sogar die beiden jüngsten Mitglieder der Familie, James' und Georginas Tochter Jacqueline, und Anthonys und Roslynns Tochter Judith waren im Obergeschoß untergebracht, so daß ihre Mütter nicht nach Hause mußten, um sie zu versorgen. Auch Reggies Sohn war dort oben; allerdings war er schon alt genug, um alleine zu essen.
Reggie überschaute die immer größer werdende Familie. Das neueste Familienmitglied war natürlich der Bräutigam, der jetzt nach der wundervollen Hochzeitsfeier wahr und wahrhaftig eingefangen war. Reggie lächelte den Frischverheirateten liebevoll zu. Sie waren ein so schönes Paar. Warren, mit über einsneunzig größer als alle Malorys, mit seinen goldbraunen Haaren und seinen hellgrünen Augen, und Amy, eine wunderschöne Braut ganz in Weiß, mit ihren schwarzen Haaren und ihren kobaltblauen Augen.
Reggie hatte dieselbe Haar- und Augenfarbe, genau wie Anthony und Jeremy; und wie Melissa, Reggies Mutter, die gestorben war, als Reggie gerade erst zwei Jahre alt war. Sie waren die einzigen in der Familie, die Reggies Urgroßmutter ähnelten. Alle anderen waren blond und grünäugig, nur Marshall und Travis kamen nach ihrer Mutter, Charlotte, mit braunen Haaren und Augen.
Der Empfang fand in Onkel Edwards Haus am Grosvenor Square statt. Dick, jovial und immer guter Laune, im Gegensatz zu den anderen Onkeln, strahlte Edward vor Stolz und tätschelte seiner Frau Charlotte, die leise vor sich hin weinte, die Hand. Tatsächlich hatte Tante Charlotte die ganze Zeremonie über geweint. Nun ja, Amy war ihr jüngstes Kind – wenn Reggie allerdings darüber nachdachte, hatte Tante Charlotte eigentlich bei *allen* Hochzeiten geweint.
Die anderen Vettern und Cousinen Reggies waren im

ganzen Raum verstreut. Zu Edwards Kindern gehörten auch Diana und Clare mit ihren Ehemännern und Amys Brüder, Marshall und Travis. Reggies Vetter Derek, Onkel Jasons einziges Kind, unterhielt sich gerade mit ihrem Mann Nicholas und ihren Onkeln Tony und James. Derek und Nicholas waren schon seit ihrer Schulzeit eng miteinander befreundet, lange bevor Reggie Nicholas kennengelernt und sich Hals über Kopf in ihn verliebt hatte. Sie machte sich jedoch jedesmal Sorgen, wenn ihre beiden jüngsten Onkel mit ihrem Mann zusammentrafen.

Reggie seufzte und fragte sich, ob sie wohl *jemals* miteinander auskommen würden. Onkel Tony war immer der Ansicht gewesen, Nick sei nicht gut genug für sie, da er als Schürzenjäger galt. Bei Onkel James ging die Abneigung allerdings noch tiefer, da Nick in Onkel James' Freibeutertagen einen Zusammenstoß auf hoher See mit ihm gehabt hatte. James hatte diese Schlacht verloren, und sein Sohn Jeremy war dabei verwundet worden, wenn auch nicht ernsthaft. Seitdem waren die beiden ständig aneinandergeraten, und bei ihrer letzten, ernsten Auseinandersetzung hatte er Nicholas so zusammengeschlagen, daß er fast nicht zu ihrer Hochzeit hätte kommen können; James war ins Gefängnis gekommen und beinahe wegen Piraterie gehängt worden.

Natürlich versuchten sie jetzt, wo Nicholas schon seit einigen Jahren zur Familie gehörte, nicht mehr, sich bei jedem Treffen gegenseitig umzubringen. Es war sogar durchaus möglich, daß sie sich mittlerweile mochten, wenn sie es auch nie zugeben würden und ein unbeteiligter Zuhörer sicher auch nie auf diese Idee gekommen wäre. Redeten sie miteinander, dann klang das eher wie bei Todfeinden. Und Reggie bezweifelte nicht eine Sekunde lang, daß sie es genossen, sich gegenseitig zu reizen. Aber das lag in der Familie, vor allem bei den Männern.

Es war eine bekannte Tatsache, daß die vier Malory-Brüder am glücklichsten waren, wenn sie miteinander streiten konnten, wobei sie allerdings anderen gegenüber wie ein Mann zusammenstanden. Der Bräutigam und seine vier Brüder waren dafür ein hervorragendes Beispiel, zumindest was Tony und James anging.

James hatte sich völlig mit ihnen überworfen, weil er ihrer Schwester Georgina so unkonventionell den Hof gemacht hatte – und daß er in der Zeit, als er unter dem Namen ›Der Falke‹ bekannt gewesen war, einige ihrer Schiffe aufgebracht hatte, trug auch nicht gerade zum gegenseitigen Verständnis bei. Sie hatten James zusammengeschlagen und wollten ihn hängen lassen, aber es gelang ihm, zu entkommen und ihnen Georgina direkt unter ihrer Nase zu entführen.

Als kühne Amerikaner jedoch verfolgten sie ihn bis nach England, um ihre Schwester zurückzuholen, mußten dort allerdings feststellen, daß sie sich mittlerweile in ihn verliebt hatte. Und doch war das ein ungünstiger Anfang gewesen. Als die beiden Familien schließlich auf gesellschaftlicher Basis miteinander umgingen, standen alle Malorys fest hinter James, bis er selbst endlich die amerikanischen Andersons willkommen hieß – wenn auch mit Murren und nur auf Georginas Drängen.

Reggies Vettern allerdings verstanden sich gut mit den Amerikanern; Derek und Jeremy hatten die beiden jüngeren Andersons sogar unter ihre Fittiche genommen. Allerdings war Drew Anderson, der viertjüngste Bruder, genauso ein Herzensbrecher wie Jeremy, und Boyd, der jüngste und ernsthafteste, neigte noch stärker zu Eroberungen, also vergnügte er sich ebenfalls mit ihnen.

Reggie seufzte. Da Warren jetzt in England bleiben würde, um die Reederei Skylark Lines zu führen, für die eine große Flotte von Handelsschiffen, die der Familie Anderson gehörten, um die Welt fuhr, würde sich ihr Ehemann sicher mit Warren sehr anfreunden. Sie hatten schließlich eine ganze Menge gemeinsam, vor allem konnten sie beide James Malory nicht ausstehen. Reggie hätte sich bestimmt Sorgen gemacht, wenn Nicholas sich mit dem Amerikaner anfreunden würde, doch hatte sich Anderson grundlegend geändert, nachdem er Amy gebeten hatte, ihn zu heiraten.

Nie zuvor war Reggie einem so streitsüchtigen Mann begegnet. Warren machte den Eindruck, er müsse gegen die ganze Welt angehen. Hinzu kam noch ein recht aufbrausendes Temperament. Wenn man sich jedoch den Mann jetzt ansah, hätte man das nie geglaubt. Jetzt war er einfach nur glücklich, und daran war Amy Malory schuld.

Reggie wurde es unbehaglich zumute, als sie feststellte, daß Derek ihren Mann mit ihren Onkeln allein gelassen hatte. Für gewöhnlich ärgerte sich Nicholas immer, wenn er mit den beiden redete, weil er die Wortgefechte mit Onkel James ständig verlor. Sie wollte ihn gerade retten, als er von sich aus wegging und dabei lächelte.

Auch sie lächelte. So sehr sie ihre beiden jüngsten Onkel liebte, ihren Mann liebte sie noch mehr. Und wenn er gerade aus einem der zahlreichen Wortduelle als Sieger hervorgegangen war, so freute sie sich für ihn. Allerdings gab ihm der Anlaß für dieses Familientreffen auch die nötige Munition, um James zu ärgern. Schließlich konnte sich James unmöglich darüber freuen, daß ein weiterer seiner Hauptgegner gerade zum Familienmitglied avanciert war. Nein, darüber konnte er wirklich nicht froh sein.

»Hiermit ist es offiziell«, bemerkte Anthony Malory zu seinem Bruder, während sie beide das frischvermählte Paar betrachteten. »Jetzt gehört er wirklich zu unserer Familie. Dein Schwager war er natürlich immer schon, aber zumindest war er mit uns nicht verwandt – bis jetzt.«

»Schwäger kann man ignorieren. Meine George ignoriert dich ja auch ganz hervorragend, oder?«

Anthony schmunzelte. »Das liebe Mädchen mag mich recht gern, und das weißt du auch.«

James schnaubte: »Ungefähr so gern, wie ich ihre Familie.«

Anthony grinste. »Wann hörst du endlich auf, dem Amerikaner die Schuld dafür zu geben, daß sie dich hängen wollten? Schließlich hast du das ganze Debakel verursacht.«

»Ich gebe ihm ja gar nicht die Schuld«, gestand James ihm zu. »Aber daß er gedroht hat, meine ganze Mannschaft mit mir zusammen zu hängen, hat ihm meinen ewigen Zorn eingetragen.«

»Ja, ich glaube, du hast recht«, nickte Anthony.

James war über zehn Jahre lang Kapitän auf der Maiden Anne gewesen, und in dieser Zeit war ihm die Mannschaft wie eine Familie ans Herz gewachsen – eigentlich war sie damals sogar seine einzige Familie gewesen, da ihn seine eigenen Angehörigen verstoßen hatten. Jetzt allerdings gehörte er wieder zum Malory-Clan, da er seine anstößige Laufbahn als Pirat vor ein paar Jahren aufgegeben hatte – damals, als ihm klargeworden war, daß er einen sechzehnjährigen Sohn hatte, der einen Vater brauchte.

»Glaubst du, er macht sie glücklich?« fragte Anthony, der immer noch zu dem jungen Paar hinüberschaute.

»Ich warte geduldig auf den Tag, an dem er es nicht mehr tut.«

Anthony lachte. »Ich gebe es ungerne zu, aber Nick hatte recht. Wir mögen unsere Nichten so sehr, daß uns in bezug auf ihre Ehemänner die Hände gebunden sind.«
»Ja, das muß wohl so sein«, seufzte James. »Obwohl ich gerne hinzufügen möchte ›Was ich nicht weiß, macht mich nicht heiß‹. Das gibt einem ein bißchen mehr Spielraum.«
»Hmmm, in der Tat. Ich frage mich, ob der Yankee wohl weiter Boxunterricht nehmen will.«
»Ich hab' selbst schon dran gedacht, ihn zu fragen.«
Anthony schmunzelte. In diesem Augenblick kam ein neuer Gast, und er zupfte seinen Bruder am Ärmel. »Jetzt sieh dir das mal an. Frances ist tatsächlich gekommen.«
James' Blick folgte dem seines Bruders zu der kleinen, schrecklich dünnen Frau, die auf der Schwelle stand. »Überrascht dich das?« fragte er, fügte jedoch sofort hinzu: »Du lieber Himmel, das soll doch nicht etwa heißen, daß Jason und Frances immer noch nicht zusammenleben?«
»Glaubst du, der Zaun wäre geflickt worden, während du auf See warst?« Anthony schüttelte den Kopf. »Es ist eigentlich alles nur noch schlimmer geworden. Sie tun noch nicht mal mehr so als ob; und die Familie hat klugerweise aufgehört, Fragen zu stellen. Sie wohnt jetzt das ganze Jahr über in diesem Haus, das sie sich in Bath gekauft hat, und er ist die meiste Zeit draußen auf Haverston. Ich glaube sogar, daß es heute das erste Mal seit mehr als fünf Jahren ist, daß ich sie zusammen in einem Raum sehe.«
James schaute ihn abschätzig an. »Ich fand es schon immer dumm von Jason, sie zu heiraten.«
Anthony zog eine Augenbraue hoch. »Wirklich? Ich hielt es eher für eine ziemlich noble Geste. Selbstaufopferung und so, typisch für die Älteren.«

Mit den Älteren meinten die beiden jüngeren Malory-Brüder die beiden älteren Geschwister, da zwischen ihnen ein so großer Altersabstand herrschte. Anthony und James waren, wie Jason und Edward, jeweils nur ein Jahr auseinander, aber zwischen James und Edward lagen neun Jahre. Melissa, ihre einzige Schwester, die gestorben war, als ihre Tochter Regina erst zwei war, hatte in der Mitte gelegen.

»Die Kinder brauchten gar nicht so dringend eine Mutter; schließlich haben wir sie alle vier großgezogen. Außerdem war ja Frances nie da, um ihnen die Mutter zu ersetzen.«

»Das ist richtig«, stimmte Anthony ihm zu. »Jasons Schuß ist nach hinten losgegangen. Er kann einem richtig leid tun, oder?«

»Leid tun? Jason?« schnaubte James. »Das halte ich für unwahrscheinlich.«

»Na, jetzt komm aber, alter Junge. Du hast ihn genauso gern wie ich. Er mag ja ein sturer, aufbrausender Tyrann sein, aber er meint es immer nur gut. Und sein Privatleben ist ein solches Desaster, er *muß* einem einfach leid tun – vor allem, wo wir beide doch die bezauberndsten, anbetungswürdigsten, schönsten Frauen der Welt haben.«

»Nun ja, wenn du es so siehst, dann kann ich mir wahrscheinlich doch ein kleines bißchen Mitleid abringen. Aber wenn du das diesem Holzkopf jemals verrätst ...«

»Keine Angst.« Anthony grinste. »Ros mag mein Gesicht so, wie es ist. Die Bekanntschaft mit deinen Fäusten wäre nicht besonders gesund für mich. Übrigens, was hat Derek dir denn eben ins Ohr geflüstert?«

James zuckte mit den Schultern. »Er sagte, er bräuchte irgendeinen Rat, aber hier sei nicht der geeignete Ort für ein Gespräch.«

»Glaubst du, er steckt in Schwierigkeiten?« spekulierte

Anthony. »Es würde mich nicht überraschen, wenn er dir nachgerät.«
»Und Jeremy mit sich zieht«, murrte James.
Anthony feixte. »Das ist stark! Dein jugendlicher Sohn war immerhin schon mit sechzehn, wenn nicht sogar schon früher, mit deiner Mannschaft auf Frauenjagd. Derek bringt ihm in dieser Hinsicht wenigstens die nötigen Umgangsformen bei.«
»Oder Jeremy lehrt ihn die falschen Umgangsformen – verdammt noch mal, jetzt hast du mich schon so weit gebracht, daß ich Unsinn verzapfe. Es gibt keine falschen Umgangsformen bei der Jagd auf Frauen.«

14

Lady Frances trat auf ihren Mann zu. Sie zitterte fast vor lauter Nervosität, aber sie zögerte nicht. Mit Hilfe ihres lieben Oscars hatte sie die Entscheidung getroffen, Jason endlich ein volles Geständnis abzulegen – oder ihm zumindest das zu gestehen, was er noch nicht selbst erraten hatte.
Es war an der Zeit, daß ihre Farce von einer Ehe endlich zu einem Ende kam. Sie hatte ihn von Anfang an nie heiraten wollen, die Vorstellung allein hatte sie entsetzt, und ursprünglich hatte sie seinen Antrag auch rundweg abgelehnt. Er war ein Bulle von einem Mann, streng, heißblütig, abscheulich körperbetont – mit einem Wort: angsterregend. Und sie hatte sehr wohl gewußt, daß sie nicht zueinander paßten. Aber ihr Vater hatte sie trotzdem gezwungen, ihn zu heiraten. Er hatte die Verbindung mit den Malorys gewollt, aber dann hatte er nicht mehr lange genug gelebt, um sich daran zu erfreuen.
Die achtzehn Jahre ihrer Ehe waren so unerträglich

gewesen, wie sie es vorhergesehen hatte. Wenn Frances mit ihrem Ehemann zusammen war, lebte sie in ständiger Angst. Er hatte sie zwar nie körperlich verletzt, aber sie wußte ja, daß er zur Gewalttätigkeit neigte, und allein deswegen lagen ihre Nerven blank. Und immer regte er sich über irgend etwas auf, das ihm mißfiel, ob es nun einer seiner Brüder war, ein politisches Thema, mit dem er nicht übereinstimmte, oder einfach nur das Wetter. Da war es nicht weiter verwunderlich, daß sie Entschuldigungen erfand, um ihn meiden zu können.

Ihre Hauptentschuldigung war ihre schwache Gesundheit gewesen, was Jason zu der Annahme geführt hatte, sie sei kränklich. Seine ganze Familie dachte das. Es half ihr, daß sie so dünn war, und auch ihre äußerst helle Haut, die man leicht für Blässe halten konnte, erwies sich im Hinblick darauf als nützlich. Dabei war sie eigentlich völlig gesund. Man konnte sogar so weit gehen zu behaupten, sie habe eine Roßnatur. Sie hatte es Jason nur nie gesagt.

Jetzt aber wollte sie die Wahrheit nicht länger verbergen. Sie wollte nicht mehr mit einem Mann verheiratet sein, den sie nicht ertragen konnte, vor allem jetzt, wo sie jemanden gefunden hatte, den sie lieben konnte.

Oscar Adams war das genaue Gegenteil von Jason Malory. Er war nicht sehr groß – eigentlich sogar klein – und nicht im mindesten muskulös. Er war ein lieber, sanfter Mann mit leiser Stimme, der gelehrte Themen körperlichen Belangen vorzog.

Sie hatten sehr viel gemeinsam, und vor fast drei Jahren hatten sie ihre Liebe zueinander entdeckt. Bisher hatte Frances sich allerdings nicht getraut, Jason mit dieser Tatsache zu konfrontieren. Und was gab es für einen besseren Zeitpunkt, um eine schlechte Ehe zu beenden, als den Tag, an dem eine andere, glücklichere Ehe gerade begann?

»Jason?«
Er hatte ihre Ankunft gar nicht bemerkt, da er gerade mit seinem Sohn Derek redete. Beide wandten sich ihr zu und lächelten, als sie sie begrüßten. Dereks Lächeln kam von Herzen, sie zweifelte jedoch nicht daran, daß Jasons Freundlichkeit unaufrichtig war. Sie hegte überhaupt keinen Zweifel daran, daß er ihre Gesellschaft genauso wenig schätzte wie sie die seine. Eigentlich müßte er äußerst erfreut sein über das, was sie ihm mitteilen wollte. Und sie würde es nicht mit müßigem Geplauder hinauszögern.
»Kann ich ein Wort unter vier Augen mit dir sprechen, Jason?«
»Natürlich, Frances. Genügt dir Edwards Arbeitszimmer?«
Sie nickte und ließ sich von ihm aus dem Zimmer führen. Ihre Nervosität wuchs. Eigentlich war das ein dummer Vorschlag von ihr gewesen. Es hätte gereicht, wenn sie einfach nur beiseite getreten wären. Sie hätten ja im Flüsterton darüber reden können. Niemand wäre etwas aufgefallen, und die anderen Gäste hätten Jason zumindest davon abgehalten, einen Wutausbruch zu bekommen.
Aber jetzt war es zu spät. Er schloß bereits die Tür zum Arbeitszimmer seines Bruders. Frances eilte quer durch den Raum und schob einen der schweren gepolsterten Stühle zwischen sich und ihn. Als sie ihn jedoch anblickte, blieben ihr die Worte im Hals stecken, weil er ironisch eine Augenbraue hochzog. Und obwohl er erfreut sein *müßte* über das, was sie ihm sagen wollte, konnte man Jason Malorys Reaktionen nie vorhersagen.
Sie holte tief Luft, bevor sie die Worte aussprach. »Ich möchte die Scheidung.«
»Die *was*?«
Sie richtete sich auf. »Du hörst hervorragend, Jason. Laß es mich nicht noch einmal wiederholen, nur weil es

mir gelungen ist, dich zu überraschen. Wir waren schließlich nie wirklich verheiratet.«
»Das spielt keine Rolle, Madam. Und ich bin nicht überrascht, sondern kann es einfach nicht glauben, daß du so etwas überhaupt vorschlägst.«
Zumindest brüllte er nicht – noch nicht. Und auch sein Gesicht war nur leicht gerötet.
»Das war kein Vorschlag«, sagte sie und wappnete sich gegen seinen Wutausbruch. »Es war eine Forderung.«
Wieder brachte sie ihn aus der Fassung. Einen Augenblick lang starrte er sie ungläubig an. Und dann zog er die Brauen zusammen, auf eine Art und Weise, die ihr schon immer auf den Magen geschlagen war. Auch dieses Mal war es so.
»Du weißt so gut wie ich, daß eine Scheidung nicht in Frage kommt. Du stammst aus einer guten Familie, Frances. Und du weißt verdammt genau, daß es in unseren Kreisen keine Scheidungen gibt ...«
»Natürlich gibt es sie«, verbesserte sie ihn. »Sie sind nur skandalös. Und Skandale sind doch für deine Familie nichts Neues. Deine jüngeren Brüder haben jahrelang einen nach dem anderen hervorgerufen, als sie noch London unsicher machten. Und auch über dich haben sie sich die Mäuler zerrissen, als du verkündet hast, daß dein illegitimer Sohn dein Erbe wird.«
Sein Gesicht wurde jetzt deutlich röter. Er konnte es nicht ausstehen, wenn sie seine Familie kritisierte, das hatte er noch nie gemocht. Und zu sagen, daß die Malorys in zahlreiche Skandale verwickelt waren, konnte als Kritik aufgefaßt werden.
»Es wird keine Scheidung geben, Frances. Du kannst dich meinetwegen weiter in Bath verstecken, wenn du das vorziehst, aber du wirst meine Frau bleiben.«
Sie wurde wütend, weil das so typisch für ihn war. »Du bist der rücksichtsloseste, gemeinste Mensch, den ich

je kennengelernt habe, Jason Malory. Ich möchte endlich mein eigenes Leben führen! Was kümmerst du dich schon um mein Wohlergehen? Deine Mätresse lebt mit dir unter einem Dach, eine Frau von niederer Herkunft, die du selbst dann nicht heiraten könntest, wenn du frei wärst, ohne einen viel größeren Skandal hervorzurufen, als ihn eine Scheidung mit sich bringen würde. Also spielt es für dich natürlich keine Rolle, wenn sich nichts ändert ... Warum siehst du mich so an? Hast du allen Ernstes geglaubt, ich wüßte nichts von Molly?«

»Und du hast wohl erwartet, ich bleibe keusch, wenn du kein einziges Mal in mein Bett kommst?«

Frances' Gesicht glühte jetzt vor Scham, aber sie würde nicht zulassen, daß er ihr die Schuld für ihre katastrophale Ehe ganz allein aufbürdete. »Du brauchst nicht nach Entschuldigungen zu suchen, Jason. Molly war schon deine Geliebte, bevor du mich geheiratet hast, und du hattest von Anfang an die Absicht, sie auch danach zu behalten, wie du es ja auch getan hast. Mich hat das ganz bestimmt nie gestört, falls du das denken solltest. Im Gegenteil. Was mich betraf, so war ich sehr froh über ihre Gegenwart.«

»Wie großzügig von dir, meine Liebe.«

»Du brauchst gar nicht ironisch zu werden. Ich liebe dich nicht. Ich habe es noch nie getan. Und das weißt du auch ganz genau.«

»Das gehörte auch gar nicht zu unserer Vereinbarung.«

»Nein, natürlich nicht«, stimmte sie zu. »Und genau das war ja auch unsere Ehe immer für dich – eine Vereinbarung. Nun, und jetzt möchte ich sie auflösen. Ich habe jemanden kennengelernt, den ich wirklich liebe und den ich heiraten möchte. Und untersteh dich, mich zu fragen, wer er ist. Es sollte dir ausreichen, daß er ganz anders ist als du.«

Schon wieder war es ihr gelungen, ihn zu überraschen.

Sie wünschte, sie hätte Oscar heraushalten können, aber dadurch, daß sie ihn erwähnt hatte, begriff Jason zumindest, wie ernst es ihr war. Er sah immer noch nicht so aus, als ob er Vernunft annehmen würde. Natürlich, wie sollte er, so stur und verbohrt, wie er nun einmal war. Aber ihren letzten Trumpf hatte sie noch gar nicht ausgespielt. Eigentlich hatte sie gehofft, daß sie ihn nicht brauchen würde. Erpressung war schließlich etwas höchst Widerwärtiges. Aber sie hätte es besser wissen müssen, und außerdem wollte sie so dringlich aus dieser Ehe heraus, daß ihr jedes Mittel recht war – einschließlich Erpressung.

»Ich habe dir gerade einen hervorragenden Grund gegeben, dich von mir scheiden zu lassen, Jason«, sagte sie ruhig.

»Du hast mir nicht zugehört …«

»Nein, *du* hast nicht zugehört. Ich wollte eigentlich nicht gemein werden, aber du läßt mir keine andere Wahl. Gib mir die Scheidung – oder Derek wird erfahren, daß seine Mutter gar nicht tot ist. Er wird erfahren, daß sie äußerst lebendig und die ganze Zeit über in Haverston gewesen ist – und in deinem Bett. Alle werden dein wohlgehütetes Geheimnis erfahren, Jason, wenn du nicht vernünftig bist. Welchen Skandal würdest du also vorziehen?«

15

Das Stadthaus war reizend, aber Kelsey nahm lieber nicht an, daß es ihr neues Zuhause sein sollte. Sie nahm lieber gar nichts mehr an. Und wenn es wirklich ihr neues Zuhause werden würde, dann besänftigte sie die Tatsache, daß es so hübsch und geschmackvoll einge-

richtet war, auch nicht. Sie war sich nicht sicher, ob sie überhaupt noch etwas besänftigen konnte nach den fünf schrecklichen Tagen, die hinter ihr lagen.
Dereks Kutscher war heute morgen, als Kelsey gerade zu ihrem täglichen Marsch in die Stadt aufbrechen wollte, in aller Frühe aufgetaucht. Sie dachte, er brächte ihr Nachricht von Derek, aber nein, der Mann sagte nur, er sei gekommen, um sie nach London zu bringen. Keine Nachricht von Derek. Keine Erklärung, warum er sie fünf Tage lang einfach im Stich gelassen hatte. Der Kutscher konnte ihr nichts anderes mitteilen. Ihm war nur aufgetragen worden, wo er sie abholen und wohin er sie bringen sollte.
Sie packte rasch ihre Sachen zusammen, und zwar alles, einschließlich der wenigen lebensnotwendigen Dinge, die sie sich selbst hatte kaufen müssen, nur für den Fall, daß die neue Unterkunft sich als genauso spartanisch wie das Cottage herausstellen sollte. Zuerst aber bat sie den Kutscher, sie nach Bridgewater zu fahren, damit sie die letzten Kleider, deren Fertigstellung sie übernommen hatte, vertragsgemäß abliefern konnte. Glücklicherweise war sie in der Nacht zuvor mit der Arbeit daran fertig geworden. Die ersten fünf Kleider hatte sie in nur drei Tagen genäht, obwohl sie furchtbar erkältet gewesen war. Sie wußte, daß sie erst wieder Geld bekommen würde, wenn die Kleider fertig waren. Die Schneiderin war jedoch mit ihrer Arbeit so zufrieden gewesen, daß sie ihr auch die restliche Bestellung der Dame in Auftrag gegeben hatte, weitere drei Kleider für weitere zwei Pfund.
Jetzt besaß sie also zumindest etwas Geld. Sie bezahlte sogar ihr Mittagessen selbst, als der Kutscher gegen Mittag vor einem Gasthaus hielt – und noch etwas zusätzliches Essen zum Mitnehmen, schließlich konnte man nie wissen. Nachdem sie am ersten Tag, als sie allein gewe-

sen war, eine solche Panik empfunden hatte, würde es einige Zeit dauern, bis sie sich keine Sorgen mehr darüber machte, wo ihre nächste Mahlzeit herkommen würde.

Derek Malory hatte ihr auf jeden Fall viel zu erklären, und Kelsey hoffte nur, ihr Temperament so lange zügeln zu können, bis er ihr alles gesagt hatte. Den ganzen Weg nach London hatte sie darüber nachgegrübelt, und als sie am späten Nachmittag endlich angekommen waren, schmerzte ihr ganzer Körper von der Anspannung. Hinzu kamen die Erkältung und das Fieber, das sie immer noch hatte, *und* die Tatsache, daß weder Derek noch sonst jemand zu ihrer Begrüßung anwesend war. Alles zusammen machte sie noch reizbarer als vorher.

Es war ungefähr noch eine Stunde lang hell, so daß sie das Stadthaus erkunden konnte. Der Kutscher hatte ihr lediglich den Kamin angezündet und war dann wieder weggefahren. Für den Abend gab es große Lampen und Kerzen.

Nach gesellschaftlichen Maßstäben war es kein großes Stadthaus, aber jedes der sieben gemütlichen Zimmer bot genügend Raum, und es lag in einer hübschen Gegend mit einem kleinen Park in der Nähe. Es gab eine separate Küche mit einem Schlafzimmer für ein oder zwei Dienstboten direkt daneben – es enthielt zwei schmale Betten –, ein Eßzimmer mit einem Tisch, der groß genug war für sechs Personen, einen Salon, ein kleines Arbeitszimmer und im Obergeschoß zwei Schlafzimmer.

Die Tatsache, daß es so vollständig eingerichtet war, sogar mit einer Bücherwand im Arbeitszimmer, Schnickschnack auf den Tischen, ausreichend Bett- und Tischwäsche und Vorräten in der Küche führte sie zu der Annahme, daß das Haus jemandem gehörte. Viele Her-

ren vermieteten ihre Stadthäuser für lange Zeit, während sie auf dem Kontinent waren oder auf ihren Landsitzen gebraucht wurden. Aber sie stellte schon wieder Vermutungen an, was sie doch eigentlich nicht mehr hatte tun wollen.
Von dem größeren Schlafzimmer kam man in ein modernes, voll ausgestattetes Badezimmer, und Kelsey beschloß sofort, daß es ihres sei – falls sie hierbleiben würde. Nachdem sie mit ihrem Erkundungsgang fertig war, nahm sie ein Bad. Die unbequeme Badewanne im Cottage war alles andere als zufriedenstellend gewesen – sie hatte das Wasser selbst erhitzen und hinschleppen müssen. Dieses Badevergnügen jedoch war wunderbar, allerdings dehnte sie es nicht unnötig aus, da sie nicht wußte, wann Derek kommen würde.
In der Küche gab es keine frischen Nahrungsmittel, deshalb aß sie das, was sie aus dem Gasthaus mitgenommen hatte. Sie hätte auch etwas von den Vorräten nehmen können, aber sie hatte keine richtige Lust zum Kochen, zumal ihr Fieber wieder, wie jeden Abend, etwas gestiegen war. Hoffentlich wurde sie die Erkältung jetzt, wo sie wieder in London war, endlich los. Die langen Märsche nach Bridgewater jeden Tag in der eisigen Luft, einmal sogar im Regen, hatten es nicht zugelassen, daß es ihr besserging.
Das Fieber schließlich ließ sie auf der Couch im Salon einschlafen – das Fieber, das reichliche Essen, das heiße Bad und das warme, gemütliche Feuer. Als jedoch die Haustür geöffnet wurde, wachte sie auf und fand noch genug Zeit, sich aufzusetzen, bevor Derek auf der Schwelle stand. Allerdings hatte sie nicht mehr genug Zeit, wach auszusehen.
Sie konnte kaum die Augen offenhalten; ihre Haarnadeln hatten sich gelöst, und die Haare fielen ihr über die Schultern; ihre Nase lief, wie gewöhnlich, und sie

schneuzte sich gerade mit Nachdruck in das Taschentuch, das sie ständig in der Hand hielt, als er auch schon da war. Du lieber Himmel, sie hatte ganz vergessen, wie gut er aussah, vor allem, wenn er so offizielle Kleidung trug wie jetzt. Das Fest, von dem er gerade kam oder zu dem er später gehen wollte, mußte etwas ganz Besonderes sein, da er so elegant war.

»Hallo, Kelsey, meine Liebe«, sagte er mit zärtlichem Lächeln. »Es ist noch ein bißchen früh zum Schlafen. War die Reise so anstrengend?«

Sie nickte, dann schüttelte sie den Kopf. Du meine Güte, sie sollte jetzt besser nicht so verschlafen sein.

»Ich wäre schon eher hier gewesen«, fuhr er fort und kam auf sie zu. »Aber meine ganze Familie war auf dem Hochzeitsempfang, von dem ich gerade komme, und es war ziemlich schwierig, unauffällig zu verschwinden. Was ist übrigens mit deiner Nase los?«

Sie blinzelte. Automatisch fuhr sie sich mit der Hand an die Nase, und als sie spürte, wie rauh sie war, konnte sie sich denken, was er meinte. Sie hatte sich so daran gewöhnt, im Cottage keinen Spiegel zu haben, daß sie hier noch nicht einmal auf den Gedanken gekommen war, in einen hineinzublicken, aber sie konnte sich vorstellen, wie ihre Nase aussah.

»Ich habe eine Erkältung«, begann sie, wobei bei der bloßen Erwähnung dieser Tatsache ihre Benommenheit wachsendem Ärger wich. »Stellen Sie sich nur vor! Eine Erkältung, die ich mir geholt habe, weil ich jeden Tag nach Bridgewater wandern mußte. Sie fragen jetzt vielleicht, warum ich so etwas Dummes getan habe, wo es doch so kalt ist? Nun, ich war am Verhungern, wissen Sie, und da es im Cottage nichts zu essen gab, und auch von nirgendwoher wundersamerweise etwas aufgetaucht ist, war ich gezwungen, auf das einzige Transportmittel zurückzugreifen, über das ich verfügte, nämlich meine Füße, um mir etwas zu essen zu besorgen. Natürlich hatte ich auch kein Geld, also mußte ich mir eine Arbeit suchen, damit ich nicht verhungerte.«

Er erstarrte bei dem bitteren Sarkasmus ihrer Worte, aber lediglich ihre Bemerkung über Arbeit blieb ihm im Gedächtnis haften. Arbeiten bei jemanden ihres Schlages hieß für ihn, daß sie ihre Gunst verkauft hatte.

Und dieser Gedankengang wurde offenkundig, als er scharf fragte: »Und was für eine Arbeit hast du in Bridgewater gefunden?«

Es machte sie wütend, daß ihn nur das interessierte, nach allem, was sie gesagt hatte, und so zischte sie ihn an: »Nicht, was *Sie* denken! Und wenn schon? Hätten Sie es vorgezogen, daß ich verhungere?«

Da sie ihn offenbar irgendeines Versäumnisses beschuldigte, verteidigte er sich. »Ich will verdammt sein, wenn ich weiß, wovon du redest«, schnarrte er. »Wie kannst du dem Verhungern nahe gewesen sein, wenn ich dir Nahrungsmittel für mehrere Wochen habe schicken lassen? Und mein Kutscher stand auch zu deiner Verfügung, also war es absolut unnötig, jeden Tag zu Fuß irgendwo hinzugehen, es sei denn, du tatest es freiwillig.«

Sie starrte ihn ungläubig an. Entweder litt er an Gedächtnisschwund oder er log. Und was wußte sie eigentlich über ihn, um sicher zu sein, daß er kein Lügner war? Er hatte recht nett *gewirkt.* Er hatte sich freundlich *benommen.* Aber das konnte natürlich auch nur Verstellung gewesen sein, damit sie keinen Verdacht schöpfte, und in Wirklichkeit genoß er es, Menschen zu demütigen, und sie in Angst und Schrecken zu versetzen. Und wenn das stimmte, war sie in einer viel gräßlicheren Lage, als sie angenommen hatte, denn wegen der Versteigerung war sie

an ihn gebunden, bis *er* beschloß, ihre Beziehung zu beenden.
Die Möglichkeit, daß er so grausam sein könnte, machte sie so wütend, daß sie aufsprang und alles nach ihm warf, was ihr in die Finger geriet, wobei sie bei jedem Wurf schrie: »Mir ist *kein* Essen geschickt worden! Ihr Kutscher ist *nicht* aufgetaucht bis auf heute! Und wenn Sie denken, Sie könnten mich täuschen und verwirren, indem Sie das Gegenteil behaupten, dann …«
Weiter kam sie nicht, da er nicht stehenblieb und sich weiter mit Gegenständen bewerfen ließ. Dem ersten wich er geschickt aus, der zweite flog über seinen Kopf, weil er sich bückte und auf sie zusprang, sie auf die Couch warf und sich selbst auf sie fallen ließ.
Als sie wieder zu Atem gekommen war, kreischte sie: »Lassen Sie mich los, Sie ungeschickter Klotz!«
»Mein liebes Kind, die Lage, in der du dich jetzt befindest, hat nichts mit Ungeschicklichkeit zu tun. Ich kann dir versichern, ich habe sie absichtlich herbeigeführt.«
»Stehen Sie trotzdem auf!«
»Damit du deinen Wutanfall zu Ende führen kannst? Nein, nein. Gewalt wird *kein* fester Bestandteil unserer Beziehung werden. Ich könnte schwören, daß ich das schon einmal erwähnt habe.«
»Und wie nennen Sie es, mich so zu zerquetschen?«
»Vorsicht.« Er schwieg, und seine Augen wurden grüner, als er auf sie hinabblickte. »Andererseits würde ich es auch ganz nett nennen.«
Sie kniff die Augen zusammen. »Falls Sie daran denken sollten, mich zu küssen, würde ich Ihnen das nicht raten«, warnte sie ihn.
»Nein?«
»Nein.«
Er seufzte. »Ach, nun ja. » Dann fügte er mit halbem

Grinsen hinzu: »Ich höre nicht immer auf gute Ratschläge.«
In ihrer Lage konnte sie ihn nicht davon abhalten, sie zu küssen, zumal er sie mit der Hand daran hinderte, ihren Kopf wegzudrehen.
Aber seine Lippen streiften die ihren nur sekundenlang, dann zuckte er zurück, als habe er sich verbrannt. Und tatsächlich hatte er die Hitze ihres Fiebers gespürt.
»Du lieber Himmel, du bist ja *wirklich* krank. Du glühst ja förmlich. Bist du beim Arzt gewesen?«
»Womit in Gottesnamen hätte ich einen Arzt bezahlen sollen?« fragte sie erschöpft. »Ich habe mit meiner Näherei gerade genug Geld verdient, um mir etwas zu essen zu kaufen.«
Bei ihren Worten wurde er rot vor Ärger, sprang auf die Füße und herrschte sie an: »Ich verlange eine Erklärung! Bist du ausgeraubt worden? Ist das Cottage mit allem, was darin war, niedergebrannt? Warum hattest du nichts zu essen, wo ich dir doch genug habe schicken lassen?«
»Das behaupten Sie, aber da nichts gekommen ist, würde ich sagen, Sie haben mir nichts geschickt.«
Er richtete sich auf. »Bezichtige mich nicht der Lüge, Kelsey. Ich weiß nicht, was mit den Vorräten geschehen ist, die zum Cottage gebracht werden sollten, aber ich werde es herausfinden. Und ich habe tatsächlich diese Vorkehrungen getroffen. Ich habe auch die Kutsche und den Kutscher zu deiner Verfügung dagelassen.«
Er klang aufrichtig, wirklich. Sie wünschte, sie könnte sich ganz sicher sein, hielt es jedoch für klug, ihn wenigstens an ihren Zweifeln teilhaben zu lassen, bis sie vom Gegenteil überzeugt war.
»Wenn das so war«, sagte sie und setzte sich langsam

auf, »dann habe ich keine Spur von ihm gesehen, nicht bis heute morgen.«

»Er sollte täglich nachfragen, ob du ihn brauchst. Sagtest du, er war nie da?«

»Wie soll ich das wissen, wenn ich nie da war? Oder haben Sie vielleicht nicht gehört, was ich gesagt habe? Daß ich jeden Tag zur Stadt laufen mußte, um mir etwas zu essen zu besorgen?«

Endlich dämmerte ihm, in welcher Lage sie gewesen war – ganz allein auf sich gestellt. »Um Himmelswillen, kein Wunder, daß du ... ich will sagen ... oh, Kelsey, es tut mir *so* leid. Glaub mir, wenn ich auch nur die leiseste Ahnung gehabt hätte, daß du im Cottage nicht bequem untergebracht bist, wäre ich sofort zurückgekommen.«

Er sah so entsetzt aus, daß sie sich bemüßigt fühlte, ihn zu beruhigen. Eigentlich wäre es ja abgesehen von der Angst und der Sorge gar nicht so schlimm gewesen, wenn nicht Winter gewesen wäre und sie diese Erkältung bekommen hätte. Und nun, da ihr Zorn schwand, wurden die Symptome dieser Erkältung auf einmal wieder übermächtig deutlich.

Sie lehnte sich zurück und fühlte sich plötzlich ganz schwach, nach all dem Ärger. »Ich glaube, ein wenig Ruhe würde mir gut ...«

»Und ein Arzt«, unterbrach er sie, hob sie hoch und wollte sie aus dem Zimmer tragen.

»Ich kann laufen«, protestierte sie. »Und wahrscheinlich brauche ich wirklich nur ein bißchen Ruhe hier in der Wärme.«

Er zuckte zusammen, aber sie merkte es gar nicht. Ihr wurde schwindlig, und die Wände schienen mit einer atemberaubenden Geschwindigkeit auf sie zuzukommen. Rannte er die Treppe hinauf? Nein, sie fiel nur in Ohnmacht.

16

»Molly?«

Langsam erwachte sie, lächelte dann aber Jason zu, als sie sich umdrehte und ihn auf ihrem Bett sitzen sah. Sie hatte nicht erwartet, ihn schon heute nacht wieder in Haverston zu sehen. Er hatte vorgehabt, in seinem Londoner Stadthaus zu übernachten, da Amys Hochzeitsempfang sicherlich lange dauern würde. Daß er nun doch da war und mitten in der Nacht in ihrem Schlafzimmer saß, war allerdings eher normal und kein Grund zur Besorgnis.

»Willkommen zu Hause, mein Schatz.«

Und das war er. Jason Malory war ihr halbes Leben lang ihr Schatz gewesen. Molly hatte es nie richtig glauben können, daß ein Mann wie der Marquis of Haverston sich in sie verliebt hatte. Aber mittlerweile zweifelte sie seine Gefühle schon lange nicht mehr an.

Im Anfang hatte er mit ihr geschäkert, wie es jeder junge Lord mit jedem hübschen Zimmermädchen tut, das unter seinem Dach lebt. Damals war er zweiundzwanzig und unverheiratet gewesen. Sie war gerade achtzehn geworden und überwältigt gewesen von seinem guten Aussehen und seinem Charme, von dem nur sehr wenige Leute etwas wußten.

Natürlich waren sie diskret vorgegangen – sogar äußerst zurückhaltend –, weil seine jüngeren Brüder noch bei ihm wohnten und weil er meinte, ihnen ein gutes Beispiel geben zu müssen. Einmal hatte er sogar versucht, ihre Affäre zu beenden, als einer seiner Brüder sie beinahe entdeckt hätte. Und er versuchte sie noch einmal zu beenden, als er sich verpflichtet fühlte, zu heiraten. Eigentlich hätte er sie wegschicken müssen, aber das konnte er natürlich nicht, nicht nach den Versprechungen, die er ihr gemacht hatte.

Es gelang ihm jedoch, sich beinahe ein Jahr lang von Molly fernzuhalten. Doch dann traf er sie eines Tages, als sie allein war, und in Sekunden flammte ihre Leidenschaft wieder auf, als habe sie nicht monatelang geschlafen, was natürlich auch nicht der Fall gewesen war. Es war fast ein physischer Schmerz für sie beide, sich nicht berühren zu können, wenn sie das Bedürfnis danach hatten. Sie litten beide zu sehr unter diesen Trennungen. Und nach dem letzten Mal hatte er ihr geschworen, daß es nie wieder vorkommen würde.

Und er hatte sein Wort gehalten. Sie war seine Frau, abgesehen vom Eheversprechen, das sie erst wirklich zu seiner Frau gemacht hätte. Er besprach seine Entscheidungen und Sorgen mit ihr. Er war zärtlich zu ihr, wenn sie alleine waren. Und er verbrachte jede Nacht mit ihr, wenn er zu Hause war, ohne Angst vor Entdeckung, da er in ihrem Zimmer eine Geheimtür angebracht hatte, die durch einen Gang zu der Tür führte, die es in seinem Zimmer bereits gab.

Da Haverston ein altes Gebäude war, gab es zahlreiche Geheimausgänge, die in politisch und religiös unsicheren Zeiten nötig gewesen waren. Der verborgene Ausgang im Schlafzimmer des Herrn führte über Treppen und Gänge in den Keller, wo es zwei weitere verborgene Ausgänge gab, von denen einer nach draußen und ein weiterer in die Ställe führte. Der Gang in den Keller führte auch an den Dienstbotenkammern vorbei, und es war für Jason ein Leichtes gewesen, eine Tür durchbrechen zu lassen, durch die man direkt in ihr Zimmer gelangte. Seitdem hatten beide diesen Weg benutzt.

Jason hatte wie immer eine Lampe mitgebracht, aber es dauerte doch noch einen Moment lang, bis Molly merkte, daß irgend etwas nicht in Ordnung war.

Sie fuhr ihm mit der Hand über die angespannten Wangenmuskeln. »Was ist los?«

»Frances will die Scheidung.«
Molly begriff sofort die Schwierigkeiten, die das mit sich brachte. Scheidung mochte zwar in der Unterschicht üblich sein, aber beim Adel galt sie als etwas Unerhörtes. Daß Lady Frances, die Tochter eines Earls, die Frau eines Marquis, so etwas auch nur in Betracht zog ...
»Hat sie den Verstand verloren?«
»Nein, sie hat eine Affäre mit so einem kleinen Kerl in Bath, und jetzt will sie ihn heiraten.«
Molly blinzelte. »Frances hat einen Liebhaber? *Deine* Frances?«
Er nickte brummig.
Molly konnte es immer noch nicht fassen. Frances Malory war so eine furchtsame kleine Frau. Molly kannte sie wahrscheinlich besser, als ihr Ehemann sie jemals gekannt hatte, weil sie viel Zeit mit ihr verbracht hatte, wenn Frances sich in Haverston aufhielt. Sie wußte, daß Frances Angst vor Jason hatte. Seine Wutanfälle brachten die arme Frau jedesmal an den Rand der Tränen, selbst wenn sie sich nicht gegen sie richteten. Sie wußte auch, daß Frances ihren Mann wegen seiner Statur verabscheute – er war schließlich ein großer, stattlicher Mann –, weil er ihr damit Angst einjagte.
Molly war immer in einer unangenehmen Lage gewesen, da Frances schließlich die Dame des Hauses war und sie ihren weiblichen Geständnissen zuhören mußte, obwohl sie als Jasons Geliebte keinen Wert darauf legte. Einerseits war sie Frances dankbar, daß sie Jason nicht liebte. Sie hätte nicht gewußt, wie sie sonst mit ihren Schuldgefühlen fertig geworden wäre. Andererseits hatte es sie immer geärgert, wenn Frances ohne Grund Jason lächerlich machte oder abschätzig über ihn redete. Molly konnte keinen Fehler an ihm finden. Frances fand *nur* Fehler an ihm.

»Ich finde das recht ... erstaunlich«, sagte Molly nachdenklich. »Du nicht?«
»Daß sie die Scheidung will?«
»Das auch, aber mehr noch, daß sie einen Liebhaber hat. Es ist so ... nun ja, es ist gar nicht ihre Art, wenn du weißt, was ich meine. Jeder merkt doch, daß sie Männer eigentlich gar nicht mag, zumindest macht sie den Eindruck, wenn sie mit ihnen zusammen ist. Wir haben auch schon früher darüber geredet, wenn du dich erinnerst, und wir haben sogar den Schluß gezogen, daß ihre Abneigung aus Angst vor körperlicher Liebe resultiert. Aber offenbar hatten wir unrecht – oder sie hat ihre Angst überwunden.«
»Ja, die hat sie wohl überwunden«, knurrte er. »Und wer weiß wie lange das schon hinter meinem Rücken vor sich gegangen ist.«
»Jason Malory, du brauchst dich nicht aufzuplustern, nur weil sie eine Affäre mit einem anderen Mann hat. Du hast sie schließlich nie angerührt, und außerdem hast du ...«
Er unterbrach sie: »Hier geht es ums Prinzip ...«
Ungerührt warf sie ein: »So?«
Er seufzte, und sein Ärger verflog. »Du hast natürlich recht. Wahrscheinlich sollte ich mich freuen, daß Frances jemand anderen gefunden hat, aber verdammt noch mal, sie muß ihn ja nicht gleich heiraten.«
Sie lächelte ihn an. »Ich nehme an, du hast wegen des Skandals nicht die Absicht, einer Scheidung zuzustimmen. Warum regst du dich also so auf?«
»Weil sie es weiß, Molly.«
Sie schwieg. Sie brauchte keine weitere Erklärung. An seinem Gesichtsausdruck sah sie, daß er nicht von ihrer Affäre redete.
Sie hatte immer vermutet, daß Frances Bescheid wußte und sogar erleichtert darüber war, weil sie Jason nicht in

ihr Bett lassen mußte. Nein, hier ging es um ihr anderes Geheimnis.
»Sie kann es nicht wissen. Sie rät nur.«
»Das macht keinen Unterschied, Molly. Sie droht damit, es Derek und dem Rest der Familie zu verraten. Und wenn der Junge mich fragt, dann kann ich ihn nicht anlügen. Wir dachten, nur Amy wisse über uns Bescheid, weil sie damals in mein Arbeitszimmer kam, als ich dich vor ein paar Jahren an Weihnachten geküßt habe. Dieser verfluchte Punsch, den Anthony gewürzt hat, hat mich so durcheinandergebracht, daß ich die Finger nicht von dir lassen konnte.«
»Aber du hast doch mit Amy geredet, und sie hat geschworen, es niemandem zu erzählen.«
»Ja, ich bin mir sicher, daß sie das auch nicht getan hat.«
Molly geriet langsam in Panik. *Sie* vor allem wollte, daß ihr Geheimnis bewahrt blieb, und Jason hatte ihrem Drängen nachgegeben, weil er sie liebte. Aber seit er beschlossen hatte, Derek zu seinem offiziellen Erben zu erklären, lebte sie in der ständigen Angst, daß es dem zukünftigen Marquis von Haverston peinlich sein würde, wenn er wüßte, daß seine Mutter ein einfaches Stubenmädchen gewesen war. Sie wollte nicht, daß er es erfuhr. Es war schon schlimm genug, daß er illegitim war, zumindest aber nahm er an, seine Mutter sei von Adel gewesen, wenn auch etwas leichtlebig, und sie sei kurz nach seiner Geburt gestorben.
Indem sie Derek nichts sagte, hatte sie das Recht aufgegeben, ihm eine Mutter zu sein. Das war nicht leicht gewesen, aber zumindest war sie immer in seiner Nähe gewesen, hatte ihn aufwachsen sehen und wußte, daß es immer so bleiben konnte. Jason hatte ihr geschworen, daß er sie nie fortschicken würde.
Jetzt war Derek erwachsen und nur noch selten zu Hause. Ihre Gefühle jedoch hatten sich nicht geändert.

Sie wollte immer noch nicht, daß ihr Sohn sich seiner Mutter schämte. Und das würde er tun, wie sollte es anders sein? Erst nach all diesen Jahren zu erfahren, daß seine Mutter gar nicht tot war, sondern sogar die ganze Zeit über die Geliebte seines Vaters gewesen war …

»Du hast in die Scheidung eingewilligt.«

Für sie war das keine Frage. Da alles so in der Schwebe hing, hatte er natürlich einer Scheidung zugestimmt.

»Nein«, gestand er.

»Jason!«

»Molly, hör mir bitte zu. Derek ist ein erwachsener Mann. Ich bin überzeugt davon, daß er jetzt mit der Wahrheit umgehen könnte. Ich wollte es ihm nie verschweigen, aber du hast mich dazu überredet. Da es nun einmal so ablief, war es zu spät, noch etwas daran zu ändern, vor allem nicht, als er noch jung war. Aber jetzt ist er nicht mehr so jung und beeindruckbar. Glaubst du nicht, er wäre *glücklich*, wenn er jetzt erführe, daß seine Mutter noch lebt?«

»Nein, und das sagst du auch selbst. Es war früher zu spät, es ihm zu erzählen, und das ist es jetzt auch noch. Ich mag ihn vielleicht nicht so gut kennen wie du, Jason, aber ich kenne ihn gut genug, um zu wissen, daß er wütend sein wird, nicht nur auf mich, sondern auch auf dich, weil du ihn angelogen hast.«

»Unsinn.«

»Denk darüber nach, Jason. Er hat nie etwas entbehrt. Er hatte immer eine große Familie um sich. Er hatte Dutzende von Schultern, an denen er sich ausweinen konnte, als er ein Kind war. Er hatte sogar seine Cousine Regina als Spielgefährtin, nachdem deine Schwester gestorben ist. Wenn er jedoch die Wahrheit erfährt, wird er sich vorkommen, als hätte er etwas entbehrt, verstehst du das nicht? Zumindest wird seine erste

Reaktion wahrscheinlich so sein. Und dann wird er sich schämen ...«

»Hör auf! Dieser Unsinn hat vielleicht vor fünfundzwanzig Jahren gegolten, aber die Zeiten haben sich geändert, Molly. Der Bürgerliche hat seinen Platz in der Gesellschaft gefunden, in der Literatur, in den Künsten – in der Politik. Du brauchst dich wegen gar nichts zu schämen ...«

»Ich schäme mich nicht wegen mir, Jason Malory. Aber ihr Adligen seht die Dinge anders. Das habt ihr schon immer getan, und werdet es wahrscheinlich auch in Zukunft tun. Adlige wollen nicht, daß ihr edles, aristokratisches Blut mit dem eines Bürgerlichen vermischt wird, zumindest nicht bei ihren Erben. Und du bist das beste Beispiel dafür. Bist du nicht hingegangen und hast die Tochter eines Earls geheiratet, eine Frau, die du kaum ertragen konntest, nur um Derek eine Mutter zu geben, während seine wirkliche Mutter in deinem Bett schlief?«

Sie hatte den Satz noch nicht ganz ausgesprochen, als sie ihn schon bereute. Sie wußte, daß er sie nicht heiraten konnte. Es ging einfach nicht. Und sie hatte sich nie bei ihm darüber beklagt, sondern einfach akzeptiert, was er ihr geben konnte, ihren Platz in seinem Leben akzeptiert. Und als er Frances heiratete, hatte sie sich gelobt, daß er nie erfahren sollte, wie sehr sie davon verletzt worden war. Sie hatte gehofft, er würde nie erfahren, wie sehr sie es immer wieder bedauerte, daß sie nie wirklich seine Frau sein konnte. Aber nach einer dummen, gedankenlosen Bemerkung wie dieser ...

Bevor er ihr antworten konnte, fuhr sie in dem Bestreben, ihn abzulenken, fort: »Frances ist offenbar entschlossen, so oder so einen Skandal zu verursachen, Jason, und da das eine nicht schlimmer ist als das andere, weck bitte keine schlafenden Hunde. Ihr habt die meiste Zeit eurer Ehe getrennt gelebt. Jeder weiß das. Glaubst du denn wirklich, daß man sich dann besonders darüber aufregt, wenn ihr euch scheiden laßt? Ich könnte mir vorstellen, daß die meisten deiner Freunde lediglich sagen: ›Es überrascht mich, daß ihr das nicht eher getan habt.‹ Sag ihr, daß du deine Meinung geändert hast.«

»Ich habe ihr noch keine definitive Antwort gegeben«, entgegnete er mürrisch. »Schließlich muß ich über eine solche Entscheidung ja nachdenken.«

Molly seufzte erleichtert. Sie kannte ihren Liebsten nur zu gut. An seinem Tonfall merkte sie, daß er sich ihrer Argumentation angeschlossen hatte. Sie wußte nicht genau, welches Argument nun ausschlaggebend gewesen war, aber sie wollte es auch gar nicht wissen – solange ihr Geheimnis gewahrt blieb.

17

Sie sah so zerbrechlich aus, wie sie dalag, die Haare feucht von Schweiß, mit Schweißtropfen auf der blassen Stirn und den Wangen. Ihr Atem ging stoßweise. Aber Derek wußte, daß an Kelsey Langton nichts Zerbrechliches war. Sie hatte ein ganz schönes Temperament, auch wenn sie krank war. Er konnte sich gut vorstellen, wie sie erst war, wenn es ihr gutging.

Dabei konnte er es ihr nicht verdenken, daß sie ihn mit einem Kerzenleuchter angegriffen hatte, nach allem, was ihr zugestoßen war. Er hatte seinen Kutscher nach Bridgewater zurückgeschickt, um zu erfahren, was geschehen war, und dieser hatte ihm gestern abend die Geschichte erzählt. Derek hatte nicht wissen können, daß die Zofe, die er angewiesen hatte, das Lebensnotwendige in das Cottage zu bringen, bereits von der Haushälterin entlassen worden war und deshalb keinen Anlaß sah, seinen Wünschen Folge zu leisten oder jemand anderen zu beauftragen. Sie hatte einfach ihre Sachen gepackt und war gegangen. Und auch Kelsey hatte davon natürlich keine Ahnung gehabt.

Derek hatte es ihr bis jetzt noch nicht erzählen können. Sie war seit dem Abend noch nicht bei Bewußtsein gewesen. Die vom Arzt verordneten Medikamente hatten die Erkältung zwar wirksam bekämpft, aber der Arzt hatte auch davor gewarnt, daß wahrscheinlich noch eine Krise bevorstünde, ehe es zu einer Besserung käme. Jetzt jedoch hatte sie das Fieber überwunden und schlief friedlich. Es war eine lange Nacht gewesen. Die zwei Tage vorher waren sogar noch länger gewesen, da er praktisch nicht von ihrer Seite gewichen war, seit sie vor drei Tagen in seinen Armen ohnmächtig geworden war.

Sie war eine schwierige Patientin, reizbar und streitsüchtig, wollte nicht zulassen, daß er etwas für sie tat, sondern wollte aufstehen und alles selbst machen. Aber er hatte darauf bestanden, sie mit kühlenden, nassen Lappen abzuwischen, zumindest die Körperteile, die sie ihm enthüllte, und ihr Mahlzeiten zu bringen, so wenig appetitlich sie auch waren. Er war in der Küche ziemlich unerfahren.

Heute sollte sich eine Köchin vorstellen. Er hatte seinen Kutscher zu einer Personalvermittlung geschickt, damit er jemanden einstellen konnte, bevor er nach Bridgewater zurückkehrte. Er würde engagieren, wer auch immer sich vorstellte, denn so bald wollte Derek keinen Fuß mehr in eine Küche setzen. Die anderen Dienstboten konnten warten, bis Kelsey wieder in der Lage war, sie selbst zu prüfen.

Die Nacht voller Leidenschaft, die er sich bei ihrer Rückkehr nach London vorgestellt hatte, war anders verlaufen, als von ihm erhofft. Letzten Endes hatte er Amys Empfang an diesem Abend nur so früh verlassen, um mit leidenschaftlicher Wut empfangen zu werden. Aber sie hatten schließlich alle Zeit der Welt, wo er sie jetzt in London gut untergebracht wußte.

Kelsey erwachte vom Sonnenlicht, das das Zimmer überflutete. Derek hatte am Abend zuvor mal wieder vergessen, die Vorhänge zu schließen. Er hatte allerdings zahlreiche solcher Kleinigkeiten übersehen, Dinge, für die normalerweise die Dienstboten sorgten. Es spielte jedoch keine Rolle, schließlich hatte er nur helfen wollen. Selbstverständlich, daß er Schuldgefühle empfand, obwohl er eigentlich gar keinen Anlaß dazu hatte. Aber er wollte immer noch etwas wiedergutmachen, und das sprach für ihn.

Als sie am zweiten Morgen erwachte, war auch er in ihrem Zimmer. Am Tag zuvor hatte er sie mit Tee, Fleischbrühe und Medikamenten begrüßt. Heute morgen war er nicht nur da, er lag sogar in ihrem Bett.

Es war eine ziemliche Überraschung für sie, ihn beim Aufwachen neben sich liegen zu sehen. Sie zermarterte sich den Kopf, ob es vielleicht einen anderen Grund für seine Anwesenheit in ihrem Bett gab als den, daß er einfach zu müde gewesen war, um sich ein anderes Bett zu suchen. Aber sie konnte sich an nichts erinnern als die leichte Mahlzeit, die sie am Abend zuvor kaum herunterbekommen hatte, und an ihr hohes Fieber.

Heute morgen allerdings ging es ihr wesentlich besser. Sie fühlte sich zwar noch ein bißchen schwach, nachdem sie zwei Tage ans Bett gefesselt gewesen war, aber das Fieber war weg. Ihr war sogar zum ersten Mal seit ein paar Tagen ein wenig kalt. Sie stellte fest, daß das

Feuer im Kamin bis auf wenige Scheite heruntergebrannt und daß ihr Nachthemd feucht war vom nächtlichen Schwitzen.
Es war eine große Versuchung, sich an den Körper neben ihr zu kuscheln, um wieder warm zu werden, aber sie brachte es nicht über sich, obwohl Derek schlief. Er mochte sie ja in den letzten Tagen gepflegt haben, mochte bald ihr Liebhaber sein, aber sie kannte ihn schließlich kaum – und sie wünschte, es wäre ihr nicht eingefallen, daß er bald ihr Liebhaber sein würde. Allein der Gedanke daran war ihr unbehaglich, vor allem, wo er jetzt neben ihr lag. Nun ja, unbehaglich vielleicht nicht – eher körperlich verwirrend. Plötzlich war sie sich allzu sehr dessen bewußt, daß er ein großer, gutaussehender Mann war, und da er schlief, konte sie ihn in Ruhe betrachten.
Er lag auf der Decke auf dem Rücken, einen Arm angewinkelt über seinem Kopf, den anderen schlaff neben sich. Die langen Ärmel seines Hemdes waren bis zu den Ellbogen aufgekrempelt, und auf seinen Unterarmen kräuselten sich die gleichen goldenen Haare wie auf seinem Kopf. Er hatte ziemlich ausgeprägte Unterarmmuskeln, seine Handgelenke waren kräftig und seine Hände groß.
Ein weiteres Büschel goldener Haare lugte auf seiner Brust unter dem offenen Hemdkragen hervor. Da ein Arm hinter dem Kopf lag, spannte sich sein Hemd, und sie konnte sehen, wie breit seine Brust war, wie hart und flach sein Bauch. Und seine Beine waren so lang, daß er mit den Füßen bis ans Ende des Bettes reichte. Er hatte seine Schuhe ausgezogen, die Socken jedoch angelassen.
Seine Kinnmuskeln waren jetzt im Schlaf entspannt, seine festen Lippen nur ein wenig geöffnet. Er schnarchte nicht, sie fragte sich jedoch, ob er es nicht

manchmal tat. Wahrscheinlich würde sie es mit der Zeit herausfinden.
Sie sah lange, goldene Wimpern, die ihr vorher gar nicht aufgefallen waren, weil seine wandelbaren grünen Augen ihre ganze Aufmerksamkeit beansprucht hatten. Er runzelte die Stirn im Schlaf, offensichtlich träumte er etwas, was ihm nicht behagte. Fast hätte sie ihm mit den Fingern glättend über die Stirn gestrichen, aber sie traute sich nicht.
Sie wollte nicht, daß er neben ihr aufwachte. Absolut nicht. Ihre Lage war im Moment zu intim, und es war gar nicht auszudenken, auf welche Ideen er dabei kommen mochte – nun ja, vielleicht auch nicht. Sie sah wahrscheinlich ziemlich entsetzlich aus. Zwei Tage lang war sie nur feucht abgewaschen worden, und ihre Haare mußten dringend gewaschen werden, weil sie nachts immer so geschwitzt hatte. Zweifellos sah sie ganz entsetzlich aus.
Ein Bad wäre jetzt wunderbar, ein entspannendes heißes Bad. Sie spürte jeden Muskel und sehnte sich danach, sich die Haare zu waschen. Vielleicht konnte sie ja fertig sein, bevor Derek aufwachte, und dann würde sie zumindest anständig aussehen, wenn sie sich bei ihm für seine liebevolle, wenn auch ein wenig herrschsüchtige Pflege bedankte.
Jetzt, wo sie darüber nachdachte, erstaunte es sie, daß er sich selbst um sie gekümmert hatte. Schließlich wäre das nicht nötig gewesen, er hätte eine Pflegerin engagieren können. Sie nahm allerdings an, daß er aus schlechtem Gewissen geblieben war, um ihr zu beweisen, daß er nicht so gefühllos und gedankenlos war, wie sie gedacht hatte.
Vorsichtig, um ihn nicht zu wecken, stand sie auf und griff nach ein paar Kleidungsstücken. Bevor sie die Badezimmertür hinter sich schloß, warf sie noch einen

letzten Blick auf ihn. Er schlief immer noch fest – zumindest war ihr nicht aufgefallen, daß er die Augen einen Spalt geöffnet hatte und sie beobachtete.
Das Bad tat wahre Wunder, anschließend fühlte sie sich wieder vollkommen gesund. Sie nahm sich sogar noch die Zeit, ihre Haare zu trocknen, bevor sie sich anzog. Ihre Haare bürstend, trat sie wieder ins Schlafzimmer. Sie hatte wohl doch ziemlich lange gebraucht, denn Derek war nicht mehr da. Das Feuer im Kamin brannte wieder und erfüllte den Raum mit angenehmer Wärme. Allerdings hatte sie die Kälte vorher nicht mehr wahrgenommen, nachdem sie so lange Derek angeschaut hatte. Als sie sah, daß er sogar das Bett gemacht hatte, lächelte sie und wünschte sich inbrünstig, sie hätte ihn dabei beobachten können.
Es dauerte eine Zeitlang, bis sie ihre Haare wieder festgesteckt hatte, dann ging sie hinunter, um nachzusehen, ob Derek das Haus verlassen hatte. Aber das hatte er nicht. Er stand in der Küche und kochte Tee. Auf einem Tablett neben ihm stand ein Teller mit sechs Gebäckstücken. Noch hatte er sich nicht umgezogen. Wahrscheinlich hatte er noch gar keine Kleidung zum Wechseln hier.
Sie lächelte, als er aufblickte und sie auf der Schwelle stehen sah. »Ich kann gar nicht glauben, daß Sie die Zeit gefunden haben, um zu backen«, sagte sie und wies auf den Kuchen.
Er schnaubte. »Ziemlich unwahrscheinlich, und ich will es lieber auch nie versuchen. Nein, ich habe gehört, wie ein Straßenhändler vorbeikam und bin hinuntergelaufen, um nachzusehen, was er verkaufte. Es war nur einfaches Gebäck, aber das reicht ja für diese Tageszeit, und es ist sogar noch warm.«
Sein »Ich will es lieber auch nie versuchen« war verständlich, wenn sie sich die katastrophale Unordnung

in der Küche ansah. Als er ihren Gesichtsausdruck registrierte, während sie sich in der Küche umblickte, sagte er zu ihr: »Heute wird sich eine Köchin vorstellen ... Was?« fügte er hinzu, als sie daraufhin noch entsetzter dreinblickte.

»Sie wird ihren Kopf hier hereinstecken und sofort wieder verschwinden«, prophezeite sie ihm.

Er runzelte die Stirn. »Unsinn«, meinte er, sagte dann aber: »Meinst du? Nun gut, ich werde es ihr schon schmackhaft machen, hierzubleiben. Wenn du die Köchin jedoch nicht gut findest, dann laß sie bitte nicht gehen, bevor du einen Ersatz für sie hast – es sei denn, du kannst selber kochen. Deine anderen Dienstboten kommen im Laufe der Woche, um sich vorzustellen.«

»Also bleibe ich wirklich hier?«

»Findest du das Haus nicht schön?«

Er sah so enttäuscht aus, daß sie ihm rasch versicherte: »Natürlich finde ich es schön, ich wußte nur nicht genau, ob ich hierbleiben sollte.«

»Gott, habe ich das nicht gesagt? Nein? Also, ich habe einen Mietvertrag für sechs Monate abgeschlossen, der leicht verlängert werden kann. Wenn dir also irgend etwas nicht gefällt, Möbel oder so, können wir das ändern. Das hier wird dein Zuhause sein, Kelsey. Ich möchte, daß du dich hier wohl fühlst.«

Sie errötete bei der Erwähnung der Länge des Mietvertrags, der ja auch etwas mit der Dauer ihres Verhältnisses zu tun hatte – das noch nicht einmal richtig begonnen hatte. »Das ist sehr freundlich von Ihnen. Ich bin sicher, ich werde mich hier wirklich wohl fühlen.«

»Hervorragend. Sollen wir denn jetzt dieses magere Mahl im Eßzimmer zu uns nehmen, wo es aufgeräumter ist?«

Sie lächelte und ging aus der Küche. Das Eßzimmer war besonders hübsch um diese Tageszeit, es lag nach Osten

und war sonnig, da die Sonne noch nicht hinter Wolken verschwunden war, ein seltener Zustand um diese Jahreszeit.
»Wie viele Dienstboten soll ich einstellen?« fragte sie, während sie ihm gegenüber Platz nahm und ihm Tee einschenkte.
»So viele wie du brauchst.«
»Bezahlen Sie die Löhne oder soll ich mich darum kümmern?«
»Hmm, darüber habe ich noch gar nicht nachgedacht. Es wird am einfachsten sein, wenn ich dir Geld für den Haushalt und zu deiner persönlichen Verwendung gebe. Übrigens – sobald du dich wieder gut genug fühlst, müssen wir einkaufen gehen. In deinem kleinen Koffer hast du wahrscheinlich nicht allzu viele Kleider.«
Wahrscheinlich hätte sie ihm diese Augaben ersparen können, wenn sie sich ihre eigene Garderobe kommen ließe. Aber wie sollte sie das Tante Elizabeth erklären, wo sie doch angeblich nur kurz in Kettering war, um eine Freundin zu besuchen? Es war schon schlimm genug, daß sie weiterhin irgendwelche Entschuldigungen erfinden mußte, um ihre Abwesenheit hinauszögern zu können. Außerdem entsprachen ihre Kleider wahrscheinlich nicht dem Stil, den er sich für sie vorstellte, obwohl sie inständig hoffte, daß nicht weitere gräßliche rote Kleider dabeisein würden.
Deshalb antwortete sie: »Wie Sie wollen.«
»Und fühlst du dich wirklich besser heute morgen?« fragte er zögernd. »Ist das Fieber weg?«
»Ja, mir geht es wieder ganz gut.«
Sein Lächeln konnte man plötzlich nur noch als sinnlich bezeichnen. »Ausgezeichnet. Dann überlasse ich dich jetzt deinen Pflichten und komme heute abend wieder.«

Kelsey hätte sich ohrfeigen können, weil sie nicht gemerkt hatte, warum er sich nach ihrer Gesundheit erkundigte. Sie hatte keinerlei Zweifel daran, was er mit »ich komme heute abend wieder« meinte. Wenn sie noch ein bißchen gejammert hätte, wäre ihr ein kleiner Aufschub vergönnt gewesen. Aber jetzt konnte sie nur noch errötend nicken.

18

Die Köchin traf ein, kurz nachdem Derek gegangen war. Und obwohl Kelsey nur ein kurzes Gespräch mit der Frau führte, wußte sie, daß sie großartig miteinander auskommen würden.
Alicia Whipple gab sich nicht übertrieben vornehm, erklärte, sie kümmere sich grundsätzlich nur um ihre eigenen Dinge, und nachdem Kelsey ihr verlegen erklärt hatte, sie würde abends einen Herrn empfangen, versicherte Alicia ihr, daß sie das nichts anginge.
Ihre Situation war ein Problem. Sie bezweifelte nicht, daß einige Dienstboten sich weigern würden, für jemanden wie sie zu arbeiten, aus Angst um den eigenen guten Ruf.
Manche Dienstboten hatten ihren Stolz, was ihren Dienstherrn anging, und niemand konnte stolz darauf sein, für die Mätresse eines Lords zu arbeiten. Anderen allerdings würde es sicher nichts ausmachen, sie brauchten einfach nur die Arbeit, und unter diesen würde sie sicher jemanden finden.
Gegen Mittag kam ein Kutscher mit seinem Wagen, jedoch nicht der Dereks. Er teilte ihr mit, daß er jetzt in ihren Diensten stünde, und erklärte ihr, wo er die Kutsche und die Pferde unterstellen würde – zu dem Stadt-

haus gehörte kein eigener Stall – und wo sie ihn erreichen konnte, wenn er sie brauchte. Das brachte ihr zu Bewußtsein, daß sie mindestens einen Lakaien benötigte, und dabei hatte sie geglaubt, sie käme mit weniger Personal aus.

Am Nachmittag machte sie zum ersten Mal Gebrauch von der Kutsche. Nach einigem Nachdenken, und vor allem nach dem süßen Kuß, mit dem Derek sie verlassen hatte, beschloß sie, den Abend ein wenig romantisch zu gestalten. Sie stellte mit Alicia ein nettes Abendessen mit Wein zusammen und gab ihr reichlich Geld, um alles Notwendige einzukaufen.

Gott sei Dank hatte Derek ihr mehr zurückgelassen als nur den Kuß. Es stellte sich heraus, daß er ihr fast hundert Pfund gegeben hatte, und dabei hatte er einfach nur gesagt: »Das sollte fürs erste reichen.« In der Tat. Große Haushalte konnten mit viel weniger geführt werden, und ihr Haushalt war nur klein.

Sie überließ das Einkaufen der Lebensmittel Alicia, tätigte jedoch selber auch ein paar Einkäufe. Es dauerte eine ganze Weile, bevor sie das fand, was sie suchte, weil sie sich in London nicht auskannte. Letztendlich mußte sie ihre Wünsche dem Kutscher erläutern, und dann fanden sie endlich einen Laden, in dem es ausgefallene Negligés gab. Und obwohl sie bisher noch nie etwas auch nur annähernd Vergleichbares besessen hatte – ihre Schlafgewänder waren allesamt warm und zweckdienlich –, so versicherte ihr die Frau, die ihr das Ensemble mit passendem Morgenrock und Slippers verkaufte, daß heutzutage alle Bräute in ihrer Hochzeitsnacht solche Negligés trügen.

Ob das nun stimmte oder ob die Frau Kelseys Zögern gespürt und das Gewand nur unbedingt hatte verkaufen wollen, wußte sie nicht, es war ihr aber auch gleichgültig. Das Negligé entsprach genau ihren Vorstellungen, und daher war sie äußerst zufrieden mit ihrem Kauf. Jetzt mußte sie sich nur noch trauen, es zu tragen, wenn die Zeit gekommen war …

Derek hatte ihr nicht gesagt, wann er am Abend zurückkommen würde. Sie hätte ihn fragen sollen, aber es war auch nicht so schlimm, daß sie es nicht wußte, zumindest meinte Alicia das. Adlige waren es schließlich gewöhnt, zu ungewöhnlichen Zeiten zu essen, je nachdem, welches Fest sie besuchten, und Essen konnte warm gehalten werden.
Er kam jedoch früher, als sie gedacht hatte, kurz nach Sonnenuntergang. Was sie nicht wissen konnte, war, daß er sich selbst dazu hatte zwingen müssen, ihr etwas Zeit für sich zu lassen, so begierig war er darauf, die Beziehung endlich zu beginnen. Das allerdings sagte er zum Glück nicht, sie war auch so schon nervös genug. Es hätte sie um den Verstand gebracht, wenn sie gewußt hätte, daß er am liebsten direkt mit ihr ins Bett gegangen wäre.
Statt dessen war er ganz Gentleman und verriet ihr mit keinem Wort oder Blick, was er in Wirklichkeit dachte. Er kam mit Blumen – ganz unnötig, aber sehr aufmerksam. Indem sie sie in eine Vase stellte, kam Kelsey leichter über die ersten peinlichen Augenblicke hinweg.
Er war recht formell angezogen, aber ihr war klar, daß sein Kammerdiener ihn abends wahrscheinlich ohne passende Kleidung nicht aus dem Haus ließ. Sein Halstuch war perfekt geschlungen, und an den Ärmelaufschlägen seiner dunkelbraunen Jacke, die seine breiten Schultern betonte, blitzte weiße Spitze hervor. Er sah umwerfend gut aus, und sie kam sich in seiner Gegenwart sehr linkisch vor.
Sie hatte ihre Haare heute abend nur ein wenig modischer frisiert, aber besser konnte sie es alleine nicht. Lei-

der hatte sie auch keine elegante Kleidung dabei, nur ihre paar Reisetageskleider und ein Kleid, das sie jetzt trug, und das auch für einen zwanglosen Abend geeignet war. Aber besonders elegant war es nicht.
Es war im Empirestil aus rosa Taft gefertigt, mit kurzen Puffärmeln, die abends gerne getragen wurden; das Ganze war allerdings für London etwas zu brav, da der Ausschnitt bei weitem nicht so tief war, wie zur Zeit modern. Es hatte auch nichts Elegantes, wurde weder durch Spitze noch durch modische Applikationen verschönert, doch Derek schien seine Augen nicht von ihr abwenden zu können.
Vor dem Essen nahmen sie den Aperitif gemeinsam im Salon ein. Kelsey hatte nur an Wein gedacht, aber Alicia hatte die Vorräte im Haus überprüft, bevor sie einkaufen gegangen war, und hatte glücklicherweise noch einige zusätzliche Dinge bereitgestellt.
Derek sorgte für ein angenehm dahinplätscherndes Gespräch, nachdem sie sich ins Eßzimmer begeben hatten. Er erzählte von einem Hengst, den sein Freund Percy diese Woche gekauft hatte und auf den er große Hoffnungen für die Rennsaison setzte. Er sprach von seiner Schulzeit, seinem besten Freund, Nicholas Eden, und wie sie sich kennengelernt hatten. Dann erwähnte er seine Familie, zumindest seine Cousine Regina, die Nicholas geheiratet hatte, und seinen Onkel Anthony, dem er heute dabei zugesehen hatte, wie er einen Konkurrenten in Knighton's Hall niedergemacht hatte, was immer das auch bedeuten sollte.
Glücklicherweise hielt er das Gespräch mit Anekdoten über sich selbst in Gang, weil sie ihm über sich nicht viel erzählen konnte, ohne zu lügen oder die Wahrheit zu verschweigen. Noch gab es allerdings auch keine gemeinsamen Erlebnisse, die zu Diskussionen hätten führen können – nichts war irgendwie beunruhigend.

Beim Dessert klärte er endlich das Geheimnis um die Geschehnisse in Bridgewater auf. »Das Mädchen, das dir die notwendigen Dinge ins Cottage bringen sollte, ist entlassen worden.«
»Weil sie den Auftrag nicht ausgeführt hat?«
»Nein, schon bevor ich ihr die Anweisung gegeben habe. Deshalb hat sie sich auch nicht mehr darum gekümmert und es auch keinem anderen mehr gesagt. Sie war wütend auf die Haushälterin wegen ihrer Entlassung, und deshalb hat sie einfach ihre Sachen gepackt und ist gegangen.«
»Dann muß ich mich bei Ihnen entschuldigen.«
»Nein, ganz bestimmt nicht«, versicherte er ihr.
Sie schüttelte den Kopf. »Doch, natürlich. Ich habe Sie für gedankenlos und rücksichtslos gehalten – und ich habe Ihren Brief ins Feuer geworfen und mir gewünscht, das könnte ich mit Ihnen machen.«
Er starrte sie ungläubig an und brach dann in lautes Lachen aus. Kelsey errötete. Sie hatte ihm das nur gestanden, um ihre Entschuldigung zu erklären. Was er jedoch daran so lustig fand, wurde ihr erst klar, als er sagte: »Du bist ganz schön temperamentvoll. Das würde man gar nicht vermuten, wenn man dir so zuhört.«
»Vermutlich bin ich das, ich bin bisher allerdings auch nur selten so provoziert worden«, gab sie zu. »Es liegt wohl bei mir in der Familie, zumindest auf der Seite meiner Mutter.«
Das war untertrieben. Die Leute hielten nämlich das Temperament ihrer Mutter für etwas zu hitzig, wenn man bedachte, daß sie ihren Ehemann bei einem ihrer Zornausbrüche umgebracht hatte, unabsichtlich zwar, aber immerhin.
Sie blickte ihn unter langen Wimpern an. »Macht es Ihnen etwas aus?«

»Nicht so sehr. Auch in meiner Familie gibt es einige Hitzköpfe, deshalb bin ich daran gewöhnt.« Dann lächelte er. »Und ich glaube nicht, daß ich dein Temperament allzuoft herausfordern werde.«
Sie lächelte zurück. Was für eine nette, subtile Art, ihr zu sagen, daß er ihr keinen Anlaß geben wollte, Fehler an ihm zu finden. Sie war froh, daß sie sich angestrengt hatte, diesen Abend besonders zu gestalten. Und wenn sie ihn so ansah, konnte sie sich gar nicht vorstellen, wie sie auf den Gedanken hatte kommen können, daß etwas, das mit ihm zusammenhing, schmutzig sein könnte. Wahrscheinlich lag es daran, daß das, was sie tun würden, eine Sünde war, aber daran durfte sie jetzt nicht denken. Sie hatte einen Handel abgeschlossen, um ihre Familie vor dem Ruin zu bewahren, und sie konnte unendlich dankbar dafür sein, daß gerade Derek Malory sie gekauft hatte.
Wahrscheinlich würden sich viele Frauen an ihrer Stelle glücklich schätzen. Vielleicht würde sie selbst es nach heute nacht auch so sehen. Allerdings mußte sie die Nacht erst einmal überstehen – beziehungsweise das, was oben passieren würde. Gleich passieren würde. Sie hatten ein nettes Abendessen miteinander eingenommen, und sie hatte sich ein wenig Mut angetrunken. Ein bißchen konnte sie es noch hinauszögern, aber das würde es auch nicht leichter machen, sondern ihre Nervosität nur noch steigern.
Also sagte sie errötend: »Wenn es Ihnen nichts ausmacht, möchte ich mich jetzt zurückziehen, um mich zum Schlafen etwas ... leichter zu kleiden.«
»O ja, natürlich. Bitte.«
Sie blinzelte, weil ihr jetzt erst auffiel, wie begierig er darauf war, sie ins Bett zu bekommen. Sein Eifer ließ eine eigentlich angenehme Wärme in ihr aufsteigen – und trieb ihr noch heftigere Röte auf die Wangen.

Sie erhob sich. »Ich sehe Sie dann gleich – oben.«
Als sie an ihm vorbeiging, ergriff er ihre Hand und führte sie an die Lippen. »Du bist nervös, meine Liebe. Das brauchst du nicht. Wir werden unseren Spaß miteinander haben, das verspreche ich dir.«
Spaß? Er hielt körperliche Liebe für einen Spaß? Man stelle sich das vor! Sie konnte jedoch nur nicken, ihre Kehle war wie zugeschnürt. Am liebsten hätte sie geweint. Wenn es doch nur schon vorbei wäre. Am liebsten hätte sie ihren Onkel Elliott erschossen, weil er sie in dieses Haus gebracht hatte, wo sie ihre Hochzeitsnacht erleben würde – ohne Hochzeit. Nur tief im Innern wollte sie Derek Malorys Küsse wieder schmecken. Du lieber Himmel, sie wußte gar nicht mehr, was sie eigentlich wollte.

19

Kelsey zog das Negligé mit zitternden Fingern an. Sie hatte gewußt, daß sie sich nicht wohl darin fühlen würde, verbot sich jedoch eigensinnig, es wieder auszuziehen.
Es schien ihr einfach indezent, nicht nur, weil es durchsichtig war, sondern weil es bis zu den Hüften geschlitzt war und mehr von ihren Beinen zeigte, als sie bisher jemandem gezeigt hatte. Es war ärmellos, aus blaßblauer Seide, mit einem tief ausgeschnittenen Mieder und wurde von Bändern zuammengehalten, die ganz leicht gelöst werden konnten.
Wäre da nicht noch der Morgenmantel aus der gleichen weichen Seide gewesen, dann hätte sie überhaupt nicht gewagt, es zu tragen, aber der Morgenmantel bedeckte ihre Beine und Arme. Zwar konnte man, obwohl sie

den Mantel fest zuschnürte, immer noch ihre Brüste ein wenig sehen, aber das war unter diesen Umständen wohl angebracht.
Als es an der Tür klopfte, stand sie gerade am Kamin und kämmte sich die Haare. Sie brachte kein Wort heraus, um Derek zum Eintreten aufzufordern. Aber offensichtlich hatte er das auch gar nicht erwartet, denn er öffnete einfach die Tür, stand da und sah sie an. Seine Augen weiteten sich, wurden dunkel …
»An diesem Erröten müssen wir *wirklich* noch arbeiten, Kelsey«, bemerkte er amüsiert.
Sie schlug die Augen nieder. Die Hitze auf ihren Wangen brannte heißer als das Feuer im Kamin hinter ihr. »Ich weiß.«
»Du siehst … wunderschön aus.«
Es klang so, als hätte er lieber etwas anderes gesagt, als ob er Scheu vor ihr hätte. Und dann stand er dicht vor ihr, nahm ihr den Kamm aus der Hand und legte ihn weg. Er hob eine Locke ihres langen Haars an seine Wange und ließ sie wieder zurückfallen.
»Ganz wunderschön«, wiederholte er.
Sie sah ihn an, und unter dem Blick aus seinen grünen Augen wurde ihr nur noch wärmer. Daß er so nahe bei ihr stand, löste seltsame Gefühle in ihr aus. In ihrem Unterleib pochte es, und ihre Brüste prickelten. Sogar sein Geruch ließ ihre Nerven vibrieren. Sie blickte verlangend auf seinen Mund, bereit ihn zu küssen, weil sie daran denken mußte, wie schön es gewesen war, als er sie geküßt hatte. Ihr war fast das Bewußtsein geschwunden, sie hatte keinen klaren Gedanken mehr fassen können und hatte sich so friedlich gefühlt.
Der Gürtel ihres Morgenmantels wurde gelöst – mit seiner Hilfe. Die Röte stieg ihr wieder in die Wangen, als die dünne Seide zu Boden fiel. Sie hörte, wie er

scharf den Atem einzog, fühlte, wie seine Augen langsam über sie hinwegglitten.
Heiser sagte er: »Wir werden dir mehr … davon kaufen müssen«, und er wies auf das Negligé. »Viel mehr.«
Müssen wir das wirklich? Sie dachte, sie hätte es laut gesagt, aber sie hatte kein Wort herausgebracht. Sie wartete zu angespannt … wartete.
Und dann umfaßten seine Hände zärtlich ihr Gesicht. »Weißt du eigentlich, wie sehr ich mich auf diesen Augenblick gefreut habe?« fragte er leise.
Sie konnte ihm nicht antworten. Das brauchte sie auch nicht, denn kaum hatte er es gesagt, küßte er sie. Seine Zunge glitt zwischen ihre Lippen, tauchte in ihren Mund, forderte ihre Zunge heraus. Er zog sie näher an sich heran, und ihre Brüste berührten seine Brust. Sie kämpfte mit dem Verlangen, sich an ihn zu pressen und gab ihm schließlich nach.
Er stöhnte, nahm sie auf die Arme, trug sie zum Bett und legte sie dort sanft nieder. Während er seine Jacke auszog und sein Halstuch löste, betrachtete er sie. Ihre Augen begegneten seinen, und ihre Lippen teilten sich zitternd, aber sie konnte nicht wegblicken, so sinnlich, so betörend war sein Blick.
Sie hatte die Lampen im Zimmer nicht gelöscht. Am liebsten hätte sie es getan, weil sie so verlegen war. Am liebsten wäre sie auch unter die Decke geschlüpft, aber sie hatte daran denken müssen, was May gesagt hatte, daß Männer es lieben, eine nackte Frau anzusehen. Jetzt war sie schon so gut wie nackt, die dünne Seide verhüllte ihren Körper kaum. Wenn er doch endlich zu ihr käme.
Sie wußte nicht, wie verführerisch sie war, mit ihren schwarzen Haaren, die über dem Kissen lagen, dem schlanken Bein, das von der blauen Seide nicht verhüllt wurde. Mit ihren vollen Lippen, die leicht offenstanden, schien sie um seinen Mund zu flehen. Und ihre

verwirrten grauen Augen mit den langen schwarzen Wimpern, die so furchtsam dreinblickten – nein, hoffentlich nicht. Und doch kam sich Derek vor wie ein rauher Krieger, der ein Dorfmädchen vergewaltigen wollte. Ein seltsames Gefühl, das seine Lust noch steigerte.

Von dem Augenblick an, als er den Raum betreten und sie in diesem offenherzigen Ensemble gesehen hatte, war er erregt gewesen. Er hatte versucht, an andere Dinge zu denken, aber nichts half. Er wollte sie einfach zu sehr, das war das Problem. Und er wußte noch nicht einmal genau, warum.

Er hatte schon mit anderen, schöneren Frauen geschlafen. Aber um Kelsey war irgend etwas, diese gespielte Unschuld vielleicht, dieses alberne Erröten, das sie jederzeit auf ihre Wangen zaubern konnte, vielleicht auch die Tatsache, daß er sie gekauft hatte ... er wußte es nicht, aber am liebsten hätte er sich auf sie gestürzt und sie gleich genommen. Aber das war natürlich unmöglich. Es fiel ihm schwer, und es wurde auch nicht leichter, als er sich zu ihr legte und sie wieder berührte. Sie war ganz seidige Sanftheit, und weich an den richtigen Stellen. Als er die Bänder an ihren Schultern löste und die blaue Seide langsam herunterschob, um ihre Brüste zu enthüllen, die sich seinem heißen Blick bereitwillig darboten, hätte ihn die Lust beinahe zu früh überwältigt. Wieder stieg in ihm das Verlangen auf, sich gleich in ihr zu versenken. Er hätte seine Glut nur durch ein kaltes Bad löschen können, ein lächerlicher Gedanke unter diesen Umständen.

Besser wäre es gewesen, mehr Wein zum Abendessen zu trinken. Nein, sie hätte mehr trinken sollen, dann hätte es ihr nichts ausgemacht, wenn er sie einfach nehmen würde. Vielleicht würde es ihr sowieso nichts ausmachen? Verdammt, *ihm* machte es aber etwas aus. Er war ja schließlich kein unerfahrener grüner Junge, der sich nicht beherrschen konne. Er würde sich Zeit lassen, und wenn es ihn umbrachte.

Also begann er, sie wieder zu küssen, bewußt und konzentriert. Er konnte jedoch seine Hände nicht davon abhalten, über ihren Körper zu gleiten. Ihre Brüste waren rund und fest, paßten genau in die Wölbung seiner Hand. Es dauerte nicht lange, und sein Mund war dort angelangt. Ihr lustvolles Aufkeuchen war süße Musik in seinen Ohren.

Er berührte sie überall. Kelsey mußte sich wiederholt ins Gedächtnis rufen, daß er das Recht dazu hatte. Und was für Gefühle sein Mund in ihr auslöste! Sie fürchtete fast, sie könne wieder Fieber bekommen.

Vorsichtig versuchte er, mit seiner Hand zwischen ihre Beine zu kommen, aber sie hielt sie fest zusammengepreßt. Er lachte leise und küßte sie dann so leidenschaftlich, daß sie ihre Beine völlig vergaß – und seine Hand schlüpfte dazwischen. Sie wäre fast aus dem Bett gesprungen. Nie im Leben hätte sie sich etwas so Schockierendes – und so Aufregendes – vorstellen können, wie das, was er mit seinen Fingern tat.

Schließlich gab sie sich dem Gefühl hin, das so angenehm war, daß sie den Schmerz, der sich beständig in ihr aufbaute, erst wahrnahm, als er sie mit voller Wucht packte und überwältigte. Ihr Stöhnen kam tief aus ihrer Kehle. Sie bog sich ihm entgegen, zog ihn an sich – und wußte nicht, wie ihr geschah.

Und in diesem Augenblick gab Dereks mühsam vorgetäuschte Beherrschung vollends nach. Er bewegte sich zwischen ihren Beinen, hob sie an und war im nächsten Moment tief in ihr. So rasch drang er in sie ein, daß ihm keine Zeit blieb, vor irgendwelchen Grenzen anzuhalten. Zwar bemerkte er vage, daß es ein Hindernis gab, konnte aber nicht darüber nachdenken, weil er eine solch lustvolle Enge, eine solch köstliche Hitze, ein solch primitives Verlangen empfand. Fast wäre er schon bei diesem ersten Stoß zum Höhepunkt gekommen – doch der nächste ließ ihn endgültig zerfließen.

Als der erste klare Gedanke seinen lustgetrübten Verstand durchdrang, seufzte Derek. Er hatte eigentlich gedacht, er sei schon weit hinaus über seine ersten gierigen Liebeserfahrungen als Junge, als er nur an sein eigenes Vergnügen gedacht und seine Erregung nicht hatte beherrschen können. In Gedanken wies er sich zurecht. Das war heute nacht eine reizende Demonstration von Beherrschung gewesen.

Er wußte noch nicht einmal, ob das arme Mädchen sein Vergnügen gehabt hatte, so sehr war er mit sich beschäftigt gewesen. Sie zu fragen, wäre allerdings recht taktlos. Wenn sie nichts davon gehabt hatte, dann mußte er das natürlich wiedergutmachen. Allein der Gedanke daran ließ seine Erregung wieder wachsen. Erstaunlich. Aber sie war auch so unglaublich eng …

»Kannst du dich … bitte … auf die Seite legen?«

Er war zu schwer. Was war er doch für ein Tölpel – er lag da, genoß sein Vergnügen und zerdrückte dabei das arme Mädchen. Schnell richtete er sich auf, um sich zu entschuldigen und sein Gewicht wenigstens von ihrem Oberkörper zu nehmen, aber die Worte blieben ihm im Hals stecken, als er ihre Tränen und ihren aufgelösten Gesichtsausdruck sah. Er war *tatsächlich* sekundenlang auf einen Widerstand gestoßen, der ihm den vollen Zugang unmöglich gemacht hatte.

»Du lieber Himmel, du warst *wirklich* noch Jungfrau!« sprudelte er hervor.

Sofort wurde sie rot. »Ich glaube, das ist schon bei der Auktion erwähnt worden.«

Er starrte sie ungläubig an. »Mein liebes Mädchen, das

hat keiner ernsthaft geglaubt. Mädchenhändler sind schließlich bekannt dafür, daß sie lügen. Und außerdem bist du in einem Bordell verkauft worden. Was zum Teufel sollte eine Jungfrau in einem Bordell zu suchen haben?«

»Offenbar verkauft zu werden, und das wie im Vertrag vereinbart«, entgegnete sie steif. »Es tut mir leid, daß ich mir von Lonny nicht meine Jungfräulichkeit habe nehmen lassen, bevor er mich verkaufte. Ich hatte keine Ahnung, daß ich dazu verpflichtet war.«

»Red keinen Unsinn«, brummte er. »Es ist eben nur eine ... Überraschung ... auf die ich mich erst ein bißchen einstellen muß.«

Ein bißchen? Dieses ganze Erröten war echt gewesen, und nicht gespielt! Und ebenso all die unschuldigen Blicke!

Eine Jungfrau, und zwar seine erste, wenn er die Küchenmagd auf Haverston, die anschließend ihre Gunst jedem Lakaien geschenkt hatte, nicht mitrechnete. Kein Wunder, daß Ashford sie unbedingt hatte haben wollen und so wütend geworden war, als er sie nicht bekam – noch mehr Blut, das er seinen kranken Vergnügungen hätte hinzufügen können.

Eine Jungfrau! Die volle Erkenntnis traf ihn wie ein Schlag, und mit ihr kam eine Welle von Besitzdenken, das er noch nie empfunden hatte. Er war ihr erster Liebhaber, der einzige Mann, der sie je berührt hatte, und nicht nur das, er *besaß* sie. Sie gehörte ihm.

Er lächelte sie strahlend an. »Siehst du? Ich habe mich schon daran gewöhnt.« Er war wieder hart und sehnte sich danach, sie erneut zu besitzen, aber statt dessen zog er sich vorsichtig aus ihr zurück. »Ich habe dein erstes Erlebnis ganz schön verdorben. Ich habe mich benommen wie ein ungeübter Junge, weil ich dich so sehr begehrte, aber das hat es nur noch schlimmer für dich gemacht. Wenn du dich ein bißchen erholt hast, werde ich dafür sorgen, daß du das gleiche Vergnügen empfindest wie ich. Aber jetzt sehen wir erst einmal nach deinen Verletzungen.«

Bevor sie protestieren konnte, hob er sie wieder hoch und trug sie ins Badezimmer. Dort setzte er sie auf einen Hocker und wickelte sie in ein großes Badetuch, während er Badewasser einließ, die Temperatur prüfte, Badesalz und Duftwässer hinzufügte, bis sich die Wanne füllte. Sie brauchte nur dazusitzen und sorgsam darauf zu achten, ihren Blick von ihm abzuwenden, denn sich selbst hatte er nicht bedeckt. Er war immer noch völlig nackt.

Als er Anstalten machte, sie ins Wasser zu heben, streckte sie die Hand aus. »Ich kann doch selbst ...«

»Unsinn. Er nahm das Handtuch weg und hob sie hoch, um sie vorsichtig in die gefüllte Wanne gleiten zu lassen. »Ich habe mich schließlich daran gewöhnt, dich zu baden, und ich muß sagen, es ist eine hübsche Gewohnheit.«

Dann kniete er neben der Wanne nieder und wusch sie, *überall.* Die ganze Zeit über blieb ihre Haut rosig angehaucht, und das kam nicht von der dampfenden Hitze. Schließlich hob er sie wieder heraus, trocknete sie ab und trug sie zum Bett zurück. Dort legte er sie unter die Decke, streckte sich neben ihr aus und kuschelte sich eng an sie.

Endlich konnte sie sich entspannen, heute nacht würde es keine Schmerzen – und auch kein Vergnügen – mehr geben. Selbst ihre Nacktheit störte sie nicht mehr, sie trug einfach nur zu der Wärme bei, die sie langsam in den Schlaf hinübergleiten ließ.

Sie war beinahe eingenickt, als er sagte: »Danke, Kelsey Langton, daß du mir deine Jungfräulichkeit geschenkt hast.«

Sie wies ihn nicht darauf hin, daß sie gar keine andere Wahl gehabt hatte. Und es war auch nicht so schlimm gewesen, wie es mit jemand anderem hätte sein können. Vor dem Schmerz hatte es immerhin einiges an Angenehmem gegeben.

Also erwiderte sie halb gähnend in dem gleichen formellen Tonfall: »Bitte, gern geschehen, Derek Malory.«

Sie konnte zwar sein Lächeln nicht sehen, spürte aber, wie er sie enger an sich zog. Ihre Hand glitt hinauf und legte sich, zunächst zögernd, dann aber unbesorgt, auf seine Brust. Sie *konnte* ihn jetzt berühren, wann immer sie wollte. Nach dieser Nacht hatte sie das Recht dazu – so wie er das Recht gehabt hatte, sie zu berühren –, und erstaunlicherweise machte es ihr Freude.

Man stelle sich das vor.

20

Als Kelsey am nächsten Morgen aufwachte, war sie allein. Derek war irgendwann mitten in der Nacht gegangen. Das war rücksichtsvoll von ihm, da er ihr so die Peinlichkeit ersparte, ihm im Hellen nackt im Bett zu begegnen. Sie überlegte, ob er dies wohl in Zukunft immer so machen würde. Das Haus lag schließlich in einer netten Gegend, und an Diskretion schien ihm etwas zu liegen.

Natürlich könnte er auch verheiratet sein und deshalb Wert auf Diskretion legen. Was für ein entsetzlicher Gedanke! Aber möglich war es schon, und man hatte sie darauf auch vorbereitet. Sie hätte ihn fragen sollen. Selbst wenn es so wäre, dann hätte sie es lieber gewußt, als dauernd darüber nachzugrübeln.

Neben ihr auf dem Kopfkissen lag eine Nachricht von

Derek. Auch sein Geruch war noch da, und sie mußte unwillkürlich lächeln. Er hatte ihr geschrieben, er würde sie am Nachmittag zum Einkaufen abholen, und dann würden sie zum Abendessen ausgehen. Sie lächelte wieder. Das klang eigentlich nett. Sie war immer schon gerne Einkaufen gegangen. Hoffentlich wollte er ihr keine aufgeputzten Mätressenkleider schenken. Sie seufzte. Genau das war wahrscheinlich seine Absicht. Aber wenn sie sie tragen mußte, dann mußte es eben sein.
Es war erstaunlich, welche Last von ihr genommen war, seit sie keine Jungfrau mehr war. Sie hätte es eigentlich bedauern müssen, aber jetzt war es nicht mehr zu ändern. Jetzt war sie wahr und wahrhaftig eine Mätresse. Keine Angst mehr vor dem Unbekannten. Der Schmerz lag hinter ihr. Angenehm war es nicht gewesen, aber sie konnte sich auf Angenehmes freuen. Ein wenig davon hatte sie bereits empfunden, und das hatte mehr verheißen. Und Derek sah nicht nur gut aus, er ging auch sehr rücksichtsvoll mit ihr um. Was konnte sie unter diesen Umständen mehr verlangen?

«Na, du siehst ja ganz erfüllt aus«, bemerkte Nicholas Eden, als er ins Eßzimmer kam. Derek war bereits da, genau wie das vor Nicholas' Hochzeit auch meist der Fall gewesen war.
Das Grinsen auf Dereks Gesicht, während er geistesabwesend dasaß und das Frühstück auf seinem Teller hin und her schob, verstärkte sich noch. »Erfüllt von was? Ich habe mich gerade erst zum Frühstücken hingesetzt.«
Nicholas schmunzelte. »Ich habe eigentlich nicht das Frühstück gemeint, mein lieber Junge, sondern Befriedigung. Sie strömt geradezu aus dir heraus. Du kommst mir vor wie ein liebestoller Hahn, der endlich das Hühnerhaus gefunden hat. War sie so gut?«
Derek errötete nicht oft, aber jetzt schoß ihm die Röte

in die Wangen. Das war ungewöhnlich, weil es ihn sonst eher amüsierte als verlegen machte, wenn ihn seine Freunde mit seinen kleinen Sünden aufzogen. Wahrscheinlich lag es daran, daß er, wie Nicholas wußte, Mätressen eigentlich abgeschworen hatte. Jetzt jedoch war er drauf und dran, ihm zu gestehen, daß er eine neue Geliebte hatte.

Als er gestern nach Hause gekommen war, um sich umzuziehen, hatte er eine Nachricht von Nicholas vorgefunden, in der stand, daß Nicholas und seine Frau sich eine Woche lang in der Stadt aufhielten, um einzukaufen und Besuche zu machen. Das bedeutete natürlich in Wahrheit, daß Reggie einkaufen und Besuche machen wollte und Nick dazu überredet hatte, sie zu begleiten. Derek kam nicht mehr oft nach Silverley, Nicks Landsitz, auf dem er und Reggie für gewöhnlich den Winter verbrachten, zumindest während der hektischen Londoner Saison. Und auf Amys und Warrens Hochzeit war er in Gedanken zu sehr damit beschäftigt gewesen, sich Entschuldigungen auszudenken, damit er früh gehen und Kelsey wiedersehen konnte, um viel mit seinem Freund zu reden.

Am seltsamsten war, daß er einerseits gerne mit Nick über Kelsey geredet hätte, es aber andererseits doch nicht wollte.

Sie ähnelten sich sehr. Nick war ein paar Jahre älter und ein bißchen größer, seine Haare ein wenig dunkler, allerdings mit goldenen Strähnen, und seine Augen waren eher bernsteinfarben als braun. Nick war Viscount. Auch Derek besaß diesen Titel, den er mit einem der Landgüter, die ihm überschrieben worden waren, erworben hatte, allerdings würde er eines Tages auch der vierte Marquis of Haverston werden.

Sie waren beide illegitim, und deshalb hatten sie sich auch in der Schulzeit miteinander angefreundet. In Dereks Fall war es eine bekannte Tatsache gewesen, in Nicks Fall ein Geheimnis.

Aber Nicholas wußte zumindest, wer seine Mutter war, beziehungsweise, er hatte es erfahren. Die Frau, die jeder für seine Mutter hielt, die Frau seines Vaters, verabscheute ihn, wie er sie übrigens auch, und hatte ihm seine Jugend elend vermiest. Und dann hatte sich herausgestellt, daß ihre Schwester, Nicholas' Tante, seine wirkliche Mutter war. Sie war immer für ihn dagewesen, aber wer sie in Wirklichkeit war, hatte er erst vor einigen Jahren herausgefunden.

Sie gingen beide unterschiedlich mit ihrer Illegitimität um. Als Nicholas dahintergekommen war, hatte es ihm schwer zu schaffen gemacht, aber dann hatte er Reggie geheiratet, der das vollkommen egal war. Derek dagegen hatte es immer schon gewußt, aber es hatte ihm nichts ausgemacht – jedenfalls nicht sehr viel. Schließlich hatte er eine große Familie, die ihn so akzeptierte, wie er war. Nicholas war diese Unterstützung nicht zuteil geworden. Derek bedauerte allerdings, seine Mutter nie kennengelernt zu haben; wenigstens hätte er gern gewußt, wer sie war. Bei den wenigen Gelegenheiten, bei denen er sich vor Jahren getraut hatte, seinen Vater danach zu fragen, hatte dieser ihm einfach geantwortet, sie sei tot, deshalb sei es nicht weiter wichtig.

Nun gab Derek auf Nicholas Bemerkung hin zu: »Ich habe eine neue Mätresse.«

Nicholas zog eine Augenbraue hoch. »Berichtige mich, wenn ich mich irre, aber wolltest du nicht ein für allemal die Finger davon lassen?«

»Ja, aber dieses Mal sind die Umstände anders«, versicherte ihm Derek.

»Das denkt man immer – eine Zeitlang«, erwiderte Nicholas mit einem Anflug seines alten Zynismus. Dann jedoch zuckte er die Schultern. »Na ja, genieße sie, solange du kannst. Der Reiz des Neuen wird schnell genug nachlassen, und dann suchst du nach Ersatz. Das ist mir bisher noch jedesmal passiert – na ja, zumindest, bis ich deine Cousine kennenlernte. Ich hätte wissen müssen, daß ich mich verliebt habe, als ich die kleine Hexe nicht mehr aus dem Kopf bekam.«

»Nein, Nick, die Umstände sind dieses Mal *wirklich* anders. Tatsache ist, ich halte sie nicht nur aus, ich – ähm – ich habe sie gekauft.«

Die Augenbraue wanderte wieder nach oben. »Wie bitte?«

»Ich habe sie gekauft«, wiederholte Derek und erklärte dann: »Sie sollte auf einer Auktion verkauft werden, und ich kam dazu und – habe sie gekauft.«

»Wieviel hast du für sie bezahlt?« fragte Nicholas.

»Du würdest es gar nicht wissen wollen.«

»Du lieber Himmel, paß bloß auf, daß dein Vater nichts davon erfährt.«

Derek zuckte bei dem bloßen Gedanken daran zusammen. »Ich weiß, aber es gibt keinen Grund, warum er davon erfahren sollte.«

Nicholas schüttelte den Kopf. »Ich nehme an, sie war so schön, daß du einfach nicht widerstehen konntest.«

»Eigentlich hat eher Jeremy so auf sie reagiert. Der Bursche wollte sich das Geld von mir *leihen*, damit er auf sie bieten konnte. Er war fest entschlossen, bis ich ihn daran erinnerte, daß er eine Mätresse nirgendwo unterbringen könne.«

»Jeremy war also auch dabei?«

»Und Percy.«

»Und wo hat das Ganze stattgefunden? An einem unserer – hm – Lieblingsplätze?«

Derek mußte grinsen. Früher waren Nick, Percy und er meist zusammen losgezogen, aber dann war James mit

Jeremy zurück nach England gekommen – und der gute alte Nick hatte sich selbst Handschellen angelegt.

»Nein«, erwiderte Derek. »Es war in dem neuen Eros-Haus, das aufgemacht hat, nachdem du dich aus dem Verkehr gezogen hast. Dort wird eigentlich mehr mit Perversitäten gehandelt, aber das wußten wir an dem Abend noch nicht. Wir kamen nur zufällig vorbei, weil eines von Jeremys leichten Mädchen dorthin gewechselt hatte.«

Nicholas schmunzelte. »Der Junge wollte sich also Geld von dir leihen, und du hast ihn überboten? Das riecht nach Streit, aber das ist ja in deiner Familie nichts Neues.«

»Komm, komm, meinen Onkel James lassen wir lieber aus dem Spiel. Wir wissen doch alle, wie gerne du ihn magst.« Derek wartete das übliche Schnauben auf diese Bemerkung ab, was auch prompt kam. »Und ich habe nicht geboten, ich hatte jedenfalls nicht die Absicht.«

»Nein? Und warum hast du es doch getan?«

»Weil jemand anderer auf sie geboten hat. Hast du jemals mit Lord David Ashford zu tun gehabt?«

»Nein. Warum?«

»Wir hatten vor einer Weile einen Zusammenstoß mit ihm, als wir uns unten am Hafen aufhielten. Er hat eine Prostituierte, die er an ein Bett gefesselt hatte, so heftig ausgepeitscht, daß sie die Narben wahrscheinlich ihr Leben lang behalten wird. Und das nur, um sich in Stimmung zu bringen. Wenn sie es nicht geschafft hätte, den Knebel aus ihrem Mund zu stoßen, hätten wir ihre Schreie nie gehört.«

Nicholas gab einen Laut des Abscheus von sich. »Klingt so, als gehörte er nach Bedlam.«

»Da bin ich ganz deiner Meinung, aber offensichtlich hat er seine abscheulichen Angewohnheiten geheimgehalten. Nur sehr wenige wissen davon, und er bezahlt seine Opfer so gut, daß sie keine Anzeige erstatten. Ich habe ihn an diesem Abend bewußtlos geschlagen – eigentlich war ich sogar verdammt nahe daran, ihn umzubringen. Ich dachte, damit sei die Sache erledigt, aber dann sah ich, wie er bei dieser Auktion auf das Mädchen bot und konnte mir lebhaft vorstellen, was er ihr antun würde, wenn er sie bekäme. Das konnte ich doch nicht zulassen, oder?«

»Ich hätte ihn da herausgeholt und wieder bewußtlos geprügelt. Das wäre viel billiger gewesen, zumal du sie doch gar nicht für dich selbst haben wolltest.«

»Dann hätte er sie aber trotzdem bekommen. Er hatte als letzter geboten. Der Eigentümer hätte das Geld eingesteckt und sie ihm eben später übergeben. Außerdem gefällt es mir ganz gut, daß ich sie bekommen habe.«

Nicholas lachte. »Na ja, das stimmt wohl, ich habe vergessen, wie du ausgesehen hast, als ich hereinkam.«

Wieder wurde Derek rot. Verdammt noch mal, Kelsey mußte ihn angesteckt haben.

»Sie ist ganz anders, als du dir jemanden vorstellen würdest, den du an einem solchen Ort ersteigerst. Sie hat eine gute Erziehung genossen, weil ihre Mutter Gouvernante war, vielleicht sogar eine bessere Erziehung als die meisten jungen Damen, die wir kennen. Ihre Manieren sind tadellos. Auf der Versteigerung wurde behauptet, sie sei noch Jungfrau, was niemand mit gesundem Menschenverstand wirklich geglaubt hat, aber es stellte sich heraus, daß es richtig war.«

»War? Dann ist sie jetzt also keine mehr?«

Derek zögerte sekundenlang, bevor er nickte, weil er merkte, wie ihm schon wieder die Röte in die Wangen stieg. Innerlich stöhnte er auf. Das Problem war wahrscheinlich, daß er über Kelsey einfach nicht so reden wollte, auch nicht mit seinem besten Freund. Das war natürlich albern. Sie war schließlich nichts anderes als irgendein Mädchen, mit dem er gern ins Bett ging, und Nick hatte zweifellos recht. Der Reiz des Neuen würde bald genug vorüber sein, und er würde sich in der Gesellschaft wieder nach der nächsten jungen Dame umsehen, die sein Interesse weckte.

»Jedenfalls freut es mich, daß ich sie habe. Das viele Geld habe ich weniger für sie ausgegeben als vielmehr, um Ashfords Pläne zu durchkreuzen, und das ist mir ja Gott sei Dank gelungen. Mir wird nur ganz schlecht bei dem Gedanken, daß ich ihn nur dieses eine Mal aufgehalten habe. Er wird draußen jede Menge billiger Huren finden, die er auspeitschen und dafür bezahlen kann, und wer weiß, wem er schon alles seine grausigen sexuellen Angewohnheiten zugemutet hat. Wahrscheinlich besucht er dieses Haus regelmäßig, obwohl er seine Brutalität dort vielleicht nicht so auslebt. Ich würde ihm nur zu gerne das Handwerk legen. Hast du irgendwelche Vorschläge?«

»Außer ihn einfach umzubringen?«

»Ja, das nicht gerade.«

»Ihn kastrieren?«

»Hmmm, glaubst du wirklich, daß das funktioniert«, überlegte Derek, »wo doch sein Hauptvergnügen darin besteht, anderen Schmerzen zuzufügen?«

»Vielleicht, vielleicht auch nicht, aber auf jeden Fall hätte er es verdient, wenn das, was du über ihn erzählst, stimmt.«

»Natürlich stimmt es. Ich war an dem Abend, als wir ihn mit dem armen Mädchen erwischten, vielleicht nicht ganz bei mir, aber so etwas hätte ich mir auch nie vorstellen können. Aber Percy und Jeremy waren ja auch dabei und genauso entsetzt wie ich.«

Nicholas runzelte nachdenklich die Stirn. »Ich nehme an, das Mädchen wäre keine große Hilfe, wenn wir ihn vor Gericht zerren?«

»Nein, an dem Abend hatte sie zu große Schmerzen, um überhaupt reden zu können, aber ich habe sie eine Woche später noch einmal aufgesucht. Da hatte sie sich schon etwas erholt, und hat es rundweg abgelehnt, gerichtlich gegen ihn vorzugehen.«
»Weil er ein Lord ist?«
»Das hat sie vielleicht auch beeinflußt, aber in erster Linie deswegen, weil er sie so reichlich bezahlt hat. Er hat ihr mehr Geld gegeben, als sie bei ihrem Gewerbe in zwei oder drei Jahren verdienen könnte, und sie hatte Angst, sie müsse es zurückzahlen. Für Ashford war die Summe eine Kleinigkeit. Ich habe es überprüft. Er ist so reich, daß er das ein paarmal in der Woche tun könnte und es noch nicht einmal merken würde.«
»Ich nehme an, du hast ihr ähnlich viel Geld oder sogar mehr geboten, damit sie ihn anzeigt?«
»Ja, natürlich, das ist mir sofort eingefallen«, erwiderte Derek. »Leider hat sie dann erklärt, sie hätte *gewußt*, was er tun wollte, und dem zugestimmt. Es spielt keine Rolle, daß sie gar nicht wissen konnte, wie schlimm es werden würde, oder daß sie körperliche Narben davongetragen hat. Ironischerweise war ihr auch noch nicht klar, daß diese Narben sie in Zukunft bei der Ausübung ihres Gewerbes behindern würden, und ich habe es nicht übers Herz gebracht, sie darauf hinzuweisen.«
Nicholas seufzte. »Du steckst in einem ziemlichen Dilemma, alter Junge. Ich werde weiter darüber nachdenken, aber im Moment fällt mir keine Lösung ein; dazu gibt sich der Kerl zu aufrichtig, oder zumindest teilweise aufrichtig, indem er diesen Mädchen vorher erklärt, was er möchte. Leider wird er jede Menge billiger Huren in dieser Stadt finden, die auf den Handel eingehen und erst darüber nachdenken, wenn alles zu spät ist.«
»Genauso sehe ich das auch«, entgegnete Derek.

»Ich sage es ja ungern, aber du solltest deinen Onkel James um Rat fragen. Das ist genau sein – hm – Erfahrungsbereich, meinst du nicht auch?«
Derek grinste. »Daran habe ich auch schon gedacht. Ich bin morgen früh mit ihm verabredet.«
»Gut. Man bekommt eine andere Perspektive, wenn man sich, wie er, mit dem Abschaum der Menschheit zusammentut. Nun, Schluß jetzt mit den ernsten Themen. Schön, daß du vorbeigekommen bist. Du kannst mir heute Gesellschaft leisten, während Reggie in der Gegend herumsaust.«
»Nur zu gerne – jedenfalls heute morgen. Für heute nachmittag habe ich allerdings etwas anderes vor.«
»Das ist schon in Ordnung, alter Junge. Ich nehme mir so viel von deiner Zeit, wie ich kann. Du fehlst mir, seit ich aufs Land gezogen bin. Leider kommst du nicht oft genug vorbei. Außerdem habe ich ein neues Rennpferd gekauft, das ich dir zeigen möchte.«
»Percy auch«, erwiderte Derek. »Du wirst spucken, wenn du seins siehst.«
Nicholas schmunzelte. »Das habe ich gestern schon getan. Was glaubst du, von wem ich mein neues Rennpferd habe? Es ist mir gelungen, dem alten Knaben ein anderes aus seinem Stall abzuquatschen.«

21

»Bist du verheiratet?«
Derek blinzelte. Sie saßen noch nicht ganz in der Kutsche, als Kelsey ihn schon mit dieser Frage überfiel. Es war ihr durch den Kopf gegangen, seit sie heute morgen aufgewacht war, und obwohl es klüger gewesen wäre, diese Frage taktvoller zu formulieren, mußte sie sie ein-

fach loswerden. Sie wußte nicht, wie lange sie bis zu ihrem Bestimmungsort fahren mußten, und sie wollte eine Antwort. Heute. Und sie bekam die Antwort, auf die sie gehofft hatte.

»Du lieber Himmel, nein!« rief er aus. »Und ich habe auch noch lange nicht vor, zu heiraten.« Ihre Erleichterung stand ihr so deutlich im Gesicht geschrieben, daß er hinzufügte: »Nein, nein, meine Liebe, du nimmst mich niemandem weg.«

»Auch nicht einer anderen Mätresse?«

Er schnaubte. »Das schon gar nicht. Ich habe es einmal mit einer Mätresse versucht, und es hat überhaupt nicht funktioniert. Ich wollte eigentlich nie mehr eine haben, aber, nun ja, die Umstände haben zu einer Sinneswandlung geführt.«

»Die Umstände? Willst du damit sagen, daß du mich aus einem anderen Grund gekauft hast als dem, der auf der Hand liegt?«

»Na ja, eigentlich schon«, erwiderte er zögernd. »Ich konnte doch nicht zulassen, daß Lord Ashford dich bekommt, wo ich wußte, wie krankhaft pervers er ist.«

Kelsey schauderte innerlich, als sie merkte, von wem er redete. Mit Recht hatte sie gedacht, daß Ashford grausam aussähe. Offenbar war sie vor einem schlimmeren Schicksal bewahrt worden, als sie sich hatte vorstellen können. Und sie schuldete diesem Mann Dank dafür.

»Ich bin dir dankbar, sehr, sehr dankbar, daß du das gemacht hast.«

»Keine Ursache, meine Liebe. Ich weiß jetzt, daß ich mein Geld gut angelegt habe.«

Wie erwartet, errötete sie. Derek lächelte.

Kelseys Neugier war jedoch noch nicht befriedigt, deshalb fragte sie weiter: »Mir ist aufgefallen, daß du unsere – Verbindung geheimhalten willst. Du hast dich zumindest in Bridgewater so verhalten. Wenn du aber doch nicht verheiratet bist, machst du es dann deshalb, weil es dir einfach lieber so ist?«

»Nein, ganz so ist es nicht«, erwiderte er. »Meine beiden jüngeren Onkel haben sich beide ziemlich skandalös aufgeführt, weißt du. Die Skandale, in die sie ständig verwickelt waren, haben meinen Vater ordentlich auf die Palme gebracht. Ich bin mit den Strafpredigten, die er seinen Brüdern dauernd gehalten hat, aufgewachsen. Das macht einen vorsichtig, oder weckt zumindest den Wunsch, ihm nicht noch mehr Kummer zu machen, was Skandale angeht.«

»Und ich wäre ein Skandal?«

»Nein, überhaupt nicht – zumindest nicht im herkömmlichen Sinn. Es geht mir mehr darum, meinen Namen aus dem ganzen Klatsch herauszuhalten. Mein Vater möchte noch nicht einmal unseren eigenen Dienstboten Anlaß zu Klatsch geben, weißt du.«

Sie nickte lächelnd, weil sie ihn nur zu gut verstand. Sie war genauso zur Umsicht erzogen worden. Oft genug hatten ihre Eltern selbst im heftigsten Streit plötzlich geschwiegen, wenn einer der Dienstboten das Zimmer betrat.

»Es tut mir leid, wenn ich so neugierig bin. Ich habe mich nur gefragt, ob das eine Auswirkung darauf hat, wie oft du mich besuchst.«

Er runzelte die Stirn, weil er gar nicht mehr daran gedacht hatte, daß er in dieser Hinsicht vorsichtig sein müßte, wie er das auch bei seiner vorigen Mätresse gewesen war. Sie tagsüber abzuholen und mitzunehmen, war kein Problem. Wenn er sie aber regelmäßig zu einer bestimmten Zeit für einige Stunden besuchte, würden sich die Leute sicher Gedanken machen. Er wollte aber verdammt noch mal sein Zusammensein mit Kelsey nicht nur auf ein paar gestohlene Stunden beschränken.

Also antwortete er ausweichend: »Das weiß ich jetzt noch nicht so genau. Mir fällt im Moment niemand ein, der hier in der Gegend wohnt, also warten wir einfach ab. Aber du mußt dich nicht wegen deiner Fragen entschuldigen, Liebes. Wie sollen wir uns sonst besser kennenlernen? Ich habe auch ein paar Fragen an dich.«

»Es ist mir ein Vergnügen, sie zu beantworten – wenn ich kann.«

»Hervorragend. Dann sag mir, warum du mit deiner außergewöhnlich guten Erziehung nicht in die Fußstapfen deiner Mutter getreten und ebenfalls Gouvernante geworden bist? Ich bedaure zwar nicht, daß du den jetzigen Weg eingeschlagen hast, aber ich möchte doch wissen, warum.«

Kelsey seufzte innerlich. Durch ihre Fragerei hatte sie ihm die Möglichkeit gegeben, seinerseits Fragen zu stellen. Nun ja, jetzt hatte er diese Frage gestellt, und darauf war sie in etwa vorbereitet.

»Ich bin zu jung, um als Gouvernante arbeiten zu können. Die meisten Eltern wollen ihre Kinder nur einer reiferen Frau anvertrauen.«

»Hattest du keine andere Möglichkeit?«

»Keine, durch die ich an eine annähernd große Summe Geld gekommen wäre, um meine Schulden zu bezahlen.«

Er runzelte die Stirn. »Wie zum Teufel kommt jemand, der so jung ist wie du, an fünfundzwanzigtausend Pfund Schulden?«

Sie lächelte ein wenig. »Keine Ahnung. Es waren nicht meine Schulden, und sie waren auch nur halb so hoch.«

»Dann hast du einen ordentlichen Gewinn gemacht.«

»Nein, von dem Geld habe ich nichts bekommen. Der Besitzer des Hauses hat einen großen Teil der Summe dafür eingesteckt, daß er die Versteigerung arrangiert hat, und der Rest ... nun ja, wie ich schon sagte, davon mußten die Schulden bezahlt werden.«

Sie hoffte, er würde es dabei belassen, aber das tat er natürlich nicht. »Für wessen Schulden mußtest du einstehen?«

Sie konnte lügen oder die Frage nicht beantworten, wie sie es auch früher schon getan hatte. Aber sie wollte ihn nicht mehr anlügen, deshalb griff sie auf ihre frühere Ausrede zurück.

»Das ist eine Privatangelegenheit, über die ich nicht sprechen möchte, wenn es dir nichts ausmacht.«

Sie sah ihm an, daß es ihm doch etwas ausmachte, und er ließ das Thema auch nicht gänzlich fallen. »Lebt deine Mutter noch?«

»Nein.«

»Dein Vater?«

»Nein.«

»Und andere Verwandte hast du nicht?«

Sie wußte, daß er versuchte, dahinterzukommen, wem sie das Geld gegeben haben könnte, aber das durfte sie nicht zulassen, deshalb sagte sie: »Derek, bitte, das Thema ist mir sehr unangenehm. Ich möchte lieber nicht darüber sprechen.«

Er seufzte und gab auf – wenigstens für dieses Mal. Sich zu ihr hinüberbeugend, tätschelte er ihr die Hand. Wenn er sie jedoch damit hatte trösten wollen, so schien ihm das nicht auszureichen, denn er zog sie auf seinen Schoß.

Kelsey zuckte leicht zusammen, weil ihr einfiel, was das letzte Mal passiert war, als sie so dagesessen hatte. Aber Derek legte nur die Arme um sie und lehnte seine Wange an ihre Stirn. Sie saß da, eingehüllt von seinem angenehmen Duft, und spürte den beruhigenden, regelmäßigen Schlag seines Herzens.

»Ich habe das Gefühl, mein Liebling, daß wir beide uns

sehr nahekommen werden«, sagte er ganz leise. »Und eines Tages wird es dir dann bestimmt nicht mehr schwerfallen, mir alles zu erzählen. Ich bin ziemlich geduldig, weißt du. Aber du wirst noch merken, daß ich auch ziemlich entschlossen sein kann.«
Hieß das mit anderen Worten, daß in naher Zukunft die gleiche Diskussion wieder stattfinden würde?
»Habe ich dir schon für die Kutsche gedankt, die du mir geschickt hast?« fragte sie ihn.
Er brach in Lachen aus, weil sie so hastig das Thema wechselte.

22

Die Schneiderin, zu der Derek mit Kelsey fuhr, war ganz anders, als sie erwartet hatte. Die Einrichtung des Ladens kam ihr äußerst elegant vor. Im vorderen Zimmer standen satinbezogene Sofas und Sessel, und dort hatte sie auch einige besonders prächtige Abendkleider ausgestellt. Außerdem lagen überall Kataloge mit der neuesten Mode. Es war ein bequemes Zimmer für die Herren, die warten wollten, während die Damen ihre Wahl trafen.
Und der Laden wurde von Damen besucht. Dann jedoch stellte Kelsey fest, daß Mrs. Westerbury über zahlreiche private Anproberäume verfügte, so daß sie die vornehmeren Kundinnen von den weniger vornehmen trennen konnte. Sie wollte in erster Linie Geld verdienen und keine Urteile fällen. Also lehnte sie keine Kundin ab, weil sie ihren Lebenswandel mißbilligte, sie schlug höchstens einigen vor, besser eines der Hinterzimmer als den vorderen Raum aufzusuchen.
Da sie sah, daß das Etablissement eher die Oberschicht

der Londoner Gesellschaft ausstattete, war sich Kelsey nicht mehr so sicher, welche Kleider sich Derek für sie vorstellte. Allerdings konnte die Tatsache, daß er sie hierhergebracht hatte, auch einfach nur bedeuten, daß er keine anderen Schneiderinnen kannte.

Sie beschloß, die Angelegenheit vollkommen ihm zu überlassen, und sagte ihm das auch. Damit hatte er nicht gerechnet, aber er nahm die Verantwortung an und führte ein Gespräch unter vier Augen mit Mrs. Westerbury. Als er zurückkam, teilte er ihr mit, daß er sie kundigen Händen überlassen wolle und in ein paar Stunden zurückkäme.

Das sagte natürlich überhaupt noch nichts aus, und Kelsey hatte immer noch keine Ahnung, was sie nun eigentlich bestellen sollte. Aber die Schneiderin wußte hoffentlich Bescheid, und hoffentlich würde Kelsey keine böse Überraschung erleben. Derek hatte nach dem Gespräch leicht verlegen gewirkt, der Röte seiner Wangen nach zu urteilen. Er war allerdings dann auch rasch geflohen.

Mrs. Westerbury kam bald zurück und führte Kelsey in einen der hinteren Räume ihres Ladens zum Maßnehmen und Auswählen. Sie ließ durch keinen einzigen Blick erkennen, daß Derek ihr gesagt hatte, Kelsey sei seine Mätresse und sie möge sie entsprechend ausstatten.

Das Maßnehmen dauerte nicht lange. Eine der Gehilfinnen schlang ihr Maßband um Kelseys Hüften, nahm die Beinlänge ab und machte sich rasch Notizen, wobei sie die ganze Zeit liebenswürdig plauderte. Die Auswahl der Stoffe, Schnitte und Accessoires hätte jedoch den ganzen Tag lang dauern können, da Mrs. Westerbury über eine so reichhaltige Auswahl verfügte.

Es fand jedoch kein wirkliches Auswählen statt. Die Frau machte Vorschläge, und Kelsey nickte einfach oder schüttelte den Kopf. Und es war auch nicht so schlimm, wie es hätte sein können. Mrs. Westerbury schlug zwar größtenteils leuchtende Farben und Kombinationen vor, die Kelsey nie für sich ausgesucht hätte, aber die schon fertiggestellten Kleider wirkten nicht im entferntesten so überladen wie das rote Kleid gewesen war.

Sie waren noch nicht ganz zu Ende, als eine weitere Kundin kam, eine wunderschöne junge Dame, die von Mrs. Westerbury bedient werden wollte, da sie lediglich einen anderen Stoff für das Ballkleid suchte, das sie gerade bestellt hatte. Sie war so liebenswürdig, Kelsey ihren Namen zu nennen, und diese hätte es äußerst ungezogen gefunden, sich nicht auch vorzustellen, obwohl es der Schneiderin sichtlich unangenehm war.

Die junge Frau traf ihre Wahl in Sekundenschnelle, ging jedoch nicht sofort wieder. Kelsey bemerkte gar nicht, daß sie sie beobachtete, bis sie plötzlich etwas sagte.

»Nein, nein, diese Farbe steht Ihnen überhaupt nicht. Sie ist viel zu ... nun ja, viel zu grün, finden Sie nicht auch? Diese Silber- und Blautöne hier, selbst das Saphirblau, würden dagegen prächtig zu Ihren Augen passen.«

Kelsey lächelte und stimmte von ganzem Herzen zu. Sie hatte schon die ganze Zeit über sehnsüchtig den Stapel von verschiedenen Stoffen in Blautönen gemustert. Und Mrs. Westerbury war gezwungen, dies zuzugestehen, da die Dame immer noch dastand und eine Antwort auf ihren Ratschlag erwartete.

»Ganz recht, Mylady«, sagte die Frau und zog mehrere Stoffrollen aus dem Stapel, darunter auch den saphirblauen Samt, der einen hübschen neuen Spencer und ein Ausfahrkleid abgeben würde, dazu einen Satinbrokat in Silber und Grau für ein Abendkleid.

Aber die Dame ging immer noch nicht und wartete darauf, welche Schnitte für die Stoffe vorgeschlagen würden. Und deshalb vervollständigte Kelsey ihre Garderobe mit einigen äußerst eleganten Kreationen, auf die selbst ihre Mutter, wenn sie sie darin gesehen hätte, stolz gewesen wäre. Sie hätte nun gerne auch die früheren Entscheidungen rückgängig gemacht, aber das wäre zu weit gegangen. Mrs. Westerbury hatte schließlich ihre Anweisungen von demjenigen, der die Rechnungen bezahlen würde.

Derek hatte auch ein Kostüm gekauft, in dem sie den Laden verlassen konnte, wie sich herausstellte, als sie beinahe fertig war. Und das hatte ihn wahrscheinlich ein kleines Vermögen zusätzlich gekostet, da das Kleid von der Bestellung einer anderen Kundin genommen und geändert werden mußte, während sie ihre Auswahl traf. Und offensichtlich war die Kundin, für die es eigentlich bestimmt war, keine von denjenigen, die ins Hinterzimmer gebeten wurden.

Es war ein Dinnerkostüm aus fester, lavendelfarbener Seide. Die kurzen Puffärmel, der Ausschnitt, Mieder und Saum waren mit dunklerer, zarter Lochspitze abgesetzt, und dazu gehörte ein passender Mantel in dem gleichen Lavendelton, allerdings aus schwerem Samt. Als Kelsey so gekleidet in den vorderen Raum zurückkam, fühlte sie sich beinahe wieder wie früher.

Derek war noch nicht da, aber ein paar andere Gentlemen, die auf den Sofas saßen, warfen ihr bewundernde Blicke zu. Die junge Dame, die ihr bei der Auswahl geholfen hatte, war auch noch zugegen. Sie zog gerade ihre Handschuhe an, weil sie gehen wollte, und schenkte Kelsey ein freundliches Lächeln.

»Sind Sie fertig?« fragte sie fröhlich. Auch sie hatte die bewundernden Blicke bemerkt und fügte deshalb hinzu: »Kann ich Sie vielleicht irgendwohin mitnehmen? Meine Kutsche wartet draußen.«

Kelsey hätte nur zu gerne ja gesagt. Die Lady wirkte äußerst freundlich, und eine Freundin in dieser großen Stadt zu haben, wäre wahrhaftig schön gewesen. Aber natürlich konnte sie das Angebot nicht annehmen. Und sie konnte es auch nicht riskieren, sich mit einer Dame der Gesellschaft anzufreunden, die sie verachten würde, wenn sie wüßte, was es mit Kelsey auf sich hatte.
Also war sie gezwungen zu sagen: »Das ist sehr freundlich von Ihnen, aber mein Begleiter wird in Kürze hier eintreffen.«
Eigentlich wäre damit das Gespräch zu Ende gewesen, aber dazu war die Dame zu nett. »Sind wir uns schon einmal begegnet?« fragte sie neugierig. »Sie kommen mir irgendwie bekannt vor.«
Offenbar hatte sie scharfe Augen. Kelsey hatte häufig gehört, wie ähnlich sie ihrer Mutter sähe, und ihre Eltern waren oft nach London gekommen, um an gesellschaftlichen Ereignissen teilzunehmen.
»Vielleicht ein Zufall«, erwiderte Kelsey. »Ich bezweifle, daß wir uns schon einmal begegnet sind. Ich bin zum ersten Mal in London.«
»Das muß sehr aufregend für sie sein.«
»Eher einschüchternd, um die Wahrheit zu sagen.«
Die Dame lachte. »Ja, es ist eine große Stadt, nicht wahr? Und es ist äußerst leicht, sich hier zu verlaufen, wenn man nicht schon ein paarmal hier war. Aber bitte ...«, sie griff in ihr Retikül und zog eine Visitenkarte hervor, die sie Kelsey gab, »wenn Sie jemals Hilfe brauchen oder einfach nur Lust zum Plaudern haben, kommen Sie doch bei mir vorbei. Ich wohne nicht weit von hier, dort drüben in der Park Lane, und werde noch ungefähr eine Woche lang bleiben.«
»Ich werde daran denken«, sagte Kelsey.
Aber natürlich würde sie das nicht, und einen kurzen Moment lang bedauerte sie das. Die junge Lady

konnte sich so einfach mit jemandem anfreunden, und offenbar tat sie das auch. Vor ein paar Wochen hätte Kelsey es auch noch tun können, aber jetzt ging es nicht mehr.
Sie verdrängte ihr Bedauern. Es hatte keinen Sinn, ihre neue Stellung im Leben zu bedauern. Sie war schließlich offenen Auges in ihr Unglück gelaufen. Jetzt mußte sie nur noch lernen, damit zu leben.

23

»Steht dir verdammt gut.«
Kelsey hatte gelächelt und es als Kompliment aufgefaßt – in gewisser Weise. Es war das einzige, was Derek gesagt hatte, als er sie abholte, und das, nachdem er sie gut zwanzig Sekunden lang schweigend angestarrt hatte. Sie kam sich richtig schön vor, ein Gefühl, das sie vorher selten gekannt hatte.
In der Kutsche jedoch kam er ihr wieder seltsam vor … Nun ja, er schien in einem Zwiespalt zu stecken, als er sie weiter anstarrte. Schließlich wurde ihr unter seinem prüfenden Blick unbehaglich, und sie fragte: »Stimmt irgend etwas nicht?«
»Weißt du eigentlich, daß du in diesen Sachen aussiehst wie eine unschuldige Debütantin?«
Sie errötete und wand sich auf ihrem Sitz. Am liebsten wäre ihr gewesen, es wäre ihm nicht aufgefallen. Aber da es nun schon einmal so war, sorgte sie besser dafür, ihn von diesem Gedanken abzulenken.
»Und wie habe ich heute nacht in diesem roten Negligé gewirkt?« fragte sie.
Wie sie gehofft hatte, glättete sich seine Stirn. Er mußte sogar grinsen, weil er merkte, worauf sie anspielte – das

nahm sie wenigstens an. Aber sie mußte ganz sichergehen ...

»Siehst du?« fuhr sie fort. »Die Kleider machen die Leute, nicht die Person, die sie trägt. Zufällig war das das einzige Kostüm, das in der kurzen Zeitspanne für mich geändert werden konnte. Ich glaube, Mrs. Westerbury hat gedacht, wichtig sei nur, daß es für den Abend geeignet ist.«

»Ja, das habe ich ihr so gesagt. Na ja, ist schon in Ordnung. Ich muß nur meine Pläne etwas ändern.«

»Was hattest du für Pläne?«

»Ich hatte an ein Dinner an irgendeinem ruhigen, abgeschiedenen Ort gedacht, aber verdammt noch mal, ich hasse den Gedanken, mich nicht mit dir zu zeigen, wo du so schick aussiehst.«

Wieder errötete sie. Seine Komplimente gefielen ihr wirklich *sehr*, ihr wurde dabei ganz warm. Aber sie wollte ihm bestimmt keine Ungelegenheiten bereiten. Deshalb sagte sie ganz vernünftig: »Bitte, du brauchst meinetwegen deine Pläne nicht zu ändern, nur weil ...«

»Überhaupt nicht, Liebes«, unterbrach er sie. »Ich wollte sowieso den neuen Küchenchef im Albany einmal ausprobieren. Und als krönenden Abschluß für den Abend dachte ich an einen Besuch in Vauxhall Gardens.«

Selbst sie hatte schon von Vauxhall Pleasure Gardens gehört. Ihre Eltern hatten häufiger davon geredet. Bei Tag war es ganz respektabel, mit seinen schattigen Alleen, den Verkaufsständen und Konzerten. Am Abend jedoch waren die schmalen Wege mit ihren Bänken ideal für Liebespaare, und anständige junge Damen hielten sich besser nicht allzu lange dort auf. Aber es war natürlich ein perfekter Ort für Gentlemen, die ihre Mätresse ausführen wollten, dachte sie.

Derek hatte jedoch auch noch andere Dinge vorgehabt. Da es noch zu früh für ein Dinner war, besuchten

sie weitere Geschäfte, und die Kutsche füllte sich mit Päckchen, Hauben und Schuhen, Sonnenschirmen, und, worauf er besonders achtete, noch mehr Negligés, eine besonders peinliche Angelegenheit, da er jedes selbst aussuchen wollte.
Als sie schließlich im Albany ankamen, das sich als Hotel am Piccadilly herausstellte, war Kelsey ziemlich erschöpft. Der Speisesaal war sehr hübsch, und nach dem ersten Glas Wein begann sie sich zu entspannen. Das einzige Problem war nur, daß man Derek hier sehr gut kannte. Das mußte er jedoch vorausgesehen haben, denn er stellte sie zwei Herren, die auf sie zukamen, als Witwe Langton vor.
Der zweite Herr war so überrascht, daß er fragte: »Doch nicht die Lady Langton, die ihren Ehemann erschossen hat?«
Daraufhin mußte Derek erklären, daß sie aus einer ganz anderen Familie käme, und die Lüge klang aus seinem Mund sehr viel besser als aus ihrem. Daß er nicht wußte, daß es eine Lüge war, verlieh ihm zusätzlich Glaubwürdigkeit.
Während des hervorragenden Essens fragte sie: »Warum eine Witwe?«
»Nun ja, Witwen können tun, was ihnen beliebt, weißt du, während junge Debütantinnen, wonach du im Moment sicher auf den ersten, zweiten und dritten Blick aussiehst, eine Anstandsdame brauchen. Und ich gebe ganz bestimmt keine gute Anstandsdame ab. Jeder, der mich kennt, würde das ohne weiteres auch so sehen.« Er grinste sie ohne jedes Schuldbewußtsein an.
»Es würde nicht funktionieren, weil du mich eher verführen als beaufsichtigen würdest, nicht wahr?« neckte sie ihn.
»Aber natürlich«, erwiderte er, und seine Augen glitzerten begehrlich.

Da wurde er von zwei Herren unterbrochen, die er ganz bestimmt nicht erwartet hatte.
Jeremy Malory und Percy Alden setzten sich unaufgefordert an seinen Tisch, und Derek fragte: »Wie zum Teufel habt ihr mich gefunden?«
Percy, der gierig das Essen auf ihren Tellern musterte, antwortete: »Der junge Bursche hier mußte deinem Onkel Anthony eine Nachricht von seinem Vater überbringen. Und da das gerade die Straße herunter ist, konnten wir nicht umhin, deine Kutsche hier vor dem Hotel stehen zu sehen. Übrigens, wie ist das Essen? So gut, wie man sagt?«
Derek blickte ziemlich mürrisch drein. »Habt ihr beide heute abend nichts Besseres vor?«
»Etwas Besseres als essen?« Percy schien ganz entgeistert.
Jeremy schmunzelte. »Du könntest einfach deinen Kellner rufen, Cousin. Du willst uns doch nicht wirklich eine so reizende Gesellschaft beim Abendessen vorenthalten, wo du sie zu jeder anderen Zeit genießen kannst. Sei doch nicht so herzlos.«
»Er lauert schon die ganze Woche darauf, deine Begleiterin zu sehen«, fügte Percy hinzu. Eigentlich hatte er das nur flüstern wollen, aber es gelang ihm nicht. »Du könntest wirklich Gnade walten lassen, alter Junge.«
Der Tisch wackelte bedenklich, weil jemand unter ihm mit dem Fuß trat. Da Percy und Jeremy daraufhin einander ansahen, war leicht zu erraten, wer getreten hatte.
Derek seufzte. »Wenn ihr schon dableiben wollt, dann benehmt euch wenigstens.«
Kelsey hielt sich die Hand vor den Mund, um ihr Lächeln zu verbergen. Jeremy strahlte jetzt, wo er seinen Willen bekommen hatte, und wandte sich mit seinem hinreißenden Grinsen ihr zu. Sie hatte vergessen, wie unglaublich gut dieser junge Mann aussah.

Einen Augenblick lang war sie ganz verwirrt und starrte ihn an, bis er fragte: »Und, wie behandelt der Kerl Sie, meine Liebe?«

Sie errötete, nicht nur, weil sie ihn so angestarrt hatte, sondern auch weil dieses Thema bei weitem zu persönlich war.

Daher erwiderte sie unverfänglich: »Gerade heute erst hat er eine erstaunliche Summe Geld für mich ausgegeben, um meine Garderobe aufzufrischen, beziehungsweise, um mich neu auszustatten.«

Jeremy wischte ihre Antwort mit einer Handbewegung weg. »Das hätte er so oder so getan – aber wie *behandelt* er Sie? Sie brauchen nicht vielleicht Hilfe?« fragte er hoffnungsvoll. »Ich stehe Ihnen gern zur Verfügung, wissen Sie.«

Der Tisch wackelte erneut. Dieses Mal konnte Kelsey ein lautes Auflachen nicht unterdrücken, da jetzt Derek getreten hatte. Und Jeremy war nicht so zurückhaltend wie Percy. Er knurrte laut, schleuderte ihm wütende Blicke zu und murmelte: »Verdammt, jetzt reicht es aber.«

Percy schmunzelte. »Du meine Güte, Jeremy, hat dir niemand beigebracht, daß du nie versuchen sollst, jemandem die Lady zu stehlen, wenn du genau vor ihm sitzt?«

Jeremy schnaubte. »Ich würde doch meinem eigenen Vetter nichts wegnehmen. Er weiß, daß ich bloß Spaß gemacht habe. Oder, Derek?« Auf Dereks eisigen Blick hin johlte er: »Ich glaube es nicht! Derek eifersüchtig? Du wirst doch *nie* eifersüchtig!«

»Paß auf dein anderes Knie auf«, warnte Percy ihn grinsend.

Jeremy schob sofort seinen Stuhl zurück, wobei er fast umkippte, und brummte: »Du lieber Himmel, ich hab's schon beim erstenmal begriffen. Ich werde mindestens eine Woche lang blaue Flecken haben. Du brauchst es nicht noch einmal zu probieren.«

Derek schüttelte den Kopf und murmelte: »Unverbesserlicher Spitzbube!«
Jeremy hatte es gehört und grinste. »Na ja, natürlich. Sonst macht es doch keinen Spaß.«

24

Kelsey konnte sich nicht erinnern, jemals so viel gelacht oder soviel Spaß gehabt zu haben wie an dem Abend mit Derek und seinen Freunden. Die drei hatten sich die ganze Zeit über geneckt und herumgealbert. Derek hatte Jeremy ganz passend einen unverbesserlichen Spitzbuben genannt, aber man merkte ihm auch an, wie gern er seinen Cousin mochte, und daß das umgekehrt auch der Fall war.
Enge Familienbande waren gut. Sie empfand selbst so, sonst wäre sie ja nicht hier gelandet. Sie war für ihre Schwester Jean verantwortlich, die sie sehr liebte, und sie liebte auch ihre Tante Elizabeth. Onkel Elliott – nun ja, sie hatte die Achtung vor ihm verloren, aber ihr weiteres Urteil würde sie aufschieben, bis er bewies, daß er wieder Verantwortung tragen konnte. Und wenn das nicht der Fall wäre, obwohl sie sich geopfert hatte, würde sie handeln wie ihre Mutter und sich eine Pistole besorgen.
Nach dem Dinner war es so fröhlich weitergegangen. Kelsey hatte unabsichtlich erwähnt, daß sie anschließend nach Vauxhall Gardens gehen wollten, und Jeremy und Percy hatten Stein und Bein geschworen, daß genau das auch ihre Absicht gewesen sei. Das war natürlich gelogen, aber Derek hatte es schließlich aufgegeben, sie loswerden zu wollen.
Und die beiden hatten wahrscheinlich ihren Entschluß, sich ihnen anzuschließen, bereut, denn sie froren ent-

setzlich – obwohl es Spaß machte, ihnen zuzusehen, was sie alles anstellten, um sich warm zu halten. Derek hatte einen Mantel dabei, und Kelsey hatte ihren Samtumhang, der sie, zusammen mit Dereks Arm um ihre Schultern, warm genug hielt. Jeremy und Percy jedoch waren nur angezogen, um aus der warmen Kutsche aus- und wieder einzusteigen, und nicht für einen Spaziergang an einem späten Winterabend.

Es war ein rundum schöner Tag gewesen – und er war noch nicht vorbei. Als Derek sie nach Hause gebracht hatte, küßte er sie sanft in der Halle, während sein Kutscher die Päckchen hineinbrachte, und hielt ihre Hand, als sie nach oben gingen. In ihrem Schlafzimmer fanden sie Käse, Obst und eine Flasche Wein vor, die Mrs. Whipple ihnen auf den Tisch neben dem Bett hingestellt hatte, bevor sie nach Hause gegangen war.

»Äußerst umsichtig«, bemerkte Derek mit einem Blick auf den Tisch.

»Ja, Mrs. Whipple ist in dieser Hinsicht sehr tüchtig«, stimmte Kelsey ihm zu. Alicia hatte auch ein Feuer im Kamin gemacht, so daß das Zimmer kuschelig warm war.

»Also behältst du sie?«

»O ja. Du hast ja eines ihrer Abendessen schon probiert. Und beim Frühstück ist sie genausogut, wie ich heute morgen feststellen konnte.«

»Das werde ich morgen früh beurteilen können«, sagte er heiser und sah sie wieder an.

Mit belegter Stimme fragte sie ihn: »Du bleibst also – die ganze Nacht?«

»Oh – ja.«

Er sagte das viel bedeutungsvoller als sie. Kelsey wurde nervös, wenn auch nicht ganz so nervös wie am Abend zuvor. Eigentlich freute sie sich sogar darauf, wieder mit Derek zu schlafen und vielleicht das Vergnügen zu empfinden, das er ihr versprochen hatte.

Seit er im Gardens den Arm um sie gelegt hatte, hatte sie innerlich ein Prickeln verspürt. Was hatte May noch darüber gesagt? Daß sie genau wisse, wenn sie einen Mann begehren würde, und daß sie ihrem Glücksstern danken könne, wenn dieser Mann sie dann auch behalten wollte. Begehrte sie ihn also, wenn sie weiche Knie bekam, weil Derek sie auf eine bestimmte Art ansah und so sinnlich lächelte? Oder wenn ihr Puls raste, nur weil er sie berührte?

Ihr Herz schlug voller Vorfreude rascher, aber er näherte sich ihr noch nicht, sondern öffnete die Weinflasche und goß in jedes Glas ein wenig ein. Dann nahm er die Trauben und biß eine ab. Während er sie langsam kaute, sah er sie wieder an.

Ihr wurde über und über warm. Er empfand es wohl genauso, denn er schlüpfte aus seinem Mantel und sagte: »Komm, ich will dir deinen Umhang ausziehen.«

Zögernd trat sie auf ihn zu. Seine Finger an ihrem Hals waren warm, als er die Silberschnüre ihres Umhangs löste und ihn zusammen mit seinem Mantel auf den nächsten Stuhl warf. Seine Hände glitten über ihren Nacken, aber nicht, um sie an sich zu ziehen, sondern nur, um ihre Muskeln dort zu massieren. Himmlisch. Ihr Seufzen verriet es ihm.

Er reichte ihr das Glas, und sie leerte es mit einem Zug. Er lächelte. Sie wurde schon wieder nervös.

»Ich habe diesen Abend – den ganzen Tag eigentlich – sehr genossen«, sagte sie. »Danke.«

»Du brauchst dich nicht zu bedanken, Liebes«, erwiderte er. »Ich habe ihn auch genossen.«

Überraschenderweise entsprach das der Wahrheit. Derek war immer noch äußerst begierig darauf, mit ihr ins Bett zu gehen, er hatte den ganzen Tag an nichts anderes gedacht, und doch hatte er auch einfach nur ihre Gesellschaft genossen. Das war ungewöhnlich für ihn.

Normalerweise verbrachte er nur wenig Zeit mit Frauen außerhalb des Schlafzimmers, abgesehen von den weiblichen Mitgliedern seiner großen Familie.
Ebenso überraschend war für ihn gewesen, wie wenig es ihm behagt hatte, als seine Freunde im Albany aufgetaucht waren, und wie recht Jeremy gehabt hatte, als er Derek vorwarf, er sei eifersüchtig. Er war wirklich wütend geworden, als er gesehen hatte, wie hingerissen Kelsey von Jeremy gewesen war. Aber seine Wut hatte nicht lange angehalten, und letztendlich hatte sie ja ihn angelächelt und nicht Jeremy. Das hatte seine Eifersucht gründlich behoben.
»Deine Freunde sind sehr amüsant«, bemerkte sie.
»Abscheulich wäre der passendere Ausdruck.«
Sie lächelte. »Du hast dich genauso amüsiert«, erinnerte sie ihn.
Er zuckte mit den Schultern. »Und wenn schon.«
Er nahm wieder die Weintraube, zog eine weitere Beere mit den Zähnen ab und beugte sich vor, um sie ihr mit seinem Mund anzubieten. Sie nahm sie errötend. Die Traube war warm und süß, wie der Wein.
»Etwas Käse?« fragte er.
»Mir wäre es lieber, du würdest mich küssen.«
Ihre Röte breitete sich aus wie ein Buschfeuer. Das konnte doch nicht sein, daß sie so kühn gewesen war, so etwas einfach auszusprechen. Aber er war offensichtlich entzückt, seinem Gesichtsausdruck nach zu urteilen. Er stellte die Gläser auf den Tisch und legte die Weintraube daneben.
»Soviel also zum Genießen des Augenblicks«, sagte er und zog sie in die Arme. »Es hat mich sowieso fast umgebracht.«
Ihn umgebracht? Aber der Gedanke wurde gleich erstickt, als seine Lippen die ihren berührten. Sie zerfloß in seinen Armen. Ihre Knie gaben nach, aber sie

brauchte ihre Beine auch nicht mehr, so fest hielt er sie. Ihre Arme schlangen sich wie von selbst um seinen Hals, und es tat gut, ihn auch festzuhalten.
Sie war mittlerweile ans Küssen gewöhnt, hatte in Derek aber auch einen guten Lehrmeister. Als sie schließlich mit ihrer Zunge einen Vorstoß wagte, wurde sie von ihm mit einem Stöhnen belohnt, das sie zu noch größerer Kühnheit ermutigte.
Das Bett stand angenehm nahe bei ihnen. Er kniete sich darauf und legte sie so vorsichtig hin, daß sie es kaum merkte. Sie bemerkte jedoch, wie er ihr das Kleid auszog und sie mit seinen warmen Händen vom Hals bis zu den Hüften liebkoste. Mit den Fingern fuhr sie an seinen Armmuskeln entlang und spürte, wie sie sich unter ihrer Berührung zusammenzogen. Seine Haut war weich, aber nicht schlaff.
Seine Lippen glitten über sie und zogen eine Flammenspur über ihre Wange bis zu ihrem Hals. Seine Zunge glitt in ihr Ohr, und sie erbebte vor Lust. Dann wanderten seine Lippen über ihre Schulter an ihrer Brust entlang, umkreisten sie, berührten ihre harte Knospe und zogen sie tief in die Hitze seines Mundes.
In ihrem Unterleib prickelte es, und das Gefühl baute sich in ihren Lenden zu einer fast unerträglichen Spannung auf. Ihre letzten Hemmungen brachen zusammen. Stumm fordernd bog sie sich seinem Körper entgegen. Er zog sie noch näher an sich heran, löste sich aber nicht von ihrer Brust. Sie grub die Nägel in seine Schultern und hinterließ dort tiefe Halbmonde, ohne es zu merken.
Nach einer anscheinend endlos langen Zeit gab er die eine Brust endlich frei und widmete sich der anderen – wieder schoß ein Hitzestrahl in ihren Bauch und ihre Lenden. Sie löste sich förmlich auf. Und dann glitt seine Hand zwischen ihre Beine … Kelsey schrie auf.

Es war zu viel, zu intensiv. Aber schon küßte er sie wieder, tief und heftig, schob seinen Körper über sie – und dann suchte sich sein hartes, heißes Glied seinen Weg, fand ihn sofort und glitt sanft in sie.
Sofort löste sich die Spannung, und sie empfand am ganzen Körper Lust. Auch bei seinem zweiten langsamen Stoß und beim dritten hielt das Gefühl an, bis sich eine neue Spannung aufbaute, stärker noch als vorher, und einem Höhepunkt zustrebte, der plötzlich in einer Welle reinen Empfindens über ihr zusammenschlug, ihr reinste Ekstase bescherte, die sie einen langen, köstlichen Augenblick gefangen hielt.
Sie lächelte, als er danach auf sie niederblickte. Sie konnte nicht anders. Und auch er selbst grinste übers ganze Gesicht.
»Besser diesmal?« fragte er leise, wobei er die Antwort schon kannte.
»Das ist stark untertrieben«, erwiderte sie mit einem langen, trägen Seufzer.
Sein Grinsen wurde noch breiter. »Ja, das finde ich auch. Und das beste dabei ist, daß wir gerade erst angefangen haben.«
Sie blinzelte. Aber er begann bereits, ihr diese Behauptung zu ihrer völligen Zufriedenheit zu beweisen.

25

Später in dieser Woche kam Derek vorbei, um Kelsey zum Pferderennen abzuholen. Er hatte ursprünglich mit Percy und Jeremy dorthin gehen wollen, hatte den beiden jedoch im letzten Moment gesagt, daß er sie dort treffen würde.
Tatsächlich war ihm dieser Einfall nicht deshalb ge-

kommen, weil er gedacht hatte, Kelsey würde es dort gefallen. Was wahrscheinlich der Fall wäre, aber das war nicht sein Motiv. Er hatte versucht, ihre Beziehung im richtigen Maß zu halten, sie nur abends zu besuchen, wie es sich bei einer Mätresse gehörte. Aber nachdem er dies einige Abende lang getan hatte, war ihm klargeworden, daß es ihm nicht gefiel, sich in Bezug auf sie korrekt zu verhalten. Im Gegenteil. Je mehr er versucht hatte, weiter ein ganz normales Leben zu führen, als wenn sich nichts geändert hätte, desto mehr mußte er sich morgens zwingen, sie zu verlassen, und den ganzen Tag über das Bedürfnis unterdrücken, sich von ihr bis zum Abend fernzuhalten.

Am Tag des Rennens hatte er schließlich seinem Verlangen nachgegeben, indem er sich sagte, daß dieses eine Mal sicher keinen Schaden anrichten würde. Anscheinend lag das Problem darin, daß auch er ihre Gesellschaft viel zu sehr genoß. Sie brachte ihn zum Lachen; sie langweilte ihn nicht mit endlosem Geschwätz; sie war intelligent. An einem Abend hatten sie sich während des Essens über Literatur unterhalten, und er war erstaunt gewesen, als er sich auf einmal mit ihr in einer hitzigen Debatte über Philosophie und alles mögliche andere befand – und er hatte jede Minute genossen.

Er wußte nicht genau, ob daraus ein ernsthaftes Problem entstehen würde. Eigentlich vertrat er tief im Inneren die Auffassung, daß eine Mätresse einem bestimmten Zweck, und nur diesem Zweck diente. Seine letzte Mätresse hatte ihn dazu überredet, sie überallhin zu begleiten, und es war ihm nicht recht gewesen, daß sie so über seine Zeit verfügte. Auch hatte ihm an Marjories Gesellschaft außerhalb des Schlafzimmers nichts gelegen. Aber bei Kelsey war es anders. Sie stellte keine Forderungen. Eigentlich hatte sie ihn nie um etwas gebeten, außer bei dem einen Mal, wo sie ihn gebeten hatte, sie zu küssen.

Er dachte sehr gern daran; die Erinnerung brachte ihn jedesmal zum Lächeln. Eigentlich hatte er in der letzten Zeit sehr häufig gelächelt, ohne einen besonderen Anlaß, selbst seinem Kammerdiener war das aufgefallen. Aber das kam davon, daß er ständig an Kelsey dachte. Sie war eben in jeder Hinsicht eine Freude für ihn.

Kelsey zog sich rasch für die Ausfahrt um. Das mochte er auch an ihr, daß sie sich nicht endlos mit ihrer Toilette aufhielt, sich nicht ständig aufputzte und von jeder Locke erwartete, daß sie am richtigen Platz lag, und doch sah sie am Ende immer vollkommen aus. Sie war eine Freude für alle seine Sinne, und der heutige Tag bildete da keine Ausnahme.

Sie war noch einmal bei der Schneiderin gewesen und hatte einige fertiggestellte Kleider mitgebracht, einschließlich eines hellblauen Samtkleides mit passendem Jäckchen. So bezaubernd sah sie darin aus, daß er wünschte, es wäre wärmer, damit er sich mit ihr in einer offenen Kutsche im Hyde Park zeigen könnte, ein skandalöser Gedanke, der ihn, kaum daß er ihm gekommen war, entsetzte. Es war in Ordnung, mit einer Lady, der man ernsthaft den Hof machte, durch den Park spazieren zu fahren, aber das ging mit einer Mätresse natürlich nicht. Vielleicht hätten seine jüngeren Onkel das fertiggebracht, aber sie machten sich auch nichts daraus, was die Leute über sie reden könnten. Schließlich waren sie nicht umsonst die bekanntesten Schwerenöter Londons gewesen.

Das Rennen fand außerhalb von London statt. Als sie ankamen, stellten sie die Kutsche zwischen einem Landauer und einem Phaeton ab, direkt neben der Bahn, so daß sie die beste Sicht hatten, obwohl das Volk bereits zusammenströmte. Für gewöhnlich standen diejenigen, die hohe Wetteinsätze gemacht hatten, direkt an der Bahn; sie stellten ihre Kutschen weiter weg und ließen den Kreis um die Bahn frei für diejenigen, die es vorzogen, das Rennen mit ihren Damen aus ihren bequemen Kutschen zu verfolgen.

Manche Ladies kamen mit ihren Männern oder ihrer Familie zum Rennen, allerdings waren es jetzt im Winter nicht allzu viele. Deshalb machte sich Derek keine großen Sorgen, daß er jemanden mit Kelseys Anwesenheit irritieren könnte. Außer Percy und Jeremy würde kaum einer wissen, daß sie da war, solange sie in der Kutsche blieb, worum er sie gebeten hatte.

Sie hatten einen kleinen Heizofen in der Kutsche, aber das Wetter war gar nicht so schlecht. Es war zwar eiskalt, aber es ging kein Wind, und ab und zu kam sogar die Sonne hervor.

Man konnte ringsum Erfrischungen kaufen, aber der Adel brachte meistens seine Verpflegung selbst mit, so auch Derek. Er hatte Mrs. Hershal aufgetragen, ihnen einen so reichhaltigen Picknickkorb zusammenzustellen, daß auch seine Freunde satt würden, und noch einige Flaschen Wein hineinzutun. Die Rennen dauerten manchmal einen halben Tag oder sogar länger, je nachdem, wie viele Wettbewerbe es noch gab, wenn die offiziellen Rennen vorüber waren.

Nach dem ersten Rennen gesellten sich Percy und Jeremy zu ihnen. Percy war wie immer bester Laune. Er schien einen sechsten Sinn in bezug auf Rennen zu haben, fand nicht nur immer wieder hervorragende Pferde, und das an den seltsamsten Orten, er irrte sich auch selten, was den Sieger anging, ganz gleich wie die Umstände waren. Allerdings nahm er Wetten niemals ernst. Ihm machte es einfach nur Spaß, sein Urteil bestätigt zu finden.

»Ich nehme an, du hast schon ein paar Wetteinsätze eingestrichen?« fragte Derek, als Percy kam und nach einem knappen »Wie geht's?« zielstrebig in den Picknickkorb griff.

Jeremy erwiderte überheblich: »Mußt du da überhaupt fragen?«

Derek grinste. »Percy hat nicht *immer* recht. Ich kann mich erinnern, daß er einmal ein paar tausend Pfund verloren hat, deshalb verlasse ich mich auch nicht mehr blind auf seine Tips.«

Percy zog eine Leidensmiene. »Das wirft er mir bis an mein Lebensende vor«, sagte er zu Jeremy.

Der Junge schmunzelte. »Ich glaube, es hat dir mehr Spaß gemacht, Nicks Geld entgegenzunehmen, als den Gewinn vom ersten Rennen einzustreichen.«

Percy strahlte. »Ja, in der Tat. Nicholas schafft es immer wieder, mir jedes gute Vollblut abzuluchsen, das mir unterkommt. Ich weiß nicht, wie er es macht, verdammt noch mal, wirklich nicht!«

»Nicholas ist hier?«

Percy nickte. »Er hat den Hengst angemeldet, den er mir gerade abgekauft hat. Wahrscheinlich läuft er im vierten Rennen.«

»Du hättest ihn mitbringen sollen«, sagte Derek.

Jeremy hustete. »Nein, das wäre sicher keine gute …«

Er kam nicht mehr dazu, den Satz zu Ende zu sprechen, denn genau in diesem Moment ging die Tür auf, und Regina Eden, Nicholas' Frau – und Dereks und Jeremys Cousine – kletterte in die Kutsche. Offenbar war sie der Grund gewesen, warum Jeremy es für keine so gute Idee gehalten hatte, Nick zu ihnen einzuladen, und Derek konnte sich dieser Auffassung nur aus ganzem Herzen anschließen. Er überlegte fieberhaft, wie er es vermeiden könnte, seine unbezähmbare Cousine seiner Mätresse vorzustellen.

»Ich habe mir doch gleich gedacht, daß ich deine Kut-

sche erkannt habe, Derek«, sagte Reggie und beugte sich vor, um ihn auf die Wange zu küssen. Dann ließ sie sich auf den Platz neben ihn fallen. »Jeremy, warum hast du mir nicht gesagt, daß er hier ist?«
Jeremy schob die Hände in die Taschen und sank auf den Sitz ihnen gegenüber. »Hab' nicht dran gedacht«, murmelte er lahm.
»Reggie, was in aller Welt tust du hier?« fragte Derek. »Du kannst doch Rennen nicht ausstehen.«
»Ich weiß.« Sie zuckte vergnügt mit den Schultern. »Aber irgendwie habe ich mit Nicholas gewettet, daß sein neuer Hengst heute nicht gewinnt, deshalb muß ich hier sein, um mich selbst davon zu überzeugen. Du glaubst doch nicht etwa, daß ich mich auf sein Wort verlasse, oder? Er *haßt* es, gegen mich zu verlieren.«
Derek hatte sich ihr zugewandt, um ihr die Sicht auf Kelsey zu versperren, die auf der anderen Seite neben ihm saß, ein aussichtsloses Unterfangen, wenn man bedachte, wie leuchtend blau ihr Kleid war.
»Du hättest mich fragen können«, verwies er sie.
Sie zog die Augenbrauen hoch. »So selten, wie ich dich sehe?« entgegnete sie vorwurfsvoll. »Außerdem, woher sollte ich denn wissen, daß du hier bist?« Mit diesen Worten schob sie Derek beiseite und sagte an ihm vorbei: »Wie nett, Sie wiederzusehen, Kelsey. Ich wußte gar nicht, daß Sie meinen Cousin kennen.«
Kelsey war schrecklich verlegen geworden, als sie Regina Eden erkannt hatte. Es war etwas anderes, sich mit einer Fremden zu unterhalten, die annehmen konnte, was sie wollte; schließlich dachte man ja nicht, daß man sie wieder treffen würde. Ihr jedoch unter solchen Umständen erneut zu begegnen …
Sie hatte sich sofort zum Fenster gedreht, in der Hoffnung, daß die Dame sie gar nicht bemerken würde. Aber die Hoffnung war vergeblich gewesen.

»Derek ist Ihr Cousin, Lady Eden?«
»Aber ja, wir sind zusammen aufgewachsen, wußten Sie das nicht? Und bitte, nennen Sie mich einfach nur Reggie, wie meine Familie es tut.« Sie schwieg und warf einen Blick auf Jeremy. »Nun ja, *beinahe* die ganze Familie tut es.«
Derek war zutiefst bestürzt. »Reggie, woher kennst du Kelsey?«
»Wir sind uns bei der Schneiderin begegnet – und haben uns großartig die Zeit vertrieben. Aber du meine Güte, Derek, was macht sie hier *allein* mit dir? Du weißt doch, wie bösartig die Klatschmäuler sein können.«
»Sie ist … sie ist …«
Derek fiel absolut nichts ein, doch Gottlob sprang Jeremy hilfreich ein und ergänzte: »Percys Cousine.«
Percy blinzelte. »Sie ist …« Jeremy zwickte ihn, so daß er hinzufügte, » …meine Cousine. Ja, eine entfernte Cousine mütterlicherseits, weißt du.«
»Wie entzückend«, sagte Reggie. »Schon als wir uns kennengelernt haben, wußte ich instinktiv, daß wir gute Freundinnen werden könnten, und jetzt weiß ich auch warum. Wenn sie mit Percy verwandt ist, dann gehört sie ja eigentlich schon zur Familie, schließlich ist das bei ihm ja auch so. Du mußt sie heute abend zum Essen mitbringen, Percy. Und natürlich seid ihr beiden auch eingeladen.«
Die drei Männer gerieten in Panik.
»Das würde nicht …«
»Könnte nicht vielleicht …«
»Ich habe schon eine andere …«
Aber Reggie unterbrach sie stirnrunzelnd. »Ihr glaubt doch nicht im Ernst, daß ihr ablehnen könnt, wo ich nur noch ein paar Tage in der Stadt bin? Dein Vater und Tante George haben schon zugesagt, Jeremy. Onkel Tony und Tante Roslynn auch, es wird also ein richtig

nettes Familientreffen. Die Pläne, die ihr für heute abend habt, können auf gar keinen Fall so wichtig sein wie ein Familientreffen, oder?«

Jeremy verdrehte die Augen. Derek sank auf seinen Sitz zurück und stöhnte. Reggie hatte es schon immer verstanden, sie zu manipulieren. Und wirkte so unschuldig, die kleine Hexe.

»Heißt das, wir gehen alle hin?« wandte sich Percy ganz unschuldig an Derek.

In diesem Moment hätte Derek seinen Freund mit Freuden umbringen können. Jeremy und er konnten nicht mehr gut absagen, aber Percy hätte wenigstens noch eine Entschuldigung finden können, da er nicht wirklich zur Familie gehörte. Aber dieser Schwachkopf merkte das nicht. Nein, nicht der gute alte Percy.

26

»Na, das war ziemlich seltsam, wenn du mich fragst«, sagte Reggie zu ihrem Mann, als sie die Vorbereitungen für ihr Abendessen traf. »Alle drei haben Ausflüchte gemacht ... Fast hatte es den Anschein, als ob sie gar nicht kommen wollten. Du meine Güte, es ist doch nur ein Abendessen, ein paar Stunden ihrer kostbaren Zeit. Schließlich können sie doch hinterher tun, was immer sie normalerweise auch tun.«

»Percys Cousine, sagst du?« war Nicholas' Antwort. Er runzelte die Stirn.

Reggie seufzte. »Hast du überhaupt zugehört, was ich außer seiner Cousine noch erwähnt habe?«

Nicholas blinzelte. Es stimmte, ihm ging die ganze Zeit durch den Kopf, daß Percy ihm einmal gesagt hatte, er habe keine anderen Verwandten, weder nahe noch entfernte, und jetzt tauchte auf einmal eine entfernte Cousine auf. Er hatte jedoch auch mitbekommen, was sie sonst noch gesagt hatte – jedenfalls im großen und ganzen.

Also versicherte er ihr: »Natürlich habe ich dir zugehört, Liebes. Warum denkst du denn, daß sie Ausflüchte machen? Vielleicht hatten sie tatsächlich etwas anderes vor.«

Sie gab ein wenig damenhaftes Schnauben von sich. »Wenn es etwas Wichtiges gewesen wäre, hätten sie es doch sicher erwähnt, oder? Aber das haben sie nicht getan. Und die Vorstellung, hierherkommen zu müssen, schien ihnen bemerkenswertes Unbehagen zu bereiten.«

Er schmunzelte. »Percy und Derek haben hier praktisch *gewohnt*, so oft waren sie hier, alleine deshalb kann das schon gar nicht stimmen. Du hast sie wahrscheinlich einfach nur auf dem falschen Fuß erwischt und dir die Ausflüchte eingebildet.«

»Meinst du?« erwiderte sie skeptisch. »Nun ja, wir werden es ja heute abend sehen, ob sie sich normal benehmen oder nicht. Und wenn nicht, bitte ich dich, herauszufinden, was dahintersteckt. Offenbar wollen sie sich mir ja nicht anvertrauen, aber bei dir ist es etwas anderes.«

»Reggie, du machst dir wahrscheinlich viel zu viele Gedanken wegen nichts, also gib jetzt Ruhe. Wenn wirklich etwas nicht in Ordnung ist, werden wir es schon erfahren. Und im übrigen, danke, daß du Percy und Derek eingeladen hast. Dann fühle ich mich wenigstens nicht so allein.«

Damit spielte er natürlich auf ihre Onkel James und Tony an. Er hatte sich auf diesen Abend nicht mehr so besonders gefreut, nachdem sie ihm eröffnet hatte, daß ihre Onkel kämen.

Sie knuffte ihn warnend. »Keinen Streit heute abend. Du hast versprochen, daß du dich gut benimmst.«
Er umarmte sie und lächelte sie unschuldig an. »Das werde ich, wenn sie es auch tun.«
Reggie seufzte, sie sah die Katastrophe bereits voraus. Wann hätten sich ihre Onkel schon jemals gut benommen?

Anthony zog Derek beiseite, bevor sie sich ins Speisezimmer begaben. Sie hatten sich im Salon getroffen, wo sich Anthony und sein Bruder James von ihrer besten Seite gezeigt hatten, was äußerst selten vorkam, wenn sie sich im gleichen Raum mit Nicholas Eden befanden. Aber wahrscheinlich hatte es etwas damit zu tun, daß auch die Kinder da waren. James hatte seine kleine Jacqueline, die er Jack nannte, auf dem Schoß, und Roslynn kümmerte sich um Baby Judith. Es war ganz erstaunlich, wie vorbildlich sich Dereks jüngere Onkel benahmen, wenn ihre Töchter in der Nähe waren.
Jetzt jedoch, als Anthony die anderen schon ins Speisezimmer vorgehen ließ, blickte er ziemlich ernst drein, als er zu Derek sagte: »Hältst du es für eine gute Idee, mit Aldens Cousine zu schlafen?«
Derek hatte das Gefühl, ihm hätte jemand einen Schlag in den Magen versetzt. »Wie kommst du darauf ...?«
Anthony unterbrach ihn lachend: »Na komm schon, mein lieber Junge, ich habe das alles schon selber erlebt. So wie du sie ansiehst, ist es ziemlich offensichtlich.«
Derek errötete. Und er hatte schon geglaubt, der Abend ließe sich großartig an.
Leider war ihm keine vernünftige Entschuldigung mehr eingefallen, um absagen zu können, ohne daß Reggie ihm das das ganze nächste Jahr vorwerfen und ihn behandeln würde wie den letzten Schuft. Er hatte sich sogar überlegt, ob er nicht einfach einen Unfall oder eine

plötzliche Erkrankung vorschieben sollte, aber er kannte seine Cousine gut genug, um zu wissen, daß sie mißtrauisch sein und darauf bestehen würde, ihm einen Arzt zu schicken.

Also hatte er mit Percy und Jeremy gesprochen, und als Percy ihm versichert hatte, er könne die Lüge aufrechterhalten, daß Kelsey seine Cousine sei, hatte er beschlossen, es zu riskieren. Schließlich war ja nur die Familie anwesend, und es ging auch nur um einen Abend. Und selbst wenn etwas schiefgehen würde und sie aufflögen, dann würde es zumindest keinen öffentlichen Skandal geben – nur einen äußerst wütenden Jason Malory.

Nicholas hatte sofort gewußt, wer Kelsey war, als Derek sie ihm vorgestellt hatte, und hatte Derek mit Blicken durchbohrt. Aber als er sah, wie Kelsey sich benahm, hatte er sich rasch wieder entspannt. Sie wirkte genau wie das, was Reggie von ihr dachte. Sie sah aus wie eine Lady. Sie benahm sich wie eine Lady. Und da Kelsey seiner Frau gleich zu Beginn mitgeteilt hatte, sie würde schon bald wieder aufs Land zurückkehren, war von der engen Freundschaft der beiden Frauen auch nicht mehr die Rede.

Aber offenbar hatte Derek selbst ihre wahre Beziehung aufgedeckt, da er einfach nicht anders konnte, als sie hingerissen anzusehen. Er wollte allerdings nicht, daß Anthony sich deswegen Sorgen machte.

Also sah er sich gezwungen, zuzugeben: »Kelsey ist nicht Percys Cousine.«

»Nicht?«

»Nein, sie steht in überhaupt keiner Beziehung zu ihm. Reggie hatte sie schon früher kennengelernt, verstehst du, und sie irrtümlich für ein Mitglied der Gesellschaft gehalten, und als sie dann gestern Kelsey mit mir gesehen hat, da mußten wir ihr das ja erklären, weil sie keine Anstandsdame dabeihatte. Und Jeremy kam auf die

Idee, sie zu Percys Cousine zu machen, was gut paßte, da er auch mit von der Partie war.«

»Und wer ist sie dann?«

»Meine Mätresse«, murmelte Derek.

Anthony zog die Augenbrauen hoch. »Ich höre wohl nicht richtig. Du hast doch nicht wirklich gesagt …?«

Derek nickte, und Anthony brach in lautes Gelächter aus. »Du lieber Himmel, Reggie bringt dich um, wenn sie herausfindet, daß sie sich mit deiner Mätresse so gut versteht.«

Derek zuckte zusammen. »Es gibt keinen Grund, warum sie das jemals erfahren sollte. In ein paar Tagen fährt sie wieder nach Silverley, und die beiden werden sich nie wiedersehen.«

»Hoffentlich. Aber warum hast du deiner Cousine nicht einfach die Wahrheit gesagt? Sie ist schließlich eine verheiratete Frau, obwohl sie sich ihren Mann besser ein bißchen sorgfältiger ausgesucht hätte. Aber sie wäre sicher nicht so schockiert gewesen.«

»Das stimmt, aber wahrscheinlich konnte keiner von uns einen klaren Gedanken fassen. Ich jedenfalls war nicht dazu in der Lage. Und Jeremy wollte uns einfach die Peinlichkeit ersparen, die aus der Wahrheit entstanden wäre, und machte sie zu Percys Cousine.«

Anthony grinste. »Gott, was für eine Auswahl – Percys Cousine oder eine Bordsteinschwalbe. Ich glaube, ich hätte mich für keins von beidem entschieden.«

»Percy ist ein guter Freund, Onkel Tony«, verwies ihn Derek. »Loyal, vertrauenswürdig …«

»Das bezweifle ich nicht, mein lieber Junge«, unterbrach ihn Anthony. »Deswegen bleibt er aber doch ein verdammter Schwachkopf.«

Das konnte Derek kaum bestreiten, also gab er achselzuckend auf. Anthony legte seinem Neffen einen Arm um die Schultern und ging mit ihm ins Speisezimmer.

Eine letzte Bemerkung konnte er sich allerdings nicht verkneifen. »Kaum zu glauben, daß sie nicht von Adel sein soll. Bist du sicher, daß sie dich nicht einfach nur anschwindelt?«
Derek blieb abrupt stehen. Konnte das sein? Nein, unmöglich. Keine Lady würde sich versteigern lassen, wie Kelsey es getan hatte.
Anthony blickte ihn mit hochgezogenen Augenbrauen fragend an, aber Derek schüttelte mit einem schwachen Lächeln den Kopf. »Nein, ich bin absolut sicher.«
»Freut mich, das zu hören. Es kommt nämlich ziemlich häufig vor, daß ihr jungen Leute auf diese Art und Weise zur Ehe gezwungen werden sollt, das machen Frauen öfter, für gewöhnlich mit Hilfe von Verwandten. Aber das weißt du ja wahrscheinlich, du hast dich ja bisher auch nicht einfangen lassen. Du mußt eben vorsichtig sein, mein Junge. James und ich wären die letzten, die dir Vorwürfe machen würden, aber du weißt, wie dein Vater ist. Du kannst nur hoffen, daß er von der kleinen Komödie heute abend keinen Wind bekommt. Wenn er davon erfährt, möchte ich nicht in deinen Schuhen stecken.«
Das wollte Derek auch nicht.

27

»Ich habe heute eine Nachricht von Jason bekommen«, sagte Anthony, nachdem die Frauen das Zimmer verlassen hatten, damit die Männer in Ruhe ihren Brandy und ihre Zigarren genießen konnten. »Er schrieb, daß er morgen nachmittag in Eddies Haus sein wird, aber nicht, warum. Weiß einer von euch, warum er in die Stadt kommt?«

«Ich habe die gleiche Nachricht erhalten«, erwiderte James nachdenklich. »Jason kommt normalerweise nicht in die Stadt, wenn er nicht irgendwelche Geschäfte erledigen will – oder das Gefühl hat, jemand braucht eine Strafpredigt.«

Da James bei dieser Bemerkung zufällig seinen Sohn ansah, setzte Jeremy sich kerzengerade hin und beklagte sich: »Mich brauchst du dabei nicht anzusehen. Du hast mich schon zur Schnecke gemacht, weil sie mich von der Schule geworfen haben. George im übrigen auch. Es wird nicht wieder vorkommen. Ich habe dir schließlich mein Wort gegeben, oder?«

»Er würde mich nicht zu sich zitieren, wenn es um Jeremy ginge«, erwiderte Anthony.

Derek machte sich Gedanken darüber, daß Kelsey das Zimmer nicht nur mit einer, sondern gleich mit *drei* Frauen aus seiner Familie verlassen hatte, deshalb dauerte es eine Zeitlang, bis er bemerkte, daß seine Onkel ihn ansahen.

Er zuckte mit den Schultern. »Ich habe nichts gehört, und ich war immerhin erst letzte Woche in Haverston. Er hat auch auf der Hochzeit nichts gesagt. Allerdings war ich seit heute morgen nicht zu Hause, vielleicht habe ich ja auch eine Nachricht erhalten. Und abgesehen von heute abend ... nun ja, ich war in nichts verwickelt, worüber mein Vater sich aufregen könnte.«

»Du vergißt die Versteigerung, alter Junge«, warf Percy hilfreich ein. »Wenn er das erfahren hat, und es war ja eine öffentliche Veranstaltung, dann wird er dazu bestimmt etwas sagen wollen.«

Derek warf Percy vernichtende Blicke zu, weil er die Auktion erwähnt hatte, und James fragte: »Welche Versteigerung?«

Anthony wandte sich an Derek: »Du meine Güte, du hast sie doch nicht etwa *gekauft*?«

Noch bevor Derek antworten konnte, äußerte James: »Er hat Kelsey gekauft? Verdammt, und ich dachte schon, *ich* hätte in meinem Leben nichts ausgelassen.«
Derek blickte seinen Onkel Anthony anklagend an und fragte: »Hast du es ihm etwa *erzählt*?«
Anthony schmunzelte. »Natürlich nicht, Junge«, sagte er offensichtlich erheitert. »Aber du glaubst doch nicht im Ernst, daß er nichts merkt, wenn es mir sofort aufgefallen ist? Schließlich war James entschieden lüsterner, als ich es jemals war.«
James zog eine blonde Augenbraue hoch und blickte seinen Bruder fragend an. »Wie bitte? Lüstern?«
Anthony zog ebenfalls die Augenbraue hoch. »Etwa nicht?«
»Nun ja, aber ich ziehe eher Reggies Sprachgebrauch vor. ›Frauenkenner‹ klingt sehr viel netter.«
»Da muß ich dir recht geben«, erwiderte Anthony. »Unser kleiner Liebling weiß mit Worten umzugehen.«
»Ich dachte, lüstern hätte er eher wegen mir gesagt«, bemerkte Nicholas grinsend.
James' grüne Augen wandten sich seinem angeheirateten Neffen zu, und er meinte trocken: »Mußtest du kürzlich auf dem Sofa schlafen, mein lieber Junge? Wenn nicht, würde es mich freuen, das einmal für dich zu arrangieren.«
Nicholas wurde rot. Es war eine bekannte Tatsache – zumindest für James, Anthony und ihn –, daß Reggie immer ziemlich ärgerlich auf ihren Mann wurde, wenn er sich mit ihren Lieblingsonkeln stritt. Verdammt, er hätte besser seinen Mund gehalten, und Anthony, der sich als nächster zu Wort meldete, bestätigte das.
»Du weißt genau, daß du das besser nicht gesagt hättest. Glaub bloß nicht, daß Reggie nichts davon erfährt, nur weil sie im Moment nicht hier ist.«

»Du bist äußerst liebenswert, *Onkel*«, murmelte Nicholas.
Anthony erhob seinen Brandy in einem stummen Toast und grinste. »Ja, das bin ich wohl.«
Wenn Nicholas sich in diesem Moment wünschte, irgendwo anders zu sein, so wünschte Derek, er hätte sich ein Bein oder etwas anderes gebrochen, damit er überhaupt nicht vorhanden zu sein bräuchte. Er war verrückt gewesen zu glauben, er könne den Abend überstehen, ohne daß jemand etwas von seiner Beziehung zu Kelsey ahnte.
Aber da Percy das Thema nun schon einmal aufgebracht hatte, sagte er zu James: »Ich wollte sowieso mit dir darüber reden, Onkel James. Ich bin in dieser Woche bereits zweimal bei dir gewesen, um es mit dir zu besprechen, aber du warst beide Male leider nicht da.«
»Ja, George hat es mir gesagt. Ich hätte mich spätestens morgen selbst bei dir gemeldet, aber da wir nun schon einmal hier sind ...«
»Nun ja, es ist nicht gerade das angenehmste Verdauungsgespräch; eigentlich ist es sogar ziemlich scheußlich ...«
»Überlaß meine Verdauung ruhig mir, mein Junge«, erwiderte James lächelnd.
Derek nickte und fuhr fort: »Wir kamen zufällig zu dieser Versteigerung, weißt du, und ich hatte eigentlich nicht die Absicht, mitzubieten, zumal ich ganz bestimmt keine neue Mätresse wollte – als das wurde das Mädchen verkauft –, aber dann sah ich, wer da bot.« Er erzählte James alles, was er über David Ashford wußte, und schloß mit den Worten: »Du verstehst also, ich konnte ihm Kelsey nicht überlassen, nach allem, was mir bekannt war.«
»Natürlich nicht«, stimmte Anthony zu.

James' Gesichtsausdruck war hart geworden. »Und warum wolltest du mir diese Geschichte erzählen?«
Derek seufzte. »Ich finde es unerträglich, daß dieser Kerl weiterhin ungehindert seine Greueltaten verüben kann. Und ich hatte gehofft, daß du vielleicht weißt, wie man mit ihm fertigwerden kann.«
»Aber ja«, erwiderte James mit einem düsteren, geheimnisvollen Lächeln. »Ich kann mir da verschiedene Methoden vorstellen.«
»Man braucht ihn ja nicht gerade umzubringen«, fügte Derek vorsichtig hinzu.
James sagte eine Zeitlang gar nichts, dann meinte er: »Wenn du darauf bestehst, sollte man das ausschließen.«

28

Die Frauen waren nach oben gegangen, um noch ein wenig Zeit mit den Kindern zu verbringen. Judith war vollkommen erschöpft friedlich in einer Wiege in der Ecke eingeschlafen, aber Jacqueline saß noch auf dem Schoß ihrer Mutter und schwang unermüdlich ihre Arme hin und her; der kleine Thomas krabbelte zwischen den Frauen durch das Zimmer und zeigte ihnen stolz seine kostbaren Spielsachen.
Kelsey fühlte sich bei den Malory-Frauen so wohl, daß sie eine Zeitlang vergaß, was aus ihr geworden war, und einfach nur die Gesellschaft genoß. Die Kinder liebten sie, und sie brachte ihnen ebensoviel Zuneigung entgegen. Schon immer hatte sie sich auf den Tag gefreut, an dem sie selbst Kinder haben würde. Mittlerweile allerdings blieb ihr das wohl verwehrt, das war etwas, was sie sehr traurig stimmte.
Auch die Gespräche waren nett. Sie drehten sich entwe-

der um ihre Kinder, oder um ihre Ehemänner, oder manchmal auch um beides, als Reggie zum Beispiel grinsend bemerkte: »Ich habe gehört, daß Onkel Tony Judith und Jack schon verheiratet hat, noch bevor sie auf der Welt waren.«

»Nun, Roslynn hat ihre Tochter ja nur bekommen, um Tony zu ärgern, das kann ich euch versichern«, erwiderte George und fügte mit einem verschwörerischen Lächeln hinzu: »Obwohl, das ist eine interessante Idee. Ich könnte es ja beim nächsten Mal auch versuchen, zumal ich sicher bin, daß es James gefallen würde.«

»Meinen Tony zu ärgern?« warf Roslynn ein. »Oh, ich bezweifle nicht, daß James Malory jede Gelegenheit dazu ergreifen würde.«

»Aber sie sind doch Brüder«, sagte Kelsey verwirrt.

»O ja, meine Liebe, und alle vier tun nichts lieber, als sich zu zanken und zu streiten, vor allem Tony und James«, erwiderte Roslynn. »Schon die beiden älteren sind große Streithähne, aber die beiden jüngeren lassen sich keine Gelegenheit entgehen, aufeinander einzuschlagen – mit Worten natürlich – und genießen jede Minute dabei. Man könnte meinen, sie seien die größten Feinde, aber in Wahrheit stehen sie sich sehr nahe.«

»Und sie verbünden sich gegen jeden anderen, vor allem gegen meinen Nicholas«, fügte Reggie seufzend hinzu. »Ich hoffe, falls Blut fließen sollte, daß es sich leicht aus dem Speisezimmer entfernen läßt, wo wir sie jetzt allein gelassen haben.«

Kelsey blinzelte, aber Georgina und Roslynn lachten.

»Darüber würde ich mir keine Gedanken machen, Reggie, schließlich ist ja Derek dabei«, sagte Roslynn. »Für gewöhnlich hat er einen mäßigenden Einfluß auf die beiden.«

»Das ist mir auch schon aufgefallen«, bemerkte Georgina. »Vielleicht, weil er sie ein wenig an Jason erinnert, und wenn Jason in der Nähe ist, betragen sie sich für gewöhnlich besser – außer, wenn sie gerade mit ihm streiten.«

»Vorhin kamen sie anscheinend ganz gut miteinander aus«, meinte Kelsey, immer noch verwirrt. »Und stimmt es wirklich, daß die beiden Ihren Mann nicht mögen, Reggie?«

»Natürlich mögen sie ihn«, sagten alle drei Frauen gleichzeitig.

Reggie erklärte lächelnd: »Wissen Sie, Onkel James und Nicholas waren sozusagen Feinde, zumindest waren sie ganz ernsthaft wütend aufeinander. Aber dann habe ich Nicholas kennengelernt und ihn geheiratet, und damit war ihre Privatfehde beendet. Onkel James konnte ja nicht gut seinen angeheirateten Neffen mit seiner Rache verfolgen, schließlich sind wir eine Familie, in der sich alle sehr nahestehen. Onkel Tony dagegen war ziemlich aufgebracht, weil Nicholas mich kompromittiert hatte. Er hätte ihn lieber erschossen, als ihn mit mir verheiratet zu sehen. Er meinte auch, er sei nicht gut genug für mich, da Nicholas damals ein ziemlicher Frauenheld war.«

»Als wenn Anthony das nicht auch gewesen wäre«, warf Roslynn erheitert ein.

»Und James war der Schlimmste von allen«, fügte Georgina hinzu. »Aber das ist ja so typisch für Männer. Was für sie gut war, kam natürlich nicht in Frage beim Mann ihrer Lieblingsnichte.«

»Na ja, und jetzt ist es nur noch eine … nun, eine freundliche Fehde«, sagte Reggie. »Allerdings übertreffen meine Onkel meinen armen Nicholas in ihren Wortgefechten immer noch.«

»Du kannst dich doch freuen, Reggie«, bemerkte Roslynn. »Du hast vergessen, daß sie jetzt Warren auf kleiner Flamme rösten können. Ich bin sicher, das macht es für Nick etwas leichter.«

»Wer ist Warren?« fragte Kelsey.
»Mein Bruder«, erwiderte Georgina. »Er hat letzte Woche gerade in den Malory-Clan eingeheiratet. Früher hat er einmal versucht, James hängen zu lassen, und James hat ihn beinahe mit bloßen Händen umgebracht. Aber das ist eine andere Geschichte. Für den Moment reicht es, daß auch sie ernsthafte Feinde waren. Als Warren nur sein Schwager war, hat das James nicht davon abgehalten, ihn verprügeln zu wollen. Aber jetzt, wo Warren in die Familie eingeheiratet hat und sein angeheirateter Neffe ist, haben sie einen Waffenstillstand geschlossen, obwohl das heftige Streitereien nicht ausschließt.«
»Warren hat sich aber durch Amy auch sehr geändert«, warf Reggie ein. »Er war schrecklich aufbrausend, ist aber mittlerweile viel zu glücklich, um ihre Sticheleien ernstzunehmen. Ist dir nicht auch aufgefallen, daß er, wenn sie anfangen ihn zu ärgern, einfach lächelt und darüber hinweggeht?«
Georgina lachte. »Ja, das habe ich auch bemerkt. Es macht James ganz verrückt, wenn Warren sich so verhält.«
»Ich bezweifle nicht, daß Warren das weiß.«
»Da kannst du sicher sein.« Georgina grinste.
Kelsey bekam langsam eine Vorstellung von dem Ganzen – wenn ihr auch manches noch etwas unklar war. Sie hatte vorhin gefragt, warum James seine Tochter Jack nannte. Einmütig hatten alle geantwortet: »Weil er wußte, daß seine Schwäger das nicht mögen würden.« Sie fand, das sagte schon viel über James Malory aus.
»Da fällt mir gerade ein«, wandte sich Reggie an Kelsey, »wenn Sie sich noch nicht endgültig für Derek entschieden haben, dann wäre einer von Georges Brüdern eine gute Partie. Sie hat fünf Brüder, wissen Sie, und die anderen vier sind nicht verheiratet.«

»Passen Sie auf, Kelsey«, warnte Roslynn sie lachend, »Reggie arrangiert gerne Ehen.«
»Sie sind also an unserem Derek interessiert?« fragte Georgina. »Ich hatte jedenfalls das Gefühl – so wie Sie beide sich heute abend angesehen haben.«
Kelsey errötete heftig. Sie wäre besser nicht hierhergekommen, obwohl Derek gesagt hatte, es ginge nicht anders, nachdem Reggie sie beim Rennen so in die Enge getrieben hatte. Diese Frauen waren so nett, so freundlich, aber sie wären entsetzt, wenn sie erführen, daß sie Dereks Mätresse war. Wie konnte sie nur aus dieser Klemme herauskommen?
Offenbar dachten alle drei, daß sie auf der Suche nach einem Ehemann wäre, und warum sollten sie das auch nicht denken? Schließlich war sie in dem Alter, in dem die meisten jungen Frauen nach einem Gatten Ausschau hielten. Sie aber hatte alle Brücken hinter sich abgerissen und konnte nie mehr heiraten. Von Percys Cousine erwartete man das jedoch. Percys Cousine war rein, süß, und vor allem noch Jungfrau, würden sie denken.
»Derek ist sehr nett«, begann Kelsey unbehaglich. Sie wußte noch nicht genau, wie sie sich aus der Affäre ziehen sollte. »Aber …«
»Und er sieht sehr gut aus«, warf Roslynn ein.
»Und er hat zahlreiche Titel, sofern das eine Rolle spielt«, fügte Georgina hinzu.
Roslynn kicherte. »Sie müssen meine amerikanische Schwägerin entschuldigen, Kelsey. Sie versteht nicht viel von Titeln und war ganz entgeistert, als sie feststellte, daß James einen in ihre Ehe mitbrachte.«
»Titel sind in Ordnung, solange man sie mag. Ich kann sie eben einfach nicht ausstehen«, erläuterte Georgina.
»Derek *ist* eine gute Partie«, fuhr Reggie fort. »Ich glaube jedoch nicht, daß er schon dazu bereit ist, sich ernsthaft zu binden. Und außerdem hat sie deine Brü-

der noch nicht kennengelernt, Tante George. Drew ist absolut charmant, und ...«

»Wie kommst du denn darauf, daß meine Brüder schon bereit wären, zu heiraten?« fragte Georgina grinsend.

Reggie kicherte. »Eigentlich glaube ich, daß *kein* Mann wirklich dazu bereit ist, sie brauchen einfach alle einen Schubs in die richtige Richtung. In meinem Fall war Nicholas der ganze Malory-Clan auf den Fersen, und Onkel Tony drohte damit, ihn zu kastrieren, wenn er mich nicht heiratete.«

»Das war zu erwarten, nachdem er dich kompromittiert hat, mein Liebes«, sagte Roslynn.

Reggie lachte. »Das hat er doch gar nicht. Es haben nur alle geglaubt.«

»Das ist das gleiche, wie du sehr wohl weißt. Wenn es einen Skandal gibt, ändert die Wahrheit auch nicht mehr viel daran. Es ist eben leider so – die Dinge werden so gesehen, wie jeder es annimmt.«

»Na ja, ich beklage mich ja auch gar nicht«, erwiderte Reggie. »Es war wirklich die einzige Methode, ihn zu bekommen. Und er jammert auch nicht mehr als James, daß er zum Altar geschleift worden ist.«

»Oh, James hat sich durchaus beklagt.« Georgina lachte. »James wäre nicht James, wenn er nicht bei *jedem* Thema anderer Meinung wäre.«

»Nun, ich bin noch gar nicht auf der Suche nach einem Ehemann«, warf Kelsey ein und hoffte, daß das Thema damit abgeschlossen wäre. »Ich bin nur wegen einer neuen Garderobe nach London gekommen, wie Percy Ihnen ja erzählt hat, nicht um zu heiraten«, fügte sie hinzu. Sie haßte es, immer weiter lügen zu müssen, aber es blieb ihr nichts anderes übrig. »In ein paar Tagen fahre ich sowieso wieder nach Hause.«

»Ja, das ist richtig schade«, erwiderte Reggie. »Ich werde mit Percy reden müssen, damit er Ihren Aufenthalt hier verlängert. Sie sind ja noch nicht einmal auf einem Ball gewesen. Wissen Sie was? Ich bleibe selbst länger hier und kann Sie dann begleiten. Wir werden soviel Spaß haben, Kelsey, also denken Sie bitte darüber nach.«

Darüber nachdenken? Warum konnte die Lüge nur nicht die Wahrheit sein? Das war das einzige, woran Kelsey zur Zeit denken konnte. Reggies Vorschlag klang tatsächlich nach Spaß. Und Kelsey war noch nie auf einem offiziellen Ball gewesen. Sie hatte sich immer vorgestellt, wie sie eines Tages einen besuchen würde, aber jetzt … jetzt mußte sie sich immer wieder vor Augen halten, wer sie war, und daß solche Dinge in den Bereich des Unmöglichen gehörten.

29

Jason konnte sich nicht erinnern, jemals etwas so Schwieriges vor sich gehabt zu haben, wie seiner Familie zu sagen, daß er und Frances sich scheiden lassen würden. Die Tatsache, daß er selbst ganz bewußt einen Skandal heraufbeschwor, wo er ihnen so oft Vorträge darüber gehalten hatte, den Namen der Familie sauberzuhalten … Nun ja, er war sicher, daß sie ihm das noch lange vorhalten würden, zumindest James und Tony.

Zwar fand er es erstaunlich, aber die beiden schienen jetzt wirklich in ihren Ehen zur Ruhe gekommen zu sein und benahmen sich anständig. Andererseits waren sie beide Spitzbuben, und er hatte sie sein Mißfallen immer deutlich spüren lassen. Deshalb zweifelte er keinen Augenblick daran, daß sie sich darüber freuen würden, wenn sich das Blatt einmal wendete.

Er hatte nicht die ganze Familie zu dem Treffen eingeladen, sondern lediglich seine Brüder um ihre Anwesenheit gebeten – und Derek. Ihren Frauen und Kindern konnten sie es dann ja selbst erzählen. Edward würde es wahrscheinlich verstehen. James und Tony würden wahrscheinlich äußerst erheitert sein. Ernsthafte Sorgen machte er sich jedoch darüber, wie Derek die Nachricht aufnehmen würde. Frances war schließlich die einzige Mutter, die Derek jemals gekannt hatte.

Er hätte es Derek zuerst erzählen sollen, und vor allem unter vier Augen. Es war feige von ihm, statt dessen diesen Weg zu wählen. Aber er hoffte auf ein klein wenig Unterstützung, zumindest von Edward. Und er hoffte, daß Derek ihn in Anwesenheit der anderen nicht zu eingehend nach den Gründen fragen würde.

Außer James waren alle da. Anthony hatte bereits zweimal wissen wollen, warum sie alle hierherzitiert worden waren, aber er hatte ihm keinen Hinweis gegeben, sondern lediglich erklärt, das würde er sagen, wenn die ganze Familie versammelt sei.

Er stand wartend am Kamin. Edward und Anthony waren in einen freundschaftlichen Streit über irgendeine Bergwerksinvestition verwickelt. Natürlich würde Edward recht behalten. Was Investitionen anging, war er ein Genie. Derek sah aus, als fühle er sich etwas unbehaglich, fast ein wenig schuldbewußt, aber der Junge war, soweit Jason wußte, in nichts Schlimmes verwickelt. Aber vielleicht sollte er vor seiner Abreise nach Haverston noch ein paar Freunde besuchen, um den neuesten Klatsch zu erfahren.

Endlich tauchte James an der Schwelle zum Salon auf, in dem sie sich alle versammelt hatten. Anthony beschwerte sich sofort: »Du kommst spät, Bruder.«

»Ach ja?«

»Er wollte uns nicht sagen, was hier los ist, bevor du auftauchst, und deshalb kommst du verdammt noch mal viel zu spät.«
James schnaubte. »Paß auf, was du sagst, Junge. Ich bin nicht zu spät dran. Du bist offenbar viel zu früh gekommen.«
»Überflüssig zu streiten, wo wir jetzt alle hier sind«, verwies Edward ihn friedlich.
»Setz dich, James«, schlug Jason vor.
James zog die Augenbrauen hoch. »Verlangt die Angelegenheit, daß wir sitzen? Ist es so schlimm?«
»Zum Teufel, ich sitze auf glühenden Kohlen, James, also setz dich endlich hin!« rief Anthony.
Jason seufzte innerlich. Es war unmöglich, sich zu einem solchen Thema langsam vorzuarbeiten, deshalb sagte er, sobald James sich neben Anthony auf das Sofa gesetzt hatte: »Ich habe euch heute hergebeten, weil ihr die ersten sein sollt, die erfahren, daß Frances und ich uns scheiden lassen wollen.«
Mehr sagte er nicht. Er wartete darauf, daß die Fragen auf ihn einprasselten, aber er erntete nur Schweigen und verständnislose Blicke. Eigentlich brauchte ihn das nicht zu wundern. Er hatte schließlich Zeit gehabt, den Gedanken zu verdauen, sie aber nicht.
Schließlich fragte Anthony: »Du willst uns doch nicht auf den Arm nehmen, Jason?«
»Nein.«
»Bist du sicher?«
»Habe ich jemals über etwas so Ernstes Scherze gemacht?« erwiderte Jason.
»Ich wollte nur sichergehen«, meinte Anthony und brach in Lachen aus.
Das hatte einen mißbilligenden Blick von Edward und die Bemerkung zur Folge: »Daran ist überhaupt nichts lustig, Tony.«

»Aber ja – natürlich«, brachte Anthony unter Lachen hervor.
»Ich sehe nicht …«
»Das könntest du auch gar nicht, Eddie«, warf James trocken ein. »Vielleicht liegt es daran, daß unser ältester Bruder dir nie eine Strafpredigt gehalten hat.«
»Das ist wohl von Bedeutung, was?« fragte Edward steif.
»Natürlich. Tony findet es lustig, daß jetzt einmal Jason zur Abwechslung den Skandal verursacht. Ich finde es selber recht erfrischend – und schon längst überfällig.«
»Das ist dir zuzutrauen«, erklärte Edward voller Abscheu.
»Ich habe von der Scheidung geredet, nicht von dem Skandal. Es war von Anfang an eine absurde Ehe, und sie hätte schon vor langer Zeit beendet werden sollen. Daß Jason jetzt endlich zur Vernunft gekommen ist …«
Jason unterbrach ihn und erklärte: »Frances möchte die Scheidung.«
»*Sie*?«, fragte Edward. »Nun ja, das wirft ein anderes Licht auf die Sache. Verhindere es einfach.«
»Ich habe mich schon dafür entschieden, das nicht zu tun.«
»Und warum?« fragte Edward.
Jason seufzte. Er hatte von Edward Unterstützung erwartet und nicht Widerstand. Und er hatte erwartet, daß James vor Lachen von der Couch fallen würde, wie Anthony es gerade tat. Statt dessen stimmte James mit ihm überein. Unglaublich. Und Derek hatte überhaupt noch nichts gesagt. Er runzelte zwar leicht die Stirn, wirkte aber eher besorgt als aufgebracht.
»Sie möchte jemand anderen heiraten, Eddie«, erwiderte Jason. »Es wäre egoistisch von mir, ihr das zu verwehren, schließlich haben wir nie eine normale Ehe geführt, wie du weißt.«

Edward schüttelte den Kopf. »Du wußtest von Anfang an, daß das keine normale Ehe sein könnte. Ich habe dich damals gewarnt, daß es dir noch leid tun würde, daß es keinen Weg zurück gibt. Aber nein, du hast gesagt, es spielte keine Rolle, du hättest sowieso nie die Absicht gehabt zu heiraten.«

»Ja, du hast mich gewarnt«, gab Jason zu. »Und damals spielte es auch wirklich keine Rolle. Aber kann man mich ewig für eine Entscheidung verantwortlich machen, die ich in meiner Jugend getroffen habe, als ich mir Sorgen um die Erziehung der beiden Kinder machte?«

»Sie wünscht die Scheidung, nicht du, und sie sollte es wirklich besser wissen«, beharrte Edward.

Anthony saß grinsend da und verfolgte das Wortgefecht der beiden älteren entzückt. James hatte die Arme verschränkt und sah so unbeteiligt aus wie immer. Edward war die Röte ins Gesicht gestiegen, so sehr erregte ihn das Thema. Er konnte ihn wohl nur noch beruhigen, indem er ihm noch etwas mehr vom wahren Sachverhalt erzählte.

»Sie hat einen Liebhaber, Eddie. Das hat sie zugegeben. Und sie will ihn heiraten.«

Anthony blinzelte. »Frances hat was? O mein Gott, das ist stark«, und wieder brach er in lautes Gelächter aus.

»Halt dich bitte zurück, mein Lieber«, sagte James zu Anthony. »So lustig ist das Ganze nun auch wieder nicht.«

»Aber Frances? *Seine* Frances? Ich kann es mir einfach nicht vorstellen«, erwiderte Anthony. »Sie ist so ein schüchternes Mäuschen. Wer hätte gedacht, daß sie jemals den Mumm dazu hat … Na, bei Jasons Temperament war es verdammt mutig von ihr, ihr Leben selbst in die Hand zu nehmen und es ihm vor allem auch noch zu gestehen. Ich kann es wirklich nicht glauben, wirklich nicht.«

Da es in der Tat schwer zu glauben war, blickte James wieder Jason an, damit dieser es bestätigte. Jason nickte und sagte: »Doch, es stimmt. Ich war selber schockiert, wie ihr euch vorstellen könnt. Aber nachdem ich es verdaut hatte, konnte ich ihr eigentlich keinen Vorwurf machen, daß sie mir untreu war, schließlich habe ich nie … Nun ja, sie hat nie wirklich eine Ehe mit mir geführt.«

»Jason, das leuchtet mir nicht ein«, erwiderte Edward immer noch stirnrunzelnd. »Der Bund der Ehe wird oft von beiden ignoriert, aber deswegen läßt man sich doch nicht scheiden, zumindest nicht in unseren Kreisen.«

»Ganz stimmt das nicht«, erwiderte Jason. »Es hat durchaus schon Scheidungen in der Gesellschaft gegeben, sie sind nur selten.«

»Mein Vater weiß durchaus, daß man nach einer Scheidung häufig gesellschaftlich geächtet wird«, meldete sich Derek endlich zu Wort. »Ich halte es für ziemlich anständig von ihm, daß er seiner Frau gibt, was sie will.«

Jason lächelte seinem Sohn zu, er war unendlich erleichtert. Er hatte sich schließlich einzig und allein um Dereks Meinung ziemliche Sorgen gemacht.

»Jetzt komm, Eddy«, sagte James. »Selbst der Junge sieht, daß das alte Pferd genug geprügelt worden ist.« Zu Jason gewandt, meinte er: »Du hättest von Anfang an klarmachen sollen, daß es hier nicht um eine Abstimmung geht, sondern daß du deine Entscheidung getroffen hast. Dein Problem ist, daß du immer zuviel Gewicht auf die öffentliche Meinung gelegt hast. Aber solange du richtig findest, was du tust, geht es doch eigentlich niemanden etwas an, oder?«

»Diesen Luxus kann sich nicht jeder von uns erlauben«,

verwies ihn Jason. »Schließlich müssen wir in und mit der Gesellschaft leben. Aber wie du bereits gesagt hast, ich habe meine Entscheidung getroffen, und sie wird heute gültig. Ich danke dir, James, daß du mir zur Seite stehst.«
»Du meine Güte, habe ich das wirklich getan?« rief James mit gespielter Überraschung aus. »Komm, Tony, laß uns zu Knighton's gehen, dann kannst du mir wieder ein bißchen Verstand einprügeln, anscheinend habe ich ihn heute früh verlegt.«
Anthony grinste. »Wahrscheinlich ist es Jason so schwergefallen, uns diese Neuigkeit mitzuteilen, wie sie für dich zu verdauen war, aber ich bin immer gerne bereit, dir etwas Verstand einzuprügeln.«
»Das bezweifle ich nicht«, schnaubte James.
Jason lächelte seinen beiden jüngeren Brüdern liebevoll nach, als sie das Zimmer verließen. Dann fing er Edwards mißbilligenden Blick auf und seufzte.
»Du machst einen Fehler, Jason.«
»Es ist hinreichend bekannt, daß du so denkst. Ich sehe es lieber als Korrektur eines Fehlers, den ich vor langer Zeit gemacht habe.«

30

»Ich weiß jetzt, warum mein Vater ein Familientreffen einberufen hat«, sagte Derek, als er den Salon betrat.
Kelsey hatte in einem Polstersessel am Fenster gesessen und genäht. Jetzt stopfte sie ihre Näharbeit rasch in eine Ecke des Sessels und blickte ihm entgegen. Sie wirkte etwas erhitzt, ihre Stimme war jedoch ruhig wie immer.
»Ich wußte gar nicht, daß ein Treffen einberufen wurde. Hätte ich es wissen sollen?«

»Richtig, du hast ja gestern abend mit den Frauen das Zimmer verlassen, bevor das Thema aufkam.«

Sie runzelte sofort die Stirn. »Laß uns darüber bitte nicht mehr reden, wenn es dir nichts ausmacht.«

Er zuckte zusammen. Am Abend zuvor, auf der Heimfahrt, war sie mehr als nur ein bißchen ungehalten gewesen. Sie war vollkommen außer sich, daß er sie in eine Situation gebracht hatte, in der sie lügen und andere täuschen mußte.

Vor allem ein Satz hatte sich ihm eingeprägt. »Wenn du dich meiner offensichtlich so sehr schämst, daß du es nötig hast, mich zu einer Witwe oder irgend jemandes Cousine zu machen, dann nimm mich bitte nirgendwohin mit, wo du mich vorstellen mußt.«

Ironischerweise schämte er sich ihrer keineswegs, er war eher stolz darauf, mit ihr gesehen zu werden. Und nach einigem Nachdenken war ihm klargeworden, daß er sich gar nicht bemüht hatte, eine Ausrede zu finden, um nicht zu Reggies Abendeinladung gehen zu müssen, weil er wahrscheinlich *wollte*, daß seine Familie sie kennenlernte. Und das war so absurd, daß man besser gar nicht darüber nachdachte. Nein, er schämte sich ihrer keineswegs. Trotzdem war ihre Beziehung zu ihm schandbar und mußte verborgen werden. Leider gab es keine Möglichkeit, darum herumzukommen.

»War es so schwer, mit meinen Verwandten umzugehen?« fragte er.

»Deine Familie ist sehr nett, zumindest die Frauen. Was deine Onkel betrifft, so sind sie ziemlich seltsam; offenbar lieben sie es, sich zu streiten und zu zanken, aber das macht mir nichts aus. Es geht darum, daß sie getäuscht worden sind, und das hätte nicht sein dürfen. Du weißt sehr gut, daß du mich keinesfalls dorthin hättest mitnehmen sollen.«

Er wußte es. Aber jetzt war es einmal geschehen und konnte nicht ungeschehen gemacht werden.
Und da sie schon einmal dabei waren, sagte er ihr auch gleich: »Meine Onkel wissen Bescheid.«
»Was wissen Sie?«
»Daß du meine Mätresse bist.«
»Du hast es ihnen *erzählt*?« schrie sie entsetzt.
»Nein, beide haben es von sich aus gemerkt. Sie hatten selbst zahllose Mätressen, weißt du – natürlich, bevor sie verheiratet waren. Trotzdem war es mein Fehler, weil ich dich offensichtlich gestern abend so angesehen habe, daß sie es merkten.«
»Und wie hast du mich angesehen?«
»Ziemlich … intim.«
»Und warum hast du das gemacht?«
»Ich *wußte* es ja gar nicht, bis sie mich darauf hingewiesen haben«, erklärte er.
Sie war rot geworden. Und er reagierte darauf wie immer, sein Körper reagierte augenblicklich auf ihre süße Unschuld. Er trat einen Schritt auf sie zu, hielt jedoch dann inne und fuhr sich, verärgert über sich selbst, mit der Hand durch seine blonden Haare.
Schon wieder hatte er eine seiner eigenen Regeln gebrochen, indem er noch vor der Mittagszeit zu ihr gegangen war. Er hatte an diesem Morgen verblüffende Neuigkeiten erfahren, und obwohl es sie eigentlich nichts anging, hatte er sie ihr mitteilen wollen. Aber auf keinen Fall konnte er jetzt mit ihr schlafen. Sie würde ganz bestimmt nicht darauf gefaßt sein.
Eine Mätresse besuchte man im Dunkeln, in den geheimen Stunden der Nacht. Er hatte sich schon immer gestattet, früher zu kommen, damit er mit ihr zu Abend essen konnte. Wenn er weiterhin solche Zugeständnisse machte, konnte er gleich bei ihr einziehen und die ganze Zeit mit ihr verbringen. Was für ein unglaublich verführerischer Gedanke. Jeden

Morgen mit ihr aufzuwachen. Mit ihr zu frühstücken. Ihr sofort alles erzählen zu können, was ihm gerade durch den Kopf ging, statt es aufzuheben, bis er sie wieder sah. Sie zu lieben, wenn ihm danach war, und nicht nur zu Zeiten, die als angemessen erachtet wurden.

Er schob den Gedanken beiseite, weil er bei weitem zu verführerisch war. Was zum Teufel ging in ihm vor? Ursprünglich hatte er noch nicht einmal eine Mätresse haben wollen. Inzwischen mochte er ja seine Einstellung geändert haben, es gefiel ihm, daß er Kelsey hatte, aber trotzdem ...

»Du erwähntest ein Treffen?« brach sie das Schweigen.

»Mein Vater läßt sich scheiden.«

»Wie bitte?«

»Darum ging es bei dem Treffen«, erklärte er und wurde rot, weil er die Neuigkeit so hervorgesprudelt hatte. »Er wollte es uns mitteilen.«

Ihre sanften grauen Augen waren voller Mitgefühl, und sie stand aus dem Sessel auf, um ihn zu umarmen. »Deine Mutter ist wahrscheinlich vollkommen niedergeschmettert.«

»Eigentlich ...«

»Und dir geht es wahrscheinlich nicht anders.«

Sie versuchte, ihn zu trösten, und eigentlich gefiel ihm das sehr gut, jedenfalls genoß er es eine Zeitlang und gestand dann: »Nein, so ist es überhaupt nicht. Sie ist meine Stiefmutter, verstehst du, und obwohl ich sie recht gern mag, war sie eigentlich nicht oft genug da, als daß ich eine Beziehung zu ihr hätte aufbauen können. Außerdem möchte sie die Scheidung.«

»Dann ist dein Vater ...«

»Nein, nein, Liebes, niemand ist niedergeschmettert, wirklich nicht – nun ja, vielleicht mit Ausnahme meines Onkels Edward«, fügte er hinzu und verzog leicht das Gesicht. »Er setzte Himmel und Hölle in Bewegung, um meinem Vater die Scheidung auszureden, aber das klappt bei Jason Malory nicht, wenn er erst einmal einen Entschluß gefaßt hat.«

»Wieso hatte dein Onkel Einwände?«

»Wahrscheinlich, weil es einen Skandal geben wird.«

»Aber du hast doch gesagt, dein Vater verabscheue Skandale.«

»Das tut er auch, aber in diesem Fall macht er eine Ausnahme, um Frances ihre Freiheit wiederzugeben. Sie haben nie eine normale Ehe geführt, weißt du. Er hat sie nur geheiratet, um Reggie und mir eine Mutter zu geben. Das hat allerdings nicht so funktioniert, wie er es sich gedacht hat. Wie ich schon sagte, sie war nicht oft zu Hause.«

»Warum nicht?«

»Nun ja, sie kränkelt ein wenig«, erklärte er. »Deshalb fuhr sie oft zur Kur nach Bath, bis sie sich schließlich dort ein Cottage kaufte und praktisch das ganze Jahr über in Bath lebte.«

Kelsey seufzte und legte ihren Kopf an seine Brust. »Die Leute sollten nur aus Liebe heiraten.«

»Das wäre ideal, aber viele tun es eben nicht.«

»Ich bin jedenfalls froh, daß dich das Ganze nicht so sehr mitnimmt.«

»Und wenn es so wäre?«

»Dann würde ich natürlich versuchen, dir darüber hinwegzuhelfen«, erwiderte sie.

»Warum?« fragte er leise.

Sie sah überrascht zu ihm auf. »Weil es meine Pflicht als Mätresse wäre, oder etwa nicht?«

Er wäre beinahe in Lachen ausgebrochen. Das wäre die Pflicht einer *Ehefrau* gewesen – aber die einer Mätresse? Eine Mätresse konnte sich wohl Gedanken darüber machen, ob ihr Beschützer ärgerlich war oder nicht, aber es brauchte sie eigentlich nicht zu kümmern, ob er nun glücklich oder traurig war, solange es nicht direkt mit ihr zu tun hatte.

»Das wäre sehr großzügig von dir, Liebes«, sagte er und umfaßte ihr Gesicht mit den Händen. Daß sie sich nun schon seit fünf Minuten an ihn schmiegte, hatte einiges bei ihm bewirkt. »Vielleicht könnte ich trotzdem ein wenig Unterstützung gebrauchen.«

Da er sie umarmt hatte und sich jetzt zur Tür wandte, fragte sie: »Du gehst doch nicht etwa ins Schlafzimmer?«

»Doch.«

»Diese Art von Hilfe habe ich nicht gemeint«, wies sie ihn zurecht.

»Ich weiß, aber ich brauche sie im Moment, und es ist mir absolut egal, welche Tageszeit jetzt ist.«

Er sagte das mit solcher Entschlossenheit, daß sie blinzelte. »Nun ja, mir eigentlich auch.«

»Macht es dir wirklich nichts aus?«

»Nein, warum sollte es?«

»Du hast ganz recht, meine Liebe«, entgegnete er und grinste dabei über das ganze Gesicht.

31

Derek hatte an diesem Nachmittag ein paar Besorgungen zu machen und beschloß, Kelsey mitzunehmen. Er hatte den Entschluß ganz impulsiv gefaßt, und eigentlich hätte er ihm nicht nachgeben sollen, aber er tat es trotzdem. Wahrscheinlich war seine äußerst nachgiebige Stimmung daran schuld, und dafür konnte er Kelsey verantwortlich machen.

Sie hatte sich zu einer großartigen Geliebten entwickelt; zumindest genoß er mit ihr ein intensiveres Vergnügen, als er es gewöhnt war, eine Art reiner Ekstase. Und nach einer so angenehmen Stunde, wie sie sie gerade verbracht hatten, zögerte er noch mehr als gewöhnlich, sie zu verlassen.

Das Kleid, das sie für die Ausfahrt anzog, war jedoch eine Überraschung. Abgesehen von dem roten Kleid, das sie getragen hatte, als er sie gekauft hatte, war sie immer ... nun ja, mehr wie eine Lady gekleidet gewesen, und offenbar hatte er sich daran gewöhnt.

Er war so überrascht von dem hell orangefarbenen Samt mit zitronengelben Litzen, daß er gedankenlos bemerkte: »Wie siehst du denn aus? Das ist wirklich sehr auffällig.«

Das stimmte. Ihre anderen Kleider waren geschmackvoll und eher unauffällig, so daß ihre Schönheit dadurch nur unterstrichen wurde. Aber bei diesem Kleid würde jeder nur das gräßliche Orange sehen, weil es alles überstrahlte.

Zu spät merkte er, daß er sie beleidigt hatte. Aber als er sie anblickte, sah sie nicht beleidigt aus.

Sie sah eher nachdenklich aus, als sie entgegnete: »Ich fand es selber ziemlich scheußlich, aber Mrs. Westerbury hat die Wahl nach deinen Anweisungen getroffen.«

Er wurde über und über rot. Er hatte der Schneiderin in der Tat gesagt, Kelsey sei seine Mätresse, und sie solle sie entsprechend ausstatten. Aber die Frau stellte sich wohl vor, alle Mätressen kämen aus dem Theaterbezirk, wo sich viele Schauspielerinnen ganz bewußt so auffällig anzogen, um Aufmerksamkeit auf sich zu lenken.

»Der Ausschnitt ist auch ganz schön gewagt«, fügte sie hinzu, und als sein Blick sofort zu ihren Brüsten wanderte, die sie bereits züchtig mit der Jacke bedeckt hatte, schüttelte sie den Kopf. »Nein, ich werde ihn dir *nicht* zeigen.«

»Äußerst gewagt?« Er grinste.
»Ja, äußerst.«
Sie seufzte und blickte ihn finster an, als er begann, die Jacke aufzuknöpfen, versuchte aber nicht, ihn daran zu hindern. Als er einen Augenblick später die Jacke aufmachte, war er nicht mehr der Ansicht, daß nur das Kleid auffallen würde. Niemand würde *diese Pracht* übersehen, trotz des auffälligen Stoffes, der sie kaum verhüllte.
Er räusperte sich und knöpfte die Jacke wieder zu. Sie zog eine Augenbraue hoch und wartete auf seinen Kommentar. Er jedoch grinste sie nur einfältig an und führte sie zu der wartenden Kutsche.
Offensichtlich hatte er sich jedoch noch einen weiteren Punkt auf der Liste seiner Besorgungen notiert, denn wenig später ließ er vor dem Schneiderladen anhalten und ging hinein. Als er zurückkam, sagte er zu ihr: »Ich habe gerade ein paar Änderungen für deine übrigen Kleider in Auftrag gegeben.«
Sie brauchte nicht zu fragen, welche Änderungen. Ihm hatte die Farbe genausowenig gefallen wie ihr, aber der tiefe Ausschnitt hatte ihm offensichtlich sehr zugesagt. Damit konnte sie wohl leben. Sie konnte immer noch Spitzentücher hineinstecken, wenn sie nicht seiner Meinung war, und die konnte sie sich leicht selbst nähen. Im Geiste machte sie sich eine Notiz, morgen auszugehen und Stoff zu kaufen.
Sie waren auf dem Weg zu seinem Anwalt, wo er irgendein Dokument unterschreiben mußte, als er plötzlich an die Decke klopfte, um den Kutscher zum Anhalten aufzufordern. Die Kutsche stand noch nicht ganz, da war er schon hinausgesprungen. Kelsey blieb sitzen, konnte ihn aber durch das Fenster sehen, da Derek nicht weit wegging. Er rief einem Paar im mittleren Alter, mit dem er offenbar sprechen wollte, einen Gruß hinterher.

Frances blieb stehen, als sie Dereks Stimme hörte. Ihr Begleiter trat einen Schritt zurück, als ob er nicht mit ihr in Verbindung gebracht werden wollte, aber Derek nahm sowieso keine Notiz von ihm, so unbedeutend kam er ihm vor.

»Ich wußte gar nicht, daß du in der Stadt bist«, sagte Derek und umarmte sie.

»Ich hatte etwas ... zu erledigen, also blieb ich nach Amys Hochzeit in London«, erwiderte Frances.

Überrascht blickte er sie an. »Wo? Ich habe dich im Stadthaus nicht gesehen.«

»Vielleicht weil du so selten da bist?«

Er grinste. »Das stimmt. Aber Hanly hätte es sicher mir gegenüber erwähnt.«

»Eigentlich wohne ich dieses Mal auch im Hotel, Derek«, gab sie zu.

»Warum?«

»Weil ich Jason nicht treffen wollte.«

Er nickte verständnisvoll. »Mein Vater hat uns heute morgen gesagt, daß ihr euch scheiden laßt.«

Ihre Augen leuchteten auf. »Dann stimmt er also zu?«

»Wußtest du das nicht?«

»Nein, er hält es nie für nötig, mich zu unterrichten«, erwiderte sie seufzend. »Um die Wahrheit zu sagen, hatte ich jedoch keinen Kontakt zu ihm, seit ich ihm erklärt habe, daß ich die Scheidung will. Ich habe zwar hinterlassen, wo er mich erreichen kann, aber – nun ja, ich nehme an, er wird es mir schon noch sagen.«

Sie mochte Derek, obwohl sie nie mütterliche Gefühle für ihn gehegt hatte. Wahrscheinlich lag es nicht in ihrer Natur, mütterlich zu sein. Und wenn sie gewußt hätte, daß Jason eigentlich nur das von ihr erwartet hatte, wäre sie wahrscheinlich klug genug gewesen, ihre katastrophale Ehe von Anfang an zu verhindern.

Nein, eigentlich hatte sie damals, als sie noch jung war,

nicht gewußt, daß sie kaum über mütterliche Instinkte verfügte, daß ihr Kinder nicht besonders viel bedeuteten. Aber jetzt wollte sie auf keinen Fall, daß der Junge sich über das Ende ihrer sogenannten Ehe mit seinem Vater aufregte.

»Ich hoffe, du hast es nicht zu schwer genommen?« fragte sie.

»Es war – überraschend, aber auch verständlich, wenn man die Umstände bedenkt. Nur Onkel Edward war nicht einverstanden, wegen des zu erwartenden Skandals.«

»Der Skandal für deine Familie wird nicht so groß sein, da ich Jason Grund gegeben habe, sich von mir scheiden zu lassen. Seine Bekannten werden Mitleid mit ihm haben. Ich nehme die ganze Schuld auf mich, aber ich bin ja gesellschaftlich noch nie besonders aktiv gewesen, deshalb wird es mich nicht so treffen.«

Sie redete davon, daß sie zugegeben hatte, einen Liebhaber zu haben, und die Erwähnung lenkte seine Aufmerksamkeit auf ihren Begleiter. Er war dünn wie eine Bohnenstange und wog höchstens hundert Pfund. Und er war kaum größer als Frances, was bedeutete, daß er Derek gerade bis zur Schulter reichte. Aber Derek wußte sofort, als er den ablehnenden Gesichtausdruck des Mannes sah, daß er der Scheidungsgrund war.

Dereks Beschützerinstinkt erwachte, und er wurde plötzlich zornig. Dieser Kerl hatte seiner Familie Kummer bereitet, war verantwortlich für die peinliche Lage seines Vaters. Dafür sollte er zahlen.

Impulsiv packte Derek den Mann bei den Rockaufschlägen und hob ihn hoch. Er quietschte und griff nach Dereks Unterarm. Seine Augen traten vor Angst aus den Höhlen, aber das milderte Dereks Wut keineswegs.

»Wußten Sie, daß Lady Frances eine verheiratete Frau

war, als Sie sich mit ihr eingelassen haben?« verlangte Derek zu wissen. »Am liebsten würde ich Ihnen eine ordentliche Abreibung verpassen, Sie kleiner Bastard. Sagen Sie mir nur einen einzigen Grund, warum ich das nicht auf der Stelle tun sollte!«

»Laß ihn sofort wieder herunter, Derek!« schrie Frances wütend. »Hast du den Verstand verloren? Wäre ich deinem Vater untreu geworden, wenn er mich glücklich gemacht hätte? Er hat mich nie glücklich gemacht! Und außerdem ist er mir untreu gewesen seit dem Tag, an dem wir geheiratet haben – auch ist unsere Ehe nie vollzogen worden, möchte ich dir noch sagen.«

Derek fuhr herum und sah sie ungläubig an. »Nie?«

»Nie«, erwiderte sie steif. »Allerdings hat *er* seitdem bestimmt nicht allein geschlafen.«

»Das ist eine absurde Anschuldigung, Madam«, sagte Derek genauso steif. »Schließlich hat mein Vater Haverston so gut wie nie verlassen.«

»Er mußte Haverston auch gar nicht verlassen, da seine Mätresse unter demselben Dach mit ihm wohnte.«

Derek war so überrascht, daß er den Mann, den er immer noch gepackt hielt, einfach fallen ließ. Er fragte: »Wer ist es?«

Frances war vor Verlegenheit bereits rot angelaufen. Sie schüttelte den Kopf und blickte ihn argwöhnisch und aufgebracht an, während sie ihrem Begleiter wieder auf die Füße half.

»Wer ist es?« schrie Derek sie an.

»Ich weiß es nicht«, log sie.

»Sie lügen, Madame.«

»Nun ja, es spielt ja auch keine Rolle, wer es ist«, erwiderte sie. »Es geht lediglich darum, daß ich sicherlich nicht als erste mit dem Betrügen angefangen habe. Erstaunlich ist bloß, daß ich ihm nicht von Anfang an untreu war, obwohl Jason Malory mir allen Grund dazu gegeben hat. Aber genug ist genug. Und du hast keine Veranlassung, Oscar etwas anzutun. Er hat nur dazu beigetragen, daß eine unerträgliche Beziehung endlich zu Ende geht. Und das hätte schon Jahre früher passieren müssen.«

Nach diesen Worten nahm sie ihren Oscar am Arm, zog ihn hinter sich her und eilte weiter. Derek starrte ihnen nach und versuchte zu verdauen, was sie ihm gerade gesagt hatte.

Nach einer Weile glitt eine Hand in seine. Derek blickte nach unten und war ganz verblüfft, daß Kelsey neben ihm stand. »Gott, ich habe ganz vergessen, daß du wartest.«

Sie lächelte. »Ist schon in Ordnung. Worum ging es denn?«

Er nickte dem davoneilenden Paar nach. »Meine Stiefmutter – und ihr Liebhaber.«

»Ach, deshalb sah es so aus, als wolltest du den kleinen Mann umbringen?«

»Ich hätte es am liebsten getan«, murmelte er, als er sie zurück zur Kutsche führte.

»Erstaunlich«, sagte sie nachdenklich.

»Warum?«

»Nun, wenn dein Vater dir auch nur ein bißchen ähnlich sieht, kann ich mir einfach nicht vorstellen, daß deine Stiefmutter jemand anderen vorzieht, und ganz bestimmt nicht diesen kleinen Kerl.«

Er lächelte über das Kompliment und umarmte sie, bevor er sie in die Kutsche hob. In der Kutsche zog er sie an sich. »Wirklich erstaunlich ist, daß sie behauptet, mein Vater habe sie in all den Jahren kein einziges Mal berührt, weil er eine Geliebte habe, die mit ihm unter einem Dach lebt.«

»Man stelle sich das vor«, sagte sie. »Eigentlich ist das ziemlich – schockierend.«

»Na ja, es ist ein recht großes Dach«, entgegnete er, als ob diese Tatsache es weniger schockierend machte.
»Ich nehme an, du hast das nicht gewußt?« Als er den Kopf schüttelte, fügte sie hinzu: »Und du weißt immer noch nicht, wer es ist? Keine Vermutung?«
»Überhaupt keine Ahnung.« Er seufzte.
»Nun ja, da seine Ehe jetzt geschieden wird, spielt es auch kaum noch eine Rolle, wer sie ist, oder?«
»Nein – außer, daß ich alles daransetzen werde, es herauszufinden.«
»Solltest du das wirklich tun?«
»Was?«
»Es herausfinden.«
»Absolut.«
»Aber die Tatsache, daß du nichts davon gewußt hast, Derek, bedeutet doch, daß dein Vater seine Beziehung zu dieser Frau absichtlich geheimgehalten hat. Und wir können mit ziemlicher Sicherheit annehmen, daß er es auch weiterhin so halten möchte, meinst du nicht auch?«
»Wahrscheinlich«, pflichtete er ihr bei.
»Also wirst du es auf sich beruhen lassen?«
Er grinste. »Auf gar keinen Fall.«

32

Dafür, daß er nur ein paar Besorgungen machen wollte und eigentlich keine gesellschaftlichen Verpflichtungen hatte, traf Derek auf ziemlich viele Leute, die er kannte. Zuerst Frances. Und dann tauchte bei seinem Schneider sein Cousin Marshall auf.
Das war eigentlich nicht so schlimm, da Kelsey draußen in der Kutsche saß und Marshall beim Schneider blei-

ben mußte – so dachte er jedenfalls. Aber Marshall wollte offenbar jede Menge Klatsch loswerden, und als Derek schon fast an seiner Kutsche war, lief er ihm noch einmal hinterher, um ihm irgendwelche zusätzlichen Neuigkeiten zu erzählen. Dabei entdeckte er Kelsey, obwohl sie sich in die Ecke drückte, damit niemand sie bemerkte – was natürlich bei diesem unsäglichen orangefarbenen Kleid unmöglich war.

Marshall war Edwards ältester Sohn, drei Jahre jünger als Derek. Und er wollte sich nicht davon abbringen lassen, Kelsey kennenzulernen. Aber es ging ganz gut. Marshall fragte nicht, wer sie war oder was sie hier alleine mit Derek tat, und Derek sagte nichts. Dann jedoch kamen zwei Freunde von Marshall vorbei, und Sir William, der freimütigere der beiden, brachte, nachdem er Kelsey fünf Minuten lang aufmerksam gemustert hatte, ein Thema auf, das anscheinend alle beschäftigte.

»Verwandt mit Lord Langton, dem Earl, der von seiner Frau erschossen wurde?« fragte er unverblümt.

Ein einfaches »nein« stellte ihn nicht zufrieden.

»Wer ist sie dann, Derek?« beharrte William.

»Ich bin eine Hexe, Sir Wiliam«, antwortete Kelsey, bevor Derek etwas sagen konnte. »Lord Malory hat mich angestellt, damit ich jemanden verfluche. Ist das die betreffende Person, Derek?«

Derek blinzelte überrascht, aber William wurde blaß und sah in seinem Entsetzen so komisch aus, daß Derek unwillkürlich lachen mußte. Kelsey blickte ganz unschuldig.

»Also, Derek, ich finde das nicht komisch«, erklärte Marshall.

»Nun ja, offenbar ist William nicht die Person, die verflucht werden soll«, mischte sich Williams Gefährte ein. Eine logische Äußerung, wenn man Dereks Heiter-

keitsausbruch bedachte. Aber er fragte trotzdem: »Und – wer ist denn der unglückliche Mann?«
Dereks Cousin verdrehte die Augen, er hatte endlich begriffen. Derek jedoch brach wieder in Gelächter aus. Und offenbar hatte er nicht vor, die Frage so bald zu beantworten.
Also sagte Kelsey ganz ruhig: »Sie haben sicher gemerkt, daß ich nur gescherzt habe, meine Herren. Ich bin keine Hexe – zumindest soviel ich weiß.«
»Sie verzaubert nur mich«, brachte Derek schließlich mit einem zärtlichen, für Kelsey bestimmten Lächeln hervor.
Sie errötete, wie erwartet, bei seinem Kompliment.
Kurz darauf gelang es ihm, die drei loszuwerden, und sie fuhren weiter, bevor die Frage nach Kelseys Identität wieder aufkam.
»Das war eine glänzende Vorstellung, verdammt noch mal«, sagte er und drückte sie an sich. »Ein Scherz anstelle einer Lüge. Ich bin so froh, daß dir das eingefallen ist, Liebes.«
»Welche Lüge wäre es denn dieses Mal gewesen, Witwe oder Cousine?«
Er zuckte zusammen. »Das sollte nun *wirklich* nicht passieren, Kelsey. Marshall war auch beim Schneider, und das hatte ich nicht erwartet. Ich habe mich dreimal von ihm verabschiedet, aber er wollte mir immerzu noch etwas anderes erzählen und hielt mich jedesmal wieder auf, bis er mich schließlich noch an der Kutsche festgehalten hat, wie du gesehen hast.«
Sie lächelte ihn an und gestand ihm damit zu, daß es nicht seine Schuld gewesen war. Dieses Mal. Und sie hatte es genossen, ihm Gesellschaft zu leisten, auch wenn sie die meiste Zeit alleine in der Kutsche hatte verbringen müssen.
Deshalb erwiderte sie nur: »Wir wollen uns bemühen, daß das nicht wieder vorkommt.«

»Ganz bestimmt«, versicherte er ihr.
Bei seinem letzten Halt, einem Kristallgeschäft, wo er hoffte, ein Geburtstagsgeschenk für seine Cousine Clare zu finden, bat er Kelsey, mit ihm hereinzukommen und ihm beim Aussuchen zu helfen. Und hier trafen sie einen weiteren Bekannten. Dieses Mal brauchte allerdings niemand vorgestellt zu werden. Es war jemand, den sie *beide* kannten – und beide am liebsten nicht gekannt hätten.
Es war Pech, daß David Ashford gerade zu dieser Tageszeit im gleichen Laden war und sie buchstäblich in ihn hineinliefen. Er hatte sich gerade zum Gehen gewandt und nicht gemerkt, daß jemand den engen Gang hinter ihm entlanggekommen war, so daß er gegen Derek stieß, der Kelseys Arm loslassen mußte, um den Mann zurückzuschieben.
Ashford war höchst verblüfft über den Zusammenstoß, aber als er sah, wer vor ihm stand, verengten sich seine blauen Augen. »Wenn das nicht der Wohltäter ist«, schnarrte er. »Der Retter bedrängter Frauen. Haben Sie jemals bedacht, Malory, daß manche Frauen gerne bedrängt werden?«
Bei dieser Bemerkung stellten sich Dereks Nackenhaare auf. »Haben Sie jemals bedacht, Lord Ashford, daß Sie krank sind?«
»Mit meiner Gesundheit steht alles zum Besten.«
»Ich habe eher an Ihren Verstand gedacht.«
»Ha!« schnaubte Ashford. »Das hätten Sie wohl gerne, aber ich fühle mich sehr wohl. Und ich habe auch ein gutes Gedächtnis. Sie werden es noch bereuen, daß Sie mir die Hübsche hier gestohlen haben.«
»Oh, das bezweifle ich nun wirklich«, erwiderte Derek gespielt gleichgültig. Dann verwies er ihn kühl: »Nichts ist Ihnen gestohlen worden. Es war eine Auktion. Sie hätten ja weiterbieten können.«

»Wo jeder weiß, wie reich die Malorys sind? Machen Sie sich nicht lächerlich. Aber der Tag wird kommen, an dem Sie es bedauern werden, mir jemals begegnet zu sein.«
Derek zuckte unbesorgt mit den Schultern. »Wenn ich etwas bedaure, Ashford, dann ist es die Tatsache, daß Sie noch am Leben sind. Solcher Abschaum wie Sie hätte schon bei der Geburt in den Müll geworfen werden müssen.«
Der Mann erstarrte, sein Gesicht wurde tiefrot. Derek hätte den Mann am liebsten gefordert, aber zumindest hatte er ihn richtig getroffen – diesen Feigling, der sich nur stark fühlte, wenn er Schwachen und Hilflosen gegenüberstand.
»Auch daran werde ich mich erinnern«, sagte Ashford ohnmächtig. Dann glitt sein eisiger Blick über Kelsey, und er fügte hinzu: »Wenn er Sie wegwirft, werde ich dasein, und Sie werden mir dafür bezahlen, daß Sie mich warten ließen, meine Hübsche. In der Tat, Sie werden mir dafür bezahlen …«
Bei diesen Worten war er mit ausgestrecktem Finger auf Kelsey zugegangen und hätte sie auf die Brust getippt, wenn Derek nicht seine Hand gepackt hätte. Ashford heulte auf, als dabei der Finger knackte. Aber Derek war noch nicht mit ihm fertig. Drohungen, die sich gegen ihn richteten, konnte er leicht abschütteln, aber daß Ashford Kelsey bedrohte, ließ ihn zum Berserker werden.
»Sie haben mir den Finger …!« schrie Ashford auf, aber ein Faustschlag auf den Mund brachte ihn zum Schweigen.
Derek hielt den Mann fest, bevor er zu Boden stürzte, und herrschte ihn wütend an: »Sie glauben wohl, daß ich Sie hier mit all dem Kristall um uns herum nicht zu Brei schlagen würde? Ich versichere Ihnen, Ashford,

mir ist verdammt gleichgültig, was zu Bruch geht, solange Sie mit einbezogen sind.«

Der Mann wurde blaß, aber der Ladenbesitzer griff höchst besorgt ein: »Mir wäre es lieber, Mylord, Sie könnten Ihre kleine Auseinandersetzung woanders austragen.«

Und Kelsey flüsterte: »Laß dich nicht zu einem Skandal provozieren.«

Für diese Warnung war es vielleicht schon zu spät. Es waren jedoch keine anderen Kunden im Laden, nur der Besitzer stand da und rang die Hände.

Derek nickte knapp und ließ Ashford los, deutete aber mit dem Finger auf ihn. »Sie reden so gerne von Erinnern. Ich sage Ihnen, woran Sie sich von heute an erinnern sollten: Wenn Sie der Lady jemals wieder zu nahe kommen, werden Sie sich nie mehr an etwas erinnern können – kein Atemzug von Ihnen wird diese Stadt dann noch verunreinigen. Sie werden einfach aufhören zu existieren.«

Er griff abrupt nach einer Vase und reichte sie dem Ladenbesitzer. »Ich kaufe die hier.«

»Sicher, Mylord. Kommen Sie bitte hier entlang«, erwiderte der Mann und eilte zu seinem Ladentisch.

Derek nahm Kelseys Arm und folgte ihm. Keiner von ihnen würdigte Ashford noch eines Blickes. Und kurz darauf hörten sie, wie die Ladentür geöffnet wurde und sich hinter Ashford wieder schloß.

Kelsey seufzte erleichtert. Der Ladenbesitzer seufzte erleichtert. Derek war immer noch zu aufgewühlt, um etwas anderes als Wut zu empfinden. Er hätte den Mann noch einmal bewußtlos schlagen sollen. Zum Teufel mit dem Skandal. Er hatte das Gefühl, er würde es noch bedauern, das *nicht* getan zu haben.

Verärgert darüber, daß er nicht anders gehandelt hatte, obwohl die Möglichkeit *und* die Provokation vorhan-

den gewesen waren, schob er dem Ladenbesitzer einen großen Geldbetrag hin und sagte: »Es stimmt so – und behalten Sie den leidigen Vorfall für sich.«
»Was für einen Vorfall?« erwiderte der Ladenbesitzer lächelnd. Seine Waren waren unbeschädigt, und seine Kasse klingelte.

33

Derek hatte etwas Jungenhaftes an sich, mit seinem widerspenstigen blonden Haarschopf und seinem charmanten Lächeln, das ihn recht harmlos wirken ließ. Aber an diesem Tag war Kelsey klargeworden, daß sich hinter der Fassade mehr verbarg. Sie war vor Angst erstarrt, als sie Lord Ashford wiedergesehen und das ganze Entsetzen der Versteigerung noch einmal erlebt hatte. Derek jedoch hatte ihr bewiesen, was in ihm steckte. Und sie war unendlich froh, daß er nicht so harmlos war, wie er immer wirkte.
Im Gegenteil. Er hatte dem Mann einen Finger gebrochen. Und sie zweifelte nicht daran, daß er ihm noch mehr gebrochen hätte, wenn er damit nicht einen Skandal heraufbeschworen hätte.
Sie hatte ihn darauf hingewiesen, weil sie wußte, wie sehr er einen Skandal fürchtete, und weil sie wußte, daß sie damit die Auseinandersetzung wahrscheinlich beenden konnte. Und so war es ja auch gewesen. Über ihre Beweggründe war sie sich allerdings nicht ganz im klaren. Vielleicht wollte sie nicht zusehen, wie er gewalttätig reagierte? Oder vielleicht hatte ihr der arme Ladenbesitzer leid getan, der sich um seine Waren sorgte? Vielleicht hatte sie auch plötzlich eine Art Beschützerinstinkt empfunden, weil es um Derek ging und sie

nicht wollte, daß er etwas tat, was er später bereuen würde. Das war es wirklich wert, daß sie sich darüber Gedanken machte.

Ursprünglich hatte sie beschlossen, sich ihrem Status als Mätresse gemäß, so unpersönlich wie möglich zu verhalten. Aber mit der Zeit war es ihr unmöglich geworden, diesen Entschluß durchzuhalten. Sie *mochte* Derek, war gern mit ihm zusammen, schlief gern mit ihm, mochte einfach alles an ihm. Und wenn er nicht irgend etwas wirklich Schreckliches täte, um das zu ändern, würden ihre Gefühle für ihn immer stärker werden.

Das war ein entsetzlicher Gedanke. Sie wollte Derek nicht lieben. Sie wollte sich nicht vor dem Tag fürchten müssen, an dem er ihr sagen würde, daß er keine Verwendung mehr für sie habe. Und dieser Tag würde irgendwann kommen. Und dann wollte sie lieber vor Erleichterung aufseufzen und sich nicht die Augen aus dem Kopf weinen.

Sie wußte, daß er früher schon einmal eine Mätresse gehabt hatte, es war also durchaus nicht grundlos, sich Sorgen zu machen. In einem der Gespräche mit Percy und Jeremy war erwähnt worden, daß Derek die Beziehung nach einigen Monaten, und nicht nach Jahren, beendet hatte.

Die außergewöhnlich hohe Summe, die er ausgegeben hatte, um Kelsey zu kaufen, bedeutete ihm nicht viel, so reich wie seine Familie war. Sie konnte also nicht davon ausgehen, daß das eine Rolle spielte. Nein, wenn er eine Neue wollte, würde er sie bestimmt wegschicken, ohne auf ihre Gefühle Rücksicht zu nehmen. So einfach war das. Und sie wußte nicht, wie sie sich diesen Tag leichter machen sollte; jedenfalls würde er nicht leichter werden, wenn sie so etwas Dummes tat, wie sich in ihn zu verlieben.

Derek brütete stumm über den Vorfall mit Ashford nach, hatte jedoch den Arm beschützend um sie gelegt und streichelte geistesabwesend ihre Hand. Da Kelsey selbst schweigend grübelte, war es eine recht ruhige Fahrt.

Beim nächsten Halt stieg Kelsey nicht aus der Kutsche, und Derek bat sie auch nicht darum. Als er jedoch nach kurzer Zeit wiederkam, reichte er ihr ein Päckchen.

»Das ist für dich«, sagte er nur. »Mach es auf.«

Sie blickte argwöhnisch auf die kleine Schachtel in ihrer Hand. Ihr war leider klar, warum er ihr etwas schenkte, so schuldbewußt, wie er sie ansah. Als sie die Schachtel öffnete, fand sie darin einen herzförmigen Anhänger aus winzigen Diamanten und Rubinen an einer kurzen, dünnen Goldkette. Sehr einfach, sehr elegant, sehr teuer.

»Das hättest du nicht tun sollen«, sagte sie leise und starrte auf den Anhänger.

»Doch, ich mußte es tun«, erwiderte er. »Ich fühle mich im Moment so schuldbewußt, daß ich wahrscheinlich in Tränen ausbreche, wenn du nicht auf der Stelle sagst, daß du mir verzeihst.«

Sie blickte ihn mit großen Augen an, um zu sehen, ob er das ernst meinte, aber sein Gesichtsausdruck verriet ihn, und sie lächelte. Das mit dem Weinen meinte er nicht ernst, aber er fühlte sich wirklich schuldig.

Er lächelte reuevoll. »Der heutige Tag war eine ziemliche Katastrophe, nicht wahr?«

»Nicht ganz«, erwidete sie errötend.

»Nun ja, das nicht«, stimmte er ihr grinsend zu. »Aber der Rest – es tut mir aufrichtig leid, daß du im gleichen Raum wie dieser Bastard Ashford sein mußtest und dann auch noch in dieses abscheuliche Zusammentreffen hineingezogen wurdest.«

Sie schauderte innerlich. »Er ist ein grausamer Mann, nicht wahr? Ich habe es schon an dem Abend, als er auf mich geboten hat, in seinen Augen gesehen – und heute wieder.«

»Er ist schlimmer, als du dir vorstellen kannst«, entgegnete Derek und erklärte ihr, wie krank dieser Mann tatsächlich war. Er erzählte ihr alles, oder deutete es zumindest an, damit sie seine Warnung verstand.

»Wenn du ihn jemals wiedersehen solltest, Kelsey, wenn ich nicht bei dir bin, lauf sofort weg, egal wo du bist – das heißt, wenn es geht.«

Ihr war alle Farbe aus dem Gesicht gewichen, fast wurde ihr übel. »Wenn es geht?«

»Ja, wenn du sicher bist, daß er dir nicht folgen kann. Du solltest *niemals* mit ihm allein sein. Geh auf Fremde zu, wenn es sein muß, schrei um Hilfe, aber halte dir den Mann vom Leib.«

»Ja, ganz bestimmt«, versicherte sie ihm. »Ich hoffe, ich sehe ihn nie wieder. Sollte ich ihn aber doch noch einmal treffen, dann wird er mich nicht sehen, solange ich ihn als erste bemerke, das verspreche ich dir.«

»Gut, und jetzt sag, daß du mir verzeihst.«

Sie lächelte ihn an. »Das tue ich, obwohl ich dir nichts zu verzeihen habe. Und jetzt nimm das hier wieder und laß dir dein Geld zurückgeben. Du brauchst mir keinen Schmuck zu kaufen.«

Er schmunzelte. »Kelsey, mein Liebes, es ist nicht sehr mätressenmäßig, so etwas zu sagen. Und ich werde den Schmuck nicht zurücknehmen. Ich möchte, daß du ihn trägst. Es wird sehr hübsch zu deinem lavendelfarbenen Kleid aussehen.«

Und zu einem halben Dutzend weiterer Kleider, die noch geliefert werden, hätte sie sagen können, tat es aber nicht. Statt dessen seufzte sie. »Dann wäre es wahrscheinlich sehr ungezogen von mir, mich nicht zu bedanken.«

»Ja, äußerst ungezogen.«

Sie lächelte. »Danke.«
»Sehr, sehr gern geschehen, mein Liebes.«
Es war seine letzte Besorgung gewesen. Danach fuhren sie nach Hause, er blieb zum Abendessen – und natürlich auch die Nacht über.
Das hatte er eigentlich nicht vorgehabt. Wenn Jason länger in der Stadt blieb, dann traf sich Derek zumindest zum Abendessen mit ihm. Und da er dieses Mal nicht wußte, wann Jason nach Haverston zurückkehren wollte, wußte er auch nicht, ob er am nächsten Tag noch Gelegenheit haben würde, ihn zu sehen.
Aber so gerne er mit seinem Vater über die Scheidung geredet hätte – und über die Frau, die er so lange geheimgehalten hatte –, er wollte noch viel lieber bei Kelsey bleiben.
Die Begegnung hatte ihr einen Schock versetzt, das wußte er. Und er machte sich ernsthafte Sorgen um sie. Unglaublicherweise hatte Ashford sie behandelt, als gehöre sie ihm und sei ihm nur zeitweise entwendet worden. Seine Bemerkungen hatten auch darauf hingedeutet, daß er sie dafür bezahlen lassen würde, daß sie ihm gestohlen worden war, wenn er sie zurückbekäme. Und er hatte äußerst zuversichtlich gewirkt, daß er sie zurückbekommen *würde*. Wer konnte schon voraussagen, welche Pläne in seinem kranken Hirn entstanden?
Derek konnte nicht die ganze Zeit über bei Kelsey bleiben. Sie ging alleine aus, zur Anprobe bei der Schneiderin, zum Einkaufen und Gott weiß wohin. Er konnte sie auch nicht bitten, das nicht zu tun, schließlich beruhten seine Befürchtungen nur auf einfachen Drohungen.
Morgen wollte er noch einmal seinen Onkel James besuchen, um seinen Rat einzuholen. Wahrscheinlich machte er sich ganz unnötige Sorgen. Heute nacht jedoch würde er Kelsey nicht aus den Augen lassen.

34

Am nächsten Morgen besuchte Derek tatsächlich seinen Onkel James, noch bevor er nach Hause ging, um sich umzuziehen. Und nach einem kurzen Gespräch mit James war er äußerst erleichtert. Kelsey konnte nicht in unmittelbarer Gefahr sein, denn sein Onkel hatte bereits seine beiden Butler darauf angesetzt, Ashford zu folgen.

Artic und Henry waren keineswegs typische Butler, aber gerade deswegen war Derek so erleichtert. Sie hatten zu James' Piratenmannschaft gehört und hatten die meisten seiner zehn Jahre auf See unter ihm gedient.

Beide waren von James ausgewählt worden, bei ihm zu bleiben, nachdem er die *Maiden Anne* verkauft hatte. Sie teilten sich nun die Aufgabe als Butler in seinem Londoner Stadthaus, eine Aufgabe, die sie sehr genossen, weil sie sich dabei nicht so verhalten mußten, wie man erwartet hätte. Tatsächlich machten sie sich einen Spaß daraus, Gäste zu schockieren.

Daß sie mit ihren unorthodoxen Methoden ständig irgendwelches Unheil anrichteten, störte James nicht im mindesten, und Tante George hatte es schon lange aufgegeben, ihnen bessere Manieren beizubringen. Wenn ein Besucher an die Haustür kam – sofern es kein Verwandter war –, konnte es ihm passieren, daß er angeblafft wurde: »Ist keiner zu Hause!« Wobei ihm die Tür vor der Nase wieder zugeschlagen wurde. Oder es hieß: »Was zum Teufel wollen Sie hier?« Außer natürlich, bei dem Besuch handelte es sich um eine hübsche junge Dame. Junge Damen wurden sofort ins Innere des Hauses geführt, und die Tür schloß sich hinter ihnen, noch bevor sie zwei Worte sagen konnten.

Die beiden Ex-Piraten waren äußerst geeignet für die Aufgabe, die James ihnen übertragen hatte. Bis jetzt, wurde Derek von James informiert, waren sie ihm zu zwei verschiedenen Häusern gefolgt, seinem Haupthaus in der Stadt und zu einem Haus außerhalb, das ziemlich verlassen wirkte. Dort hatte er allerdings auch nicht die Nacht verbracht, sondern lediglich ein paar Stunden am Abend.

Sie waren ihm auch zu einer Schenke in einem der ärmeren Bezirke der Stadt gefolgt. Derek erstarrte, als er das hörte, aber dann berichtete James ihm, daß Artie dort so getan habe, als sei er schrecklich betrunken. Damit hatte er einen solchen Aufruhr verursacht, in den auch Ashford einbezogen wurde, daß der Mann seine Pläne rasch geändert hatte und gegangen war.

Derek schickte sofort eine Nachricht an Kelsey und teilte ihr mit, daß sie sich keine Sorgen mehr machen müsse. Dann ging er nach Hause. Sein Vater war immer noch da, doch schien es ihm zweifelhaft, ob er sich darüber freuen sollte oder nicht, denn sein Vater sah nicht allzu erfreut aus, als er Derek in sein Studierzimmer bat. Derek nahm sofort an, daß Frances ihn über ihren kleinen Zusammenstoß am Tag zuvor informiert hatte. Aber das war leider nicht der Fall.

»Du hast tatsächlich eine Mätresse in einem *öffentlichen* Bordell in einem Raum voller *Gentlemen* gekauft?«

Derek fiel förmlich in den Stuhl, in den er sich gerade setzen wollte. Er fühlte sich wie erschlagen. Er wußte ganz genau, daß sein Vater seinen Zorn kaum noch beherrschen konnte, wenn er bestimmte Wörter so betonte.

»Wie hast du davon erfahren?«

»Du hast doch nicht etwa geglaubt, ich würde es *nicht* erfahren, zumal die Angelegenheit *in aller Öffentlichkeit* stattgefunden hat?« fragte Jason.

Derek zuckte innerlich zusammen. »Ich hatte es gehofft, da die Gentlemen dort für gewöhnlich nicht zugeben, daß sie sich in einem solchen Haus aufhalten.«

Jason schnaubte. »Ich bin gestern abend zufällig bei meinem Club vorbeigefahren. Einer meiner Freunde war der Meinung, er müsse es mir erzählen. Er hat natürlich einen anderen Freund, der ein Freund von jemandem ist, der an dem besagten Abend da war. Die Geschichte hat schon die Runde durch alle Clubs gemacht. Und Gott weiß wie viele Ehefrauen es jetzt schon wissen, die es in *ihren* Kreisen weitergeben.«

Derek war bereits vor Wut rot angelaufen, aber er verteidigte sich: »Du weißt sehr wohl, daß diese Geschichte wahrscheinlich überhaupt keiner Ehefrau erzählt wird.«

»Davon mal abgesehen«, erwiderte Jason finster, »was zum Teufel hast du dir eigentlich dabei gedacht, an einer solchen Versteigerung teilzunehmen?«

»Ich wollte ein unschuldiges junges Mädchen vor ...«

»Unschuldig?« unterbrach ihn Jason. »Wer ist sie denn?«

»Sie heißt Kelsey Langton und ist niemand von Bedeutung, also brauchst du dir deswegen keine Sorgen zu machen. Aber wie ich schon sagte, ich habe auf sie geboten, um sie davor zu bewahren, für ihr ganzes Leben gezeichnet zu werden.«

»Wie bitte?«

Derek seufzte. »Ich hatte keineswegs die Absicht, mich da hineinziehen zu lassen, Vater. Wir wollten uns dort nur kurz aufhalten und ein bißchen Karten spielen, während Jeremy eines seiner Mädchen besuchte, das dort arbeitete. Aber dann ...«

»Du hast *Jeremy* in dieses Haus mitgenommen? Er ist erst achtzehn!«

»Jeremy geht wahrscheinlich schon länger in solche Häuser als ich, oder hast du etwa vergessen, daß er in einer Schenke großgeworden ist, bevor Onkel James ihn gefunden hat?«

Jason blickte ihn nur finster an, und so fuhr Derek fort: »Wie ich gerade sagte – ich hatte nicht die Absicht, mich da hineinziehen zu lassen, aber dann merkte ich, wer auf das Mädchen bot.«

»Wer?«

»Es ist ein Mann, der mir schon früher über den Weg gelaufen ist, ein Lord, und ich habe mit eigenen Augen gesehen, was er mit Prostituierten macht. Er peitscht sie bis aufs Blut, so grausam, daß sie auf ewig entstellt sind. Es geht das Gerücht, daß er nur so Befriedigung finden kann.«

»Ekelhaft.«

»Da kann ich dir nur zustimmen. Um mir einen Gefallen zu erweisen, versucht Onkel James übrigens im Moment, den perversen Praktiken des Mannes das Handwerk zu legen.«

»James? Und wie will er das machen?«

»Ich – äh – ich habe ihn nicht gefragt.«

Jason räusperte sich. »Nun gut. Bei ihm ist es vielleicht besser, man weiß es nicht. Aber, Derek ...«

»Vater, es ging wirklich nicht anders«, unterbrach ihn Derek. »Mir fiel nichts anderes ein, um das Mädchen zu retten, als sie selbst zu kaufen. Und sie war wirklich unschuldig, deshalb bin ich verdammt froh, daß ich sie Ashford nicht ausgeliefert habe.«

»David Ashford? Du meine Güte, ich hatte angenommen, daß ihn irgendeine Frau schon vor Jahren kastriert hat.«

»Du weißt über ihn Bescheid?«

»Ich habe Gerüchte gehört, damals, noch bevor er volljährig war – daß er zum Beispiel die weiblichen Dienstboten gequält haben soll. Natürlich konnte ihm nie etwas nachgewiesen werden. Dann gab es ein anderes Gerücht, daß jemand ihn angezeigt hat ... Es kam jedoch nie zu einer Verhandlung, da die betreffende Frau sich weigerte, gegen ihn auszusagen. Es hieß damals, es habe ihn fast sein ganzes Vermögen gekostet, die Frau auszubezahlen. Ich kann mich noch gut erinnern, daß in meinem Club an dem Abend, als wir das hörten, Jubel ausbrach. Es war zumindest eine Art Bestrafung für ihn – wenn die Gerüchte denn stimmten.«

Derek nickte. »Ich glaube schon, daß sie stimmten, aber mittlerweile ist er zu schlimmeren Quälereien übergegangen.«

»Und das Gericht kann nichts tun, weil keines seiner Opfer ihn anzeigt«, seufzte Jason.

»Oh, er schützt sich mittlerweile recht wirkungsvoll«, sagte Derek. »Ich habe eins seiner Opfer aufgespürt, dieselbe Frau, bei der ich ihn mit der Peitsche erwischt hatte. Ich hatte gehofft, daß sie ihn anzeigen würde. Aber er bezahlt die Mädchen nicht nur hervorragend, er unterrichtet sie vorher auch über das, was er vorhat, und sie müssen ihre Einwilligung geben.«

»Äußerst klug und zugleich schrecklich krank. Eine gefährliche Kombination. Aber James befaßt sich ja mit der Sache. Überlaß es nur ihm. Ich kann dir fast garantieren, daß er einen Weg findet, um diesen Mann davon abzuhalten, weitere Schandtaten zu begehen.«

»Das hatte ich gehofft, vor allem, nachdem mir der Kerl wieder über den Weg lief und mir erklärte, daß ich ihm Kelsey gestohlen hätte, als ich ihn überbot, und jetzt wolle er sie wieder zurückhaben.«

Jason zog eine Augenbraue hoch. »Willst du damit sagen, daß das Mädchen immer noch bei dir ist?«

»Na ja, ich habe sie als Mätresse gekauft, und ich habe viel Geld für sie bezahlt.«

»Wieviel Geld?«

»Das möchte ich lieber nicht sa ...«

»Wieviel?«
Derek haßte diesen Du-gibst-es-jetzt-besser-zu-sonst-Ton. »Fünfundzwanzig«, murmelte er.
»Fünfundzwanzig was?«
Derek sank noch ein bißchen tiefer in seinen Sessel, bevor er zugab: »Fünfundzwanzigtausend – Pfund.«
Jason schnappte nach Luft, würgte, öffnete den Mund, um etwas zu sagen, und schloß ihn gleich wieder. Er sank in den Stuhl hinter seinem Schreibtisch und raufte sich mit beiden Händen die Haare. Schließlich seufzte er und sah Derek finster an.
»Ich habe dich wohl nicht richtig verstanden? Du hast nicht etwa gesagt, daß du fünfundzwanzigtausend Pfund für eine Mätresse bezahlt hast? Nein …« Er hob die Hand, als Derek antworten wollte. »Ich möchte es nicht hören. Vergiß es.«
»Vater, es gab keine andere Möglichkeit, Ashford daran zu hindern, das Mädchen zu kaufen«, rief Derek ihm ins Gedächtnis.
»Ich kann mir wenigstens ein halbes Dutzend anderer Möglichkeiten vorstellen, einschließlich der, sie einfach dort herauszuholen. Wer hätte dich denn daran hindern sollen? Schließlich war die Versteigerung wohl kaum legal!«
Derek lächelte über diese Erwiderung, die so typisch für die Malorys war. »Nun, der Besitzer, Lonny – schließlich hätte er dann keinen Gewinn gehabt.«
»Lonny?« Jason runzelte kurz die Stirn, schlug die zweite Seite der *London Times* auf seinem Schreibtisch auf und wies auf die Schlagzeile. »Dieser Lonny vielleicht?«
Derek beugte sich vor, um den Artikel kurz zu überfliegen, war jedoch davon so überrascht, daß er ihn aufmerksam von der ersten bis zur letzten Zeile las. Es wurde von einem Lonny Kilpatrick berichtet, der in

einem übelbeleumdeten Haus, das er seit anderthalb Jahren betrieb, ermordet worden war. Die Adresse war angegeben und Einzelheiten über seinen Tod. Er war offenbar wiederholt in die Brust gestochen worden, und es mußte ziemlich viel Blut geflossen sein. Auf seinen Mörder gab es jedoch keinen Hinweis.

»Verdammt«, sagte Derek und lehnte sich zurück.

»Ich nehme an, das ist der Lonny, mit dem du zu tun hattest?« fragte Jason.

»In der Tat.«

»Interessant, obwohl ich bezweifle, daß es irgendeine Verbindung zwischen der Tat und der Versteigerung gibt. Das ganze Blut an der Leiche erinnert mich allerdings an das, was du über Ashford und seine Vorliebe für Blut gesagt hast.«

»Er ist ein jämmerlicher Feigling«, schnaubte Derek. »Er hätte gar nicht den Mumm, einen Mann umzubringen.«

Jason zuckte die Schultern. »Nach dem, was du über ihn gesagt hast, und nach den Gerüchten, die ich über ihn gehört habe, ist der Mann nicht ganz richtig im Kopf. Und man kann nie sagen, wozu so jemand fähig ist. Aber ich glaube, du hast recht. Er scheint eher ein Feigling zu sein, der lieber Schwächere quält. Außerdem, aus welchem Grund sollte er diesen Lonny umbringen, wo es ihm doch offenbar mehr Freude macht, Frauen zu verletzen. Wahrscheinlich ist es nur ein zufälliges Zusammentreffen.«

Derek hätte ihm gerne zugestimmt, aber ein leiser Zweifel hatte sich bei ihm eingenistet. Er machte sich schon wieder Sorgen, und so ging er direkt von seinem Vater zurück zu James' Haus, um seinen Onkel über die neueste Entwicklung zu unterrichten.

Leider hatte er ganz vergessen, seinen Vater nach der Mätresse zu fragen, mit der er die ganzen Jahre über zusammengelebt hatte. Und als er schließlich wieder zu Hause war, fand er eine Nachricht von Jason vor, der ihn daran erinnerte, daß er an Weihnachten auf Haverston erwartet würde. Sein Vater war schon auf dem Weg dorthin.

35

Trotz Dereks Versicherung, daß sie nichts mehr von Lord Ashford zu fürchten habe, da er nun überwacht würde, verließ Kelsey ihr Haus fast eine ganze Woche lang nicht mehr. Sie schickte ihren Lakaien zu der Schneiderin, um zwei Anproben abzusagen – glücklicherweise hatte sie gerade in dieser Woche einen Lakaien und auch die übrigen Dienstboten, die sie brauchte, eingestellt.

Sie konnte auch nicht zu dem hübschen kleinen Stoffgeschäft gehen, das sie entdeckt hatte. Dort hatte sie Stoff gekauft, um Derek ein paar Dinge zu Weihnachten zu nähen. Ein Halstuch mit Monogramm und Taschentücher, und ein paar Seidenhemden, von denen sie einige schon fertiggestellt hatte.

Ironischerweise hatte sie an dem Tag, an dem sie Lord Ashford begegnet war, nicht soviel Angst gehabt wie am Tag danach, nachdem sie den Abend mit Derek verbracht hatte. Sie hatte seine Angst gespürt, obwohl er nach seiner Warnung nicht mehr allzuviel darüber gesagt hatte.

Es hatte seine Vorteile, ans Haus gebunden zu sein. Nachdem sie drei Tage lang gegrübelt hatte, war sie auch endlich in der Lage, einen Brief an ihre Tante Elizabeth abzuschicken. Darin erklärte sie ihr, daß ihre Freundin die Meinung eines weiteren Arztes eingeholt habe, die ihr etwas Hoffnung gebe, und daß sie nach London gezogen seien, um nahe bei dem neuen Arzt zu wohnen.

Es fiel ihr schwer, ihre Tante weiter anzulügen, und es war auch nicht einfach, einen Absender anzugeben, was Elizabeth natürlich erwarten würde. Schließlich setzte Kelsey ihre tatsächliche Adresse ein, da sie außer Dereks Adresse keine andere kannte, und seine zu benutzen kam nicht in Frage.

Sie hatte auch einen Brief an ihre Schwester beigelegt, voller Klatschgeschichten über ihre Heimatstadt, die natürlich alle erfunden waren. Nachdem sie die beiden Briefe fertiggeschrieben hatte, kam sie sich so verachtenswert vor, daß sie Derek keine besonders gute Gesellschafterin war. Es fiel ihm auf, und er machte eine Bemerkung darüber, aber sie hatte ihn mit weiteren Lügen beruhigt und behauptet, sie leide bloß unter dem Wetter. Am nächsten Tag schickte er ihr Unmengen von Blumen, und sie hätte am liebsten geweint.

Schließlich machte sie sich klar, daß es albern von ihr war, sich im Haus zu vergraben, zumal es ein herrlicher Wintertag war. Sie begab sich umgehend zur Schneiderin, um die letzten Anproben über sich ergehen zu lassen, was recht schnell ging. Als sie das Hinterzimmer des Ladens verließ, zögerte sie nur kurz, aus Sorge, daß sie Lady Eden wieder über den Weg laufen könnte.

Das Geschäft war jedoch so früh am Morgen ganz leer, da die meisten Damen der Gesellschaft im Hinblick auf ihre gesellschaftlichen Verpflichtungen in der Nacht zuvor morgens erst spät aufstanden. Es gab jedoch eine Ausnahme.

Gerade als sie zur Tür wollte, ging sie auf, und Tante Elizabeth betrat den Laden. Kurz hinter ihr kam ihre Schwester Jean herein. Jean schrie vor Freude auf, als sie

Kelsey sah, und stürzte in ihre Arme. Elizabeth war ebenso überrascht wie Kelsey, allerdings kaum so erschrocken.

»Was tust du in London?« fragten beide wie aus einem Mund.

»Habt ihr meinen Brief nicht bekommen?« entgegnete Kelsey.

»Nein ... das ... habe ... ich ... nicht.«

Dic Pausen zwischen den einzelnen Wörtern ließen Elizabeths Antwort wie einen Vorwurf klingen, und es war auch einer, wie Kelsey an ihrem Gesichtsausdruck sah. Sie hätte eher schreiben sollen. Schließlich wußte sie ja, daß Tante Elizabeth auf einen Brief gewartet hatte. Aber es war so schwer, die eigene Familie anzulügen, daß sie es so lange wie möglich hinausgezögert hatte. Und jetzt mußte sie wieder alles erklären.

»Ich habe dir geschrieben, Tante Elizabeth, um dir mitzuteilen, daß ich mit Anne nach London gefahren bin. Sie hat hier einen neuen Arzt gefunden, der ihr Hoffnung gemacht hat, und deshalb wollte sie in seiner Nähe sein.«

»Das sind ja wunderbare Nachrichten!«

»O ja.«

»Heißt das, du kommst bald wieder nach Hause, Kelsey?« fragte Jean hoffnungsvoll.

»Nein, mein Schatz, Anne ist immer noch sehr krank«, erwiderte Kelsey und drückte Jean an sich.

»Deine Schwester wird hier gebraucht, Jean«, sagte Elizabeth. »Ihre Freundin muß aufgeheitert werden, und das kann Kelsey gut, so warmherzig, wie sie ist.«

»Was machst du denn hier in London, Tante?« fragte Kelsey.

Elizabeth schnaubte. »Unsere Schneiderin zu Hause ist weggezogen, und das ohne jede Vorankündigung. Kannst du dir das vorstellen? Ich möchte keinesfalls zu diesem französischen Flittchen gehen, die ihr immer Konkurrenz gemacht hat, und da Jean und ich ein paar neue Kleider für die Feiertage brauchen, habe ich beschlossen, daß wir sie genausogut von der besten Schneiderin nähen lassen könnten. Mrs. Westerbury ist mir von einigen Freundinnen sehr empfohlen worden.«

»Ja, sie ist hervorragend«, stimmte Kelsey ihr zu. »Ich habe hier auch einige Kleider für mich bestellt, da ich nicht so viel mitgenommen hatte.«

»Nun, wenn du hier noch sehr viel länger gebraucht wirst, dann laß es mich doch bitte wissen, und ich schicke dir deine Garderobe. Du sollst ja schließlich nicht darauf verzichten. Aber du meine Güte – wo du jetzt in London wohnst, bist du dir überhaupt darüber im klaren, daß die Saison ihrem Höhepunkt zustrebt? Ich habe zahlreiche Freunde hier, die entzückt wären, dich einzuführen. Und deine Freundin hat doch sicher nichts dagegen, dich ab und zu für ein paar Stunden zu entbehren, damit du selbst auch ein wenig Freude hast.«

Tante Elizabeth meinte es natürlich gut, aber Kelsey lag nichts mehr daran, an der Londoner Saison teilzunehmen, um einen Ehemann zu finden. Da sie das aber nicht erzählen konnte, sagte sie einfach: »Das muß noch ein bißchen warten, Tante Elizabeth. Ich würde mich scheußlich fühlen, wenn ich mich vergnüge, während Anne es nicht kann. Nein, das könnte ich nicht.«

Elizabeth seufzte. »Das habe ich mir gedacht. Du weißt aber doch, daß du genau im richtigen Alter zum Heiraten bist, oder? Und sobald du wieder nach Hause gekommen bist, werden wir auf jeden Fall eine richtige Saison für dich planen. Ich werde sofort damit anfangen, die entsprechenden Arrangements zu treffen. Schließlich schulde ich es meiner Schwester, daß du richtig in die Gesellschaft eingeführt wirst.«

Kelsey zuckte innerlich zusammen. Es war ein furchtbarer Gedanke, daß ihre Tante ihre Zeit damit verschwendete, Pläne für etwas zu machen, was nie zustande kommen würde. Aber ohne ihr die Wahrheit zu sagen, konnte sie nichts dagegen einwenden. Und was sollte sie ihr in sechs Monaten sagen? Und in einem Jahr? Im Laufe der Zeit würden ihre Entschuldigungen nicht mehr geglaubt werden.

Sie konnte sie nur warnen: »Mach jetzt besser noch keine Pläne, Tante. Ich kann wirklich nicht sagen, wie lange ich hier noch gebraucht werde.«

»Nein, natürlich nicht«, erwiderte Elizabeth. »Übrigens würde ich deiner Freundin gerne meine Aufwartung machen, solange wir hier in London sind.«

Allein der Gedanke daran versetzte Kelsey in Panik. Ihr fiel absolut nichts mehr ein, keine einzige Ausrede. Und was noch schlimmer war, ihr wurde klar, daß Elizabeth auch sie würde besuchen wollen, solange sie in der Stadt war, und wenn sie das täte, würde sie merken, daß Anne nicht da war, weil *Anne gar nicht dasein konnte.*

Noch hatte Elizabeth die Adresse nicht, sie würde den Brief erst vorfinden, wenn sie wieder nach Hause fuhr. Warum hatte sie bloß ihre richtige Anschrift auf den Brief geschrieben? Weil sie angenommen hatte, ihre Tante würde nicht nach London kommen. Sie haßte den Verkehr in der Großstadt. Aber jetzt war sie hier … und Kelsey wagte nicht, ihr die Adresse zu geben, weil sie nicht wußte, zu welcher Tageszeit ihre Tante dort erscheinen wollte.

Gott sei Dank fiel ihr jedoch gleichzeitig auch eine Ausrede ein. »Anne ist noch zu krank, um Besuch zu empfangen. Die Fahrt nach London hat sie sehr angestrengt, und zur Zeit braucht sie ihre ganze Kraft, um zum Arzt zu gehen.«

»Das arme Mädchen. Geht es ihr immer noch so schlecht?«

»Nun – ja, sie wäre fast gestorben, bevor sie mit dieser neuen Behandlung anfing. Der Arzt sagte, es wird einige Monate dauern, bevor wir überhaupt wissen, ob die Methode anschlägt. Trotzdem möchte ich euch beide gerne treffen, solange ihr hier seid. In welchem Hotel wohnt ihr denn?«

»Wir sind im Albany abgestiegen. Hier, die Adresse.« Sie kramte in ihrem Retikül und reichte Kelsey einen Zettel.

»Ich komme bestimmt vorbei«, versprach Kelsey. »Ich habe euch beide so vermißt. Aber jetzt muß ich mich wirklich beeilen. Ich möchte Anne nicht zu lange allein lassen.«

»Dann komm morgen früh, Kelsey«, sagte Elizabeth, und das hörte sich an wie ein Befehl. »Wir erwarten dich.«

36

»Na, das wurd' ja auch höchste Zeit, daß er diese Kutsche stehengelassen hat«, sagte Artie zu seinem französischen Freund, als er die Pferde des Zweispänners zügelte, mit dem sie David Ashford verfolgt hatten. »Ich hab' schon fast gedacht, wir kriegen ihn nie mehr alleine zu packen.«

»Das nennst du allein, *mon ami*?« fragte Henry nachlässig, während er ihre Beute im Auge behielt. »Er hat schon wieder so eine Hure aufgelesen.«

Artie seufzte. »Ja, ja, es wär einfacher, die Nichte vom Captain aus ihrem Garten zu entführen, als diesen Nabob hier.«

»Da stimme ich dir zu, aber da sie sich nun mal als seine Nichte und nicht als die Frau seines Feindes herausgestellt hat, würde ich das Desaster lieber nicht wiederholen wollen.«

Artie schnaubte. »Als ob wir das gewußt hätten. Nicht mal der Captain hat's gewußt, bis sie es ihm gesagt hat. Außerdem, was sollen wir hier schon falsch machen? Er ist es, den wir brauchen. Wir müssen ihn nur lange genug von seinen Dienstboten fernhalten und ihn uns dann schnappen.«

»Das versuchen wir jetzt schon seit einer ganzen Woche«, erinnerte Henry seinen Freund. »Aber er zeigt wenig Neigung, sich weit genug von seiner Kutsche oder seinem Haus zu entfernen.«

»Ich sag' ja, wir hätten ihn uns in der Schenke schnappen und durch den Hintereingang rausschleppen sollen, dann hätte sein Kutscher vor der Tür immer noch dagesessen und auf ihn gewartet.«

Henry schüttelte den Kopf. »Der Captain hat gesagt, wir dürfen kein Aufsehen erregen. In der Schenke war viel zu viel los.«

»Auf der Straße hier vielleicht nicht?«

Henry blickte die Straße hinunter und meinte dann: »Nicht annähernd so viel. Und außerdem kümmern sich Leute auf der Straße eher um ihre eigenen Angelegenheiten. Wer merkt denn schon, ob wir ihn schnell zu unserer eigenen Kutsche bringen statt zu seiner?«

»Ich meine ja, wir sollten ihn uns in dem Haus außerhalb der Stadt greifen, das er immer besucht. Da ist es so einsam, da wohnt kaum einer.«

»Letztes Mal, als wir ihm dahin gefolgt sind, war Licht in dem Haus. Du hast ja geschlafen.«

»Hältst du mir das etwa immer noch vor, daß ich dieses *eine* verdammte Mal eingeschlafen bin?« beklagte sich Artie.

»Zweimal, aber wer nimmt's schon so genau ...?« Henry brach mitten im Satz ab und blickte angestrengt

zu Ashford und der Frau hinüber, die gerade vor ihm stand. »Sie sieht ängstlich aus.«
Artie warf einen Blick auf das Paar. »Vielleicht kennt sie ihn. Wenn ich eine Hure wär' und wüßte, wie er ist, sähe ich auch verdammt ängstlich aus.«
»Artie, ich glaube wirklich nicht, daß sie freiwillig mit ihm geht.«
»Was zum Teufel? Du meinst, er kidnappt sie, wo wir doch ihn kidnappen sollen?«

Kelseys Kutscher mußte mit der Kutsche wegfahren, um einem Lieferwagen Platz zu machen, deshalb stand er nicht mehr da, wo sie ihn verlassen hatte. Er hielt ein ganzes Stück weiter weg und winkte ihr zu, um sie auf sich aufmerksam zu machen. Sie ging in die Richtung, war aber in Gedanken immer noch bei der unerwarteten Begegnung mit ihrer Tante und ihrer Schwester.
Deshalb sah sie auch nicht, daß Lord Ashford auf sie zukam. Sie bemerkte ihn erst, als er ihren Arm ergriff und neben ihr herging.
»Einen Ton, meine Hübsche, und ich breche dir den Arm«, warnte er sie lächelnd.
Ob er gewußt hatte, daß sie schreien wollte? Alle Farbe war aus ihrem Gesicht gewichen, als sie ihn gesehen hatte. Er zog sie die Straße entlang, aber Gott sei Dank in Richtung ihrer eigenen Kutsche. Würde ihr Kutscher merken, daß sie seine Hilfe brauchte? Oder sah es nur so aus, als habe sie einen Bekannten getroffen?
»Lassen Sie mich los«, wollte sie schreien, brachte aber nur ein furchtsames Krächzen zustande.
Und er lachte. Er lachte tatsächlich. Bei dem Geräusch gefror ihr das Blut in den Adern.
Sie würde trotz seiner Warnung schreien müssen, wurde ihr klar. Was war schon ein gebrochener Arm, verglichen mit dem, zu dem er fähig war?

Er mußte jedoch gespürt haben, daß sie ihm Schwierigkeiten machen wollte, denn er brachte sie vollends zum Schweigen, indem er zu ihr sagte: »Ich habe diesen Bastard Lonny umgebracht, weil er mir eine Jungfrau versprochen hatte. Er hätte dich einfach an mich verkaufen sollen, statt dich zu versteigern. Aber ich bedaure jetzt schon, daß ich es getan habe, weil sein Bruder das Haus übernommen hat. Er ist viel rechtschaffener und erlaubt mir wahrscheinlich nicht mehr, die Huren auszupeitschen. Na ja, das Haus hat mir sowieso nur zum Appetitanregen gedient. Um mein volles Vergnügen zu finden, mußte ich immer noch woanders hingehen, und das werde ich jetzt auch mit dir tun.«

Er sagte das alles so beiläufig, als ob er über das Wetter redete. Selbst sein leises Bedauern galt nicht dem Mann, den er umgebracht hatte, sondern der Tatsache, daß er etwas verloren hatte, an das er gewöhnt war.

Sie war so entsetzt, daß sie noch nicht einmal merkte, daß er sie vom Gehweg weg in die Straße geführt hatte, wo seine Kutsche wartete. Das merkte sie erst, als er sie hineinstieß.

Da endlich schrie sie, aber ihr Schrei wurde abrupt erstickt, als er sie in die Polster drückte.

Er hielt sie fest, bis sie keine Luft mehr bekam und vollends in Panik geriet. Wollte er sie jetzt schon umbringen? Als er ihren Kopf endlich losließ, schnappte sie nach Luft, und diesen Moment nutzte er, um ihr einen Knebel in den Mund zu schieben, bevor sie noch einmal schreien konnte.

Hatte ihr Kutscher gesehen, was passiert war? Hatte er überhaupt versucht, ihr zu helfen? Jetzt war es auf jeden Fall zu spät. Ashfords Kutsche war sofort losgefahren, und sie ratterten in raschem Tempo dahin.

Nicht nur der Knebel behinderte sie. Kaum hatte sie sich aufgesetzt, griff sie ihn an und versuchte, ihm mit ihren Fingernägeln das Gesicht zu zerkratzen. Doch er packte ihre Hand, bog sie hinter ihren Rücken und fesselte ihr die Hände auf dem Rücken.

Die Fesseln waren so straff, daß ihre Finger bald gefühllos wurden. Das Band des Knebels war genauso eng geschnürt und schnitt tief in ihre Mundwinkel ein.

Aber dies war nur das kleinere Übel, das wußte sie jetzt. Sie wünschte, Derek hätte ihr nicht so genau geschildert, zu welchen Grausamkeiten dieser Mann fähig war. Sie mußte fliehen, bevor er sie an den Ort bringen konnte, zu dem sie fuhren. Ihre Füße hatte er nicht gefesselt. Würde die Tür aufgehen, wenn sie dagegentrat? Konnte sie herausspringen, noch bevor es ihm möglich war, sie festzuhalten? Sie war verzweifelt genug, um es zu versuchen. Wenn sie sich etwas zur Seite drehen könnte, um die Tür mit den Füßen zu erreichen …

»Ich hätte gewartet, bis er deiner überdrüssig geworden wäre und dich weggeschickt hätte, aber so wie er dich beschützt hat, war mir klar, daß das zu lange dauern würde. Meine Geduld ist nicht endlos. Und seinetwegen kann ich dich leider jetzt auch nicht mehr weggehen lassen, meine Hübsche.«

»Er« war natürlich Derek. Kelsey hatte aufgehorcht, als Ashford sagte »seinetwegen kann ich dich jetzt nicht mehr weggehen lassen«. Hatte er solche Angst vor Derek? Wenn sie floh, würde sie natürlich Derek erzählen, was er getan hatte, und dann würde Derek ihn verfolgen … Ja, er hatte allen Grund, Derek zu fürchten. Und vielleicht konnte sie einen Vorteil daraus ziehen – wenn er den Knebel lange genug entfernte, würde sie ihm sagen …

»Außer natürlich, ich bringe auch ihn um.«

Ihr stockte wieder das Blut, als er dies hinzufügte. Er sah sie dabei noch nicht einmal an, sondern blickte aus

dem Fenster. Beinahe wirkte er so, als redete er mit sich selbst. Taten Geisteskranke das?
»Er hätte es verdient, für all die Unannehmlichkeiten, die er mir bereitet hat. Aber bis jetzt habe ich mich noch nicht entschieden.« Sein Blick wanderte zu ihr. Seine Augen waren eiskalt. »Vielleicht kannst du mich ja überreden, ihn am Leben zu lassen.«
Sie versuchte, trotz des Knebels zu sprechen, ihm zu sagen, was er von einem solchen Vorgehen erwarten konnte. Aber nur erstickte Laute drangen hervor. Ihre Augen jedoch verrieten ihm, welche Wut, Angst und Haß sie empfand. Er lachte nur.
Sie war nicht dumm. Wenn er versuchen wollte, Derek zu töten, konnte ihn nichts davon abbringen. Aber Derek würde nicht so unvorbereitet sein, wie Lonny es wahrscheinlich gewesen war. Es würde nicht leicht sein, Derek umzubringen, das hatte er wohl schon festgestellt, sonst würde er nicht solche Angst vor ihm haben. Wenn sie nur ihre eigene Angst überwinden könnte …

37

Das große, modrig riechende alte Haus wirkte unbewohnt. Die wenigen Möbel, die sie vom Flur aus sehen konnte, waren mit Laken abgedeckt. Überall waren die Vorhänge zugezogen, und man brauchte eine Lampe, um den Weg zu finden. In den Ecken hingen Spinnweben.
Aber ein alter Mann hatte sie eingelassen, also mußte hier jemand wohnen. Bei näherer Betrachtung war er allerdings gar nicht so alt, nur entstellt und sehr, sehr häßlich. Ein Arm war länger als der andere, oder viel-

leicht sah es auch nur so aus, weil sein Körper so verkrümmt war. Auch sein Gesicht war grotesk verzerrt; man hatte ihm tatsächlich die Nase abgeschnitten, und mit seinen dicken Wangen sah er mehr aus wie ein Schwein. Seine grauen Haare ließen ihn so alt wirken, aber er war es eigentlich nicht.

Kelsey dachte zunächst entsetzt, daß Ashford ihn so entstellt habe, aber dann lauschte sie aufmerksam auf das Gespräch zwischen den beiden, während sie den Flur entlanggeschleppt wurde.

Der Verwalter, John war sein Name, verehrte Ashford anscheinend, weil dieser ihm offenbar eine Stelle gegeben hatte, als niemand anderer ihn haben wollte. Sie überlegte, was für eine Stelle das wohl war. John schien überhaupt nicht überrascht zu sein, daß Ashford eine gefesselte und geknebelte Frau mitgebracht hatte.

Aber dann fragte er: »Eine neue Hübsche für Ihre Sammlung, Mylord?«

»In der Tat, John, und sehr schwer zu bekommen.«

Sie gelangten zu einer Treppe, die in ein dunkles Kellerloch hinabführte. John ging ihnen mit einer Lampe voraus. Kelsey mußte hinuntergeschleift werden, weil sie freiwillig nie dort hinuntergegangen wäre.

Sammlung? Mein Gott, hoffentlich bedeutete es nicht das, wonach es geklungen hatte. Sie tappten durch einen langen Kellergang und kamen zu einer weiteren Treppe, die noch tiefer hinunterführte ... und dann konnte sie Stöhnen hören.

Es war wie ein Gefängnis. Es *war* ein Gefängnis, stellte sie fest, als sie an zahlreichen Türen mit schweren Riegeln und mit Brettern vernagelten Öffnungen vorbeikamen – aus jedem Raum drang ein Gestank, der einem den Atem verschlug. Licht spendete lediglich eine Fackel am Ende des Gangs an der Treppe. Durch die Holzlatten der Türen drang kein Licht.

Am Ende des langen Ganges gab es Anzeichen dafür, daß noch mehr Zellen gebaut werden sollten. Sie hatte vier veriegelte Türen gezählt. Vier besetzte Zellen? Sie wurde jedoch in die fünfte Tür hineingeschoben.
John war schon da; er hatte seine Lampe neben sich auf den Boden gestellt. In der Mitte des kleinen Zimmers stand ein Bett, nur mit einem Laken bedeckt. Der Raum war neu und sauber. Er roch nach frischem Holz. An einer Wand standen vier Eimer mit Wasser – um ihr danach das Blut abzuwaschen?
»Sehr schön, John«, bemerkte Ashford und sah sich um. »Und du bist gerade rechtzeitig fertig geworden.«
»Danke auch, Mylord. Ich wär' schon früher fertig gewesen, wenn mir jemand geholfen hätte, aber ich kann verstehen, warum außer mir keiner hier herunter darf.«
»Du machst das sehr gut alleine hier, John. Hilfe würde bedeuten, daß du mit jemandem teilen mußt.«
»Nein, ich will nicht teilen. Der nächste Raum wird Ende des Monats fertig sein.«
»Hervorragend.«
Kelsey hörte ihnen kaum zu. Sie starrte wie hypnotisiert vor Entsetzen auf das schmale Bett in der Mitte des Zimmers; am Fuß- und am Kopfende waren Ledermanschetten befestigt. Als sie die Lederriemen sah, wurde sie vor Angst fast ohnmächtig. Wenn sie dort erst einmal festgebunden war, und sie bezweifelte nicht, daß das Ashfords Absicht war, konnte sie nicht mehr entkommen.
Sie hatte versucht, die Kutschentür aufzutreten, mit dem Resultat, daß ihr Fuß weh tat. Ashford hatte amüsiert zugesehen, wie sie sich anstrengte. Und auch jetzt hielt er ihren Arm noch genauso fest wie zu Beginn, und es gelang ihr nicht, sich loszuwinden. Aber irgend etwas mußte sie tun. Während sich die beiden unterhielten und ihr keine Aufmerksamkeit schenkten, war vielleicht der geeignete Moment …

Sie sank gegen Ashford, als sei sie zufällig gestolpert. Es hätte vielleicht den gleichen Zweck erfüllt, wenn sie eine Ohnmacht vorgetäuscht hätte, aber dann wäre es ihr nicht möglich gewesen, schnell genug wieder aufzuspringen, da ihr immer noch die Hände auf dem Rücken gefesselt waren.

Er ließ tatsächlich ihren Arm los, um sie wegzustoßen. Das geschah so schnell, daß er ganz offensichtlich die direkte Berührung mit ihrem Körper nicht ertrug. Hätte sie Zeit gehabt, darüber nachzudenken, wäre es ihr seltsam vorgekommen.

Aber die Zeit hatte sie nicht. Sie nutzte den kurzen kostbaren Moment und stürzte aus dem Raum. Hinter ihr ließ Ashford eine Art Kichern hören und sagte etwas, das sie nicht verstand.

Sie konnte seine Erheiterung nicht einordnen, vielleicht hatte sie sich auch verhört, denn das ergab doch keinen Sinn. Er nahm jedoch nicht sofort ihre Verfolgung auf, auch der Verwalter nicht. Und den Grund dafür fand sie heraus, als sie die Treppe erreicht hatte und hart auf die erste Stufe fiel.

Ihr Rock! Sie konnte ihn nicht hochheben, weil ihre Hände immer noch auf dem Rücken gefesselt waren. Deshalb kicherte der Bastard. Er wußte, daß ihr langes Kleid sie behindern würde.

Aber sie würde nicht aufgeben! Sie *würde* die Treppe hochsteigen, nur eben nicht so schnell, wie sie gerne gewollt hätte. Bei jeder Stufe hob sie die Beine so hoch sie konnte, erreichte so den oberen Keller und schließlich das Erdgeschoß.

Als sie zur Haustür kam, fand sie diese verriegelt vor. Zwar konnte sie den Türknauf drehen, obwohl ihre Finger so gefühllos waren, daß sie sie kaum bewegen konnte, aber den Riegel konnte sie nicht erreichen. Er saß zu hoch oben an der Tür.

Sie war so enttäuscht, daß sie fast zusammengebrochen wäre. Aber es mußte doch noch mehr Türen nach draußen geben! Sie konnten ja schließlich nicht alle verriegelt sein. Ihr blieb nur keine Zeit mehr, und die Schmerzen in ihren Händen, durch die jetzt das Blut wieder zirkulierte, waren fast unerträglich.

Sie hätte sich besser auf die Suche nach der Küche gemacht. Vielleicht hätte sie dort ein Messer gefunden, um ihre Fesseln durchschneiden zu können, während sie sich versteckte ... und verstecken mußte sie sich. Doch jetzt war es zu spät, die Küche zu suchen, die sich bestimmt auf der Rückseite des Hauses befand, wo der Kellereingang gewesen war – und wo bald schon Ashford auftauchen würde.

Die Dunkelheit im Haus war ein Segen. Zumindest betete Kelsey darum. Würde sie sich in den Zimmern im Erdgeschoß überhaupt verstecken können? Es gab nur so wenige Möbelstücke dort. Sie hatte jetzt keine Zeit, nachzusehen.

In der Dunkelheit konnte sie die Treppe erkennen, die nach oben führte, und rannte darauf zu. Schon wieder Treppenstufen, aber hatte sie eine andere Wahl? Der Weg in den hinteren Teil des Hauses zu einer anderen Tür, die vielleicht offen war, konnte schon abgeschnitten sein.

Es war die richtige Wahl. Sie hörte Ashford bereits, noch bevor sie die oberste Treppenstufe erreicht hatte. Aber selbst wenn er nach oben blickte, würde er sie wahrscheinlich nicht sehen können. Die Lampe, die er in der Hand hielt, gab nicht viel Licht, weil er sie so nahe vor sich hielt, und erzeugte ebenso viele Schatten, wie sie auflöste.

»Die Zeit für deine Bestrafung ist gekommen, meine Hübsche. Du kannst nicht entkommen. Du mußt für ihre Sünden bezahlen, genau wie die anderen.«

Ihre Sünden? Gab es eine Ursache für seinen Wahnsinn? Wen zum Teufel meinte er damit?
Die Türen im Obergeschoß waren alle geschlossen. Sie versuchte, die erste zu öffnen, und stellte fest, daß ihre Hände wieder eingeschlafen waren. Als das grauenhafte Prickeln wieder anfing, zuckte sie zusammen. Und als sie endlich die Tür aufbekommen hatte, sah sie, daß in dem verdammten Zimmer nicht ein einziges Möbelstück stand.
Das zweite Zimmer, in das sie kam, stand voller Gerümpel, offensichtlich wurde es benutzt. Von diesem gräßlichen Verwalter?
Die zerschlissenen Vorhänge ließen jedoch so viel Licht herein, daß es einfach gewesen wäre, sie zu finden, wenn sie versucht hätte, sich irgendwo zu verstecken. Und unter das Bett zu kriechen kam nicht in Frage, das war der erste Ort, an dem Ashford nachsehen würde.
Das dritte Zimmer war so dunkel, daß sie sich fragte, ob es überhaupt Fenster hatte. Sie tastete sich rasch an der Wand entlang, bis sie auf Vorhänge stieß, die sie beiseite schob. Nichts. Das Zimmer war genauso leer wie das erste.
Sie vergeudete Zeit. Bestimmt sah er zuerst unten nach, da er annehmen würde, daß sie vor Treppenstufen Angst hatte. Aber sobald er unten alles durchsucht hätte, würde er nach oben kommen.
»Du wirst für deine Dummheit sogar noch strenger bestraft werden, das verspreche ich dir. Es wird besser sein, wenn du dich zu erkennen gibst.«
Seine Stimme drang von unten herauf und zeigte ihr an, daß er eins der Zimmer im Erdgeschoß betreten hatte. Noch blieb ihr ein wenig Zeit.
Kelsey eilte zur nächsten Tür – ein leerer Wandschrank. Die nächste ... wieder eine Treppe! Vielleicht zum Spei-

cher? Ein Speicher wäre gut. Normalerweise stand dort eine ganze Menge Gerümpel und alte Möbel.
Aber eigentlich hatte sie gehofft und gebetet, sie würde eine Treppe finden, die wieder nach unten führte, in den hinteren Teil des Hauses. Sie konnte das Ende des Flurs nicht erkennen und war sich daher im unklaren, wie viele andere Türen sie noch würde öffnen müssen. Ein gutes Versteck oder Treppen, die vielleicht zu einer Außentür führten, die nicht verriegelt war? O Gott, sie konnte sich nicht entscheiden!
Wenn sie nach draußen gelangen könnte, dann hätte sie wirklich die Möglichkeit zu fliehen. Um das Haus herum war Wald, und im Wald würde er sie nicht finden.
Sie tappte weiter. Wieder eine Tür – und überhaupt keine Vohänge. Helles Tageslicht drang durch die schmutzigen Fenster und blendete sie beinahe. Es dauerte einen Augenblick, bis sie das zerbrochene Bett, die große Truhe und den Kleiderschrank, dem die Türen fehlten, sehen konnte. Die Truhe? Nein, zu einfach, fast wie eine Falle. Das Licht, das aus dem Zimmer in den Gang fiel, zeigte ihr jedoch, daß es nur noch eine weitere Tür am Ende des Flurs gab.
Die jedoch war verschlossen. Sie vergeudete zuviel Zeit damit, an ihr zu rütteln. Schon konnte sie die Schritte auf der Treppe hören …
Sie rannte zurück in das helle Zimmer und zog die Tür so weit hinter sich zu, daß das Licht nicht mehr in den Flur fiel. Wenn sie die Tür ganz offenließ, würde das Ashford wahrscheinlich direkt zu ihr führen – falls er wußte, daß die Tür normalerweise geschlossen war. Sie hielt den Atem an, lauschte angestrengt und hoffte darauf, daß er noch einmal etwas sagen würde. Dann hätte sie gewußt, wo er war, doch leider schwieg er. Sie hörte nur seine Schritte, die stehenblieben, weitergingen, stehenblieben …

Lauschte er auch? Wahrscheinlich. Als er oben an der Treppe angekommen war, wurden seine Schritte viel lauter. Er trat kräftig auf. Absichtlich? Damit sie ihn auf jeden Fall hörte und wußte, daß er näher kam?
Sie konnte genau hören, wie er stehenblieb, um in das erste Zimmer zu blicken und es mit seiner Lampe auszuleuchten. Und ihr fiel ein, daß sie alle Türen offengelassen hatte, außer den beiden letzten. Er brauchte nur hineinzublicken. Seine Schritte, die wieder näher kamen, bestätigten das.
Er mußte jedoch immer noch in das benutzte Zimmer. Dort würde er unter dem Bett nachsehen und den Schrank öffnen, und während er dort nachsah, hatte sie noch ein paar Sekunden, um an diesem Zimmer vorbei wieder auf die Treppe nach unten zu gelangen. Dort lief sie vielleicht dem Verwalter in die Arme, aber hier oben saß sie auf jeden Fall in der Falle.
Sie verlor Zeit, weil die Tür zufiel, als sie versuchte, sie zu öffnen. Und da sie sich umdrehen mußte, um sie wieder aufzumachen, war sie, endlich draußen, noch nicht einmal halbwegs auf der Höhe des bewohnten Zimmers, in dem Ashford nach ihr suchte, als sie hörte, wie er zur Tür zurückkam.
Rasch wandte sie sich statt dessen zum Speicher und betete, daß sie trotz der Panik, die sie überfiel, die Treppe hinaufkäme. Es gab immer noch die Hoffnung, daß der Speicher groß genug und so voller Gerümpel war, daß er sehr lange brauchen würde, um ihn zu durchsuchen. Und dann hätte sie vielleicht eine Chance, an ihm vorbeizuschlüpfen und wieder hinunterzulaufen.
Tränen liefen ihr über die Wangen, als sie die Tür oben an der Treppe geöffnet hatte. Der Speicher war riesengroß, er erstreckte sich über die gesamte Länge des Hauses – und er war völlig leer. Sie hätte wissen müssen, daß er leer war, schon allein wegen der spärlichen

Möblierung in den Untergeschossen. Wem auch immer dieses Haus gehört haben mochte, er hatte alles mitgenommen. Und wem auch immer es jetzt gehörte – und das war wahrscheinlich Ashford –, er hatte kaum etwas Neues hierhergebracht; weil er nicht die Absicht hatte, hier zu wohnen. Er gebrauchte es wegen seiner einsamen Lage nur als Versteck für seine Grausamkeiten. Niemand würde hier die Schreie der Gequälten hören. Es war ein Gefängnis …

Und sie konnte jetzt nicht mehr entkommen. Er war schon auf der Treppe.

Die Tür würde jeden Moment aufgehen. Und sie konnte sich nirgendwo verstecken. Sie saß in der Falle, und sie war immer noch gefesselt. Hätte sie wenigstens die Hände frei gehabt, dann hätte sie kämpfen können …

Die Tür ging auf – und sie starrte ihn an. Er lächelte und stellte seine Lampe ab. Durch die Dachfenster fiel genug Licht, hier brauchte er keine Lampe.

Bei seinem Lächeln stockte ihr das Blut in den Adern. Er hätte eigentlich ärgerlich sein müssen, daß er wegen ihr das ganze Haus hatte durchsuchen müssen. Er hätte vor Wut schäumen müssen. Aber er wirkte überhaupt nicht ärgerlich, eher erfreut und erheitert.

Plötzlich merkte sie, daß dies zu seinem Spiel gehörte. Er ließ ihr die kurze Hoffnung, ihm entkommen zu können – bevor er sie zerschlug. Deshalb war er ihr nicht gleich gefolgt. Der Bastard hatte *gewollt*, daß sie weglief, hatte gewollt, daß sie dachte, sie hätte eine Chance, und dabei hatte sie die ganze Zeit über nicht die geringste Chance gehabt. Sie hatte nur das Unvermeidliche hinausgezögert.

»Komm schon, meine Hübsche.« Er winkte ihr, als erwartete er wirklich, sie käme zu ihm. »Du hattest deine kleine Chance.«

Seine Worte bestätigten nur ihre Gedanken, und Kelsey

sah rot. Sie konnte nicht kämpfen? Und ob sie das konnte!
Ohne nachzudenken, stürzte sie sich mit ihrem vollen Gewicht auf ihn. Es war ihr gleichgültig, ob sie die Treppe hinunterstürzte, solange nur er ebenfalls hinunterfiel. Und das tat er. Ihr Angriff hatte ihn völlig überraschend getroffen, sie jedoch fand das Gleichgewicht wieder.
Verblüfft starrte sie ihm nach. Er lag mit gespreizten Armen und Beinen unten an der Treppe, sicherlich nicht tot, aber offensichtlich betäubt. Sie flog die Stufen hinunter, sprang über seine Füße und rannte zu der anderen Treppe.
Endlich hatte sie wieder Hoffnung. Der Verwalter war vielleicht noch im Keller und wartete darauf, daß sein Herr sie zurückbrachte. Ashford hatte sie schließlich gar nicht so schnell finden wollen. Das hätte ihm den Spaß verdorben.
Aber sie irrte sich und rannte dem Verwalter direkt in die Arme, als sie um die Ecke bog, um zur Treppe zu gelangen. Und er fiel durch den Zusammenprall nicht die Treppe hinunter wie Ashford von der Speichertreppe. Ihr blieb die Luft weg, er jedoch stand da wie ein Klotz und rührte sich nicht von der Stelle.

38

»Ganz ruhig, Engländer. Ich möchte dir nicht die Kehle durchschneiden.«
Es war keine andere Warnung nötig – die Klinge am Hals des Mannes genügte. Er war stocksteif stehengeblieben.
»Was – was wollen Sie?«

»Ich möchte wissen, warum du hier im Wald herumschnüffelst.«
»Ich habe nicht herumgeschnüffelt – das heißt – na ja, ich habe gerade überlegt, was ich tun soll«, versuchte der Mann zu erklären, obwohl ihm das Reden durch das Messer an seinem Hals erschwert wurde.
»Was überlegt?«
»Ich habe eine Kutsche verfolgt, habe sie aber verloren. So ein blöder Lieferwagen ist mir in die Quere gekommen und hat mich aufgehalten. Aber sie ist in diese Richtung gefahren, und da das Haus da drüben weit und breit das einzige hier ist, wollte ich nachsehen, ob die Kutsche da steht. Ich war mir nicht sicher, ob ich einfach an die Tür klopfen und fragen sollte, weil ich das Gefühl hatte, daß hier etwas nicht stimmt.«
Das Messer drückte sich ein bißchen fester an den Hals des Mannes. »Du hast fünf Sekunden, um mir das genauer zu erklären, Engländer.«
»Warten Sie! Es geht um meine Herrin, Miss Langton, wissen Sie, ich bin ihr Kutscher. Ich habe sie bei ihrer Schneiderin abgesetzt, aber als sie herauskam, trat dieser Gentleman zu ihr, brachte sie zu seiner Kutsche und fuhr mit ihr weg. Aber sie wußte, daß ich dastand und auf sie wartete. Sie hat mich gesehen. Deshalb hätte sie mir Bescheid gesagt, was los ist, bevor sie mit dem Mann wegfuhr – außer, sie wollte gar nicht mit ihm wegfahren. Und deshalb bin ich ihnen gefolgt. Ich glaube, sie ist in Schwierigkeiten.«
Das Messer wurde weggenommen, und der Kutscher stand auf. »Ich glaube, wir sind wegen derselben Sache hier, *mon ami*«, sagte Henry und lächelte den Mann entschuldigend an.
»Ja?«
»Man hat Ihre Miss Langton tatsächlich in dieses Haus gebracht. Und ich bin sicher, daß sie nicht dortsein

möchte. Die Kutsche, in der sie hergebracht wurde, ist wieder in die Stadt zurückgefahren, aber ich konnte bisher noch nicht feststellen, wie viele Dienstboten in dem Haus sind, mit denen wir uns auseinandersetzen müssen, bevor Ihre Lady befreit werden kann. Mein Freund holt Hilfe, aber er wird sie leider zur falschen Adresse führen.«

»Miss Langton befreien? Woher soll ich denn wissen, ob Sie nicht selbst aus diesem Haus kommen?« fragte der Kutscher argwöhnisch.

»Wenn das der Fall wäre, lägen Sie jetzt hier am Boden mit durchschnittener Kehle.«

»Ist sie in Gefahr?«

»Habe ich vergessen, das zu erwähnen?«

Derek kam am Haus seines Onkels an, als James gerade aufbrechen wollte. Er war in größter Sorge wegen der geheimnisvollen Nachricht, die er bekommen hatte, und James' Gesichtsausdruck verstärkte seine Angst noch.

»Dein Bote sagte, es sei eilig!« rief Derek, als er aus seiner Kutsche stieg.

James bedeutete ihm, wieder einzusteigen. »Ich fahre mit dir und erkläre dir alles. Wie gut, daß du kommst, bevor ich weg bin.«

Derek war gerade nach Hause gekommen, als der Lakai seines Onkels bei ihm eintraf. James hatte bereits sein Pferd satteln lassen und gab nun Anweisung, es solle hinten an Dereks Kutsche angebunden werden.

Artie wartete in der Kutsche, die er gemietet hatte, nachdem Henry und er Ashford so lange verfolgt hatten, bis sie der Meinung waren, daß er zu seinem Stadthaus fahren wolle. Kurz davor hatte sich Artie von Henry getrennt und war in der Mietkutsche zurück zum Berkeley Square gefahren, um James wissen zu las-

sen, was passiert war. James hatte sofort einen Lakaien zu Derek und zu Anthony geschickt.
Jetzt wies James Dereks Kutscher an, der Mietkutsche zu folgen, dann setzte er sich zu Derek in dessen Kutsche. »Sieht so aus, als ob Tony es nicht rechtzeitig schaffen würde«, sagte er.
»Was schaffen? Was ist passiert?«
»Etwas, von dem wir sicher waren, es würde nicht geschehen. Ashford hat Kelsey entführt – zumindest paßt ihre Beschreibung auf das Mädchen, das er in seine Kutsche geschleppt hat. Artie hat Miss Langton vorher noch nie gesehen, also ist er sich nicht ganz sicher. Der Kerl hat sich Kelsey heute früh direkt von der Bond Street weg geschnappt.«
Derek wurde blaß.
»Sie war heute früh tatsächlich bei ihrer Schneiderin in der Bond Street.«
»Es könnte trotzdem sein, daß es sich um eine Verwechslung handelt, Derek. Wir sollten sicherheitshalber bei ihrem Haus vorbeifahren, aber eigentlich glaube ich nicht, daß wir soviel Zeit haben ...«
»O Gott«, unterbrach ihn Derek, »ich bringe ihn um!«
»Ich habe andere Pläne, die mir für ihn geeigneter erscheinen ...«
»Wenn er ihr auch nur ein Haar gekrümmt hat, ist er tot!« Derek raste.
James seufzte. »Wie du willst.«
Es dauerte nicht lange, bis sie Ashfords Haus erreichten, zumal Derek seinem Kutscher ständig zubrüllte, er solle sich beeilen. Das ganze Haus zu durchsuchen, war unmöglich. Ashfords Dienstboten schworen außerdem, er sei nicht zu Hause, aber James wollte ihnen nicht glauben.
Dann jedoch erschien Anthony, der von Georgina erfahren hatte, wo er sie finden könne. Und Anthony

machte ihnen rasch klar, daß Ashford es bei so vielen Dienstboten nicht wagen würde, eine Frau hierherzubringen und in seinem eigenen Haus zu mißbrauchen. Vor allem, da sie wahrscheinlich schreien, um sich treten, um Hilfe rufen und dadurch die Aufmerksamkeit des Personals erregen würde.
Wahrscheinlich wußten Ashfords Dienstboten noch nicht einmal von seinen abscheulichen Gewohnheiten, sonst hätten sie nicht für ihn gearbeitet – es sei denn, sie wären ähnlich pervers veranlagt. Ein paar von ihnen hatte er ja vielleicht ins Vertrauen gezogen, aber kaum alle.
Derek war mittlerweile völlig außer sich. Jede Minute, die sie hier vertrödelten, konnte Ashford dazu benutzen, Kelsey zu verletzen. Und sie hatten schon eine halbe Stunde in Ashfords Haus vergeudet.

39

»Wo hast du dich so lange herumgetrieben?« herrschte Ashford seinen Verwalter an, als er langsam wieder auf die Füße kam. Er rieb sich den Kopf.
»Spaziergänger, Mylord«, erwiderte John. Er stampfte den Flur entlang und hielt Kelsey so fest an sich gepreßt, daß sie kaum Luft bekam. »Ich hab' sie von der Küche aus gesehen, als ich nach der Hure gesucht hab'. Sie sind aus dem Wald hinter dem Haus gekommen. Zu nahe für meinen Geschmack.«
»Spaziergänger? So weit von der Hauptstraße entfernt?« fragte Ashford nachdenklich. »Vielleicht Jäger?«
»Sie hatten keine Jagdgewehre dabei. Und es waren zwei. Ich hab' gedacht, ich mach' sie besser unschädlich und bring' sie hierher, damit Sie sich um sie kümmern können.«

»Wie ärgerlich«, beklagte sich Ashford. »Wo sind sie?«
»Gefesselt im Stall. Bei einem hab' ich ganz schön hart zugeschlagen. Bin nicht sicher, ob er noch lebt. Der andere kommt bestimmt für eine ganze Weile nicht auf die Beine.«
Ashford nickte gleichgültig, als ob so etwas jeden Tag vorkäme. »Sie können also warten – aber *sie* nicht! Hervorragend. Ich habe mich wirklich zu lange gedulden müssen. Du hast deine Sache gut gemacht, wie immer, John.«
Er schaute Kelsey an, und sie konnte einen Moment lang sehen, wie wütend er über das war, was sie getan hatte. Sie hatte ihn verletzt, als er die Treppe hinuntergestürzt war. Wahrscheinlich war er es nicht gewöhnt, daß sich seine Opfer wehrten, oder zumindest nicht, daß sie ihm gefährlich wurden.
Dann jedoch lächelte er sie an, mit diesem Lächeln, das ihr das Mark gefrieren ließ. Er brauchte ihr nicht zu sagen, daß er sich Genugtuung verschaffen würde, und zwar bald, sie konnte es an seinem Gesichtsausdruck und in seinen Augen sehen, und er genoß den Gedanken daran.
Er ließ John vorangehen. Kelsey wurde die Treppen hinuntergezerrt, und nach der letzten Treppe empfing sie wieder der grauenhafte Gestank. Hinter einer der Türen begann jemand laut zu schluchzen. Ein Laut, der Kelsey Schauer über den Rücken jagte.
»Maul halten da drin!« blaffte John.
Sofort verstummte das Weinen. John herrschte über den Keller, und die, die hier lebten, gehorchten ihm, denn sonst – sonst was? Kelsey vermutete, sie würde es herausfinden.
Dieses Mal war keine Zeit für ein Schwätzchen, bevor sich die beiden um sie kümmerten. John wartete nicht auf Ashfords Anweisungen. Er warf sie in dem neuen

Raum sofort auf das Bett. Sie zuckte zusammen, weil sie auf ihre gefesselten Hände fiel, die schon längst wieder gefühllos waren. Jetzt schoß der Schmerz erneut hindurch.
Deshalb dauerte es einen Moment, bis sie bemerkte, daß er eines ihrer Beine gepackt hatte und eine Ledermanschette darumlegte. Sie versuchte, ihn davon abzuhalten und trat immer wieder mit dem anderen Bein nach ihm. Er schien es gar nicht zu merken. Endlich hatte er die Manschette angelegt – und der Verschluß klickte zu.
Sie wurde blaß, und ihr wurde übel. Die Fessel machte ihre letzte Hoffnung zunichte. Aber sie versuchte immer noch, sich vom Bett zu rollen, die Panik verlieh ihr verzweifelte Kräfte. Er packte ihren anderen Fuß so fest, daß sie aufstöhnte. Wahrscheinlich hatte er ihre Tritte doch gespürt. Und innerhalb von Sekunden war auch das andere Bein fixiert.
Ashford stand neben dem Bett und lächelte auf sie herunter. Sie konnte fast seine Gedanken lesen. Er genoß ihre Hilflosigkeit und ihre Angst – und er freute sich auf das, was kam. Jetzt? Würde es jetzt geschehen?
»Die gleichen Regeln, Mylord?«
Ashford wandte sich dem Verwalter zu, und sein Gesichtsausdruck wurde wieder gleichgültig. »Ja, du darfst sie nicht berühren, bis ich mit ihr fertig bin, aber dann kannst du mit ihr machen, was dir beliebt, wie bei den anderen.«
»Und die Blonde, die erst kürzlich noch Ihre Aufmerksamkeit genossen hat?« fragte John hoffnungsvoll.
»Ja, ja, die kannst du jetzt haben«, sagte Ashford ungeduldig. »Es wird wahrscheinlich eine ganze Weile dauern, bis ich mich wieder mit ihr beschäftigen will, schließlich habe ich ja jetzt die hier.«
»Danke, Mylord. Ich muß zugeben, die Blonde war

meine Favoritin, obwohl die hier es wahrscheinlich auch werden könnte – sobald Sie mit ihr fertig sind. Ich mag die Neuen am liebsten. Gib ihnen ein paar Tage nichts zu essen, und sie freuen sich, den alten John auf jede nur erdenkliche Weise glücklich zu machen.«

Ashford kicherte. »Und ich bin sicher, es gibt viele Methoden, dich glücklich zu machen.«

»Oh, natürlich, Mylord. Ich danke Gott für den Tag, als sie mir die Stelle angeboten haben, wirklich. All die hübschen Huren, die den alten John nie in ihre Nähe gelassen hätten, benehmen sich ganz anders, sobald sie hier unten sind. Und diese Hübsche hier, soll ich sie jetzt für sie vorbereiten?«

»Eigentlich habe ich ziemlichen Hunger«, sagte Ashford. »Ich glaube, ich muß erst etwas essen, bevor ich sie einführe. Ich habe mich auf die hier gefreut und möchte nicht, daß mich etwas von meinem Vergnügen ablenkt. In der Küche sind doch noch genügend Vorräte?«

»Sehr wohl – Ihre ganzen Lieblingsspeisen sind da, genau wie Sie befohlen haben.«

»Gut, gut. Aber du solltest sie richtig anbinden; ich möchte nicht, daß sie erneut verschwunden ist, wenn ich gleich wieder herunterkomme.«

»Sie wird noch hier sein. Ich gebe Ihnen mein Wort darauf.«

Ashford nickte und lächelte seinem Verwalter zu. »Was würde ich ohne dich nur anfangen, John. Alles andere besorge ich dann selbst. Darauf habe ich mich bereits gefreut. Ach, und hol bitte meine Werkzeuge her«, fügte er hinzu. »Ich möchte nicht in die Zelle der Blonden gehen müssen, um sie selbst zu holen.«

Werkzeuge? Was für Werkzeuge? Das klang sehr nach Folterwerkzeugen, wenn sie bedachte, was hier unten vor sich ging. Oder nannte er seine Peitschen etwa Werkzeuge?

Dereks Worte fielen Kelsey ein und machten ihr angst. *Er peitscht sie, bis sie am ganzen Körper bluten. Offenbar erregt es ihn, wenn sie voller Blut sind.*

Gott, warum mußte er ihr das erzählen? Sie hätte lieber nicht gewußt, was ihr bevorstand. Zwar hätte sie auch dann Angst gehabt – aber so? Unwissenheit war manchmal eine Gnade. Wissen war in diesem Fall entsetzlich.

Ashford war gegangen, um sein Mahl einzunehmen. Er tat etwas so Normales mitten in ihrem Alptraum. Aß er schnell? Langsam? Wieviel Zeit blieb ihr noch, bis er zurückkam, um sie *einzuführen*?

Sie hatte das Ganze nur ein bißchen hinausgezögert, als sie weggelaufen war. Aber das war seine Absicht gewesen. Es gehörte zu seinem Vergnügen. Da die erneute Verzögerung jetzt nur seiner eigenen Bequemlichkeit diente, konnte er in ein paar Minuten zurück sein.

John war immer noch da. Er sollte ihr die Lederfesseln anlegen, und deshalb rollte er sie zu Seite, um ihre Hände loszubinden. In dieser unbequemen Position, in der ihre Muskeln überdehnt wurden, mußte sie liegenbleiben, während er die Ledermanschette über die eine Hand zog. Ihr anderer Arm lag noch unter ihrem Körper, und deshalb konnte sie sich mit ihm nicht wehren.

Sie wäre jetzt allerdings auch gar nicht mehr in der Lage gewesen, etwas zu unternehmen. Ihre Hände waren wieder ganz gefühllos von den straffen Fesseln, und auch die Arme taten ihr mittlerweile weh, weil sie die

ganze Zeit hinter dem Rücken verschränkt gewesen waren.
Als er fertig war, verließ er das Zimmer, ging jedoch nicht weit weg. Sie hörte, wie er eine andere Tür aufschloß und wie jemand vor Angst aufschrie. Das Schluchzen dauerte an, bis die Tür wieder verriegelt wurde.
Kelsey schauderte. Du lieber Gott, sie hatte das blanke Entsetzen aus dem Schrei herausgehört, nur weil eine der Frauen dachte, Ashford oder sein Verwalter kämen zu ihr. Das würde Kelsey nicht aushalten, da war sie sich ganz sicher. Sie würde verrückt werden, wenn sie von jedem Tag immer wieder nur neue Schmerzen erwarten mußte.
John kam zurück in ihr Zimmer. Er legte drei Peitschen unterschiedlichen Aussehens und unterschiedlicher Länge über ihren Bauch – und ein Messer. Ashfords Werkzeuge. Er würde sie bei ihr benutzen. Sie hatte den Kopf gehoben, um sie anzusehen und konnte die Augen nicht davon abwenden. Fast wurde sie ohnmächtig.
Er kicherte, als er den Ausdruck in ihren Augen sah. »Es wird noch genug von dir für mich übrig sein, wenn er mit dir fertig ist, Schätzchen«, versicherte er ihr. »Ich habe nicht so spezielle Wünsche.«
Ihr Blick wanderte zu ihm. Er hatte blaue Augen, eigentlich eine hübsche Farbe. Bei seinem verunstalteten Gesicht fiel einem das nicht sofort auf.
Sie hatte ganz vergessen, daß Ashford John versprochen hatte, er könne später mit ihr anstellen, was er wolle. Aber würde ihr das dann überhaupt noch etwas ausmachen?
Der Verwalter ging und schloß die Tür hinter sich, verriegelte sie aber nicht. Auch die Lampe ließ er da. Damit sie die Werkzeuge weiter betrachten konnte?
Als die Tür sich hinter ihm schloß, bäumte Kelsey sich

auf, um die Peitschen und das Messer auf den Fußboden zu befördern. Sie schauderte wieder und fühlte sich noch elender. Und sie fragte sich, ob sie, wenn sie nicht immer noch geknebelt wäre, nicht einfach anfangen würde zu schreien, sobald sich die Tür wieder öffnete. Wahrscheinlich würde sie das.

Die Lederfesseln gaben nicht nach. Sie drehte sich hin und her und zerrte an ihnen, aber nichts löste sich. Es war unmöglich, sich selbst zu befreien.

Und wieder öffnete sich die Tür, nur allzubald. Ihr kam es so vor, als seien nur Minuten vergangen. Es war Ashford. Er mußte sein Essen heruntergeschlungen haben.

Kelsey erstarrte vor Angst. Er blickte auf seine »Werkzeuge« auf dem Fußboden und zischte mißbilligend. Das Messer hob er auf. Kelsey erbleichte. Er fuhr damit an ihre Wange. Ein Schnitt, und sie konnte den Knebel ausspucken. Sie bedankte sich nicht bei ihm – weil sie nur zu gut wußte, daß er ihn entfernt hatte, damit er sie schreien hören konnte.

Aber sie würde nicht schreien. Sie würde ihren Verstand benutzen und auf ihn einreden. Es war die einzige Chance, die ihr blieb. Er war nicht bei Sinnen – jedenfalls nicht vollständig. Wenn es ihr gelang, ihn an der richtigen Stelle zu treffen, würde er sie vielleicht in Ruhe lassen, vielleicht ließ er sie sogar gehen. Es war eine verzweifelte Hoffnung, aber die einzige, die ihr noch geblieben war.

»Binden Sie mich jetzt los, Lord Ashford, bevor es zu spät ist. Sie hätten mich nicht entführen dürfen, aber ich werde nichts verraten, wenn …«

»Ich habe dich nicht mitgenommen, um dich jetzt wieder gehen zu lassen, meine Hübsche«, sagte er und trat ans Ende des Bettes.

»Warum haben Sie mich überhaupt mitgenommen? Sie

haben doch schon andere Mädchen hier. Ich habe gehört, wie sie ...« Im letzten Moment enthielt sie sich zu sagen »geschrieen haben«.
»Ja, zumeist heimatlose Schlampen, die niemand vermißt und die keine Freunde haben, die sich um sie sorgen. Allerdings habe ich auch noch eine hier, die ich auf einer Versteigerung gekauft habe, genau wie dich.«
»Warum halten Sie sie hier fest?«
Er zuckte mit den Schultern. »Warum nicht?«
»Lassen Sie sie jemals wieder gehen?«
»O nein, das kann ich nicht. Wenn sie erst einmal hier sind, dürfen sie nie wieder fort.«
»Aber sie kommen doch nicht freiwillig!« schrie sie. »Ich zumindest nicht!«
»Und?«
»Warum brauchen Sie so viele?«
Er zuckte wieder mit den Schultern. »Narben bluten nicht mehr so leicht.«
Er sagte das vollkommen leidenschaftslos, dabei war er doch derjenige, der ihnen die Narben zufügte. Es war ihm wirklich gleichgültig. Er fühlte überhaupt keine Schuld. Seine Worte bestätigten ihr nur, was sie sich bereits gedacht hatte.
Er schob das Messer, das er noch immer in der Hand hielt, unter ihr Kleid und zerschnitt den Stoff. Sie keuchte auf. Er lächelte.
»Keine Angst, meine Hübsche. Du brauchst diese Kleider nicht mehr«, sagte er und schnitt das Kleid weiter bis zur Taille auf. Dann stellte er sich neben das Bett und betrachtete die Ärmel ihrer Jacke. »Ihr Huren zieht sie doch dauernd aus, deshalb brauchst du dir hier unten die Mühe nicht selbst zu machen.«
Er lachte über seinen eigenen Scherz.
»Ich bin keine Hure.«
»Aber natürlich bist du eine, genau wie *sie*.«

Schon wieder erwähnte er die andere Frau, in einem Tonfall, der deutlich machte, daß sie die schlimmste Sünderin auf der Welt gewesen sein mußte. »Wer ist sie?«
Ein kaltes Funkeln trat in seine Augen, und er schlug sie ins Gesicht. »Erwähne sie *nie* mehr, oder ...«
Der Schlag hatte ihren Kopf auf die andere Seite geschleudert. Er schob das Messer unter ihren Ärmel und begann ihn aufzuschneiden, noch bevor sie den Kopf wieder drehte, um ihn anzustarren.
»Oder was? Wollen Sie mich schlagen? Das tun Sie doch sowieso.«
»Glaubst du etwa, es gibt keine anderen Methoden, dich noch mehr leiden zu lassen – genau wie *sie* es getan hat? Ich versichere dir, nur die anderen Huren hier unten werden deine Schreie hören.«
O Gott, jede konnte die Qualen der anderen hören. Aber das wußte sie ja, sie hatte ja selbst schon die Schmerzenslaute gehört. Jetzt allerdings würden die anderen ihre hören.
War das Absicht, wollte er damit das Entsetzen der anderen Frauen, die er hierhergebracht hatte, noch steigern? Offensichtlich stand hinter all seinen Taten eine Absicht, als ob er die gleiche Szene schon häufig auf dieser Bühne gespielt hätte. Es gab nur einen einzigen Bediensteten hier – und der war Ashford völlig ergeben. Niemand würde je erzählen, welch grauenhafte Dinge hier geschahen.
Wie lange schon hatte Ashford dieses Leben führen können? Wie lange waren manche Frauen schon hier unten? Er peitschte Prostituierte so heftig aus, daß die Narben sie ihr Leben lang entstellten. Derek hatte es selbst gesehen. Aber diese Frauen waren wenigstens frei, nachdem er ihnen das angetan hatte. Was war jedoch mit den Frauen hier im Keller, die niemals hier herauskamen? Tat er ihnen noch schlimmere Dinge an?

Sie mußte weiter mit ihm reden. Immer, wenn sie etwas sagte, hörte er auf, an ihr herumzufingern. Wäre es richtig, »sie« noch einmal zu erwähnen.

»Sie haben mich Lord Malory gestohlen. Glauben Sie, er weiß das nicht und kommt Ihnen nicht auf die Schliche?«

Er hielt inne. Eine Spur von Besorgnis zeigte sich in seiner Miene, aber er schüttelte sie schnell ab.

»Mach dich nicht lächerlich«, verwies er sie. »Huren laufen ständig weg.«

»Nicht, wenn sie es nicht wollen, und er *weiß*, daß ich das nie tun würde. Und er ist nicht dumm. Er weiß genau, wo er nach mir suchen muß. Ihre einzige Chance ist, mich gehen zu lassen.«

»Wenn er kommt, bringe ich ihn um.«

»*Wenn* er kommt, bringt er *Sie* um«, berichtigte sie ihn. »Aber das wissen Sie bereits, Lord Ashford. Es ist recht tapfer von Ihnen, so leichtfertig mit dem Tod zu spielen.«

Er wurde blaß. »Ohne einen Beweis kann er gar nichts machen. Und er wird dich hier nie finden. Niemand kennt diesen Ort.«

Offensichtlich hatte er auf alles eine Antwort. Derek zu erwähnen, nützte gar nichts. Er hatte Angst vor ihm, aber hier fühlte er sich sicher.

Jetzt wandte er sich dem anderen Ärmel zu und schnitt ihn bis zur Schulter auf. Sie mußte es riskieren, noch einmal jene Frau zu erwähnen. Ihre Zeit war fast abgelaufen. Offenbar war das das einzige Thema, das ihn wirklich beunruhigte.

»Haben Sie *sie* auch hierhergebracht?«

»Halt den Mund!«

Sie hatte ihn erschüttert. Das Messer glitt aus und schnitt ihr in den Arm. Sie zuckte zusammen, aber sie durfte sich jetzt nicht damit aufhalten. Zumindest hatte er sie nicht wieder geschlagen.

»Warum hassen Sie sie so?«
»Halt den Mund! Ich hasse dich nicht. Ich habe dich nie gehaßt. Aber du hättest nicht mit deinem Liebhaber weglaufen dürfen, als Vater herausfand, daß du eine Hure bist. Er hat mich verprügelt, weil du nicht da warst. Du hättest zulassen sollen, daß er dich umbringt. Du hast es verdient. Ich wollte es nicht für ihn tun, als ich dich fand, aber ich hatte keine andere Wahl. Du mußtest bestraft werden. Du verdienst es immer noch.«
O Gott, er hielt jetzt sie selbst für diese andere Frau – war es seine Mutter? Er hatte sie umgebracht, und er würde sie immer wieder umbringen, um sie für ihre Sünden zu »bestrafen«, genau wie er für ihre Sünden bestraft worden war. Sie hatte sich gerade zu noch mehr Schmerzen verurteilt, als er ihr ohnehin zugefügt hätte – wäre sie nur nicht so dumm gewesen, seinen Wahnsinn zu wecken.

41

Die Mietkutsche vor ihnen hatte angehalten. Dereks Kutsche fuhr daneben. »Warum halten wir an?« rief James hinaus.
Nach einem kurzen Augenblick kam Artie zum Kutschenfenster, um mit ihnen zu reden. »Das da drüben ist das Haus, Captain, das, wovon ich Ihnen erzählt hab', das Ashford ein paarmal besucht hat. Das ist der einzige andere Ort, den ich kenne, wo er mit dem Mädchen sein könnte, aber wahrscheinlich ist er doch nicht hier.«
»Warum nicht?«
»Weil Henry nirgendwo zu sehen ist. Henry wär' hier, wenn Ashford das Mädchen hergebracht hätte. Außer-

dem sieht's hier so verlassen wie immer aus. Ich würd' sagen, hier ist meilenweit kein Mensch.«
James stieg aus, um sich das Haus und die Umgebung anzusehen. Derek und Anthony folgten ihm.
»Sieht irgendwie gespenstisch aus«, sagte Anthony. »Wohnt hier überhaupt jemand?«
Artie zuckte mit den Schultern. »Wir haben nie jemand gesehen, wenn wir hier waren.«
»Wir müssen trotzdem ins Haus«, sagte Derek. »Wenn das unsere letzte Hoffnung ist, gehe ich nicht eher weg, bis ich den letzten Winkel durchsucht habe.«
»Einverstanden«, erwiderte James und begann, Befehle zu geben. »Artie, sieh in der Umgebung und im Stall nach, ob da jemand ist. Tony, um Zeit zu sparen, solltest du versuchen, einen Hintereingang zu finden, der offen ist. Wenn keiner offen ist, brich eine Tür auf. Derek und ich versuchen es vorn an der Haustür.
»Warum probiert ihr es dort, während ich hintenherum gehen muß?« wollte Anthony wissen.
»Halt die Augen offen, Junge«, knurrte James. »Wir haben jetzt keine Zeit zu streiten.«
Anthony warf einen Blick auf Derek, hustete und erwiderte: »Sehr wohl.«
»Und macht schnell«, fügte James hinzu. »Ich bezweifle zwar, daß der Bastard hier ist, weil Henry nirgendwo zu sehen ist, aber es ist unsere letzte Hoffnung. Henry wird uns wahrscheinlich eine Nachricht schicken, wohin er gegangen ist, sobald er kann. Und dann müssen wir schnell zur Stelle sein.«
Er sagte das, um Derek zu beruhigen, aber es nützte nichts. »Dann« würde zu spät für das Mädchen sein.
»Na, es sieht so aus, als ob doch jemand da ist«, sagte Anthony auf einmal und starrte zum Haus. »Irre ich mich oder sehe ich da ein Licht auf dem Speicher?«
Und wirklich. Man konnte es zwar kaum erkennen,

aber oben war ein Licht zu sehen. Damit waren sie sicher, daß das Haus nicht völlig unbewohnt war.
Sie trennten sich und gingen auf das Haus zu. Derek folgte seinem Kutscher zur Haustür. Sie war verschlossen, also mußte er eben klopfen.
James kam ein wenig langsamer nach. Er machte sich Sorgen um seinen Neffen; noch nie hatte er ihn so rasend vor Wut und so voller Tatkraft gesehen. Derek konnte nicht still stehen. Er wippte auf den Absätzen und fuhr sich mit den Händen durch die Haare. Noch einmal hämmerte er an die Tür.
»Henry ist ein guter Mann«, sagte James, während sie darauf warteten, daß die Tür aufging – oder nicht. »Wenn er Kelsey aus den Händen Ashfords befreien kann, tut er es. Vielleicht ist sie ja schon längt bei ihm.«
»Glaubst du das wirklich?«
Es tat weh, die Hoffnung zu sehen, die in Dereks Augen aufleuchtete. Ein Gentleman hegte normalerweise nicht solche Gefühle für seine Mätresse. Daß James ursprünglich vorgehabt hatte, seine Frau Georgina zu seiner Mätresse zu machen, war etwas anderes. Er hatte es ja auch nicht getan, sondern er hatte sie geheiratet. Aber diese kleine Langton gehörte nicht zu denen, die man heiratete. Nicht, daß James das etwas ausmachte, wirklich nicht. Er hatte immer getan, was ihm beliebte. Aber der zukünftige Marquis of Haverston konnte sich diesen Luxus nicht erlauben.
Er würde ein ernstes Gespräch mit dem Jungen führen müssen, wenn das hier vorüber war. Oder besser noch mit Dereks Vater. Ja, sollte doch Jason seine Pflicht tun und seinem Sohn die unangenehmen Tatsachen vor Augen halten.
James konnte ihm nicht mehr antworten. Die Tür ging

auf, und sie standen einem äußerst wütenden – wem oder was eigentlich? – gegenüber.
James war überall auf der Welt herumgekommen und hatte schon viel gesehen, aber selbst er schreckte zurück vor der mißgebildeten Kreatur, die auf der Schwelle stand. Aber sie konnte sprechen. Es war offensichtlich ein Mann und kein Mißgriff der Natur.
»Warum machen Sie so einen Krach, he? Sie haben hier nichts zu suchen ...«
»Ich bitte um Verzeihung«, unterbrach James ihn. »Sei ein guter Junge und tritt zur Seite. Wir müssen mit Lord David Ashford sprechen – und zwar sofort.«
Der Name überraschte den Kerl.
»Er ist nicht hier«, sagte er nur.
»Ich weiß es zufällig besser«, erwiderte James. Er bluffte natürlich, aber das erwies sich unter den gegebenen Umständen als nützlich. »Führ uns zu ihm, oder wir suchen ihn selbst.«
»Nein, das geht nicht, Gentlemen! Ich habe Anweisung, niemanden hereinzulassen – unter keinen Umständen.«
»Du wirst eine Ausnahme machen müssen ...«
»Das glaube ich nicht«, entgegnete der Mann zuversichtlich, und in der Hand, die er hinter dem Rücken vorzog, kam eine Pistole zum Vorschein.
Er hatte sich natürlich vorbereitet, bevor er zur Tür gegangen war, um notfalls Ashfords Befehl, keinen einzulassen, Nachdruck verleihen zu können. Und auf diese kurze Entfernung waren die Besucher ein sicheres Ziel – zumindest, solange James nicht in seinen Mantel greifen konnte, um seine eigene Pistole hervorzuholen. Aber er zögerte damit, weil Derek dabei war, und der Mann die Waffe abwechselnd auf sie beide richtete. Sein eigenes Leben in Gefahr zu bringen bedeutete ihm nichts, aber mit dem Leben seiner Verwandten ging er nicht so leichtfertig um.

»Waffen sind hier nicht erforderlich«, verwies James ihn.
»Ach, wirklich nicht?« Der Mann grinste und wiederholte James' Worte: »Ich bitte um Verzeihung ... Aber da Sie alle Verbotsschilder an der Einfahrt zu diesem Besitz ignoriert haben, muß ich Sie vielleicht erschießen, weil Sie widerrechtlich eingedrungen sind.«
Auf einmal ertönte Anthonys Stimme hinter dem Mann. Mit eisiger Ruhe sagte er: »Der Kerl droht doch wohl nicht damit, euch zu erschießen, alter Knabe?«
Sofort fuhr der Mann herum, um der neuen Bedrohung in seinem Rücken zu begegnen. Anthony hatte einen anderen Weg in das Haus gefunden und sich von hinten an ihn herangeschlichen.
»Hervorragend, alter Junge«, sagte James, während er dem Mann die Pistole aus der Hand schlug und ihn am Hemd packte.
»Du kannst mir später danken«, erwiderte Anthony grinsend.
»Muß ich?« fragte James. Er blickte den Kerl an, den er festhielt, und bevor seine Faust mitten im Gesicht des Mannes landete, fügte er hinzu: »Wie zum Teufel bricht man jemandem die Nase, der gar keine mehr hat?«
Damit ließ er den Kerl los, der bewußtlos zu Boden sank.
»War das nötig?« fragte Anthony und trat näher. »Er hätte uns doch sagen können, wo Ashford ist.«
»Das hätte er bestimmt nicht«, widersprach James. »Zumindest nicht, bevor wir es nicht aus ihm herausgeprügelt hätten, und wir haben keine Zeit für solche Spielchen. Derek, du durchsuchst das Erdgeschoß. Ich gehe nach oben. Tony, sieh dich um, ob es hier einen Keller gibt.«
Anthony wußte genausogut wie James, daß Ashford

sich wahrscheinlich nicht im Erdgeschoß des Hauses befand, das er Derek zugeteilt hatte. Er würde sich entweder in einem Schlafzimmer im Obergeschoß aufhalten, was der geeignetste Ort für seine Zwecke war, oder in einem abgelegenen Raum unten im Keller, wo man die Schreie nicht hören konnte. Offenbar wollte James nicht, daß er Ashford oder das Mädchen als erster fand.

»Ich kriege schon wieder die schmutzigste Aufgabe«, murrte Anthony, während er auf dem Weg zurückging, den er gekommen war. Über die Schulter rief er zurück: »Laß mir auch ein Stück Kuchen übrig, Bruder.«

James war bereits auf der Treppe und antwortete ihm deshalb nicht. Da die meisten Zimmer leer waren, dauerte es nicht lange, bis sie das ganze Haus durchsucht hatten. James kam die Treppe wieder herunter, gerade als Anthony die Halle betrat.

»Und?« fragte James.

»Unter uns ist ein Keller, aber da gibt es nur leere Regale und Fässer, und ein paar Kannen Ale. Und bei dir?«

»Der Speicher war völlig leer, es stand nur eine Lampe da oben, was nicht besonders viel Sinn macht.«

»Sonst nichts?« fragte Derek und trat zu ihnen.

»Eine Tür oben war verschlossen. Zum Teufel, ich dachte wirklich, jetzt hätte ich ihn, als ich auf sie stieß.«

»Bist du hineingekommen?« fragte Anthony.

»Natürlich«, schnarrte James. »War allerdings niemand drin. Das Zimmer war voller Möbel, nicht so leer wie die anderen, aber es sah nicht so aus, als ob sich in den letzten zehn oder zwanzig Jahren jemand dort aufgehalten hätte. Der Schrank war voller altmodischer Kleider, und in einer Ecke hingen Bilder von immer der gleichen Frau mit einem Kind. Sah fast aus wie so ein verdammter Altar, wenn ihr mich fragt.«

»Ich hab' doch gesagt, hier gibt's Gespenster«, meinte Anthony.
»Na, auf jeden Fall keine Gespenster namens Ashford. Nicht mal ein weiterer Diener ...«
In diesem Augenblick flog die Haustür auf, und Artie stürmte herein. »Ich hab' Henry gefunden. Er lag gefesselt im Stall, er und ein anderer Kerl, und sie sind beide übel zugerichtet. Jemand hat sie zusammengeschlagen.«
»Aber sie leben noch?«
»Aye, Sir, Henry ist zu sich gekommen und hat gesagt, ein Wildschwein hätte ihn angegriffen. Der andere Mann sieht schlimm aus, vielleicht kommt er nicht durch. Sie brauchen beide sofort einen Arzt.«
»Bring sie zurück in die Stadt, Artie, und hol einen Arzt«, befahl James. »Wir kommen bald nach.«
»Ich fand auch, er sah ein bißchen wie ein Wildschwein aus«, bemerkte Anthony, als Artie gegangen war, und blickte den bewußtlosen Mann an, der immer noch auf dem Fußboden lag.
»Was er auch sein mag, er hat auf jeden Fall die schlechte Angewohnheit, Leute umzubringen, die das Grundstück betreten«, sagte James voller Abscheu. »Ich habe so ein Gefühl, als ob er das mit Derek und mir auch vorgehabt hat.«
»Ach, und auf wessen Befehl?«
»Ashford war hier, verdammt noch mal, sonst wäre Henry nicht da«, warf Derek ein.
»Ja, aber jetzt ist er nicht mehr hier. Er muß das Mädchen irgendwo anders hingebracht haben, als Henry auftauchte.«
Anthony stieß den Verwalter mit der Stiefelspitze an. »Ich wette, der weiß wohin.«
»Ich neige dazu, dir zuzustimmen«, sagte James. »Wenn Ashford einen von seinen Dienstboten ins Vertrauen

gezogen hat, dann wohl diesen hier. Sollen wir ihn aufwecken?«

»Ich hole Wasser«, erklärte Anthony und verschwand durch die Halle.

Derek war zu ungeduldig, um auf ihn zu warten. Er zog den Mann halb hoch, schüttelte ihn und schlug ihm ins Gesicht.

»Langsam, Junge«, warnte ihn James. »In ein paar Minuten haben wir ihn so weit, daß er redet.«

Derek ließ den Mann wieder zu Boden fallen und sah James verzweifelt an. »Es bringt mich um, Onkel James, daß er Kelsey jetzt schon so lange in seiner Gewalt hat; er könnte ...«

»Denk nicht darüber nach. Wir wissen ja gar nichts, bevor wir sie nicht gefunden haben, und ich verspreche dir, wir *werden* sie finden.«

Anthony kam zurück und goß dem Verwalter einen Eimer Wasser über den Kopf. Der Mann kam spuckend und hustend zu sich. Offenbar wußte er sofort wieder, was passiert war, denn er blickte James finster an.

James schenkte ihm ein besonders gemeines Lächeln. »Ach, wir sind wieder wach? Nun paß gut auf, mein lieber Junge, weil ich dir das nur einmal erkläre. Ich werde dich jetzt fragen, wo Lord Ashford ist, und wenn mir deine Antwort nicht gefällt, schieße ich dir eine Kugel in den Knöchel. Sie wird dir natürlich die Knochen zerschmettern, weil sie an dieser Stelle besonders dünn sind, aber was bedeutet das schon bei einer solchen Mißgeburt wie dir? Und dann werde ich dir dieselbe Frage noch einmal stellen. Und wenn mir die Antwort immer noch nicht gefällt, werde ich dir eine Kugel in die Kniescheibe jagen. Das wird eine sehr viel tiefere Wunde geben. Und dann gehen wir zu deinen Händen und den anderen Körperteilen über, deren Verlust dir bestimmt nicht viel ausmachen wird.

Hab ich mich klar ausgedrückt? Muß ich noch mehr erklären?«
Der Mann nickte und schüttelte fast zur gleichen Zeit den Kopf. James hockte sich nieder und richtete den Lauf seiner Pistole genau auf den Knöchel des Mannes. »Nun, wo ist Lord Ashford?«
»Er ist unten.«
»Hier?«
Anthony zischte mißbilligend. »Verdammt, ich habe nicht geglaubt, daß er lügt, wirklich nicht.«
»Ich habe nicht gelogen«, stieß der Mann hervor.
»Ich bin unten gewesen. Da ist nur ein Keller«, sagte Anthony. »Und es gibt nur einen einzigen Ausgang, nämlich die Tür, durch die man auch hereinkommt.«
»Nein, da gibt's noch eine andere Treppe, ich sag's Ihnen. Wenn die Tür auf ist, sieht man sie. Wenn sie zu ist, kann man nur die Wandregale sehen. Sie ist immer zu, wenn er unten ist.«
»Zeig sie uns«, sagte James und zog den Mann auf die Füße, um ihn durch die Halle zu schubsen.
Was dann geschah, ging zu schnell, als daß sie es hätten verhindern können. Der Verwalter versuchte, vor ihnen die Kellertreppe herunterzulaufen, vielleicht, um hinter die andere Tür gelangen und sie verriegeln zu können. Aber da Anthony einen ganzen Schwall Wasser auf ihn gegossen hatte, waren seine Schuhe so naß, daß er ausrutschte und die Kellertreppe hinunterstürzte.
Anthony lief nach unten, fühlte dem Mann den Puls und blickte dann seinen Bruder an. »Scheint sich den Hals gebrochen zu haben.«
»Verdammt«, sagte James. Jetzt müssen wir die Tür alleine finden. Schaut euch um. Sucht nach Geheimöffnungen, Rissen in der Wand oder Holzlatten, die den Türrahmen verdecken. Wenn wir sie nicht gleich finden – zum Teufel, dann müssen wir eben die Wände einreißen.«

42

Kelsey hatte alles Erdenkliche versucht, immer im Hinblick darauf, daß Ashford wahnsinnig war. Sie nahm die Rolle seiner Mutter an, ermahnte ihn, fand Entschuldigungen und plausible Erklärungen für das, was er ihr vorwarf, aber es hatte sich ihm so tief eingeprägt, daß seine Mutter böse war, daß nichts half. Er würde niemals zugeben, daß sein Vater unrecht gehandelt hatte.
Aus dem, was er sagte, konnte sie sich zusammenreimen, daß seine Mutter ihren Sohn und ihren Ehemann verlassen hatte. Möglicherweise wollte sie nur ihr eigenes Leben retten, indem sie vor ihrem rachsüchtigen Ehemann floh – zumindest bis ihr wahnsinniger Sohn sie Jahre später wiederfand.
Und da hatte er seine eigene Mutter getötet. Er hatte sie zum Tod verurteilt, weil sein Vater sie verurteilt hatte. Er hatte sie umgebracht, weil sein Vater das hatte tun wollen. Jetzt redete er von seiner Mutter, als sei sie seine Frau gewesen. Seine Gedanken waren die seines Vaters. Kelsey fragte sich, ob er sich wohl wie sein Vater gefühlt hatte, als er sie tötete. Erst die Bestrafung, dann die Vergewaltigung. Sein Vater hätte dasselbe getan. Und Ashford durchlebte es immer wieder, mit jeder Frau hier unten, mit jeder Prostituierten, die er dafür bezahlte, daß er sie benutzen konnte.
Er war wirklich ein kranker Mann. Aber sie hatte kein Mitleid mit ihm. Er hatte Menschen umgebracht. Bisher hatte er erst zwei Morde durch seine Hand erwähnt, aber es waren sicher mehr gewesen. Zu viele Menschen hatten unter seinem Wahnsinn gelitten – und sie würde auch eine von ihnen sein.
Als sie in der Rolle seiner Mutter mit ihm redete, hatte sie ihre Bestrafung nur hinausgezögert. Voller Panik versuchte sie einen weiteren Aufschub zu erreichen. Sie

erwartete sich jedoch kein Wunder. Aufhalten würde sie ihn letztendlich nicht.

Sie hatte so entsetzliche Angst davor, ausgepeitscht zu werden, daß sie den Gedanken daran kaum ertragen konnte. Nie zuvor war sie geschlagen worden und wußte nicht, ob sie es aushalten würde. Und was kam danach? Der Tod, wenn er immer noch glaubte, sie sei seine Mutter? Oder, falls er wieder halbwegs bei Verstand war, Vergewaltigung, während sie noch vor Schmerz schrie? Oder beides? Sie konnte nicht sagen, was sie vorgezogen hätte.

Im Augenblick war er wieder er selbst, nicht sein Vater. Aber er sah immer noch seine Mutter vor sich, wenn er sie anblickte. Und sie überlegte immer noch verzweifelt, wie sie Angst oder Schuldgefühle in ihm auslösen konnte, damit er sie gehen ließe.

»Es wird deinen Vater nicht freuen, wenn du mich umbringst«, sagte sie zu ihm. »Er möchte es selbst tun. Er wird dich möglicherweise wieder verprügeln – wenn er es herausfindet.«

Ein Ausdruck von Entsetzen zeichnete sich in seiner Miene ab. In Kelsey stieg neue Hoffnung auf.

»Glaubst du?« fragte er verwirrt.

»Ich weiß es. Du nimmst ihm seine Rache. Er wird wütend auf dich sein.«

Ein Geräusch von oben lenkte ihn ab. Er blickte auf den letzten Fetzen Stoff, der noch an Kelsey hing, und fuhr mit dem Messer darunter. Ihre zerschnittene Kleidung fiel zu beiden Seiten des Bettes zu Boden. Nichts blieb ihr nun, um sich zu bedecken.

»Hast du mich gehört?« fragte sie, und Panik stieg von neuem in ihr auf.

Er sah sie noch nicht einmal an, sondern warf das Messer zu Boden. Er brauchte es nicht mehr – wenigstens im Augenblick. Dann schaute er sich nach seinen Peitschen um und zischte mißbilligend, als er sie nicht sofort finden konnte. Er mußte sich bücken, um den Stoff des Kleides beiseite zu schieben. Endlich fand er eine darunter und erhob sich wieder mit der Peitsche in der Hand. Sie hatte einen kurzen Griff, an dem viele dünne Lederriemen baumelten. Liebevoll strich er mit dem Griff über seine Wange.

»Antworte mir, verdammt noch mal!«

Bei ihrem Ton heulte er auf. »Dir antworten?«

»Dein Vater wird wütend auf dich sein. Bist du dir darüber im klaren?«

Er kicherte. »Das glaube ich kaum, meine Hübsche. Der alte Mann ist vor einigen Jahren gestorben. Sein Herz versagte, als er – sich vergnügte. Keine unangenehme Art zu krepieren.«

O Gott, er war wieder bei Sinnen, und das bedeutete, daß es für sie zu spät war. Ob bitten half? Sie bezweifelte es.

Er legte die Peitsche über ihre nackten Beine, um seine Jacke auszuziehen. Sie konnte die Beine nicht genügend anwinkeln, um sie herunterzustoßen, und allein das Gefühl des Leders auf der bloßen Haut brachte sie zum Zittern.

Er legte auch seine Jacke über ihre Beine, während er sich daranmachte, sein Hemd aufzuknöpfen. Nur ihre Waden waren jetzt bedeckt. Sie hatte nicht erwartet, daß er sich ausziehen würde. Wollte er sie zuerst vergewaltigen?

»Was tun Sie da?«

»Du glaubst doch nicht etwa, daß ich mir meinen guten Anzug ruiniere, oder?« fragte er. »Blutflecken lassen sich nur schwer aus Kleidern entfernen.«

Kelsey erbleichte. Er erwartete also so viel Blut, daß es auf ihn spritzte? Dann standen die Wassereimer wahrscheinlich da, damit *er* sich hinterher das Blut abwaschen konnte, nicht sie. Der verwöhnte Bastard dachte

aber auch wirklich an alles. Allerdings hatte er dies hier auch schon so oft gemacht, daß er mittlerweile wohl wußte, wie es am einfachsten ging.
Sie konnte ihn nicht mehr aufhalten. Sie konnte gar nichts mehr tun – ihn nur noch ihre Wut spüren lassen.
»Ich hoffe, wenn Derek Sie findet, reißt er Ihnen das Herz heraus – langsam. Sie sind ein jämmerlicher Mann, Ashford, genauso verkrüppelt wie ihr Verwalter. Sie können noch nicht einmal …«
Sie zog scharf den Atem ein. Er hatte die Peitsche ergriffen und ihr damit über die Schenkel geschlagen. Sie hinterließ rote Striemen, aber die Haut platzte nicht auf. Dann legte er die Peitsche wieder weg, um sich weiter auszuziehen.
Er hatte das getan, um sie zum Schweigen zu bringen, und sie war aufs äußerste empört, daß sie noch nicht einmal ihren Gefühlen Luft machen durfte.
»Feigling!« spuckte sie. »Sie haben ja Angst, der Wahrheit ins Gesicht zu sehen.«
»Halt den Mund. Du weißt *nichts* über mich.«
»Ach nein? Ich weiß, daß Sie mit einer Frau nichts anfangen können, wenn man sie nicht für Sie festgebunden hat. Sie sind ein kranker kleiner Junge, der nie erwachsen geworden ist.«
Wieder griff er zur Peitsche. Sie erstarrte und wartete auf den Schlag. Aber er kam nicht. Statt dessen blickte er zur Tür und runzelte die Stirn. Sie folgte seinem Blick, wußte aber nicht, was seine Aufmerksamkeit erregt hatte. Sie hatte nichts gehört. Er dagegen schon.
»John, hör auf, solchen Lärm zu machen!« schrie er. »Du weißt doch, daß ich nicht gestört werden möchte, wenn ich … Was zum Teufel wollen *Sie* hier? Das darf doch nicht wahr sein!«
Kelsey brach in Tränen aus, als auf einmal James Ma-

lory in der Tür stand. Ihre Erleichterung war grenzenlos. Sie konnte nur noch schluchzen. Vielleicht, weil sie es gar nicht glauben konnte ... vielleicht spielte ihre Phantasie ihr nur einen Streich ...
Aber dann erschien auch Derek hinter James und schob sich an ihm vorbei. Daß James da war, empörte Ashford nur, aber vor Derek hatte er Angst, weil er mit ihm bereits zweimal aneinandergeraten war, und beide Male hatte er verloren.
Derek warf einen Blick auf Kelsey, dann blickte er Ashford an, der mit der Peitsche in der Hand hinter ihr stand, und flog auf ihn zu. Er sprang über das Bett und riß Ashford im Fallen mit sich zu Boden. Kelsey konnte die beiden nicht sehen, sie konnte nur hören ...
James zog seine Jacke aus und bedeckte sie damit. »Schsch, meine Liebe, jetzt ist es vorbei«, sagte er sanft. »Ich – ich – ich weiß! Aber ich kann nicht anders!« schluchzte sie.
Er lächelte sie an, wobei er den Blick taktvoll von ihren nackten Beinen abwandte, und begann, ihre Fesseln zu lösen. Auch Anthony Malory war da, bemerkte sie schließlich. Er stand am Fußende des Bettes und sah zu, wie sein Neffe auf Ashford einschlug.
»Zum Teufel, er will nichts für uns übriglassen, was?« beklagte er sich bei seinem Bruder.
James grinste. »Er könnte jetzt genausogut aufhören, Tony. Ich glaube nicht, daß der Bastard noch einen von den Schlägen spürt, und ich hasse es, Strafe zu vergeuden, vor allem, wo er so viel davon verdient. Außerdem sollte der Junge jetzt besser Kelsey hier herausbringen.«
Kelsey setzte sich auf und schlüpfte rasch in James' Jacke. Sie sah nun selbst, daß Ashford bewußtlos war. Aber das hielt Derek nicht davon ab, weiter auf ihn einzuschlagen.
Tony mußte Derek buchstäblich von ihm wegziehen. Es

dauerte einige Zeit, bis er nicht mehr rot sah, dann jedoch, als er Kelsey anblickte, kam er zu ihr und nahm sie fest in die Arme ... und sie brach wieder in Tränen aus.

James verdrehte die Augen. »Frauen! Sie hat ihn angeschrien, als wir durch den Flur kamen, und jetzt, wo sie in Sicherheit ist, weint sie. Ich werde das nie verstehen, verdammt noch mal.«

Anthony schmunzelte. »Das ist eben bei Frauen so, alter Junge. Wir sind nicht dazu da, das zu kapieren.«

James schnaubte, dann blickte er wieder seinen Neffen an und nickte schließlich in Kelseys Richtung. »Derek, bring sie hier weg – zurück in die Stadt, wenn du willst. Tony und ich kümmern uns um diesen Abschaum.«

Derek zögerte und sah hinunter auf Ashford. »Er hat noch nicht genug gelitten.«

»Genug? Glaub mir, mein Junge, er hat noch nicht einmal angefangen zu leiden.«

Derek starrte seinen Onkel eine Weile an, dann nickte er befriedigt. Was auch immer sich James für den Mann ausgedacht hatte, es würde nicht im geringsten angenehm sein.

Sanft hob er Kelsey hoch und trug sie aus dem Zimmer den Gang entlang. Sie hatte die Arme so fest um seinen Hals geschlungen, daß es ihm fast die Luft abschnürte.

»Ich kann immer noch nicht glauben, daß du gekommen bist – daß du mich gefunden hast«, flüsterte sie. »Wie?«

»Die Männer meines Onkels sind ihm gefolgt.«

»Die beiden haben Spaziergänger erwähnt«, sagte sie, als sie die Treppe hochstiegen. »Der Verwalter hat sie im Stall eingesperrt. Einer könnte tot sein. Waren das die Männer deines Onkels?«

»Einer von ihnen, ja. Der andere war dein Kutscher. Aber sie leben beide. Der Bedienstete von James kam, um Bescheid zu sagen, daß Ashford dich entführt hat.

Und sie waren Ashford schon früher einmal bis hierher gefolgt, deshalb wußten wir, daß wir hier nach ihm suchen mußten.«
Er erwähnte nicht, daß er Angst gehabt hatte, sie kämen zu spät. Und sie erwähnte nicht, daß sie durch die Hölle gegangen war, um ihre »Bestrafung« hinauszuzögern.
Sie umschlang seinen Hals fester. »Da unten sind noch andere Frauen eingesperrt. Er hält sie hier gefangen. Wir müssen sie befreien.«
»Das werden wir.«
»Er ist wirklich krank, Derek. Er hat den Besitzer von diesem Haus umgebracht, den, der mich versteigert hat.«
»Hat er es zugegeben?«
»Ja. Er hat auch seine eigene Mutter getötet, und Gott weiß, wen sonst noch.« Sie zitterte wieder.
»Denk nicht mehr darüber nach. Du wirst ihn nie mehr wiedersehen, das verspreche ich dir.«

Viel später kamen auch Anthony und James nach oben. Sie waren immer noch entsetzt von dem, was sie unten im Keller gesehen hatten. James hatte von Anfang an gehofft, eins von Ashfords Opfern zu finden und hatte deshalb Männer losgeschickt, die schon die ganze Woche über alle Hafenkneipen und Bordelle durchkämmt hatten. Auf ein solches Ergebnis der Suche hatte er allerdings nicht gehofft – vier Frauen, die so zu Tode erschreckt und gequält waren, daß man bezweifeln mußte, ob sie sich jemals wieder erholen würden.
Erstaunlicherweise waren sie jedoch in besserer Verfassung, als zu erwarten war – abgesehen von ihren Narben. Offene Wunden waren behandelt worden, bevor er sie erneut ausgepeitscht hatte. Man hatte ihnen genug zu essen gegeben. Ihre Zellen waren zwar nicht warm, aber sie waren auch nicht übermäßig kalt, und deshalb

hatten sie wahrscheinlich auch keine Krankheiten bekommen. Der Gestank, in dem sie gelebt hatten und an den sie gewöhnt waren, kam von dem Blut, das einfach unter die Bodendielen gespült worden war, und von den Eimern für ihre Exkremente, die nur selten geleert wurden.

Nur eine der Frauen, eine hübsche junge Blondine, hatte noch frische Wunden, und sie war auch am verängstigsten. Die anderen waren zwar von der Taille abwärts mit Striemen bedeckt, aber die waren ausgeheilt, und sie hatten auch weniger Angst, da Ashford sie schon lange nicht mehr besucht hatte. Und was der Verwalter mit ihnen machte, war nichts, was sie nicht schon früher erfahren hatten.

Es hätte sehr viel schlimmer sein können, ihr Verstand hätte genauso gelitten haben können wie ihre Körper, wenn sie nicht schon an die Brutalität von Männern gewöhnt gewesen wären, bevor Ashford sie gefunden – und sich ihre Einwilligungen erkauft hatte. Voll bekleidet würde von ihren Qualen hier nichts mehr zu sehen sein. Gegenwärtig bliebe es nur in ihrer Erinnerung. Nie mehr würden sie es vergessen können.

Doch James gab ihnen Gelegenheit, Vergeltung zu üben. Anthony hatte aus dem Zimmer im Obergeschoß Kleider für die Frauen geholt, alte zwar, aber für jetzt erfüllten sie ihren Zweck. Doch hatten sie es abgelehnt, sie zu tragen – vorläufig.

Die älteste von ihnen erklärte es ihm. »Er hat sich immer ausgezogen, bevor er zu peitschen anfing. Das Blut ... wissen Sie.«

Eine ausgezeichnete Überlegung, da James und Anthony Lord Ashford auf demselben Bett festgeschnallt hatten, auf dem Kelsey vorhin gelegen hatte. Dann brachten sie ihn zu Besinnung. Und ließen die Frauen allein mit ihm.

»Sie bringen ihn vielleicht um«, meinte Anthony, als sie die Kellertür hinter sich schlossen, damit man seine Schreie nicht hören konnte.
James nickte. »Dann geben wir ihm ein schönes Begräbnis.«
Anthony kicherte. »Glaubst du nicht, daß sie es tun?«
»Ich glaube, sie möchten ihm gerne zurückzahlen, was er ihnen angetan hat, und *das*, mein lieber Junge, hat der Kerl verdient. Er wird wahrscheinlich reif für Bedlam sein, wenn sie mit ihm fertig sind. Wenn nicht, werde ich mich selbst noch einmal seiner annehmen müssen, schon um Derek von einem Mord abzuhalten.«
»Hmmm, ich stimme dir zu, der Bursche ist zu jung, um jemanden umzubringen. Ich möchte nicht, daß jemand sagt, er schlüge seinem Onkel nach.«
»Du sagst es, Bruder.«

43

Nach ihren schrecklichen Erlebnissen bei Lord Ashford hatte Kelsey fast vergessen, daß Tante Elizabeth und ihre Schwester in der Stadt waren und sie am nächsten Morgen erwarteten. Sie schickte eine Entschuldigung und verschob ihren Besuch um ein paar Tage.
Dieser Besuch würde äußerst anstrengend werden. Konnte sie weiter lügen und sogar neue Unwahrheiten erfinden? Andererseits vermißte sie die beiden so schrecklich. Doch nach den Erlebnissen, die sie gerade hinter sich hatte, konnte sie im Moment keine neue Aufregung ertragen. Zudem wich Derek nicht von ihrer Seite, und es würde schwierig werden, Verwandte zu besuchen, von denen er nichts wußte.

Es dauerte fast eine ganze Woche und bedurfte all ihrer Überredungskunst, bis er endlich in seiner Wachsamkeit nachließ und wieder seinen alltäglichen Beschäftigungen nachging. Und selbst dann hörte er nicht auf, sie zu behüten und sie beinahe wie eine Schwerkranke zu behandeln, bis sie sich einverstanden erklärte, über den Vorfall zu sprechen. Wahrscheinlich dachte er, sie würde nie darüber hinwegkommen, wenn sie nicht offen darüber reden konnte.

Das mochte auch seine Berechtigung haben, denn anfangs war es nicht leicht, ihm alles zu erzählen, was ihr an diesem Tag widerfahren war. Es wurde jedoch mit jedem Wort leichter, und hinterher fühlte sie sich tatsächlich besser. Und auch er konnte Einzelheiten dazu beitragen, die sie nicht gewußt hatte.

So hatte sie nicht gewußt, daß sich der Verwalter den Hals gebrochen hatte. Als sie an seiner Leiche im Keller vorbeigekommen waren, hatte Derek ihr die Sicht verdeckt.

Bei dem anderen Mann, der zusammengeschlagen und mit Henry im Stall eingesperrt worden war, handelte es sich um ihren Kutscher, wie sie jetzt erfuhr. Er würde wieder gesund werden. Weil er versucht hatte, ihr zu helfen, hatte Derek seinen Lohn beträchtlich erhöht. Der Mann würde Kelsey wahrscheinlich ein Leben lang ergeben dienen.

Den armen Frauen hatten Dereks Onkel genug Geld gegeben, damit sie nicht wieder ihrer früheren Beschäftigung nachgehen mußten. Sie brauchten überhaupt nicht mehr zu arbeiten, wenn sie nicht wollten. Das hätten die Malory-Brüder nicht zu tun brauchen, und es war wirklich sehr großzügig von ihnen.

Es überraschte sie nicht im geringsten, als sie erfuhr, daß Lord Ashford völlig wahnsinnig geworden war; schließlich war er schon zuvor nahe daran gewesen. Es überraschte sie jedoch, wie es dazu gekommen war.

»Man hat ihn nach Bedlam gebracht, und er wird wahrscheinlich nie wieder herauskommen, da er jetzt völlig den Verstand verloren hat«, hatte Derek ihr ein paar Tage später erzählt. »Mein Onkel James hat diese Frauen auf ihn losgelassen, weißt du, und sie haben ihm heimgezahlt, was er ihnen angetan hat – und noch ein bißchen mehr.«

Kelsey erwähnte nicht, daß sie ihn wahrscheinlich zum Eunuchen gemacht hätte, wenn sie eine dieser Frauen gewesen wäre, und Derek erzählte ihr nicht, daß eine der Frauen dasselbe gedacht hatte.

Und dann kam der Morgen, an dem sie den Besuch bei ihrer Tante und ihrer Schwester nicht länger aufschieben konnte. Tatsächlich war es gefühlsmäßig so anstrengend, wie sie vermutet hatte. Am schwersten war es, Derek nicht zu erwähnen. Erstaunlicherweise wollte ihr der Name ständig über die Lippen kommen, und sie mußte sich jedesmal auf die Zunge beißen.

Zwar überstand sie den Besuch ohne größeres Mißgeschick, kam jedoch deprimiert nach Hause und blieb es auch den ganzen Tag über. Und unglücklicherweise bat Derek sie an diesem Abend, ihn zu heiraten.

Sie saßen beim Abendessen, und sie hatte gerade einen Schluck Rotwein genommen. Gott sei Dank war das Tischtuch dunkelblau, deshalb sah man den Fleck nicht allzusehr.

»Entschuldigung.« Derek grinste einfältig. »Ich wollte dich nicht so aus der Fassung bringen.«

Aus der Fassung bringen? Schock war hier wohl der richtigere Ausdruck.

»Darüber macht man keine Scherze«, wies sie ihn mißbilligend zurecht.

»Darüber würde ich nie im Leben scherzen.«

»Aber du kannst es doch unmöglich ernst meinen!«
»Warum nicht?«
»Sei nicht albern, Derek. Du weißt warum. Ich bin deine Mätresse. Ein Mann in deiner Stellung heiratet seine Mätresse nicht. Das geht einfach nicht.«
»Es wird gehen, wenn ich es will.«
Das war so lächerlich ... so *verbohrt*, daß sie fast die Augen verdrehte. Das Thema regte sie jedoch zu sehr auf, um daran irgend etwas Erheiterndes zu finden.
Natürlich würde sie ihn furchtbar gern heiraten. Sie konnte sich nichts Schöneres vorstellen. Aber sie wußte genausogut wie er, daß es unmöglich war. Und daß er dieses Thema trotzdem aufgebracht hatte, machte sie ärgerlich. Wie konnte er es wagen, sie so in Versuchung zu führen?
Es spielte überhaupt keine Rolle, daß sie gut zu ihm paßte, oder es zumindest getan hatte, bevor sie sich in einem übelbeleumdeten Haus in einem Raum voller Londoner Lords verkaufen ließ. Daß sie verkauft worden war, machte sie für eine Ehe untauglich, auch wenn derjenige, der sie gekauft hatte, sie ihr anbot.
»Ich werde dich nicht heiraten, Derek«, sagte sie steif. »Und ich danke dir auch nicht dafür, daß du mich gefragt hast.«
»Du *willst* mich nicht heiraten?«
»Das habe ich nicht gesagt, ich sagte, ich *werde* dich nicht heiraten. Ich will dir und deiner Familie keinen weiteren Skandal bescheren.«
»Kelsey, überlaß die Sorgen um meine Fam ...«
»Meine Antwort lautet nein, Derek, und daran wird sich nichts ändern. Und ich wäre dir sehr dankbar, wenn du heute nacht nicht hierbleiben würdest. Ich möchte gerne alleine sein.«
Er starrte sie ungläubig an. Sie wich ihm aus. Und sie

war wütend. Er kannte die Anzeichen. Sie verbarg es gut, aber sie war verteufelt wütend auf ihn – weil er sie gebeten hatte, ihn zu heiraten! Und dabei hatte er gedacht, sie würde erfreut reagieren, sogar entzückt – zumindest hatte er geglaubt, daß sie sofort ja sagen würde.

Derek seufzte. Er hatte sich selbst noch nicht ganz an die Idee gewöhnt, hatte sich nur überlegt, daß er sie gerne heiraten wollte, und das, nachdem er die ganze Woche lang mit widerstreitenden Gefühlen gekämpft hatte. Der Gedanke war ihm gekommen, als ihm klar wurde, daß nach Lonnys Tod Kelsey nichts mehr bei ihm hielt als ihre Ehre. Sie brauchte keine Angst mehr zu haben, daß Lonny sie zwingen würde, den Handel einzuhalten. Und sie kannte Derek mittlerweile so gut, daß sie wußte, er würde sie deswegen nicht bedrohen. Sie konnte ihn jederzeit verlassen, wie eine ganz normale Mätresse. Es spielte keine Rolle mehr, daß er viel Geld für sie bezahlt hatte.

Und das versetzte ihn in eine gewisse Panik. Als er das merkte, suchte er nach einem Grund. Und die Antwort fiel ihm rasch ein: Er hatte sich ganz einfach in seine Mätresse verliebt.

Das war verdammt dumm, selbst er wußte das. Aber es war nun mal passiert. Er wußte, er brauchte sie nicht zu heiraten. Sie konnten sehr gut so weitermachen wie bisher – solange sie bereit war, bei ihm zu bleiben. Aber dieses »solange wie« gefiel ihm überhaupt nicht. Er wollte etwas von Dauer. Er wollte, daß sie in sein Haus zog. Er wollte, daß sie ihm Kinder schenkte. Er wollte sie nicht mehr verstecken.

Aber sie hatte nein gesagt. Und sie hatte gesagt, daran würde sich nichts ändern.

Bei Gott, es *würde* sich ändern – vielleicht nur nicht heute nacht.

44

Derek blieb drei Tage lang weg. Was sich als klug erwies, da Kelsey so lange brauchte, um sich wieder zu beruhigen. Schließlich kam sie zu dem Schluß, daß sein Heiratsantrag wahrscheinlich mit dem Ashford-Vorfall und seiner Besorgnis um sie zu tun hatte. Der Antrag war wahrscheinlich auch impulsiv gemacht worden. Und da er nun Zeit gehabt hatte, darüber nachzudenken, würde ihm klar sein, wie albern sein Benehmen gewesen war.

Als er drei Tage später wieder erschien, erwähnte er den Heiratsantrag nicht mehr, also beschloß Kelsey, auch ihrerseits das Thema nicht anzusprechen. Nachdem ihr Ärger darüber verebbt war, hatte sie den Antrag eigentlich als gutes Zeichen gesehen, oder zumindest als ein Zeichen dafür, daß er begann, sie mehr zu mögen, als sie gedacht hatte. Wenn ein Mann einem schon nicht sagte, was er fühlte, war es doch nett, wenigstens einen Hinweis zu bekommen, und ein Heiratsantrag war ein ziemlich deutlicher Hinweis.

Also versöhnten sie sich wieder, obwohl sie eigentlich nicht miteinander gestritten hatten. Und sie liebten sich in dieser Nacht ein wenig feuriger als sonst, geradezu explosiv und so lange, daß sie beide am nächsten Morgen verschliefen.

Kelsey stand als erste auf. Sie zog sich an und ging rasch hinunter, um nachzusehen, was Alicia zum Frühstück vorbereitet hatte, um es Derek auf einem Tablett nach oben zu bringen.

Sie hatte keinen Butler, weil sie das in ihrem kleinen Haushalt nicht für nötig hielt, vor allem, da sie keinen Besuch empfing. Außerdem versah ihr Lakai diese Pflichten. Wenn er jedoch nicht da war, öffnete die Tür, wer immer sich gerade in der Nähe aufhielt, falls es klopfte.

An diesem Morgen klopfte es, als Kelsey gerade die Treppe herunterkam. Sie öffnete die Tür – eine recht unangenehme Überraschung für die frühe Morgenstunde stand ihr bevor.

»Ich gäbe einen guten Detektiv ab, nicht wahr?« sagte Regina Eden und strahlte sie an.

Kelsey fiel keine Erwiderung ein. Solche Situationen *durfte* es einfach nicht geben. Hatte Derek ihr nicht versprochen, sie würde nichts mehr mit seiner Familie zu tun haben? Und Reggie spazierte herein, als ob sie nicht den leisesten Zweifel daran hegte, daß sie willkommen wäre. Auf die Idee, es nicht zu sein, käme sie gar nicht. Sie waren schließlich rasch Freundinnen geworden – zumindest, was Reggie betraf.

Kelsey stöhnte insgeheim auf. Sie brachte nur heraus: »Wie haben Sie mich gefunden?«

»Nun, zuerst bin ich natürlich bei Percy vorbeigefahren. Allerdings nicht heute morgen. Das war letzte Woche.«

»Warum?«

»Um nachzusehen, ob Sie sich noch in der Stadt aufhielten. Nicholas hat noch Geschäfte zu erledigen, deshalb sind wir länger geblieben, als ich dachte. Jedenfalls bin ich bei Percy vorbeigefahren; er war nicht zu Hause, aber sein Butler sagte mir, bei ihm wohne keine Cousine, und es habe auch keine da gewohnt. Ich hinterließ ihm eine Nachricht, daß er vorbeikommen und mich besuchen solle, aber das tat er nicht. Nun ich bin nicht gerade bekannt für meine Geduld, also habe ich alle Hotels in der Umgebung überprüft, und ich kann Ihnen sagen, ich habe mich völlig lächerlich gemacht, weil in einem Hotel eine Langton registriert war. Das waren natürlich nicht Sie, sondern eine Dame mit ihrer Nichte. Und sie hatte sogar noch eine weitere Nichte, die Kelsey heißt.«

»Unglaublich«, krächzte Kelsey.
»Das fand ich auch. Allerdings hatten sie noch nie etwas von Percy gehört, also konnte ihre Kelsey natürlich nicht die sein, die ich suchte. Nachdem ich alle Hotels abgeklappert hatte, habe ich die besseren Vermietungsagenturen überprüft, aber keine hatte je etwas mit Percy oder Ihnen zu tun gehabt. Dann jedoch – und ich weiß eigentlich gar nicht, wie ich darauf gekommen bin, vielleicht, weil Derek in der Vergangenheit häufig geschäftliche Angelegenheiten für Percy erledigt hat – erwähnte ich Dereks Namen, und siehe da, er hatte gerade dieses Haus gemietet. Und hier bin ich.«
Ja, da war sie, Kelsey wußte nicht, was sie tun sollte. Es schien ihr kaum möglich, Regina zu bitten, zum Tee zu bleiben, wo Derek jeden Moment die Treppe herunterkommen konnte. Er hatte noch geschlafen, als sie aufgestanden war, aber er wachte meistens ziemlich schnell auf, wenn sie nicht mehr neben ihm lag, als ob er sie selbst im Schlaf vermissen würde.
In diesem Augenblick öffnete sich oben eine Tür, und Dereks Stimme ertönte: »Wo bist du, Liebling? Du hättest mich wenigstens wecken können, Kelsey.«
Er nahm wahrscheinlich an, sie sei im rückwärtigen Teil des Hauses und könne ihn nicht hören, denn die Tür schloß sich wieder. Kelsey wäre am liebsten in den Boden versunken.
Reggie hatte natürlich bei dem Klang seiner Stimme nach oben geblickt. Sie erkannte sie sofort und fragte: »Was tut *er* denn hier – vor allem da oben?«
Kelsey wurde tiefrot, und als Reggie das sah, sagte sie »Oh« und errötete selbst. Dann, als ihr klar wurde, was vor sich ging, fügte sie empört hinzu: »So ein Schuft! Wie kann er Sie nur so ausnutzen!«
Kelsey stöhnte auf. »Es ist nicht so, wie Sie denken – ich meine, es ist … aber die Umstände sind … bitte, Reggie,

gehen Sie jetzt, bevor er herunterkommt. Ich werde Ihnen alles später erklären.«

»Wann später? Ich kann doch nicht einfach so tun, als sei nichts passiert.«

Kelsey war klar, daß sie um eine Erklärung nicht herumkommen würde. »Ich komme heute nachmittag zu Ihnen.«

»Versprechen Sie es?«

»Ja.«

»Nun gut«, erwiderte Reggie, obwohl sie immer noch empört war. »Ich hoffe wirklich, es gibt eine gute Erklärung dafür, sonst müßte ich meinen Onkel Jason davon unterrichten. Derek sollte sich davor hüten, unschuldige Mädchen aus guter Familie zu verführen. Das haben ja selbst unsere wüsten Onkel nicht getan.«

45

Es war ein Dilemma – nein, ein weiteres Dilemma –, dem sich Kelsey nicht gerade gerne gegenübersah. Gräßliche Lügen. Wenn man einmal damit angefangen hatte, wurde es immer schlimmer, eins führte zum anderen, und sie hatte sich so darin verwickelt, daß sie keinen Ausweg mehr sah. Dieses spezielle Dilemma konnte sie nicht verhindern. Sie hatte Regina eine Erklärung versprochen.

Aber was für eine Erklärung sollte sie ihr geben? Die echte Wahrheit? Oder die Wahrheit, wie Derek sie kannte, und die ja schließlich auch nur aus Lügen bestand? Und sie hatte das Lügen so satt …

Gegen drei Uhr nachmittags kam sie an dem Haus an der Park Lane an. Sie wurde schon erwartet und direkt

in den oberen Salon geführt. Ein Mädchen brachte Tee. Gleich hinter ihr betrat Reggie das Zimmer.
»Ich wollte mich dafür entschuldigen, daß ich heute früh so schnippisch war«, sagte Reggie sofort, nachdem das Mädchen gegangen war. »Ich war nur so überrascht und … nun, ich glaube, Sie verstehen. Ganz bestimmt gibt es eine gute Erklärung für alles. Es würde mich noch nicht einmal überraschen, wenn Derek Sie gebeten hätte, ihn zu heiraten. Das würde natürlich ein ganz anderes Licht auf die Sache werfen. Ich meine, Nicholas und ich … Nun, du meine Güte, ich rede und rede, und gebe Ihnen keine Chance, etwas zu sagen. Im übrigen, hier sind wir ungestört.«
Kelsey lächelte über den letzten Satz. Es war tatsächlich wichtig für sie, ungestört zu sein – zumindest, wenn sie reinen Tisch machen wollte. Und das wollte sie mehr als alles andere, wenigstens bei dieser speziellen Malory. Aber sie würde es nur tun, wenn sie sich ganz sicher sein konnte.
Reggie setzte sich Kelsey gegenüber, schwieg nun und schenkte ihnen beiden Tee ein. Geduldig wartete sie darauf, daß Kelsey anfinge zu reden. Kelsey suchte noch nach den richtigen Worten. Es gab jedoch keine – zumindest keine, die es leichter machten.
»Tatsächlich«, begann Kelsey schließlich, »hat Derek mich gebeten, ihn zu heiraten.«
Reggie strahlte glücklich. »Ich wußte …«
»Aber ich werde ihn nicht heiraten und habe es ihm auch gesagt.«
Reggie blinzelte. »Warum nicht?«
»Wegen der Art, wie er mich kennengelernt hat. Sehen Sie, es war alles erlogen, was Ihnen über mich erzählt wurde. Aber Derek fiel damals nichts anderes ein. Er wußte nicht, daß wir beide uns schon vorher begegnet waren.«

»Was war gelogen?«
»Ich bin nicht Percys Cousine«, gab Kelsey zu. »Ich bin Dereks Geliebte.«
Reggie verdrehte die Augen und sagte trocken: »*Das* habe ich mir schon gedacht.«
»Nein, ich war schon seine Mätresse, als ich Sie kennengelernt habe. Er kaufte mich in einem übelbeleumdeten Haus, in dem viele Lords, die er kannte, verkehrten. Deshalb werde ich ihn nicht heiraten. Eine solche Heirat würde einen riesigen Skandal auslösen.«
Reggie brauchte eine Weile, um das zu verdauen, aber dann sagte sie: »Skandale sind für meine Familie nichts Neues – aber was zum Teufel haben Sie in einem solchen Haus gemacht? Versuchen Sie bloß nicht, mir weiszumachen, Sie seien keine Lady und gehörten dorthin. Dann werfe ich Sie auf der Stelle hinaus.«
Kelsey riß die Augen auf, brach dann jedoch in Lachen aus. Das war gut, aber bestimmt nicht das, was sie erwartet hatte.
Sie lächelte immer noch, als sie antwortete: »Nein, ich werde nicht versuchen, Ihnen das weiszumachen. Eigentlich würde ich Ihnen gerne die Wahrheit erzählen, aber das kann ich nicht – das heißt, nur wenn Sie mir versprechen, daß Sie es niemandem weitererzählen. Nicht einmal Ihr Mann darf es erfahren, Reggie. Und Derek schon gar nicht. Wenn er es erfährt, besteht er darauf, mich zu heiraten, und ich liebe ihn viel zu sehr, um einen solchen Skandal heraufzubeschwören.«
»Aber Sie und Derek sind doch … ich meine, nun, warum weiß *er* es denn nicht wenigstens?«
»Weil ich es ihm nicht erzählt habe, und das werde ich auch nicht tun. Er weiß nicht mehr über mich als die paar Lügen, die ich ihm aufgetischt habe. Als ich damals die Entscheidung traf, mußte ich eine Geschichte erfinden, um meine Familie vor dem Skandal zu bewahren,

der unweigerlich entstanden wäre, wenn jemals jemand herausgefunden hätte, wer ich in Wirklichkeit bin. Derek glaubt, meine Mutter sei Gouvernante gewesen, und ich sei nur von den gleichen Lehrern wie ihre Schützlinge unterrichtet worden, und daß ich deshalb so vornehm spreche.«

»Der blöde Kerl«, schnaubte Reggie. »Hat er das wirklich geglaubt?«

»Warum sollte er nicht? Bedenken Sie doch, wo er mich gefunden hat«, verteidigte ihn Kelsey.

»Hm, nun ja«, gab Reggie zu. »Aber wie sieht denn nun eigentlich die Wahrheit aus?«

»Versprechen Sie absolutes Stillschweigen?«

»Ich darf es noch nicht einmal meinem Mann erzählen?« wand sich Reggie. »Ich könnte ihn ja schwören lassen ...«

»Nicht einmal ihm.«

Reggie seufzte. »Ja, ich verspreche es.«

Kelsey nickte, nahm jedoch zunächst noch einen Schluck von ihrem Tee, um zu überlegen, wo sie anfangen sollte. Vielleicht bei ihren Eltern.

»Mein Vater ist David Philipp Langton, der vierte Earl of Lancastle von Kettering.«

»Du meine Güte, war das nicht der Earl, der Anfang des Jahres erschossen wurde von ... ähm ...« Reggie hustete und schwieg errötend.

Kelsey beugte sich vor und tätschelte ihr die Hand. »Es ist schon in Ordnung. Mittlerweile weiß es ja offensichtlich jeder. Ja, meine Mutter hat ihn erschossen. Sie wollte ihn jedoch nicht töten. Sie war so wütend auf ihn, weil er nicht mit dem Spielen aufhören konnte. Er hatte gerade den Rest seines Erbes verloren, wissen Sie, sogar unser Haus, wegen eines dummen Kartenspiels.«

»*Deshalb* also?«

»Ja. Und meine Mutter war so entsetzt, daß sie ihn

getötet hatte, anstatt ihn nur zu verwunden, wie sie vorgehabt hatte ... sie wollte ihn nur bestrafen ... Voller Entsetzen wich sie dann zurück und stürzte aus dem offenen Fensterflügel hinter ihr. Ich denke immer noch, ich hätte ihren und seinen Tod verhindern können, wenn ich schon eher nach oben gegangen wäre, als sie anfingen, sich anzuschreien.«

Jetzt war es an Reggie, ihr die Hand zu tätscheln. »Es ist fast unmöglich, einen Ehestreit zu schlichten. Die Streitenden achten auf nichts und niemanden.«

»Ich weiß.« Kelsey seufzte. »Meine Eltern stritten *niemals* vor den Dienstboten, doch zumindest sieben von ihnen standen draußen vor der angelehnten Tür, hörten begierig zu und hinderten mich daran, hineinzugehen. Einer hielt mich sogar zurück und warnte mich davor, sie zu stören. Und dann fiel der Schuß ...«

»Das ist so tragisch – oh, meine Liebe, man hat es auch *Die Tragödie* genannt, nicht wahr?«

»Ja«, erwiderte Kelsey, die bei dem Wort zusammengezuckt war. »Und das ganze Vermögen meiner Eltern war verloren. Der Bastard, der das Kartenspiel gewonnen hatte, kam schon ein paar Tage nach der Beerdigung, um meine Schwester und mich aus dem Haus zu verjagen.«

»Bastard ist genau der richtige Ausdruck«, sagte Reggie zornig. »Wer war es? Ich würde ihm gern meinen Onkel James vorstellen.«

Kelsey lächelte schwach. »Ich wünschte, ich wüßte es. Aber damals war ich zu geschockt, um mich an seinen Namen zu erinnern.«

»Sie Arme«, sagte Reggie mitfühlend. »Kein Wunder, daß Sie dann außer sich waren ...«

»Das war nicht deswegen, Reggie«, berichtigte Kelsey sie. »Wir hatten immer noch eine Verwandte, an die wir uns wenden konnten, die Schwester meiner Mutter,

Elizabeth. Sie ist eine liebe, herzensgute Frau – Sie haben sie ja kennengelernt.«
»Du lieber Gott!« rief Reggie aus, als es ihr dämmerte. »Das war also wirklich Ihre Tante in dem Hotel?«
»Ja, sie und meine Schwester sind in der Stadt, um Weihnachtseinkäufe zu machen – und sie wissen nicht, was ich getan habe. Ich mußte auch sie anlügen. Sie glauben, ich sei bei einer kranken Freundin hier in London.«
Reggie lehnte sich zurück und runzelte die Stirn. »Jetzt haben Sie mich völlig verwirrt.«
»Es tut mir leid, ich hätte nicht abschweifen dürfen. Nach dem Tod meiner Eltern zogen meine Schwester Jean und ich zu meiner Tante, und sie war froh, uns bei sich zu haben. Alles wäre gut gewesen, wenn der Mann meiner Tante, Elliott, ein bißchen mehr Charakter gehabt hätte.«
»Ein Schurke?«
»Nein, eher charakterschwach. Sie müssen wissen, daß er zwar aus einer guten Familie kommt, aber kein Vermögen besitzt. Selbst das Haus, in dem sie wohnten, hatte meiner Familie gehört. Meine Mutter hat nie verstanden, warum Elizabeth ihn heiratete, aber sie tat es eben, und ich möchte hinzufügen, daß sie in all den Jahren sehr glücklich mit ihm war – sie weiß auch gar nicht, was geschehen ist. Wir konnten es von ihr fernhalten.«
»Ist Ihr Onkel ebenfalls ein Spieler?«
»Das habe ich zunächst gedacht, als ich Elliott vor einer Flasche Schnaps sitzen sah. Er hatte wohl vor, Selbstmord zu begehen. Tatsächlich hat er immer für ihren Lebensunterhalt gearbeitet, wissen Sie, und er hatte jahrelang eine sehr gute Stelle. Aber dann verlor er sie. Und das hat ihn so durcheinandergebracht, daß er seitdem nicht mehr in der Lage war, es in einer anderen Position lange auszuhalten. Wenn er ernsthaft versucht

hätte, nach dem Mißerfolg weiterzumachen ... aber ich nehme an, er hat das Vertrauen in sich verloren.«

»Charakterschwach, wie Sie schon sagten«, schnaubte Reggie.

»Wahrscheinlich. Sie lebten jedoch weiter, als habe sich nichts geändert. Sie nahmen sogar meine Schwester und mich bei sich auf, obwohl sie es sich gar nicht leisten konnten. Die Schulden wuchsen. Es kam kein Geld herein, gespart hatten sie nichts, und sie konnten sich auch von niemandem etwas borgen. Diese Möglichkeiten hatten sie bereits ausgeschöpft. Schließlich kam es zu dem Punkt, an dem die Gläubiger in nur drei Tagen meiner Tante das Haus wegnehmen wollten, wenn Elliott nicht sofort seine Rechnungen bezahlte.«

Reggie seufzte. »Ich nehme an, Sie haben ihm den Selbstmord ausgeredet? Ich weiß nicht, ob ich das getan hätte.«

»Das hätte doch alles nur noch viel auswegloser gemacht – für meine Tante jedenfalls. Sie wußte nicht, wie schlimm es stand, und daß sie ihr Haus verlieren würde. Wir wären alle auf der Straße gelandet, und hätten nirgendwo mehr hingehen können – und das in nur drei Tagen. Wenn Elliott nur schon früher etwas gesagt hätte, dann hätte ich mir einen reichen Ehemann suchen können. Aber drei Tage waren zu kurz.«

»Ja, dazu braucht man ein bißchen mehr Zeit«, stimmte Reggie zu. »Es sei denn, es hätte Ihnen schon jemand den Hof gemacht. Aber das war wahrscheinlich nicht der Fall?«

»Nein«, erwiderte Kelsey. »Ich war noch in Trauer und lebte jetzt außerdem in einer anderen Stadt, wo ich überhaupt noch keine heiratsfähigen Männer kennengelernt hatte. Außerdem bewegte sich Elliott kaum in den entsprechenden Adelskreisen. Er kannte auch keinen, der in Frage gekommen wäre. Es blieb auch nicht genug Zeit, eine Stelle für mich zu suchen, wenn überhaupt eine zu finden gewesen wäre, in der ich genug für uns alle verdient hätte. Und ich mußte an meine Schwester denken. Sie ist erst zwölf, und ich bin für sie verantwortlich.«

»Also hatten Sie die Idee, sich versteigern zu lassen?« fragte Reggie.

Kelsey kicherte. »Ich? Ich wußte überhaupt nicht, daß es so etwas gibt.«

Reggie grinste. »Nun, ich glaube, das ginge mir genauso. Dann war es also der Vorschlag Ihres Onkels?«

Reggie schüttelte den Kopf. »Eigentlich nicht. Er war an dem Abend so betrunken, daß er unzusammenhängendes Zeug redete. Er erwähnte einen Freund, der in der gleichen Situation gewesen wäre, und dessen Tochter die Familie gerettet hatte, indem sie sich an einen alten Wüstling verkaufte, der viel Geld für Jungfrauen bezahlte. Dann erwähnte er, daß manche Männer für eine Mätresse bezahlen würden, wenn sie ›frisch‹ wäre, also noch nicht von ihren Freunden benutzt worden sei.«

»Ich kann es nicht *glauben*, daß er so etwas zu seiner unschuldigen Nichte gesagt hat«, warf Reggie entsetzt ein.

»Wenn er nüchtern gewesen wäre, hätte er das sicher nicht getan, aber er war nicht nüchtern. Und es war immerhin eine Lösung, während ich geglaubt hatte, es gäbe keine. Außerdem war ich über die ganze Angelegenheit so außer mir, daß ich wahrscheinlich nicht mehr viel klarer denken konnte als er. Jedenfalls fragte ich ihn, ob er jemanden in seiner Bekanntschaft hätte, der für eine Mätresse Geld bezahlen würde. Er kannte zwar niemanden, meinte aber, er wisse einen Ort, an dem ich reichen Lords vorgestellt werden könnte, die dann auf mich bieten würden.«

Reggie runzelte die Stirn. »Das klingt tatsächlich nach einer Art Versteigerung.«
»Das war mir auch ziemlich klar«, gab Kelsey zu. »Allerdings hatte ich keine Ahnung, daß es sich um ein übelbeleumdetes Haus handeln würde. Aber da hatte ich schon zugestimmt und war in diesem Haus. Und mir kam es immer noch so vor, als sei dies die einzige Art, Elliotts Schulden in so kurzer Zeit zu bezahlen. Schließlich hatte er bestimmt keine Chance, so schnell eine so große Summe aufzubringen, er hatte schon alle Möglichkeiten ausgeschöpft. Seine Lösung wäre es gewesen, sich umzubringen, damit er meiner Tante nicht ins Gesicht sagen mußte, daß sie alles verlieren würden. Und ich dachte außerdem an meine Schwester. Ich wollte nicht, daß sie alle Aussichten auf eine standesgemäße Heirat verliert, schließlich hatte sie nicht die geringste Schuld an der ausweglosen Situation.«
»Sie auch nicht.«
»Nein, aber ich war die einzige, die etwas tun konnte. Also tat ich es. Und es ist ja schließlich nicht so schlecht ausgegangen, Reggie. Ich bin sehr glücklich mit Derek.«
»Sie lieben ihn, nicht wahr?«
»Ja.«
»Dann heiraten Sie ihn doch.«
»Nein, ich habe alle Aussichten auf eine Heirat verspielt, als ich auf einem Tisch in einem Raum voller Lords stand und an den Meistbietenden versteigert wurde.«
»Derek scheint nicht so zu denken, wenn er Sie gebeten hat, ihn zu heiraten.«
»Derek hat anständigerweise vergessen, wie wir uns kennengelernt haben. Aber ich werde es nie vergessen. Und in der Zwischenzeit hatte er auch Zeit, nachzudenken und wieder zu Verstand zu kommen. Er hat mich nicht noch einmal gefragt.«

»Dumme Gesellschaftsregeln«, murrte Reggie. »Sie dürften eigentlich unser Leben nicht so beherrschen, wie sie es tun.«

Kelsey grinste. »Sie vergessen wohl, daß *Sie* jetzt nicht mit Ihrem Nicholas verheiratet wären, wenn diese Regeln Sie damals nicht beherrscht hätten.«

Reggie hustete. »Ganz richtig.«

46

Es war Tradition, daß sich der Malory-Clan an Weihnachten auf Haverston traf. Derek blieb für gewöhnlich ein oder zwei Wochen lang, wie die meisten aus seiner Familie. Er hatte auch dieses Jahr nichts anderes vor, aber weil er so lange wegbleiben würde, nahm er Kelsey mit. Nicht nach Haverston natürlich, obwohl er das am liebsten getan hätte.

Wie gern hätte er ihr den Besitz gezeigt, auf dem er aufgewachsen war, sie dem Rest der Familie vorgestellt und sie unter dem Mistelzweig über dem Eingang zum Salon geküßt. Aber all das war nicht möglich – zumindest nicht, bevor sie einwilligte, ihn zu heiraten, und er hatte dieses Vorhaben keineswegs aufgegeben. Er hoffte, daß die Zeit für ihn arbeitete, und wartete auf eine ideale Gelegenheit, um das Thema wieder anzuschneiden. Eine Gelegenheit, bei der sie hoffentlich nicht sofort wieder ablehnen würde.

Also brachte er sie in einem netten Gasthaus in der Nähe unter, wo er sie jeden Tag besuchen konnte. Aber eigentlich gefiel ihm das nicht, und deshalb war er auch in gedrückter Stimmung. Er fragte sich, ob Reggie ihm deswegen gleich bei der Begrüßung ans Schienbein getreten hatte. Nein, sie hatte ja noch gar keine Zeit gehabt, um zu bemerken, daß er grübelte. Außerdem sah es ihr ähnlich, ihn ohne Grund zu treten, dieser kleinen Hexe – und ihm nicht zu sagen, warum.

Amy und Warren waren von ihrer Hochzeitsreise zurückgekehrt. Das frischverheiratete Paar sah strahlend glücklich aus, was nur noch zu Dereks Elend beitrug.

Um auf andere Gedanken zu kommen, versuchte Derek zu ergründen, wer wohl die langjährige Mätresse seines Vaters sein mochte. Aber er konnte es nicht erraten. Haverston war einfach zu groß, und es waren zu viele Leute dort beschäftigt, die schon da waren, solange er denken konnte. Das einzige, was ihm zu tun blieb, war, seinen Vater einfach zu fragen. Aber da die ganze Familie sich im Haus aufhielt, war es schwer, ihn allein anzutreffen.

Am dritten Tag jedoch gelang es ihm. Jason war früh aufgestanden, und Derek kam gerade von seinem Nachtbesuch bei Kelsey nach Hause. Sie trafen sich auf der Treppe. Derek war müde – die Zeit, die er mit Kelsey verbrachte, verging nicht im Schlaf – und hätte fast seine Frage einfach hervorgesprudelt, aber das wäre ein wenig taktlos gewesen. Statt dessen bat er um ein Gespräch unter vier Augen und folgte seinem Vater in dessen Arbeitszimmer.

Es war so früh am Morgen, daß die Vorhänge noch nicht aufgezogen waren. Jason besorgte das, während Derek sich in einen der Sessel am Schreibtisch fallen ließ.

Und dann brach es doch aus ihm heraus: »Wer ist die Mätresse, mit der du hier die ganzen Jahre über zusammengelebt hast?«

Jason blieb stehen. »Wie bitte?«

Derek grinste. »Du kannst es ruhig zugeben. Ich habe aus erster Hand erfahren, daß deine Mätresse hier mit dir auf Haverston lebt. Wer ist es?«

»Das geht dich nichts an«, erwiderte Jason steif. »Und was heißt aus erster Hand?«

» Von Frances.«
»Dieses verdammte Weib«, explodierte Jason. »Sie hat geschworen, daß sie dir nichts sagt.«
Derek war zu müde, um die Bedeutung der Worte seines Vaters zu erfassen. »Ich glaube, sie wollte es auch gar nicht«, gestand er. »Ich habe sie und ihren Liebhaber getroffen, weißt du. Und ich hätte ihn fast verprügelt.«
Jason blinzelte und brach dann in lautes Lachen aus. Nach einer Weile hustete er jedoch und fragte mit ausdrucksloser Miene: »Ist er davongekommen?«
»O ja. Es wäre nicht besonders sportlich gewesen, einen so winzigen Kerl zu verprügeln. Obwohl mir das gar nicht so bewußt war. Aber Frances hielt mich davon ab, indem sie mich anschrie und von deiner Mätresse redete. Ich glaube, sie wollte eher sich verteidigen und dir die Schuld für ihre Untreue zuschieben. Sie hat behauptet, du hättest nie mit ihr die Ehe vollzogen. Gott, das war eine ziemliche Überraschung.«
Jason lief rot an. »Ich dachte, ich hätte mich klar dazu geäußert, als ich der Familie mitteilte, daß ich mich scheiden ließe.«
»Du hast gesagt, ihr hättet nie eine richtige Ehe geführt, aber ich habe nicht gedacht, daß sie *so* ungewöhnlich war. Ich meine, all die Jahre – und nicht ein einziges Mal ...? Aber Frances behauptete, *du* hättest von Anfang an nie alleine geschlafen. Und das hat mich vor Neugier fast umgebracht: Du hattest die ganze Zeit über eine Mätresse, und ganz offensichtlich immer die gleiche. Das ist eine unglaublich lange Zeit für eine Beziehung mit einer einzigen Frau, zumindest mit einer, mit der man nicht verheiratet ist. Wer ist es denn?«
»Ich wiederhole, das geht dich nichts an.«
Derek seufzte. Jason hatte natürlich recht, es ging wirklich nur ihn selbst etwas an. Allerdings wünschte Derek, daß sein Vater genauso über das Privatleben seines

Sohnes denken würde, aber leider kümmerte sich Jason um dessen Privatangelegenheiten sehr viel – zumindest, wenn Derek sie nicht geheimhielt. Und auch jetzt tat er das.

»Da wir schon einmal von Mätressen sprechen – was hast du dir eigentlich dabei gedacht, deine zum Abendessen in das Haus deiner Cousine mitzubringen?« fragte Jason.

Derek fuhr wütend aus seinem Sessel hoch. Verdammt, er hatte nicht damit gerechnet, daß das Blatt sich wenden würde. Jetzt kam er sich hintergangen vor.

»Wer hat dir das gesagt? Onkel James? Onkel Tony?«

»Beruhige dich. Du solltest wissen, daß meine Brüder mir nie etwas erzählen, das mich interessiert. Ich habe jedoch mit James gesprochen. Er machte sich Sorgen, daß du zu sehr an dem Mädchen hängst, aber mehr wollte er mir nicht sagen. Und das Abendessen hat er gar nicht erwähnt.«

»Woher weißt du ...«

»Ich habe es von meinem Kammerdiener erfahren, der hinter Georginas Mädchen her ist, und sie hat gehört, wie James und seine Frau darüber redeten. Und James hat noch nicht einmal seiner Frau gesagt, daß sie mit deiner Mätresse zu Abend essen würde. Sie weiß es immer noch nicht, soviel mir bekannt ist. Aber der Name des Mädchens wurde erwähnt, und wenn du dich erinnerst, hast du selbst ihn mir gesagt. Also – ist sie nun Percy Aldens Cousine oder nicht?«

Derek zuckte zusammen. Sein Vater hatte offenbar angenommen, sie sei Percys Cousine, und daher rührte zumindest zum Teil seine Mißbilligung.

»Sie ist nicht seine Cousine«, versicherte Derek ihm. »Jeremy hatte diese Idee, als Reggie uns mit Kelsey beim Rennen traf. Reggie hatte sie schon früher kennengelernt und war ganz wild darauf, sich mit ihr anzufreunden. Jeremy wollte Reggie – oder eigentlich uns allen – nur eine Peinlichkeit ersparen.«

»Warum, um Himmelswillen, möchte Reggie sich mit einer solchen Frau anfreunden?«

»Vielleicht, weil sie gar nicht *eine solche Frau* ist«, entgegnete Derek verteidigend.

Jason seufzte und setzte sich an seinen Schreibtisch. »Ist schon gut, du weißt, wie ich es gemeint habe«, murmelte er.

Auch Derek seufzte. Natürlich wußte er es. Aber er war ein bißchen empfindlich, wenn es um Kelsey ging. Liebe und die Gefühle, die sie in ihm weckte, waren ihm neu. Und bis jetzt fand er es überhaupt nicht erfreulich.

Am liebsten hätte er *darüber* mit seinem Vater geredet. Aber er wollte Jason nicht noch mehr aufschrecken, indem er ihm sagte, daß er die Frau gefunden hatte, die er heiraten wollte. Das hätte im Augenblick zu nichts geführt.

Also versuchte er zu erklären und sagte: »Das Problem ist, Kelsey sieht aus wie eine Lady, sie benimmt sich wie eine Lady, sie klingt sogar wie eine Lady. Die meiste Zeit ist es verteufelt schwer, sich klarzumachen, daß sie nicht von Adel ist.«

»Bist du da denn sicher?«

Diese Frage wurde ihm nicht zum ersten Mal gestellt. Und wieder mußte er darüber nachdenken. Was wußte er eigentlich wirklich über Kelsey außer dem, was sie ihm selbst erzählt hatte? Aber sie würde ihn doch nicht anlügen, oder? Nein, das würde sie nicht. Da war er sich ganz sicher – nun ja, fast sicher.

Ein winziger Zweifel ließ ihn jedoch zugeben: »Ich weiß von ihr nur, was sie mir selbst erzählt hat, und das ist nicht viel, aber sie hat keinen Grund, mich anzulügen. Und wenn ich bedenke, wie ich sie erworben habe ...«

»Ja, ja, wahrscheinlich hast du recht. Aber du hast mir immer noch nicht erklärt, warum du sie zum Abendessen bei deiner Cousine mitgenommen hast. Das war zuviel des Guten, mein Junge.«

»Ich weiß, aber Reggie bestand darauf, und solange sie glaubte, Kelsey sei Percys Cousine, dachte ich, es könne nicht schaden. Außerdem haben wir Reggie erzählt, Kelsey ginge wieder aufs Land zurück, damit es ihr nicht einfiele, die Freundschaft weiter fortzusetzen. Das hat dem Ganzen ein Ende bereitet, und es ist niemandem Schaden entstanden. Reggie hat sie seitdem nicht mehr wiedergesehen, und sie wird sie auch nicht mehr wiedersehen.« *Zumindest nicht, bis ich sie heirate.* Das sagte er jedoch nicht laut. Sein Vater war noch nicht ganz besänftigt, und Derek mußte nicht lange warten, bis er den Grund erfuhr.

»Bindest du dich nicht zu sehr an das Mädchen?«

Derek wäre fast in Lachen ausgebrochen. »Das fragst gerade du mich, wo du deine Mätresse seit mehr als zwanzig Jahren um dich hast?«

Jason stieg wieder das Blut zu Kopf. »Ein Punkt für dich. Tu nur nichts Dummes in Hinsicht auf das Mädchen.«

Etwas Dummes? Wie etwa sich in sie zu verlieben und sie heiraten zu wollen? Zu spät.

47

Am Weihnachtsabend bat Derek noch einmal, daß Kelsey ihn heiraten solle. Er hatte die Familie früh verlassen, um zu ihr zu gehen. Er schenkte ihr Wein ein. Er heiterte sie mit Dutzenden von kleinen Geschenken auf, albernen Sachen, die sie zum Lachen brachten, wie ein übergroßer Fingerhut, ein Hut mit drei Fuß langen Federn, Glöckchen für ihre Zehen. Den Verlobungsring hob er sich bis zuletzt auf.

Die Gelegenheit hätte nicht vollkommener sein können. Und die Frage – »Kelsey, willst du mich heiraten?« – rief keinen Wutanfall hervor. Sie wandte sich ihm zu und umarmte ihn. Sie küßte ihn lange. Doch dann nahm sie sein Gesicht in beide Hände und sagte: »Nein.«

Dieses Mal hatte er diese Antwort wirklich nicht erwartet, deshalb hatte er auch keine Gegenargumente parat. Er brachte lediglich hervor: »Warum? Wenn du wieder von einem Skandal redest, schüttele ich dich durch.«

Sie lächelte ihn an. »Du weißt doch, daß es einen Skandal geben würde, und zwar einen sehr großen.«

»Ist dir immer noch nicht klar, daß mir das verdammt gleichgültig ist?«

»Das sagst du jetzt, Derek, aber was wird später sein, wenn es wirklich soweit ist? Und was ist mit deiner Familie, die doch auch betroffen wäre? Sie hätten doch bestimmt auch einiges dazu zu sagen, wenn sie in einen solchen Skandal hineingezogen würden.«

Das brachte ihn auf die Idee, seine Familie ganz einfach vor der Zeit einzuweihen. Sein Vater hatte gerade seine Scheidung verkündet. Derek konnte seine Heiratspläne bekanntgeben – und herausfinden, woher der Wind wehte.

Er beschloß, daß das Weihnachtsessen der perfekte Zeitpunkt dafür wäre, da sich dann alle im gleichen Raum versammelt hätten. Die Stimmung war festlich. Es wurde viel gelacht. Aber Derek brachte es nicht über sich, weil er das Gefühl hatte, daß zumindest einigen von ihnen der Tag dadurch verdorben würde.

Am nächsten Tag zögerte er jedoch nicht mehr. Es war wieder beim Abendessen. Dieses Mal waren nicht alle anwesend. Diana und Clare waren am Morgen mit ihren Männern nach Hause gefahren. Ihr Bruder Marshall besuchte einen Freund in der nächsten Grafschaft und war noch nicht zurückgekommen. Und Tante Roslynn war oben und kümmerte sich um Judith, die sich eine Erkältung eingefangen hatte. Aber das war in Ordnung. Es machte nicht soviel aus, wenn ein paar Familienmitglieder fehlten.

Der Rest der Familie war jedenfalls versammelt, und wieder war die Stimmung hervorragend. Die Frauen unterhielten sich über Festtagsrezepte, Babys und Mode. James hatte ein paar Pfeile auf Warren abgeschossen, aber sein Schwager hatte nur gelacht, und auch James schien darüber nicht allzu verärgert zu sein. Nicholas und Jeremy stritten sich gutmütig wegen Nicks Hengst, der an diesem Tag alle Rennen verloren hatte.

Edward und Jason diskutierten über eine von Edwards neuen Investitionen. Sie hatten offenbar den Streit über die Scheidung beigelegt – was Derek als gutes Zeichen ansah. Das Nette an seiner Familie war, daß sich niemand nachtragend gab, zumindest nicht bei Familienmitgliedern. Es hatte eine einzige Ausnahme gegeben, als man James zehn Jahre lang enterbt hatte, aber selbst das war friedlich beigelegt worden.

Bevor der Nachtisch aufgetragen wurde, stand Derek auf und sagte: »Darf ich für einen Augenblick um eure Aufmerksamkeit bitten? Ich möchte euch eine gute Nachricht mitteilen, oder zumindest halte ich es für eine gute Nachricht. Einige von euch denken vielleicht anders darüber, aber ...« Er zuckte mit den Schultern und blickte ans Tischende, wo sein Vater saß, bevor er hinzufügte: »Ich habe beschlossen, Kelsey Langton zu heiraten.«

Jason starrte ihn ungläubig an, ihm fehlten die Worte. Anthony hustete. James verdrehte die Augen. Jeremy hielt sie sich zu.

In das Schweigen, das auf seine Erklärung folgte, sagte Georgina: »Das ist ja wundervoll, Derek. Sie scheint ein äußerst nettes Mädchen zu sein.«

Und Tante Charlotte fragte: »Wann lernen wir sie kennen, Derek?«

Edward, der in Dereks Nähe saß, beugte sich vor und klopfte Derek auf den Rücken. »Das ist ja großartig, mein Junge. Ich weiß, daß Jason ungeduldig darauf gewartet hat, daß du endlich zur Ruhe kommst.«

Amy strahlte ihn über den Tisch hinweg an. »Warum hast du dich nicht ein bißchen früher dazu entschlossen? Wir hätten eine Doppelhochzeit feiern können.«

Jeremy kicherte und schüttelte gleichzeitig den Kopf. »Ich möchte nicht in deinen Schuhen stecken, Cousin.«

Nicholas nickte zustimmend. »Er weiß doch hoffentlich, wie man ein tiefes Loch gräbt, oder?«

Reggie stieß ihrem Mann den Ellbogen in die Seite und flüsterte ihm zu: »Genau so romantisch hättest du damals sein müssen, als wir uns kennenlernten.«

Nicholas blickte sie stirnrunzelnd an, dann brach es aus ihm hervor: »Du meine Güte, wie hast du das denn herausgefunden?« Die anderen warfen ihm neugierige Blicke zu.

»Mach dir nichts draus«, flüsterte Reggie. »Aber ich finde es sehr tapfer von ihm, daß er sich über die Konventionen hinwegsetzt und sich von seinem Herzen leiten läßt.«

»Das glaube ich dir.« Nicholas lächelte seine Frau an.

Derek hörte von alledem nichts, und er sagte auch nichts mehr. Er starrte immer noch seinen Vater an und wappnete sich für den zu erwartenden Wutausbruch. Der kam jedoch nicht.

Jason sah wütend aus, daran bestand kein Zweifel, aber seine Stimme klang ganz ruhig, als er einfach nur sagte: »Ich verbiete es.« Damit löste er einen Aufruhr aus.

»Du meine Güte, Jason, warum denn nur?« kam es von Charlotte.
»Klingt so, als wüßte er, wer das Mädchen ist, oder?« sagte James zu Anthony.
»Das nehme ich auch an«, erwiderte Anthony.
Edward hatte das gehört und wiederholte: »Wer ist sie? Wer ist sie denn?«
»Kelsey ist Percival Aldens Cousine«, warf Georgina hilfsbercit ein.
»Eigentlich ist sie überhaupt nicht mit Percy verwandt, George«, sagte James zu seiner Frau.
»Kann mir jemand erklären, was hier gespielt wird?« fragte Travis verwirrt.
»Das möchte ich selber gerne wissen«, brummte sein Vater und blickte Jason an.
»Ich hielte es für angebracht, wenn du deiner Ankündigung noch etwas hinzufügst«, sagte Anthony vorwurfsvoll zu Derek. »Jetzt bist du schon so weit gegangen, jetzt kannst du auch noch den ganzen Rest ausspucken.«
Derek nickte knapp. »Es stimmt, daß Kelsey nicht Percys Cousine ist, wie einige von euch vermuten. Sie ist meine Mätresse.«
»O Gott«, seufzte Charlotte und trank einen Schluck Wein.
»Du meine Güte, bist du wahnsinnig geworden, Cousin?« fragte Travis ungläubig.
Und Amy sagte zu ihrem Bruder: »Männer haben immer schon ihre Mätressen geheiratet, vor allem, wenn die Lady ansonsten eine passende Partie ist.«
»Das ist hier aber nicht der Fall«, erläuterte Jeremy seiner Cousine.
Daraufhin seufzte Amy genau wie ihre Mutter: »O Gott.«
»Ich finde, das macht keinen Unterschied«, meinte

Georgina. »Wenn er eine ehrenhafte Frau aus ihr machen möchte, finde ich das in Ordnung.«
James verdrehte die Augen. »Du denkst wieder wie eine Amerikanerin, George.«
»Das hoffe ich doch«, verteidigte Warren seine Schwester und zwinkerte ihr zu.
»Vielleicht stört es da, wo du herkommst, niemanden«, bemerkte Anthony. »Aber hier tut man es einfach nicht.«
Warren zuckte die Schultern. »Dann soll er sie doch heiraten und mit ihr nach Amerika gehen, wo man *so etwas* durchaus tut. Vielleicht gefällt es ihm ja, die Fesseln der Konvention abzustreifen.«
»Das ist eine gute Idee«, stimmte Derek grinsend zu. Natürlich würde er das nicht machen, aber ...
»Auch das verbiete ich«, sagte Jason.
»Nun, damit wäre alles klar, oder?« meinte James trocken, wobei natürlich gar nichts klar war.
Edward wies darauf hin, für den Fall, daß jemand die Ironie nicht verstanden hätte. »Er ist alt genug, Jason, und du kannst ihm nicht einfach etwas verbieten, so gerne du es auch tun möchtest. Warum versuchst du nicht, vernünftig mit ihm zu reden?«
Jason preßte die Lippen zusammen, nickte knapp, erhob sich und verließ das Zimmer. Derek seufzte. Jetzt kam der Teil, auf den er sich nicht gerade gefreut hatte.

48

Jason war in sein Arbeitszimmer gegangen. Derek trat ein und schloß die Tür hinter sich. Er hatte das Gefühl, dies würde eins ihrer lauteren Streitgespräche werden. Über Jasons Stirn brauten sich Gewitterwolken zusammen; er stand hinter seinem Schreibtisch und stützte

sich mit den Händen auf die Platte. Im Eßzimmer hatte er sich zurückgehalten. Hier würde er das nicht tun.
Derek machte einen Versuch, dem Angriff zuvorzukommen. »Du kannst sagen, was du willst, ich werde meine Meinung nicht ändern. Wenn Kelsey mich haben will, werde ich sie heiraten.«
Jasons Gesichtsausdruck entspannte sich ein wenig. »Wenn?« fragte er hoffnungsvoll.
Derek gab bekümmert zu: »Sie hat meinen Antrag abgelehnt.«
»Na, Gott sei gelobt für die kleinen Freuden des Lebens. Wenigstens einer von euch besitzt etwas Verstand.«
»Willst du damit sagen, ich besäße keinen Verstand, weil ich sie liebe?« erwiderte Derek steif.
Jason schüttelte den Kopf. »Es ist nichts dagegen einzuwenden, daß du deine Mätresse liebst. Das tue ich schließlich bei meiner auch. Es ist auch nichts dagegen einzuwenden, daß du mit ihr zusammenlebst, wenn du das geheimhalten kannst ...«
»Wie du?«
»Ja«, erwiderte Jason gequält, »es ist jedoch *nicht* in Ordnung, sie zu heiraten, wenn dir die Verantwortung obliegt, für eine Ehe nur eine Dame aus unseren Kreisen zu wählen – und du *hast* diese Verantwortung, Derek, als zukünftiger Marquis of Haverston.«
»Ich kenne meine Verantwortung. Ich weiß auch, daß der Weg, den ich einschlagen will, nicht leicht ist. Aber ein Skandal bedeutet nicht das Ende der Welt, Vater. Man bringt mich mit einem Skandal in Verbindung seit dem Tag meiner Geburt. Ich habe das überlebt, und ich werde auch das hier überleben.«
Jason seufzte. »Warum hast du mir bei unserem letzten Gespräch nichts von dieser verrückten Idee erzählt?«
»Weil ich wußte, wie du reagieren würdest. Aber ich werde meinem Herzen folgen. Ich muß. Ich liebe sie

viel zu sehr. Also werde ich sie immer wieder fragen, bis sie ja sagt.«

Jason schüttelte den Kopf. »Du kannst nicht mehr klar denken, Derek, aber wenigstens sie ist dazu in der Lage. Und ich hoffe, sie wird weiter ...«

»Jason!« Molly platzte aufgeregt ins Zimmer. »Ich habe gerade gehört, daß Derek heiraten will ...seine ...« Errötend verstummte sie, als sie Derek sah. »Oh Verzeihung, ich dachte, Sie wären allein.«

Das Erröten verriet sie, zumal Jason nun auch rot wurde. »Du meine Güte, *sie* ist deine Mätresse?« fragte Derek.

Beide sagten zur gleichen Zeit »nein«, und zwar viel zu betont.

Derek schmunzelte nur und ließ sich nicht beirren. »Verdammt«, meinte er, »ich hätte nie gedacht, daß du es bist, Molly.« Dann blickte er grinsend seinen Vater an. »Du hättest sie heiraten sollen, ich hätte nichts dagegen gehabt, Mama zu Molly zu sagen, wirklich nicht. Sie ist mir in jeder Hinsicht mehr eine Mutter gewesen als Frances.«

Bei diesen Worten brach Molly in Tränen aus, rannte aus dem Zimmer und schlug die Tür hinter sich zu.

Derek blinzelte. Was hatte er denn gesagt?

»Zum Teufel«, murmelte er, »ich wollte sie nicht zum Weinen bringen.« Er blickte Jason an ud wartete auf eine Erklärung.

»Sie – ähm – wird an Weihnachten immer so gefühlvoll. Passiert jedes Jahr.«

»Schlimm. Sag ihr bitte, ich sei nicht schockiert oder so – na ja, eigentlich bin ich schockiert. Auf Molly wäre ich nie gekommen. Aber ich *mag* das alte Mädchen. Ich muß mich wahrscheinlich nur erst an den Gedanken gewöhnen.«

»Du solltest dich vielleicht gar nicht an den Gedanken

gewöhnen«, schlug Jason vor. »Am besten ist, du vergißt das Ganze gleich wieder.«
Derek grinste und schüttelte den Kopf. »Das geht nicht. Jetzt sitzt du nämlich im gleichen Boot wie wir anderen unvollkommenen Männer, die dem schönen Geschlecht einfach nicht widerstehen können. Ich finde das gut.«
»Verdammt.«

Nachdem Jason und Derek gegangen waren, hatte die Diskussion im Eßzimmer nicht aufgehört. Sie wurde sogar noch hitziger, als Jeremy herausrutschte, daß Kelsey von Derek auf einer Versteigerung gekauft worden war, und er anschließend notgedrungen erklären mußte, wo diese Versteigerung stattgefunden hatte.
Reggie fiel es zunehmend schwerer, ihr Versprechen, das sie Kelsey gegeben hatte, zu halten, aber noch schwieg sie. Da sie jedoch die Wahrheit kannte, stand sie auf Dereks Seite und machte auch kein Hehl daraus. Ihr Onkel Edward war am heftigsten dagegen, aber das war nicht besonders überraschend, da er äußerst konservativ war.
Ärgerlich war nur, daß auch ihre beiden jüngsten Onkel dagegen waren. Sie wußte ganz genau, daß sie in Dereks Situation genau das gleiche getan und sich keinen Deut um die öffentliche Meinung geschert hätten.
»Sie könnte das süßeste, netteste Mädchen unter der Sonne sein, und es würde trotzdem nicht funktionieren«, sagte Edward. »Es wäre etwas anderes, wenn niemand in der Familie die Tatsachen kennen würde, aber das ist nun ja nicht mehr der Fall.«
»Sie war immerhin unschuldig, *bevor* sie Derek in die Hände geriet«, erklärte Reggie, vielleicht ein bißchen zu unverblümt. »Ich nehme an, das spielt auch keine Rolle, oder?«
Edward wurde rot, James schmunzelte, und Jeremy

hob blinzelnd die Hand. »Paß auf, Cousine«, sagte er. »Hier sind ältere Leute anwesend.«
Reggie war bereits selbst rot geworden, und Anthony wies sie noch mehr zurecht. »Du bist zu romantisch. Du weißt ganz genau, daß Eddie recht hat. Die ganzen Adligen, die dabei waren, als Derek sie gekauft hat, wissen natürlich nicht, ob das Mädchen unschuldig war oder nicht, und es ist ihnen auch egal. Aber vergessen haben sie sie ganz bestimmt nicht. Und wenn Derek sie heiratet, wird die Geschichte noch weitere Kreise ziehen, da kannst du sicher sein.«
»Zweifellos hast du recht, alter Junge«, pflichtete James ihm bei. »Es ist einfach eine Tatsache, daß niemand von der Gesellschaft das Mädchen jemals akzeptieren wird.«
Reggie schnaubte. »Diese Familie hat zahlreiche Skandale überstanden, die zumeist von nur zwei Mitgliedern ausgelöst wurden.« Sie blickte Anthony und James herausfordernd an, und fügte hinzu: »Ich glaube kaum, daß ein weiterer Skandal uns den Hals bricht.«
»Das nicht, Regan«, stimmte James zu, und zum ersten Mal gingen ihm seine Brüder nicht sofort an die Gurgel, weil er Regina mit ihrem Kosenamen anredete. »Aber Kelsey würde einen solchen Skandal nicht überstehen und Derek auch nicht. Die Gesellschaft wird sie beide schneiden. Bei mir – und auch bei Tony – war es so, daß *wir* die Gesellschaft geschnitten haben, also spielte es überhaupt keine Rolle, ob wir akzeptiert wurden oder nicht. Aber bei Derek ist das anders. Er ist ein Gesellschaftsmensch, ist es immer gewesen. Und wenn Kelsey irgendwas für den Jungen empfindet, dann tut sie ihm das nicht an.«
»Da hast du recht, Bruder«, schmunzelte Anthony. James zuckte nur mit den Schultern.
Reggie seufzte. Derek hatte nicht erwähnt, daß Kelsey

seinen Antrag abgelehnt hatte, deshalb konnte sie das nicht ins Spiel bringen. Und außerdem war der ganze Streit überflüssig, da Kelsey ihn sowieso nicht heiraten würde.
Sie lenkte also vom Thema ab, indem sie bemerkte: »Ich glaube, Derek sagte, er *wolle* Kelsey heiraten, nicht, daß sie eingewilligt habe, ihn zu heiraten. Sie könnte ihn ja auch ablehnen, und damit wäre die Sache beendet.«
»Derek ablehnen, wo er eine so erstklassige Partie ist?« schnaubte Edward. »Das glaube ich nie und nimmer.«
»Es ist aber möglich, Onkel Edward«, erwiderte Reggie. »Du hast sie ja noch nicht kennengelernt, aber auf mich macht sie einen äußerst sensiblen Eindruck. Ich wette, sie würde Derek eher verlassen, als ihm Schaden zuzufügen. Und seinen gesellschaftlichen Ruin betrachtet sie als Schaden.«

49

Als es an Kelseys Tür zu ihrem Zimmer im Gasthaus klopfte, öffnete sie und erwartete, Derek zu sehen, nicht seinen Vater. Es war jedoch definitiv sein Vater; Jason Malory stellte sich sofort vor und ließ keinen Zweifel daran. Er marschierte auch gleich ohne Aufforderung durchs Zimmer zu der kleinen Sitzgruppe. Mit seiner beachtlichen Größe und seinem finsteren Gesichtsausdruck schüchterte er Kelsey jedoch so ein, daß sie ihn nicht darauf hinwies.
Sie sagte rasch: »Derek ist nicht hier«, und hoffte, er würde wieder gehen.
Das tat er aber nicht. Und sie war so eingeschüchtert von seiner Gegenwart, daß ihr erst später auffiel, daß sie

das nicht hätte sagen dürfen. Aber offensichtlich wußte er Bescheid.

»Ich weiß, er ist in Haverston«, entgegnete er. »Ich habe mir gedacht, daß Sie sich in der Nähe aufhalten, wo er so vernarrt in Sie ist, und das hier ist das nächste Gasthaus.«

Errötend fragte sie: »Dann wollten Sie also mit mir reden?«

»In der Tat«, erwiderte er. »Ich möchte von Ihnen hören, was Sie zu diesem Unsinn sagen.«

»Welchen Unsinn meinen Sie?«

»Daß Derek Sie heiraten will.«

Kelsey schnappte nach Luft. »Das hat er Ihnen *gesagt*?«

»Er hat es der ganzen Familie gesagt.«

Kelsey tastete nach dem nächsten Sessel und ließ sich hineinfallen. Konnte man vor Scham im Boden versinken? Es kam ihr so vor.

»Das hätte er nicht tun sollen«, flüsterte sie.

»Da stimme ich Ihnen zu – und warum denken Sie so?«

»Weil es, wie Sie sagten, Unsinn ist. Ich habe nicht die Absicht, ihn zu heiraten. Das habe ich ihm auch erklärt.«

»Ja, das erwähnte er. Und ich möchte gerne wissen, wie ernst es Ihnen mit Ihrer Ablehnung ist. Er wird den Gedanken nämlich nicht fallenlassen.«

»Wenn das Ihre einzige Sorge ist, Lord Malory, dann kann ich Sie beruhigen. Mir ist klar, welchen Skandal eine solche Heirat auslösen würde, und ich möchte nicht nur Derek davor bewahren, sondern auch meine Familie.«

»Ihre Familie?« Er runzelte die Stirn. »Ich wußte nicht, daß Sie Familie haben. Um wen handelt es sich?«

»Das spielt keine Rolle«, sagte Kelsey. »Sie sollen lediglich wissen, daß meine Familie mir alles bedeutet. Ich bin in dieser Lage, weil ... nun ja, auch das spielt keine

Rolle, aber als ich tat, was ich nun mal getan habe, wußte ich, daß ich niemals würde heiraten können. Es muß Ihnen genügen, wenn ich Ihnen sage, daß ein solcher Skandal meiner Familie genausoviel Schaden zufügen würde wie Ihrer, und ich habe nicht die Absicht, das geschehen zu lassen.«

Jasons Gesichtszüge entspannten sich beträchtlich. Er sah sogar irgendwie verlegen aus.

»Ich beginne zu verstehen«, sagte er barsch. »Und es tut mir sehr leid, daß es keine andere Lösung gibt. Ich habe das Gefühl, sie würden eine hervorragende Frau für Derek abgeben, wenn es Ihnen möglich wäre, ihn zu heiraten.«

»Danke. Ich werde mich bemühen, ihn glücklich zu machen – ohne Heirat.«

Jason seufzte. »Ich hätte meinem Sohn nie gewünscht, daß er in die gleiche Lage gerät wie ich – aber ich freue mich, daß Sie ihm nahestehen.«

Das war das netteste Kompliment, das er ihr machen konnte. Damit verabschiedete er sich, um ihnen beiden weitere Peinlichkeiten zu ersparen, und eilte davon, wahrscheinlich, weil er Derek nicht begegnen wollte. Sie dachte jedoch, daß Derek seinen Vater in der Halle gesehen haben mußte, als es nur ein paar Minuten später wieder an die Tür klopfte.

Wieder stand jedoch nicht Derek davor, und auch Jason hatte nicht beschlossen, noch länger mit ihr zu reden. Dieses Mal war es Dereks Mutter. Kelsey wußte das zunächst natürlich noch nicht, aber dann fiel ihr auf, wie ähnlich sie sich sahen, wie ähnlich sie lächelten, und wie besorgt die Frau war.

»Ich bitte um Verzeihung, daß ich Sie zu dieser späten Stunde störe, Miss Langton«, begann die Frau.

»Kennen wir uns?«

»Nein, ich wüßte nicht.« Die Frau lächelte. Ich bin

Molly Fletcher, die Haushälterin auf Haverston. Ich habe gerade erst von Ihnen erfahren, und Derek hat gerade erst von seinem Vater und mir erfahren – und, nun, ich möchte ihn sprechen.«
Kelsey war zornig errötet. Offenbar war Dereks verdammte Ankündigung bereits bis zu den Dienstboten vorgedrungen, aber ...«
»Sie und sein Vater?« Kelsey wußte die Antwort, noch bevor sie die Frage gestellt hatte. »Oh, es tut mir leid. Sie brauchen mir nichts zu erklären. Aber Derek ist leider nicht hier.«
»Nicht? Ich sah, wie er Haverston verließ und dachte natürlich, er ginge zu Ihnen.«
»Und Sie nahmen an, ich sei in der Nähe?«
»Ja, sicher, warum?«
Kelsey schüttelte erstaunt den Kopf. Reisten alle Männer mit ihren Mätressen? Oder war das nur bei den Malorys so üblich?
»Nun, wenn er nicht auf Haverston ist, habe ich keine Ahnung, wo er sein könnte.«
»Vielleicht wollte er allein sein«, sagte Molly und rang die Hände. »Das habe ich befürchtet. Das hat er als Kind schon immer getan, wenn er sich aufgeregt hatte. Er verschwand, um alleine zu grübeln.«
»Warum sollte er sich aufgeregt haben?« fragte Kelsey.
»Er war ganz verrückt vor Neugier und wollte unbedingt erfahren, wer Sie sind, das heißt, wer seines Vaters ... nun, ich könnte mir vorstellen, daß er jetzt erleichtert ist.«
»Er sollte es gar nicht erfahren, Miss Langton. Er hätte es nie erfahren dürfen. Aber da er es jetzt schon einmal weiß, möchte ich nicht, daß er schlecht von mir denkt.«
Kelsey runzelte die Stirn, sie verstand die Besorgnis der Frau nicht ganz. »Das wäre etwas übertrieben, meinen Sie nicht?«

»Nicht unbedingt«, erwiderte Molly. »Es gibt noch andere Faktoren ... aber das spielt jetzt keine Rolle. Ich werde warten und an einem anderen Tag mit ihm sprechen.« Damit verabschiedete auch sie sich.

Als es das nächste Mal an die Tür klopfte, nahm Kelsey erst gar nicht mehr an, daß es Derek wäre. Er war es jedoch, und er hielt einen Arm hinter seinem Rücken versteckt. Als er ihn vorzog, hielt er ihr einen wunderschönen Strauß Rosen entgegen.

Sie lächelte erfreut. »Du meine Güte, wo hast du die denn um diese Jahreszeit her?«

»Ich habe das Gewächshaus meines Vaters geplündert.«

»O Derek, das hättest du nicht tun sollen.«

Er grinste und nahm sie in die Arme. »Er wird sie nicht vermissen, er hat Hunderte der verschiedensten Sorten. Ich dagegen habe dich heute ganz bestimmt vermißt.«

Kelsey runzelte die Stirn, weil ihr ihre anderen Besucher einfielen. »Es überrascht mich, daß du die Zeit dazu gefunden hast, wo doch der Tag so ereignisreich für dich war.«

Er blickte sie mißtrauisch an. »Woher weißt du, daß er ereignisreich war?«

»Dein Vater war hier.«

Er ließ sie los und fuhr sich mit der Hand durch die Haare. »Verdammt! Er hat dich doch nicht aufgeregt, oder?«

»Nein. Warum sollte die Tatsache, daß du deiner *ganzen* Familie von uns erzählt hast, mich aufregen? Dein Vater wollte sich nur versichern, daß ich dich bestimmt nicht heirate.«

»Verdammt«, sagte Derek noch einmal.

Und noch bevor er ihre Mitteilung ganz verdaut hatte, fügte sie hinzu: »Deine Mutter war auch hier.«

»Meine *Mutter*?«

»Ja, sie machte sich Sorgen, du könntest dich über das aufgeregt haben, was du heute abend herausgefunden hast.«
»Herausgefunden? Oh, du redest von Molly! Aber sie ist nicht ... meine ... Nein! Das kann nicht sein. Er hat mir erzählt, meine Mutter sei tot!«
Kelsey wurde blaß, als sie das hörte. »O Derek, es tut mir so leid. Ich nahm an, du wüßtest, wer deine Mutter ist, und hättest nur nicht gewußt, daß sie immer noch die Mätresse deines Vaters ist. Bitte, es war ja auch nur eine Vermutung – und wahrscheinlich stimmt es ja auch nicht. Sie hat nicht gesagt, sie wäre deine Mutter.«
»Nein, das würde sie nie tun. Ich sollte es offenbar nicht erfahren. Aber jetzt sehe ich alles ganz klar. Sie ist meine Mutter – na gut. Und beide sollen sie verdammt sein, daß sie es mir verheimlicht haben!«

50

Derek war völlig außer sich. Seine Mutter lebte – und nicht nur das, sie war die ganzen Jahre auf Haverston gewesen. Und sie hatten es nicht für nötig gehalten, ihm reinen Wein einzuschenken! Sie hatten ihn in dem Glauben gelassen, Molly sei nur eine Bedienstete. Sie hatten ihn glauben lassen, seine Mutter sei tot.
Das war unverzeihlich. Jason hätte ihm etwas anderes erzählen können, wie zum Beispiel, daß seine Mutter davongelaufen sei, daß sie sich zu sehr geschämt und nicht gewollt habe, daß er erführe, wer sie sei; daß sie nichts mit dem Sohn, den sie geboren hatte, zu tun haben wollte. Alles andere wäre leichter zu ertragen gewesen als die Tatsache, daß sie die ganze Zeit über in

seiner Nähe gewesen war und er nichts davon gewußt hatte.
Er machte sich auf die Suche nach seinem Vater, obwohl er sich wahrscheinlich erst einmal hätte beruhigen müssen. Kelsey hatte ihm letzteres vorgeschlagen und versucht, ihn davon abzuhalten, noch an diesem Abend nach Haverston zurückzukehren.
Aber er war zu aufgebracht, um Vernunft anzunehmen. Und je mehr er darüber nachdachte, desto zorniger wurde er. Nein, er konnte sich nicht beruhigen, zumindest nicht, bis er ein paar Antworten erhalten hatte.
Er fand seinen Vater nicht in seinem Zimmer und auch sonst nirgendwo im Haupthaus. Entweder war er nicht da, oder er war bei Molly. Derek nahm letzteres an und begab sich in den Dienstbotenflügel. Er brauchte nicht zu fragen, welches ihr Zimmer war. Als Kind war er häufig dort gewesen und hatte Molly alle seine Kümmernisse erzählt. Jetzt kam ihm das nur zu natürlich vor.
Und er hatte recht. Er hörte ihre Stimmen, noch bevor er klopfte. Die Stille danach war noch bezeichnender.
Molly kam an die Tür, offensichtlich überrascht. »Derek! Hat Kelsey dir gesagt, daß ich mit dir reden wollte?«
Er trat ins Zimmer. Jason war nicht da, und es gab auch keine Stelle in dem Zimmer, wo sich ein so großer Mann hätte verstecken können. Aber er hatte doch die Stimme seines Vaters gehört, das hatte er sich bestimmt nicht eingebildet.
Er blickte Molly an. »Nein, sollte sie mir das sagen?«
»Nun ja, eigentlich nicht«, entgegnete sie, wobei ihr auffiel, daß sein Gesichtsausdruck so angespannt war, daß etwas nicht stimmen konnte. Argwöhnisch fügte sie hinzu: »Was tust du dann hier so spät, Derek?«
Er antwortete nicht. Statt dessen rief er durchs Zimmer.

»Du kannst herauskommen, Vater! Ich weiß, daß du da bist.«
Molly keuchte auf. Einige Augenblicke vergingen, in denen Jason sich überlegte, ob er sich zu erkennen geben sollte oder nicht. Und dann öffnete sich eine Tapetentür, was Derek an die verborgene Tür in Ashfords Horrorkabinett erinnerte.
»Wie praktisch«, schnarrte Derek. »Ich nehme an, sie führt über einen Gang in dein Zimmer?« fragte er seinen Vater und erhielt ein knappes Nicken als Antwort. »Nun, das erklärt, wie du es geschafft hast, diese Affäre so lange geheimzuhalten.«
»Ich nehme an, du bist ärgerlich, weil ich mit dem Mädchen geredet habe?« fragte Jason.
»Nein. Mir wäre es zwar lieber gewesen, du hättest sie in Ruhe gelassen, aber es hat mich nicht überrascht, daß du das Bedürfnis danach hattest.«
»Dann bist du ärgerlich, weil ich mit dir sprechen wollte?« fragte Molly.
»Überhaupt nicht.«
»Derek, ein Blinder kann sehen, daß du wütend *bist*«, bemerkte Jason.
»O ja, das bin ich«, erwiderte Derek kalt und beherrscht. »Ich kann mich nicht erinnern, jemals so wütend gewesen zu sein. Aber man findet ja auch nicht jeden Tag heraus, daß die Mutter, von der man glaubte, sie sei tot – durchaus am Leben ist!«
Jason seufzte, traurig und geschlagen. Molly wurde kreidebleich.
»Wie hast du es herausgefunden?« flüsterte sie.
»Kelsey ist die Ähnlichkeit aufgefallen, als du heute abend mit ihr gesprochen hast, und ihr hat niemand jemals gesagt, daß meine Mutter tot sei. Wahrscheinlich kann ein Außenseiter, der keinen von uns vorher gesehen hat, Ähnlichkeiten feststellen, die denen,

die uns seit Jahren kennen, nicht auffallen.« Finster starrte er seinen Vater an. »Warum hast du es mir nie gesagt?«

Molly antwortete ihm an seiner Stelle. »Ich habe es nicht zugelassen.«

»Mach dir doch nichts vor, Molly ... oder sollte ich Mutter sagen? Niemand hält Jason Malory davon ab, das zu tun, was er für richtig hält.«

»Das sind Allgemeinplätze, Derek, aber hier ging es um etwas anderes. Dein Vater wollte dir die Wahrheit sagen, glaub mir. Selbst vor kurzem, als Frances drohte, dir alles zu erzählen, wenn er nicht in die Scheidung einwilligte, wollte er es dir sagen.«

»Frances wußte es?«

»Offensichtlich, allerdings weiß der Himmel, wann oder wie sie es herausbekommen hat. Aber ich habe ihn davon überzeugt, daß es jetzt zu spät sei, die ganze Geschichte zu erzählen.«

»*Deshalb* hast du also in die Scheidung eingewilligt?« fragte Derek seinen Vater. »Weil Frances dich erpreßt hat? Und ich dachte, du würdest ihr aus Großzügigkeit die Freiheit schenken.«

Jason zuckte bei Dereks abschätzigem Tonfall zusammen. Molly dagegen verlor die Geduld.

»Wie kannst du es wagen, so mit deinem Vater zu sprechen?« fuhr sie ihn an. »«Du weißt ja nicht, wie schwer es ihm gefallen ist, meine Identität vor dir geheimzuhalten. Und du hast auch keine Vorstellung davon, wie schwer mir der Entschluß gefallen ist, es sei das Beste – für dich.«

»Das Beste?« fragte Derek ungläubig. »Du hast mir die Mutter vorenthalten. Warum zum Teufel hältst du das *für das Beste* für mich?«

»Glaubst du nicht, ich wäre dir gerne eine Mutter gewesen? Du warst mein ein und alles. Ich habe dich von dem Moment an, in dem ich dich empfangen habe, geliebt.«

»*Warum* dann also?«

»Derek, das war vor fünfundzwanzig Jahren. Ich war jung und ungebildet und redete wie eine Londoner Waschfrau. Damals wußte ich noch nicht, daß es auch für mich einen Weg nach oben gab. Und von dem Tag an, an dem dein Vater beschloß, dich zu seinem offiziellen Erben zu machen, hatte ich schreckliche Angst davor, daß der zukünftige Marquis of Haverston sich schämen würde, wenn er erführe, wenn jeder erführe, daß seine Mutter ein einfaches Stubenmädchen war, das noch nicht einmal lesen und schreiben konnte. Mein Sohn sollte ein *Lord* werden, ein Mitglied des Adels. Ich wollte nicht, daß er sich meiner schämte, und du hättest das sicher auch nicht gewollt.«

»Du hast also meine Gefühle auch gleich vorhergesehen?« sagte Derek und schüttelte den Kopf. Dann warf er seinem Vater einen anklagenden Blick zu. »Und du hast es zugelassen?«

Bevor Jason antworten konnte, warf Molly ein: »Ich kann sehr überzeugend sein, und mir lag sehr viel daran, daß du es nicht erfährst. Aber dein Vater hat mir hauptsächlich nachgegeben, weil er mich liebt. Außerdem, Derek, hattest du schon genug Probleme mit deiner Illegitimität. Ich wußte, daß es nicht einfach für dich werden würde, und das war es ja auch nicht. Aber zumindest wurde angenommen, daß von beiden Seiten blaues Blut in dir floß. Es wäre schlimmer gewesen, wenn bekannt geworden wäre, wer deine Mutter wirklich ist.«

»Ihr hättet es mir trotzdem sagen müssen. Ihr hättet es ja vor dem Rest der Welt geheimhalten können, wenn ihr das für richtig gehalten hättet, aber *mir* hättet ihr es sagen können. Außerdem empfinde ich überhaupt keine Scham, Molly, daß du meine Mutter bist. Deine Vermutung war eben nur eine Vermutung. Ich bin jedoch wütend, weil du mir nie eine Mutter *gewesen* bist, weil du mir all die Jahre nahe warst, ohne mich wissen zu lassen, daß ich dein Sohn bin. Du hast mich in dem Glauben gelassen, daß du niemand Wichtiges wärst. Du hast mich glauben lassen, meine Mutter wäre tot!«

Er konnte nicht weitersprechen. Er war zu aufgewühlt – und dann sah er, daß ihr Tränen in die Augen traten. Schnell verließ er das Zimmer, bevor er selbst anfing zu weinen.

Jason nahm Molly in die Arme. Sie klagte: »O mein Gott, was habe ich getan?« und brach dann wirklich in Tränen aus.

Er stellte sich dieselbe Frage, aber er konnte ihr nur sagen: »Jeder macht Fehler, wenn er jung ist, Molly. Das waren eben unsere Fehler. Laß ihm Zeit, sich an die Wahrheit zu gewöhnen. Wenn er erst einmal darüber nachgedacht hat, wirklich nachgedacht hat, wird er merken, daß du ihm immer eine Mutter gewesen bist, daß du alle Sorgen und Kümmernisse seiner Kindheit mit ihm geteilt hast, daß du ihm geholfen hast, zu dem anständigen Menschen zu werden, der er heute ist.«

51

»Ich wäre gerne dabeigewesen«, sagte Roslynn zu ihrem Mann, als sie ihm Judith in die Arme drückte. »Hier, jetzt bist du an der Reihe, mit ihr herumzugehen.«

«Hallo, meine Süße.« Tony gab seiner Tochter einen lauten Schmatz auf die Wange. »Dir geht's gut, was?«

Dann meinte er zu seiner Frau: »Ich bin froh, daß du nicht dabei warst. Es war verdammt peinlich.«
»Peinlich? Innerhalb der Familie?« Sie schnaubte.
Er blickte sie verweisend an. »Und was hättest du dazu beitragen können?«
Er hatte ihr bereits die ganze Diskussion erzählt, aber sie konnte es immer noch nicht glauben, daß Kelsey Langton keine Lady sein sollte.
»Ich hätte deinem Bruder gesagt, wie altmodisch sein Verbot war.«
Anthony grinste. »Ich erwähne es ungern, Ros, aber Jason *ist* altmodisch.«
»Dann erwähn es auch nicht«, gab sie zurück. »Was ist denn hier nun wichtiger, Liebe oder die öffentliche Meinung?«
»Ist das eine Fangfrage?«
»Das ist nicht lustig, Tony«, wies sie ihn zurecht. »Die Liebe ist wichtiger, und das weißt du auch. Oder willst du mir erzählen, daß du mich nicht geheiratet hättest, wenn nicht ein paar Earls und Gutsbesitzer in meinem Stammbaum vorzuweisen wären?«
»Muß ich darauf antworten?«
»Ich verprügle dich, Mann, wenn du nicht ernst sein kannst«, sagte sie und verfiel in ihren schottischen Akzent.
Er kicherte. »Das wagst du nicht, während ich Judith im Arm halte – na, na«, fügte er hinzu, weil sie auf ihn losging. Dann gab er murrend zu: »Ja, natürlich, ich hätte dich auf jeden Fall geheiratet, aber *glücklicherweise* brauchte ich nicht darüber nachzudenken, ob du eine passende Partie warst. Außerdem vergißt du, daß er das Mädchen bei eine Bordellversteigerung gekauft hat. *Das*, meine Liebe, geht ein bißchen über den üblichen Maßstab der öffentlichen Meinung hinaus.«
»Das wissen doch nur ein paar Leute«, erwiderte sie.

»Du machst wohl Witze«, entgegnete er. »Eine so saftige Klatschgeschichte? Das hat wahrscheinlich mittlerweile überall die Runde gemacht.«

Ein paar Zimmer weiter diskutierten James und seine Frau das gleiche Thema, während sie eng aneinandergeschmiegt im Bett lagen. Zumindest versuchte Georgina, darüber zu reden. James hatte andere Dinge im Sinn, und scine auf und ab wandernde Hand ließ wenig Zweifel daran, welcher Art sie waren.
»Ich verstehe nicht, was die Herkunft mit dem Ganzen zu tun hat. Du hast mich ja auch geheiratet, oder?« erinnerte Georgina ihn. »Und ich habe ganz sicher keinen albernen Titel vor meinem Namen – nun ja, zumindest nicht, bevor ich dich heiratete.«
»Du bist Amerikanerin, George. Das ist etwas ganz anderes, du kommst aus einem anderen Land, was bei ihr nicht der Fall ist. Sie redet wie eine Herzogin, und man merkt bei jedem Wort, das aus ihrem Mund kommt, daß sie aus England stammt. Außerdem muß ich nicht die nächsten beiden Generationen hervorbringen, die den Fortbestand des alten Adelsgeschlechts sichern. Das lastet auf Dereks Schultern. Ich hätte überhaupt nicht heiraten brauchen, und du weißt auch, daß ich es gar nicht vorhatte – bis du in mein Bett gekrabbelt bist.«
»Das habe ich nicht getan«, wies sie ihn zurecht. »Ich kann mich erinnern, daß du mich in dein Bett *gezerrt* hast.«
Er kicherte und nuckelte an ihrem Ohr. »Habe ich das wirklich getan? Ganz schön clever von mir, was?«
»Hmmm, ja – hör jetzt damit auf! Ich möchte ein ernstes Gespräch mit dir führen.«
Er seufzte. »Ja, das habe ich schon gemerkt. Schade!«
»Nun, ich möchte, daß du in dieser Angelegenheit etwas unternimmst«, erklärte sie ihm.

»Hervorragende Idee, George«, erwiderte er und drehte ihren Kopf so, daß er sie leidenschaftlich küssen konnte.

Prustend befreite sie sich. »Nicht in *dieser* Angelegenheit – zumindest nicht jetzt«, korrigierte sie ihn. »Ich rede von Jasons Haltung. Es könnte nicht schaden, wenn du mit ihm redest und ihm klarmachst, wie unvernünftig er sich benimmt.«

»Ich? ich soll meinem großen Bruder Ratschläge erteilen?« Er brach in Lachen aus.

»Das ist nicht lustig.«

»Natürlich ist es das. Ältere Leute sind so festgefahren in ihren Verhaltensweisen. Sie nehmen keine Ratschläge entgegen, sie geben welche. Und Jason weiß, daß in diesem Fall das Recht der Konvention auf seiner Seite steht. Was auch dem Mädchen klar ist. Sie wird den Jungen nicht heiraten, George, also ist die ganze Diskussion überflüssig.«

»Und wenn sie es nur deshalb ablehnt, weil sie weiß, wie sein Vater darüber denkt?«

»Dann ist sie auch klug genug, um zu erkennen, daß sie gegen Jasons Willen keine glückliche Ehe führen würden. Es gibt einfach keine Lösung für sie. Also hör jetzt auf damit. Wir können überhaupt nichts für die beiden tun, außer dem Mädchen eine neue Identität zu verpassen, und selbst das geht nicht. Dazu hat die Versteigerung zu öffentlich stattgefunden. Wenn es anders gelaufen wäre, könnte man sich vielleicht noch etwas überlegen, aber das war eben nicht so.«

Georgina murmelte leise etwas vor sich hin. James grinste.

»Du kannst nicht die Probleme der ganzen Welt lösen, mein Liebes. Manche sind einfach nicht lösbar.«

»Warum gibst du dir nicht einfach Mühe, mich das vergessen zu lassen?« schlug sie vor.

»Nun, das kann ich tun«, sagte er und begann wieder, sie leidenschaftlich zu küssen.

In einem anderen Flügel des Hauses sagte Nicholas Eden zu seiner Frau: »Du weißt mehr darüber, als du zugibst, nicht wahr?«

»Ein bißchen«, gab Reggie zu.

»Aber du wirst es mir nicht sagen, oder?«

Sie schüttelte den Kopf. »Ich kann nicht. Ich habe es versprochen.«

»Ich hoffe, du weißt, wie schlimm das ist, Reggie«, beklagte er sich.

Sie nickte zustimmend. »Es ist mehr als das, es ist tragisch. Sie sollten wirklich heiraten dürfen. Sie lieben sich. Und es macht mich verrückt, daß ich nichts tun kann.«

Er legte die Arme um sie. »Das ist nicht dein Problem, Liebling.«

»Derek ist für mich mehr ein Bruder als ein Cousin. Wir sind zusammen aufgewachsen, Nicholas.«

»Ich weiß, aber du kannst ihnen wirklich nicht helfen.«

»Nun, du glaubst doch nicht, daß mich *das* davon abhalten könnte, es zumindest zu versuchen, oder?«

52

Der größte Teil der Familie traf sich am nächsten Tag im Salon zum Nachmittagstee. Die Frischverheirateten waren die einzigen, die so miteinander beschäftigt waren, daß sie die gespannte Atmosphäre im Raum kaum wahrnahmen. Bei den anderen plätscherte das Gespräch so dahin, weil jeder sorgsam darauf achtete, Kelseys und Dereks hoffnungslose Situation nicht zu erwähnen.

Derek und sein Vater redeten offenbar nicht mehr mit-

einander. Die anderen nahmen an, es läge an Jasons Einstellung zur Heirat seines Sohnes. Niemand fragte, wie ihr Gespräch weitergegangen war, nachdem sie am Abend zuvor gemeinsam das Eßzimmer verlassen hatten, aber es war nur zu offensichtlich, daß sie einander nicht in die Augen sehen konnten. Derek wirkte noch ärgerlicher als am Abend zuvor.
Und dann erschien der Butler in der Tür mit einer Besucherin, die gar nicht erst abwartete, bis sie angekündigt wurde, sondern sich sofort an ihm vorbeidrängelte. Die Frau war Anfang vierzig und sah für ihr Alter sehr gut aus. Früher war sie bestimmt eine Schönheit gewesen. Sie war zwar nicht sehr groß, aber kräftig gebaut, und im Augenblick wirkte sie durch ihr ganzes Auftreten recht beeindruckend – eigentlich ein wenig wie ein Drache, der gleich Feuer spucken würde.
»Ich möchte zu Derek Malory.«
Derek erhob sich und verneigte sich leicht vor der Frau, obwohl er wegen ihres scharfen Tons nur widerstrebend zugab: »Das bin ich, Madam.«
Sie wandte sich ihm zu und fragte: »Wo haben Sie meine Nichte versteckt? Und lügen Sie mich nicht an. Ich weiß, daß sie bei Ihnen ist. Mein Mann, dieser Schuft, hat ein vollständiges Geständnis abgelegt. Er hat Ihren Namen von diesem Kerl erfahren, der sie an Sie verkauft hat, als er sein verdammtes Geld bei ihm abholte.«
Tiefes Schweigen herrschte nach diesen Worten. Es war völlig still.
Dann sagte Reggie: »Setzen Sie sich doch, Madam. Ich bin sicher, daß Derek Ihre Nichte nicht versteckt. Eigentlich glaube ich sogar, daß sie ganz in der Nähe ist.«
Elizabeth blickte Regina mit zusammengekniffenen Augen an. »Kenne ich Sie nicht, junge Dame?«
»Ja, wir sind uns kürzlich in Ihrem Hotel begegnet. Ich habe selbst nach Kelsey gesucht, und obwohl Sie sag-

ten, Sie hätten eine Nichte dieses Namens, dachte ich, die Kelsey, nach der ich suchte, sei nicht mit Ihnen verwandt.« Reggie strahlte, sie war hocherfreut darüber, daß Kelseys Tante endlich die Wahrheit erfahren hatte. Das konnte eine große Rolle spielen. »Sieht so aus, als hätte ich mich geirrt, nicht wahr?«

»In der Tat«, erwiderte Elizabeth verschnupft.

Endlich hatte Derek die Sprache wiedergefunden. Er runzelte verwirrt die Stirn. »Warten Sie ... Verstehe ich richtig, daß Sie Kelseys Tante sind?«

»Das haben Sie vollkommen richtig verstanden«, antwortete Elizabeth und warf ihm wieder einen finsteren Blick zu.

»Aber ich wußte gar nicht, daß ihre Verwandten noch leben.«

»Sie hat nicht viele Verwandte, aber es ist völlig irrelevant, ob sie das wußten oder nicht.«

»Die meisten von uns haben Ihre Nichte kennengelernt, Madam. Und wie Derek wußten wir alle nicht, daß sie noch Familie hat. Vielleicht möchten Sie sich vorstellen?« sagte Jason.

»Und wer sind Sie, Sir?« fragte Elizabeth ihn.

»Ich bin Dereks Vater, Jason Malory.«

»Ah, gut. Das stellt sicher, daß Ihr Sohn sich in dieser Angelegenheit kooperativ zeigt. Und ich bin Elizabeth Perry. Das sagt Ihnen natürlich nichts, weil ich unter meinem Stand geheiratet habe, und mir bedeutet es im Moment sogar noch weniger. Aber mein Großvater war der Duke of Wrighton, ein Titel, der erst dann wieder zum Tragen kommt, wenn Kelsey einen Sohn zur Welt bringt.«

»Du lieber Gott!« Das kam von Anthony.

»Sie hat mir gesagt, ihre Mutter sei Gouvernante gewesen!« warf Derek ungläubig ein.

»Wohl kaum«, schnaubte Elizabeth. »Ihre Mutter, meine einzige Schwester, starb Anfang dieses Jahres an den Folgen eines Unfalls – nachdem sie ihren Mann erschossen hatte. Sie haben vielleicht von dem Vorfall gehört? Kelseys Vater war David Langton, der vierte Earl of Lanscastle.«

James brach in Lachen aus. »Das erklärt, warum sie wie eine Lady aussieht, redet und handelt, was?«

Seine Frau äußerte laut: »Das ist ja entzückend. Jetzt ist sie ja passend ...«

»Nicht ganz, George«, unterbrach James sie.

Roslynn fügte hinzu: »Aber viel näher dran ...«

»Nicht so nahe, Liebling«, warf Anthony ein.

Beide Frauen blickten ihre Gatten empört an, schwiegen aber. Später, wenn sie mit ihren Männern allein waren, würden sie natürlich viel mehr zu sagen haben.

Reggie sinnierte: »Ich frage mich, warum Kelsey ihren herzöglichen Urgroßvater nicht erwähnte, als sie mir alles erzählt hat – nun ja, das meiste jedenfalls.«

»Soll das heißen, du wußtest, daß sie die Tochter von *diesem* Langton ist?« Derek betrachtete seine Cousine finster. »Und du hast es nicht für nötig gehalten, mir das zu sagen?«

Regina wand sich unbehaglich, versuchte jedoch zu erklären: »Ich mußte es ihr versprechen, Derek. Du glaubst doch nicht etwa, daß ich so ein großes Geheimnis *gerne* für mich behalten habe? Es hat mich wahnsinnig gemacht, die Wahrheit zu wissen und dementsprechend nicht zu der, ähm – Diskussion gestern abend beitragen zu können.«

Elizabeth sah Regina etwas freundlicher an. Wenn Kelsey sich ihr anvertraut hatte, während sie ihrem Geliebten nichts erzählt hatte, mußte sie das Mädchen wohl mögen.

Also erklärte sie ihr: »Kelsey weiß nicht, wer ihr Urgroßvater war, also konnte sie ihn auch nicht erwähnen.

Er starb lange vor ihrer Geburt, und meine Schwester und ich beschlossen, sie nicht mit dem Wissen zu belasten. Die Bürde, den nächsten Erben von Wrighton hervorbringen zu müssen, hat schon unsere Mutter, die nur Töchter hatte, zu sehr beunruhigt, und dann ging es mir und meiner Schwester genauso. Jetzt aber ist die Reihe an Kelsey, denn ich habe keine eigenen Kinder, und auch meine Schwester hatte nur zwei Töchter, als sie starb.«

»Haben Sie nicht bedacht, Lady Elizabeth, daß das, was Ihre Nichte getan hat, ihre Chancen auf eine gute Ehe zerstören mußte?« fragte Jason vorsichtig.

»Natürlich«, antwortete Elizabeth. »Deshalb hätte ich meinen Mann auch beinahe erschossen, wenn ich eine Waffe zur Hand gehabt hätte, als er mir gestand, was er getan hat.«

»Was hat er damit zu tun?«

»Kelsey und ihre jüngere Schwester Jean leben seit der Beerdigung bei mir und meinem Mann, und der Dummkopf erklärte ihr, daß wir ruiniert seien, daß die Gläubiger uns das Haus wegnehmen würden und daß nur sie uns nur vor einem Leben auf der Straße bewahren könne – wenn sie die Mätresse eines Lords würde, der Elliotts Schulden bezahlte.«

»Heißt das, das stimmte gar nicht?«

»Ganz sicher nicht – obwohl mein Mann es wirklich glaubt und er in der Tat tief in Schulden geraten war, ohne es mir zu sagen. Aber als ich ihn heiratete – gegen den Willen meiner Eltern, möchte ich hinzufügen –, überschrieb mir meine Mutter eine recht große Summe Geldes mit dem Rat, Elliott nie etwas davon zu sagen, und bis heute habe ich das auch nicht getan. Und da wir gerade davon reden« – sie griff in ihr Retikül und holte einen dicken Stapel Banknoten heraus, die sie Derek hinhielt. »Ich glaube, das ist die Summe, die Sie ...«

Derek unterbrach sie. »Ich möchte Ihr Geld nicht.«
»Sie *werden* es aber nehmen.« Und damit warf sie das Geldbündel auf das Sofa hinter ihm. »Kelsey ist Ihnen nun nicht mehr verpflichtet. Sie kommt mit mir nach Hause.«
»Nein!«
»Wie bitte?«
Derek räusperte sich und sagte: »Vielleicht war das ein bißchen unverschämt.«
»Ein bißchen?« Anthony kicherte.
»Halt dich da raus, alter Knabe, soll der Junge sich doch selbst durchkämpfen«, schlug James vor. »Es wird gerade erst interessant.«
Elizabeth hatte beide Männer angeblickt, während sie redeten. Jason murmelte etwas Unverständliches, bevor er sie aufklärte. Er zeigte auf James und Anthony. »Meine jüngeren Brüder – die selten etwas ernst nehmen.«
»Da muß ich dir leider widersprechen, Jason«, erwiderte James. »Wenn du eine ernsthafte Meinung hören ...«
»Nein«, unterbrach Jason ihn.
»Ich bin auch nicht einverstanden, Jason – aber, du meine Güte, heißt das etwa, daß ich einer Meinung mit James bin?« fragte Anthony mit gespieltem Abscheu. »Ros, schnell, fühl meine Stirn. Ich habe mich wahrscheinlich bei Judith angesteckt und habe Fieber.«
James schnaubte. Jason warf ihnen finstere Blicke zu. Edward, der bis jetzt noch gar nichts gesagt hatte, mischte sich nun auch ein.
»Wirklich, Tony, das war jetzt absolut unnötig.«
Und Reggie rief aus: »Na, das ist ja großartig! Wollt ihr vier euch jetzt wirklich streiten?«
»Keineswegs, Kätzchen«, erwiderte Anthony und lächelte sie entschuldigend an. »Wir wollen dem Jungen nur Zeit geben, wieder aus dem Loch zu krabbeln, das er sich selbst gegraben hat.«

»Oh – nun, in diesem Fall macht weiter.«
»Danke, Onkel Tony, aber es ist nicht nötig.« Derek blickte die Frau vor ihm an. »Lady Elizabeth, ich kann nicht behaupten, daß es mir leid täte, daß sie erst jetzt von den Problemen Ihres Mannes erfahren haben, denn dann hätte ich Ihre Nichte nie kennengelernt. Aber ...«
»Das ist recht egoistisch, junger Mann«, unterbrach sie ihn ungnädig.
»Das ist es, aber ich liebe sie, verstehen Sie? Und ich möchte sie heiraten.«
Elizabeth blinzelte. Das hatte sie nicht erwartet. Aber sie hatte auch nicht erwartet, daß Derek Malory ein so gutaussehender junger Mann sein würde. Sie war völlig aufgebracht hierhergefahren, bereit, alles zu tun, was nötig war, um Kelsey aus dieser entsetzlichen Zwangslage zu befreien – und hatte nicht bedacht, daß ihre Nichte vielleicht gar nicht befreit werden wollte.
»Weiß Kelsey, daß Sie sie heiraten wollen?« fragte sie Derek.
»Ja.«
»Und was sagt sie dazu?«
»Sie weigert sich, meinen Antrag anzunehmen.«
»Warum?«
»Wegen des Skandals.«
»Ah, ja, der Skandal kann wahrscheinlich nicht verhindert werden. Habe ich schon erwähnt, daß zu dem Titel, der auf ihren Sohn übergehen wird, ein riesiges Vermögen und Grundbesitz gehören? Ganz gleich, wie groß der Skandal ist, den das Mädchen auslöst, sie wird nie wirkliche Probleme haben, einen Ehemann zu finden.«
»Dieser Familie hängen schon zu viele Skandale an«, warf Edward mürrisch ein. »Und noch mehr Vermögen brauchen wir ganz bestimmt nicht.«

»Also daher weht der Wind?« fragte Elizabeth sichtlich empört.
»Nein, ganz bestimmt *nicht*«, betonte Derek und warf seinem Onkel einen bösen Blick zu.
»Mein Sohn hat recht. Meine Unterstützung hat er, wenn er das Mädchen heiraten will.«
Erstaunte Blicke wandten sich Jason zu. Und es wurde wieder still.
Georgina brach das Schweigen als erste. »Du meine Güte, James, ich wußte nicht, daß du so *überzeugend* sein kannst.«
James schnaubte. »Sieh mich dabei nicht an, George. Damit habe ich nichts zu tun.«
Und Anthony fügte hinzu: »James überzeugend? Nur mit den Fäusten, meine Liebe, und vielleicht hast du schon gemerkt, daß unser großer Bruder damit gerade nichts im Sinn hat.«
Edward jedoch beklagte sich lauthals: »Das ist absurd, Jason. Du läßt dich von der Tatsache beeinflussen, daß sie auf einmal einen guten Stammbaum hat. Hast du nicht bedacht, daß das den Skandal sogar noch größer macht?«
»Wahrscheinlich«, stimmte Jason zu. »Aber ich hatte meine Meinung schon vorher geändert, und ich werde sie jetzt nicht noch einmal ändern, nur weil sich auf einmal herausgestellt hat, daß sie eine Lady ist. Ich habe beschlossen, daß Derek meine Unterstützung braucht, damit er nicht den gleichen Fehler macht wie ich.«
»Welchen Fehler?« fragte Edward.
»Das ist eine Sache zwischen Derek und mir. Wenn das Mädchen ihn haben will, dann bekommt er meinen Segen.«
Derek dankte seinem Vater nicht für die überraschende Hifestellung. Aber sein Zorn ließ merklich nach. Und

außerdem hatte er schon wieder diesen dummen Kloß im Hals, der ihm die Kehle zuschnürte.
Er mußte sich erst einige Male räuspern, bevor er zu Elizabeth sagen konnte: »Wenn Sie mit mir kommen wollen, bringe ich Sie zu Kelsey. Vielleicht gelingt es Ihnen ja, ihre Meinung über eine Heirat mit mir zu ändern.«
Lady Elizabeth murrte: »Falls ich dieser Heirat zustimme. Nachdem ich ihrer zerstrittenen Familie zugehört habe, bin ich mir da keineswegs sicher.«

53

Kelsey saß steif auf dem Sofa in ihrem Zimmer. Derek ging mit unergründlicher Miene auf und ab. Elizabeth saß neben Kelsey. Und das war der Grund, warum Kelseys Gesicht flammendrot war. Jetzt wußten beide die Wahrheit. Und sie schämte sich so sehr, daß sie fast aus dem Zimmer gelaufen wäre – ein paarmal schon.
»Du hättest zu mir kommen sollen, Kelsey«, sagte Elizabeth gerade. »Ich hatte mehr als genug Geld, um Elliotts Schulden zu bezahlen. So etwas hätte nicht zu passieren brauchen.«
»Das wußte ich damals nicht«, erwiderte Kelsey. »Weder Elliott noch ich hatten eine Ahnung, daß du soviel Geld besitzt.«
Elizabeth seufzte. »Ich weiß. Und du wolltest dich opfern, um uns alle zu schützen. Es macht mich nur rasend, daß das überhaupt passieren mußte. Ich schwöre dir, ich hätte Elliott erschossen, wenn eine Pistole zur Hand gewesen wäre.«
»Ich habe nicht gedacht, daß er dir alles gesteht.«

»Sein Schuldgefühl machte ihm zu schaffen, nehme ich an. Er weiß, daß er die Grenzen überschritten hat. Und er hat dir das Ganze mit Vorbedacht vorgeschlagen, Liebes. Das hat er auch zugegeben. Daß er verzweifelt war, ist absolut keine Entschuldigung.«

»Wo ist er jetzt?«

»Ich weiß es nicht, und es interessiert mich auch nicht«, sagte Elizabeth kühl. »Ich habe ihn aus meinem Haus hinausgeworfen. Diese Ungeheuerlichkeit werde ich ihm niemals verzeihen.«

»Ich habe mich ja selbst dazu entschlossen, Tante Elizabeth. Er hat mich nicht gezwungen, mich zu verkaufen.«

»Verteidige ihn bloß nicht ...«

»Dann tue ich es«, unterbrach Derek. »Ich bin verdammt glücklich, daß er das getan hat, aus welchen Gründen auch immer er so gehandelt haben mag.«

»Derek!« rief Kelsey aus.

»Doch, ich bin glücklich«, beharrte er. »Es tut mir leid, daß du solche Ängste ausstehen mußtest, aber es tut mir nicht leid, daß ich dir begegnet bin, Kelsey. Ich hätte dich sonst nie kennengelernt.«

Sein Gesichtsausdruck war jetzt keineswegs mehr unergründlich, er sah im Gegenteil recht leidenschaftlich aus. Er meinte es wirklich ernst. Irgendwie erregte sie das – und sie wurde über und über rot.

»Egoist«, murmelte Elizabeth. »Und am Thema vorbei. Kelsey kommt mit mir nach Hause. In ein oder zwei Jahren, wenn diese Angelegenheit in Vergessenheit geraten ist, wird sie ordentlich in die Gesellschaft eingeführt.«

»Nein«, sagte Derek geradeheraus. »Wenn Sie möchten, daß ich ihr richtig den Hof mache, dann bin ich einverstanden. Aber ich werde nicht mehr ein oder zwei Jahre warten ...«

»Junger Mann«, unterbrach Elizabeth ihn streng, »diese Entscheidung haben *nicht Sie* zu treffen, und ich glaube auch nicht, daß ich irgend etwas davon sagte, daß meine Nichte *Sie* heiraten wird.«
Kelsey schnappte nach Luft, als er ihre Tante finster ansah. »Madam, Sie wissen sehr wohl, daß ich Kelsey durch meine Beziehung zu ihr völlig kompromittiert habe. Warum zum Teufel *bestehen* Sie nicht darauf, daß ich sie heirate?«
»Weil ich überhaupt nicht darauf bestehe, daß sie jemanden heiratet. Sie muß entscheiden, wann und wen sie heiraten will, und bis jetzt habe ich noch nicht gehört, daß sie Sie heiraten möchte.«
Kelsey mußte sich die Hand vor den Mund halten, damit niemand ihr Lächeln sah. Diese beiden Starrköpfe waren ... nun, zumindest erstaunlich. Und sie kannte ihre Tante. Elizabeth war entschlossen, es Derek nicht leichtzumachen. Wahrscheinlich hielt sie ihn längst für eine ideale Partie für Kelsey. Aber das würde sie niemals zugeben.
Sie seufzte, weil Derek sie nun ansah und auf eine Antwort wartete, und ihre Antwort war immer noch die gleiche. »In dieser Hinsicht hat sich nichts geändert, Derek. Ich bin nicht so zuversichtlich wie meine Tante, daß die Angelegenheit in Vergessenheit geraten wird. An dem Abend waren Männer da, die dich kennen, sie haben dich mit Namen angeredet, und sie wissen, daß ich deine Mätresse geworden bin. Sie wären entsetzt, wenn du mich heiraten würdest. Und sie würden ganz sicher nicht schweigen.«
»Wie oft muß ich es dir noch sagen, Kelsey? Ich schere mich den Teufel um jeden Skandal, der uns betrifft.«
»Das stimmt nicht, und du weißt es«, erwiderte sie. »Du hast bisher Skandale immer sorgfältig vermieden, weil dein Vater sie so verabscheut.«

»Mein Vater ist jetzt dafür, daß wir heiraten«, sagte er steif.
Sie blinzelte. »Hat er seine Meinung geändert, weil vor meinem Namen jetzt ›Lady‹ steht?«
»Nein, wegen meiner Mutter. Ich glaube, er wollte sie vor langer Zeit heiraten, aber er ließ sich von Konventionen leiten, und das bedauert er nun.«
»Aber die Unterstützung deines Vaters ändert nichts an ...«
Ein Klopfen an der Tür unterbrach sie. Regina Eden wartete gar nicht auf ein »Herein«, sondern steckte grinsend den Kopf durch die Tür. »Oh gut, ich störe nicht«, sagte sie und kam herein.
»Reggie, wir führen gerade ein ziemlich privates Gespräch.« Derek schüttelte den Kopf.
»Tatsächlich?« Sie heuchelte Überraschung. »Oh, du meine Güte – nun, ich brauche nicht lange. Ich dachte nur, du solltest von dem Skandal erfahren, der morgen losbrechen wird.«
»Noch ein Skandal?« Er seufzte. »Was ist jetzt schon wieder?«
»Nun, ich weiß aus bestunterrichteten Kreisen, daß morgen ein Gerücht in London umgehen wird, daß Derek Malorys langjährige Verlobte ...« Sie machte eine Pause und blickte Kelsey an. »Wußten Sie, daß die beiden seit ihrer Geburt verlobt waren? Nun, jedenfalls hat sich die junge Dame solche Sorgen gemacht, ob er sie überhaupt heiraten wollte, daß sie beschloß, ihn zu zwingen, seine wahren Gefühle preiszugeben.«
»Reggie, wovon redest du eigentlich?« fragte Derek ungläubig. »Ich bin in meinem ganzen Leben noch nicht verlobt gewesen!«
»Natürlich bist du das, Cousin, und laß mich bitte ausreden. Dieses *Ondit* wird noch viel besser.«

»Sie hat den Verstand verloren«, versicherte Derek, an Kelsey gewandt. »Ich schwöre, ich habe keine Verlobte ...«

»Oh, sei still, Vetter, jetzt hast du eine«, warf Reggie grinsend ein. »Nun, wie ich gerade sagte, diese junge Dame ist ein ziemlicher Wildfang und denkt sich gerne Streiche aus – das habe ich auch gerne gemacht, als ich noch jünger war –, und daher beschloß sie, sie könne nur herausbekommen, was Lord Malory wirklich für Sie empfindet, wenn sie ihn zwingen würde, sie zu kaufen, und zwar auf einer Versteigerung. Stellt euch das vor! Ausgefallen, ich weiß, aber das arme Mädchen liebt ihn so sehr, daß sie nicht mehr klar denken konnte. Und natürlich bezahlte er, um sie auszulösen, eine Riesensumme, wie ich hinzufügen möchte. Das ist so romantisch, findet ihr nicht auch? Natürlich hat er sie sofort wieder zu ihrer Tante zurückgebracht und das Hochzeitsdatum festgelegt, um sicherzugehen, daß sie nicht noch einmal etwas so Törichtes tut.«

Derek war hingerissen. »Du lieber Gott, Reggie, du hast das Problem tatsächlich gelöst – und wirklich brillant!«

Sie strahlte ihn an. »Nicht wahr? Übrigens, selbst Onkel Edward ist der Meinung, dieser Skandal sei so albern, daß er nur ein paar Männer zum Schmunzeln bringen wird. Die Damen, nun, sie werden es romantisch finden, genau wie ich.«

»Das stimmt wahrscheinlich«, pflichtete Elizabeth ihr bei. »Es hat einen gewissen Reiz – dieser junge Mann, der das Mädchen vor seiner eigenen Dummheit bewahren muß.«

»Kelsey?« sagte Derek. »Dieser Skandal ist nichts im Vergleich zu der Wahrheit, die niemand je erfahren wird.«

Sie wußte, was er von ihr hören wollte, antwortete aber

nicht sofort, sondern dachte eine Zeitlang darüber nach, daß der Grund, aus dem sie ihn nicht hatte heiraten wollen, nun nicht mehr zählte. Und der Grund, den sie ihm nicht genannt hatte, war nun ihr einziges Hindernis auf dem Weg zum Glück.

Sie sprudelte ihn heraus. »Du erwartest von mir, daß ich einen Mann heirate, der mir noch nie gesagt hat, daß er mich liebt?«

Derek starrte sie ungläubig an. Regina verdrehte die Augen. Elizabeth dagegen kicherte und sagte: »Männer sind in dieser Beziehung so nachlässig. Sie sagen es allen anderen, nur nicht der einen, die es gerne hören möchte.«

»Frauen aber auch«, erwiderte Derek und sah Kelsey mit hochgezogenen Augenbrauen an. »Oder habe ich es jemals von dir gehört?«

Kelsey errötete. »Ich war wohl genauso nachlässig.«

»Wahrscheinlich sollten wir jetzt gehen«, meinte Reggie zu Elizabeth.

»Ganz richtig.«

Kelsey schaute immer noch Derek an. Sie hörte noch nicht einmal, wie sich die Tür hinter ihrer Tante und ihrer Freundin schloß. Er ergriff ihre Hand, zog sie auf das Sofa und küßte die Hand sanft.

»Sag es, Liebes. Sag, daß du mich liebst.«

»Ich liebe dich«, gestand sie ihm. »Sehr.«

Er lächelte sie an. »Das wußte ich. Und du wußtest, daß ich dich liebe. Du hast es gewußt, seit ich dich zum ersten Mal fragte, ob du mich heiraten willst. Warum sonst sollte ich dich zur Frau haben wollen?«

Sie seufzte und schmiegte sich an ihn. »Wer weiß schon, was einen Mann bewegt? Ich bestimmt nicht. Ich mußte es hören, Derek.«

Er zog sie nahe an sich heran. »Dummes Mädchen. Ich werde es dir von jetzt an ständig sagen.«

54

Derek betrat Hand in Hand mit Kelsey den Salon auf Haverston. »Ich habe noch eine Ankündigung zu machen«, sagte er stolz zu seiner Familie, die dort versammelt war.

»Nicht nötig, mein lieber Junge«, erwiderte James und lächelte ihn an. »Dein Gesichtsausdruck verrät dich.«

»Laß es ihn trotzdem verkünden, alter Knabe«, sagte Anthony zu seinem Bruder. »Es kommt nicht oft vor, daß ein Malory sich freiwillig Fesseln anlegen läßt.«

Derek grinste. »Lady Kelsey hat eingewilligt, mich zu heiraten, dank Reggies Fähigkeiten, Gerüchte zu verbreiten. Wo ist übrigens die kleine Hexe? Ich schulde ihr einen Kuß.«

»Ich würde sagen, sie ist mit diesem Kerl, den sie geheiratet hat, auf und davon und freut sich diebisch«, antwortete James trocken. »Unser kleiner Schatz ist von sich im Augenblick nur zu angetan.«

»Und das mit Recht«, warf Amy ein. »Ich freue mich so für dich, Derek.«

»Ich meine ja immer noch, du tätest besser daran, nach Amerika zu gehen«, fügte Warren hinzu.

»Paß auf, was du sagst, Yankee«, warnte ihn James. »Mein Neffe ist glücklicherweise *kultiviert*. Es würde ihm nicht gefallen bei euch hitzköpfigen Barbaren.«

Warren schmunzelte nur. »Du hast ja selbst eine von diesen Amerikanerinnen geheiratet, oder ist dir das entfallen?«

»Meine George ist eine Ausnahme, das solltest du wissen«, beharrte James.

»Danke – sollte ich wohl sagen«, meinte Georgina grinsend.

Anthony jedoch beklagte sich: »Du weißt, es macht

keinen Spaß mehr, sich mit ihm zu zanken. Aber wenigstens der alte Nick nimmt den Fehdehandschuh noch auf – und sehr verläßlich, möchte ich hinzufügen.«
»Tut er das?« grinste James. »Na ja, die Engländer sind eben verläßlicher.«
Warren schnaubte nur, aber Edward sagte: »Hört endlich auf, ihr zwei. Jetzt ist es Zeit für Glückwünsche«, und dann lächelte er Kelsey an und fügte brummig hinzu: »Freut mich, dich kennenzulernen, meine Liebe. Ich glaube, du wirst gut zu den Malorys passen.«
»Ja, das wird sie«, sagte Jason ruhig.
Derek blickte zu seinem Vater hinüber, der auf seinem üblichen Platz am Kamin saß. Jason war auf der Hut, aber das konnte Derek ihm nicht verdenken. Ihr letztes Gespräch war nicht erfreulich gewesen.
»Kann ich mit dir sprechen, Vater?«
Jason nickte und ging in sein Arbeitszimmer. Derek nahm Kelsey mit. Molly kam gerade den Gang entlang, und das ersparte ihm die Mühe, sie zu holen.
»Kommst du bitte auch?« bat Derek sie und wies auf das Arbeitszimmer, das Jason bereits betreten hatte.
Molly nickte steif und ging ihnen voraus. Sie stellte sich neben Jason. Derek tat es leid, daß er der Grund für ihren Argwohn war. Sie war seine Mutter – aber er hatte sich immer noch nicht an den Gedanken gewöhnt.
»Ich war zornig, ich gebe es zu«, begann Derek. »Aber jetzt bin ich so glücklich, daß dafür kein Platz mehr ist.« Er führte Kelseys Hand an seine Lippen, als ob es noch irgendwelche Zweifel daran geben könne, wer ihn so glücklich machte. »Und da nun diese heißen Gefühle meinen Verstand nicht länger vernebeln, möchte ich einige Dinge klarstellen.«

Er mußte innehalten, um sich zu räuspern. Dieser verdammte Kloß saß ihm schon wieder im Hals. Molly hatte sich entspannt. Sie lächelte zuerst Kelsey an und dann auch Derek.

»Ach, zum Teufel«, sagte er, ging quer durch das Zimmer auf Molly zu und nahm sie in die Arme. »Es tut mir leid, ich wollte dir keinen Kummer bereiten. Ich war nur so geschockt und fühlte mich so – verraten.« Er blickte auf sie hinunter. »Ich *weiß*, daß du immer dagewesen bist, wenn ich eine Mutter brauchte. Und ich wünsche nur, ich hätte dich Mutter nennen können. Aber ich glaube, ich verstehe, warum du das für unnötig gehalten hast.«

»Nicht für unnötig, Derek«, erwiderte sie liebevoll. »Es war nur besser für dich – aber ich gebe jetzt zu, daß meine Entscheidung vielleicht falsch war. Ich habe deswegen so viel versäumt. Und nun, da ich weiß, wie du mir gegenüber empfindest, werde ich es wahrscheinlich auf immer bedauern …«

»Nicht«, unterbrach er sie. »Es hat schon viel zuviel Bedauern gegeben. Und wenigstens weiß ich jetzt ja alles. Ich verstehe jedoch, wenn du immer noch nicht willst, daß ich dich Mutter nenne.«

Sie brach in Tränen aus und umarmte ihn. »O Derek, ich habe dich doch so lieb! Du kannst mich nennen, wie immer du willst.«

Derek mußte lachen, und auch Jason schmunzelte. Derek blickte über ihren Kopf hinweg seinen Vater an und sah etwas, das er noch nie zuvor gesehen hatte. Jason liebte Molly Fletcher wirklich von ganzem Herzen. Er konnte es in seinen Augen lesen.

»Ich nehme nicht an, daß ihr zwei auch Heiratspläne habt, oder?« fragte er.

Jason stieß einen lang anhaltenden Seufzer aus. »Sie will mich immer noch nicht.«

Molly schnaubte, während sie ihre Tränen trocknete. »*Das* ist nun wirklich nicht nötig«, sagte sie. Und zu Derek gewandt, fügte sie hinzu: »Dein Vater und ich leben sehr glücklich miteinander, mußt du wissen. Wir brauchen ja schließlich nicht in ein Hornissennest zu stechen nur wegen eines dummen Stücks Papier – nein, wirklich nicht.«
»Ich habe vor, daran zu arbeiten«, knurrte Jason und zwinkerte Derek zu.
Derek grinste. »Das habe ich mir gedacht.«
»Aber ich werde meine Meinung nicht ändern«, sagte Molly. Dann lächelte sie Jason an. »Obwohl ich deine Bemühungen zu schätzen weiß.«

Später an diesem Abend, als Derek mit Kelsey im Gasthof war, um ihre Sachen zu packen – sie würde bis zur Hochzeit auf Haverston wohnen –, flüsterte er ihr zu: »Weißt du, mein Onkel Anthony hat heute beim Abendessen etwas gar nicht so Dummes gesagt: daß ich es nie riskieren würde, dich wütend auf mich zu machen – niemals.«
Kelsey grinste. »Dein Onkel hat Unsinn geredet. Ehemänner zu erschießen liegt bei mir nun *wirklich* nicht in der Familie. Sie dagegen in den Kamin zu stoßen ist eine andere Sache.«
Derek lachte und zog sie in seine Arme. »Ich werde daran denken, Liebling. Aber ich habe sowieso nicht vor, dich zu verstimmen. Du sollst immer unsterblich in mich verliebt sein.«
»Hmmm, das klingt gut«, sagte sie und küßte ihn zärtlich auf die Wange und dann auf den Nacken. »Kannst du mir bitte mal vormachen, wie du das erreichen willst?«
Er stöhnte, und ihre Lippen fanden sich zu einem heißen Kuß. »Dein Wunsch ist mir Befehl«, flüsterte er

wenig später heiser. »Und solche Wünsche kannst du jederzeit äußern.«
Sie sah ihn an, und die Liebe leuchtete aus ihren grauen Augen. »Beweis es mir, Derek. Beweis es mir bitte gleich jetzt.«
Das tat er, mit dem größten Vergnügen.